末日前，MEET DEMON GIRL BEFORE ARMAGEDDON 2
我把惡魔少女誘拐回家了！

黑貓C——著
Fori——繪

目錄

MEET DEMON GIRL
BEFORE ARMAGEDDON

人物介紹

【系列主要角色】

蘇梓我／偉大的主角，相當嘴賤好色的香港高中生。

娜瑪／阿斯摩太，子爵惡魔，擅長誘惑術，任怨任勞的移動圖書館。

夏思思／阿斯塔特，子爵惡魔，擅長預視術，腹黑又滿懷心思。

利雅言／聖火堂區助祭、女神適性者。

杜夕嵐／聖火書院學生，羅剎血脈。

【蘇梓我的其他使魔／所羅門七十二柱魔神】（照收編順序排列）

比夫龍／子爵惡魔，排名第四十六位，頭的前後各有一張臉，所持神器為「死靈燭台」。

系爾／子爵惡魔，排名第七十位，生性孤僻不擅戰鬥，能空間轉移，所持神器為「乾坤球」。

賽沛／侯爵惡魔，排名第四十二位，人魚族，統御魔海，能力為「御海術」。
巴巴斯／爵位被褫奪，排名第五位，獅王族惡魔，擁有「黃金雙眼」，能力為「破幻術」。
佛拉斯／排名第三十一位，渾身赤黃，滿是筋肉，能力為「尋回術」。

【本集重要人物】

瑪格麗特．安東尼／亞倫．安東尼之獨生女，性格驕縱卻單純。
亞倫．安東尼／梵蒂岡主教級樞機，聖殿騎士第一統帥。
庇護十三世／聖教教宗，聖教會之領導人。
多瑪斯／國務樞機主教，相當有野心並暗懷鬼胎。
亞巴頓／公爵大惡魔，為第七代，實力僅次於撒旦。

第一章

所羅門王的寶藏

1

話說大陸正教會以《耶路撒冷公約》發動聖戰，香港教區失守，蘇梓我受命將天使櫃送往梵蒂岡；一行人死裡逃生，在英國聖教會的協助下登上潛艇駛離香港。

英國皇家海軍最新型核動力戰術潛艇——機敏級潛艇，最高時速達三十節，只需數小時就能遠離香港海域。但目的地是地球另一端的羅馬，即使全速航行亦需時一個月以上，更別說要穿過馬六甲海峽等屬於正教勢力的亞洲地區。因此艦長決定往東橫越呂宋海峽，然後南渡菲律賓海，最終目的地是澳洲的布里斯本。

「聽說要一個星期呢。」休息艙內，夏思思戳著蘇梓我的胸口說著。

旁邊還有杜氏姊弟與娜瑪，娜瑪指著地圖說：「澳州及南太平洋的島國同屬英聯邦成員，這航線是最安全的了。然後再轉飛歐洲……」

「無聊死啦！」蘇梓我舉手埋怨：「為什麼沒有泳池、球場，也沒有自助餐啦！光待在船內一天就已經想死，怎樣才捱得到一個星期……」

「笨蛋，又不是郵輪旅行。」

夏思思嬌聲說：「沒有其他娛樂，也有男女之間原始的行樂嘛，蘇哥哥不喜歡嗎？」

蘇梓我推開她。「之前岸上戰鬥妳也辛苦了吧，去休息就好。」

「蘇哥哥也會關心人家呢。」

「啊？我的意思是說，我對妳那未發育的身體才沒有興趣，快回去累積魔力。」

見蘇梓我板著臉罵人，娜瑪看得出他並沒有心情說笑，應該是在擔心香港的狀況吧。

「一定有機會再碰面的，但如果你不變得更強，回去香港也不能有所作為。」

蘇梓我罕見地沒有反駁娜瑪，只是沉思。「變強的方法嗎……」

但蘇梓我不擅長思考就是，這個問題想了五天也沒有答案。

◇

海上的旅程很沒趣，海底下的生活更無聊。今天蘇梓我打算去休息艙找娜瑪解悶，卻見一身女僕裝的她跪在地上扭抹布。

「為什麼妳會在擦地板……」

「反正沒有其他事情可以忙嘛。今早看了大半天的書，現在就擦擦地板放鬆一下——啊！那裡剛剛才擦完，你是故意踏踩的吧！」

「哼，反正早晚也會弄髒的啦，真是多餘。」蘇梓我感到沒趣就躺到沙發上，看著娜瑪繼續清潔。

「你這笨蛋覺得無聊的話也可以讀書啊，你不是跟利家女祭司學過念寫術……」她想起利雅言如今下落不明，連忙說：「總、總之多看書也不錯啦。」

「看書是妳的工作，我要去玩。不如就去魔界吧？再留在船艙裡的話我肯定會無聊死的。」

「不行啊，我們能從海底轉移到魔界，但回來要怎麼辦？萬一出現地點偏差，無法回到潛艇內的話可能會死耶！」娜瑪興致勃勃解說：「海中每下潛十尺就增加一個大氣壓力，假設我們身處百尺深海，潛艇外的海水壓力就比在地面要高出十一倍，會被當場壓扁的。」

「娜瑪……妳可以去當百科全書了。」

「這只是常識。」娜瑪拿著直尺鉛筆在地圖上畫線。「話說回來，現在潛艇應該已進入了所羅門海，算是安全了吧。你覺得無聊，可以拜託船員給你用潛望鏡看看外面世界嘛。」

「一片藍色有什麼好看的，跟妳今天內褲的顏色一樣。」

「別亂說啊！今天是白色——」娜瑪雙頰漲紅。「你小學生啊？」

啦啦啦——嘰嘰喳喳——

突然，休息艙的廣播傳來刺耳的女性歌聲，而且唱著從沒聽過的語言，只能用噪音來形容。

蘇梓我掩耳大罵：「為何找個聾子負責播歌啊！」

砰！有東西撞在門外倒下，蘇梓我打開門一看，發現倒下的居然是杜夕嵐和杜晞陽。

「妳看，難聽到有人暈倒了。」

「笨蛋！他們的靈魂亂成一團，肯定是中了魔咒而昏倒了！」

「魔咒？」蘇梓我活動一下手腳。「但我沒有感到異樣啊。」

「好歹你也有古神護體，但杜夕嵐他們平常沒有羅剎加護，只是個普通人而已。」娜瑪豎起耳朵，又說：「感覺這刺耳的歌聲內混雜了惡魔魔力，說不定潛艇內其他人也已遭殃。」

「哼，是通訊室吧。只要砸爛通訊設備就能阻止這難聽的歌聲蔓延。」

於是蘇梓我把昏迷的杜夕嵐抱到沙發上，順便搓揉了下她的胸部，確認她尚有反應，至於沒人理的杜晞陽則由娜瑪揹到他姊姊身旁。

同時夏思思匆匆跑來。「不好了，艦內到處都播著奇怪的歌聲，所有船員都被歌聲迷倒、不省人事。」

蘇梓我喃喃道：「能夠迷惑人心的歌聲，好像之前在哪裡聽過……」

——砰砰！

娜瑪站不住腳，大叫：「哇！怎麼船艙突然這麼晃？」

夏思思答：「好像撞到了什麼，潛艇正在緊急浮升！」

蘇梓我大怒。「駕駛潛艇的人是怎麼搞的啊！還是他們真的都睡著了？」

「還真的睡著了。而且控制室還被反鎖，思思想進去也沒辦法。」

娜瑪心慌地說：「就算能進去，妳也不知道怎麼控制潛艇啊。最糟的情況是，如果連艦長也倒下，我們就只能流浪荒島了。」

「娜瑪，妳念這麼多的書一定讀過潛水艇的說明書，快去代為操控！」

「笨蛋！這不是說笑的時候。而且本小姐會飛，要到哪裡都難不到我。到時候受難只是你們下等種而已——」

忽然潛艇往上加速，反作用力把蘇梓我等人拋到地上。

「噢噢噢！」蘇梓我在艙內感覺就像玩機動遊戲，但他對眼下情況是一無所知。

而整件事的始作俑者就在岸上。

與湛藍汪洋對望的是一座綠悠悠的火山島，整片島嶼都被棕櫚樹所覆蓋。這裡人煙稀少，只有原始部落聚居。當地原住民都是深色皮膚、金色頭髮；唯獨一位怪異少女，她的皮膚白皙得像瓷器一般，還有長長的水色秀髮，明顯跟其他人不同。

「看起來有船隻上鉤了呢！」少女得意笑道，而她身後的原住民紛紛跪拜著她。

「忒爾女王陛下萬歲、忒爾女王陛下萬歲！」

「再讚美得大聲點吧！」少女咧嘴大笑，非常愉快。

原住民們聽從吩咐，跪在地上繼續讚美忒爾女王。唯獨一位穿著樸素長裙的妙齡少女，她是該部落的公主，對這位自稱女王的外來少女感到非常反感。

不過忒爾女王自我陶醉，沒有理會部落公主，而是朝著大海繼續放聲歌唱。忒爾女王口中唱的是海妖的歌，而她與時俱進，學會了能夠干擾現代船艦無線電的方法，入侵艦內的廣播，從而使船艦擱淺。

「呵呵，雖然在香港有著不愉快的回憶，但這裡本王又變得更加厲害。一定要在這島上建立王國，然後再找那個男人報仇！」

潺潺海聲，忒爾女王面對海浪高歌，終見一龐然大物浮出海面，那是她未曾見過的船種。

「是懂得潛在海中的船艦嗎？說不定裡面有很多金銀珠寶！」忒爾女王大喜，並回頭對原住民喝道：「你們快給我搜那巨大鐵盒子，把艙內所有貴重物品全都給我搶來！」

「遵命！」一眾原住民赤腳跑往潛艇，卻找不到任何入口，還以為這只不過是浮在海上的一具鐵棺材。他們有人用石頭敲打船身，又有人舉長矛刺向鐵皮，結果當然是徒勞無功。

至於部落公主，她看見族人被洗腦變成強盜，滿心只有悲傷。

「究竟有沒有人可以替我們趕走那個妖女，使部落恢復和平安寧？」

部落公主低頭祈禱，同時一道強光反射在她臉上——那奇怪的鐵皮棺材打了開來！

「可惡！是什麼人把本大爺的潛艇浮到海面！」蘇梓我站到艦頂高聲大叫：「你們這群土著想做什麼？信不信我把你們燒了來吃！」

部落公主因為語言不通，聽不明白蘇梓我在說什麼，只是覺得對方很有氣勢，心想難道他是聖主派來的使者？

「欸、欸！怎麼又是那個人！」同一時間，有另一位少女對蘇梓我感到非常恐懼。她就是落難逃到所羅門群島的海妖，忒爾克西厄珀亞。

2

「怎麼辦？」忒爾女王亂抓頭髮，直冒冷汗。「對了！你們這些愚民，快給我殺死那男人！」

「遵命！」於是幾十個原住民拿起簡陋石矛，還有打獵用的弓箭，一同瞄準著蘇梓我衝過去。

「不！大家住手！」部落公主跑到蘇梓我與原住民中間，試圖制止兩方衝突。

可是蘇梓我聽不懂她在喊什麼，只好叫百科全書的惡魔出來。「娜瑪呢？娜瑪去哪裡了？」

「唉，來了來了。」娜瑪與夏思思爬著梯子走出船艙，答道：「你想問什麼啊？那少女楚楚可憐地站在人群中間，一看就知道她的意思是不想你們打起來啊。」

順帶一提，惡魔和天神族都懂得人類所有的語言；畢竟天神要聆聽不同地方的人祈禱，惡魔也要誘惑不同語言的人類。

「就這樣而已？本大爺也沒空理會那群土著啦，妳去收拾他們。」

「又是我……」娜瑪一臉不悅，從甲板跳到海岸，看著全副武裝的原住民衝向自己，心想：這群人大概只是被迷惑術洗腦，應該還有自己的意識。

於是娜瑪伸手向天，聚集魔瘴於掌心；女僕裙亦揚起半吋，風包圍全身——喝！一陣強風襲向原住民把他們吹翻，亦同時掃走他們腦中魔咒。

「原來是很弱的迷惑術呢。」娜瑪神色輕鬆說著。

但此刻忒爾女王卻嚇得雙腳發抖。「阿、阿斯摩太閣下怎會在這裡，還聽命於那個男人？」

又見夏思思跟著蘇梓我一同跳到岸邊。「阿、阿斯塔特閣下也是那男人的同伴嗎？這次死定了……嗚哇啊啊！」

忒爾女王大叫一聲，便倒在地上動也不動。

至於那些原住民則陸續恢復意識，但仍是一臉茫然，看見幾個外國人坐著巨型鐵皮船前來大吃一驚，紛紛退散。

「嗯？那很吵的人是誰？」在四散的人群後方，蘇梓我見到遠處倒下一位白衣少女，感覺是位小美人，便好奇地走過去。他蹲在忒爾女王面前仔細打量著，卻記不起她是誰。

娜瑪緊隨其後，說：「她的靈魂完全沒有鼓動，好像是死了。」

「也可能是裝死喔。」夏思思笑說：「有些弱小惡魔懂得A級的佯死術來逃避天敵。」

「那就讓本大爺鑑定一下吧。」

忒爾女王滿身大汗只穿著一件純白連身裙，蘇梓我輕輕戳一下她的胸，然後拉起裙襬，沿著大腿撫摸——

「哇哇哇！」忒爾女王整個人彈起來，按住裙子大叫：「你這個變態想幹什麼！」

「看吧？在本大爺的專業鑑定下，她果然不過是在裝死。」

「居然被人類、居然被人類……」忒爾女王委屈非常，便發脾氣說：「為什麼你偏偏會在這裡出現！你是在跟蹤我嗎？」

「我們之前見過？」

「欸？」忒爾女王見狀打算傻笑過關。「對不起，一定是我認錯人了呢！哈哈，既然這樣，不如就當什麼事都沒發生……」

「蘇哥哥，你不是說過之前剷除無神論者的時候，在島上遇見一個懂得魅惑魔法的女妖嗎？也許就是這海妖喔。」

「聽妳這麼說來，好像有點印象。」

畢竟之前蘇梓我並沒有正面看過忒爾女王的臉，才碰巧避開她的魅惑術，這回他正要仔細看清楚，卻見對方召出三叉戟打算拚死反擊——

「好痛！」豈料一團黑霧纏住忒爾女王的手腕，並將三叉戟搶了過去。

娜瑪同情地說：「抱歉，因為某些原因，我不能讓妳傷害我的契約主。」

夏思思奸笑道：「原來這下等海妖想傷害蘇哥哥？」

「不，不是啊！我沒有惡意的！」忒爾女王又再跪地求饒：「幾位大哥大姊，就像放過地上螻蟻般，請放小女子一條生路吧！我保證以後不會跟你們作對，大哥命令我做什麼，小人都不會有任何怨言！」

「什麼都願意嗎？」蘇梓我嘴角上揚，露出淫邪的微笑。「我記得了！上次妳也是這樣說，最後卻逃掉了。不過這次妳無路可逃了，嘿嘿嘿。」

「欸？不要啊！」

蘇梓我滿心歡喜地把女王撲倒，同時娜瑪施法召喚出黑色大帆布包圍住二人，並對現場圍觀的原住民拍手說：

「不好意思，接下來的畫面兒童不宜，煩請你們，特別是小孩子回家去吧。這裡沒有東西看了。」

——啊啊！那裡不行！放過小女子啦！

縱然黑幕裡面傳來女性的慘叫聲，但一眾失去記憶的原住民都看得不明不白，為避免惹麻煩便只好離去。

◇

直至半個小時後，娜瑪拉開黑幕，只見容光煥發的蘇梓我和衣衫不整的忒爾女王走了出來。

「可、可惡……這個仇我一定會報的！」忒爾女王飛也似地逃到海邊，卻在途中摔了一跤，看來第一次有點腳軟，好不容易才溜到大海，消失無蹤。

「真可憐。」娜瑪只能輕嘆，卻無法幫助那海妖。

夏思思說：「那海妖企圖傷害我們在先嘛，這就是惡魔世界弱肉強食的法則。」

「唯有希望別再見到她……雖然我有預感她早晚會再出現。」

蘇梓我哈哈大笑。「每出現一次就教訓她一次！」

娜瑪又嘆氣。「那接下來該怎麼辦？」

「小娜娜，我們先回去看看好了。既然那海妖逃走了，艦上成員也差不多要醒來了呢。」

◇

三人回到潛艇後，艦長卻帶來了一個壞消息。

「暫時不能起航？」蘇梓我晴天霹靂，因為潛艇機件出了問題，需要三日時間才能修復好。

「但既然已經上岸了，不能直接搭飛機飛走嗎？」

艦長回答：「如今我們正身處所羅門群島的其中一個未開發小島，此地雖然信奉聖教，可是我們此行必須保密，盡量不能對外通訊。所以還是留在這裡三天吧。」

「嘖，真沒趣。」蘇梓我說：「那這段日子我們可以到外面走走嗎？一直困在船艙內無聊得要死了。」

「好吧，但盡量低調些。雖說這小島好像與世隔絕，但最好別讓太多人知道我們的身分。」

「明白啦。」

於是蘇梓我返回休息艙，跟他的女伴會合。

此時杜家姊弟已經醒來，她向蘇梓我點頭道謝：「聽思思說，蘇梓我你幫忙擊退海妖救回整艘船呢。不愧是教會的騎士。」

「嘿嘿，小菜一碟。只可惜本大爺還不懂得修船，所以被迫要待在島上三天。」蘇梓我說：「不過這幾天在艙內生活也累啦，不如上岸走走？外面藍天白雲，椰林樹影，水清沙細，簡直是世外桃源呢。」

「聽你這麼說，我也想帶晞陽去外面看看呢。」

「杜小弟就留給娜瑪照顧吧，這可是我們兩人的約會。」

「咦……約會？」杜夕嵐臉紅起來，不自覺放開了弟弟的手。

杜晞陽也很識趣。「蘇老大你們玩得開心點啊。」然後笑著歡送二人。

3

「原來外面這麼熱，這裡似乎是熱帶小島？可惜我沒有帶夏天的衣服來。」

畢竟十月中旬在北半球也差不多進入冬季，杜夕嵐只穿了一套長袖運動服就離開了香港。

「哈哈，跟我一樣脫光衣服曬一下日光浴就好。」蘇梓我興高采烈地慫恿杜夕嵐脫衣，看來剛才教訓了忒爾女王後，他依然意猶未盡。

「話是這樣說……」杜夕嵐本想脫下外套，但看見蘇梓我盯著自己又有點尷尬。

「好啦好啦。」蘇梓我只好轉過身。真可惜，他約杜夕嵐出來主要就是想看她在自己面前脫衣。他無奈地嘆氣，卻見到遠方有一位陌生少女躲在樹後盯著自己。

「我換好了。」杜夕嵐上半身剩一件藍色貼身背心，果然是喜歡跑步的青春少女，身體線條十分完美。只是蘇梓我沒有看過來，讓她有點失望。

「那個人是誰？」蘇梓我指向遠方樹林。「夕嵐，妳有看到那個一直望向我們的女生嗎？」

杜夕嵐點頭。「看膚色好像是當地人，我以為這裡是座無人島？」

就在二人說著同時，陌生少女急步跑來蘇梓我面前。近距離一看，少女身上散發著非常獨特的氣質：小麥色的細嫩肌膚，及腰的金色直髮，再加上碧藍眼眸，與蘇梓我印象中的部落土著完全不同。

當然，少女那身只包裹了胸和臀部的當地服飾，同樣非常吸引蘇梓我的目光。因此少女一直說話時，蘇梓我什麼都聽不進耳，不對，是根本就聽不懂少女說的語言。

只見少女不斷說著外星語，又張開雙手做動作希望蘇梓我能夠理解，卻都沒有成功。

「抱歉，我完全不明白妳在說什麼。妳是想當我老婆嗎？」

少女皺眉，情急之下便捉住蘇梓我的右手——此時蘇梓我手上印戒突然亮起，接著奇蹟就發生了。

「對不起！是我做錯了什麼嗎？」少女慌忙低頭道歉。

「咦？怎麼我突然聽得懂妳的話了？」蘇梓我大感意外。

杜夕嵐在旁邊看著，搖頭說：「我依然聽不懂她在說什麼。」

少女驚道：「我也聽得懂勇者大人的話了！」

「勇者是說本大爺嗎？嘿嘿。」

「沒錯，而且勇者大人更是聖主派遣來到人間的使徒！」

五旬節到了，門徒都聚集在一處。忽然從天上有響聲下來，好像一陣大風吹過，充滿了他們所坐的屋子。又有舌頭如火焰顯現出來，分開落在他們各人頭上。他們都被聖靈充滿，按著聖靈所賜的口才，說起別國的話來。

——《使徒行傳》（2：1-4）

少女續道：「聖經上說，受到聖靈恩賜的使者都能夠『說方言』，可以跟任何人溝通，就好像勇者大人你現在這樣。」

「果然本大爺是被神選中的人。」蘇梓我撐腰大笑。

「十分抱歉，我差點忘記自己介紹。」少女說：「我的名字是迦蘭，是這個部落的公主。」

「原來是迦蘭公主，難怪與眾不同帶有幾分貴氣。」

「勇者大人過獎了。雖然是公主，但我們只是個一百人的小部落而已。」迦蘭公主問：「不知勇者大人和旁邊的女性該如何稱呼呢？」

「我是蘇梓我，我身旁的是杜夕嵐。」

迦蘭公主念念有詞。「好，我記住了。」她又微笑說：「其實我是想請蘇大人前來部落作客的，請務必讓我們答謝大人剛才的出手相助。」

「妳說那海妖的事嗎？」

「對，那是惡魔派來的使者，全靠勇者大人制伏了她，我們部落才得以逃過一劫。」迦蘭公主說：「因此我們準備了最豪華的盛宴，想邀請蘇大人和你的朋友前來享用。」

「實在太好了！這幾天我一直吃著船艙裡淡而無味的食物，很久沒有吃到新鮮美食啦。」

蘇梓我爽快答應，便與杜夕嵐一同跟隨公主回到部落。

◇

三人沿海岸走了半個小時，蘇梓我發現原來自己置身於一座巨大火山島上。火山口就在島嶼正中央，不過已經沉睡多年，山脊早已綠葉成蔭，連同岸上火山岩都是碧草如茵。

迦蘭公主腳步輕靈地帶二人走進雨林，林內都是未曾看過的爬蟲蜥蜴，又有七彩繽紛的鸚鵡鳥在林間飛翔，甚為熱鬧。

「好厲害……」杜夕嵐不禁讚嘆大自然的美麗。

走著走著，在不知不覺間前方人聲漸近；三人再穿越雨林，一片原始部落的風景就映在蘇梓我眼前。

他見到幾位穿著樸素麻衣的村民在樹蔭下有說有笑，又有村民正在空地曬魚乾，婦女則坐在草蓆上用繩子把貝殼穿成一串一串。

蘇梓我聞到海魚香味，歡喜道：「海鮮嗎？確實不錯。」

蘇梓我閉眼想著鮪魚生魚片，然後嘈雜的歡迎聲把他拉回現實。

「勇者大人來了！」幾個男人熱情地走來捉住蘇梓我的手，彷彿想沾一下聖人的福氣。其中一位短鬈髮的人眉開眼笑道：「之前我們被惡魔洗腦多多得罪，還請大人原諒。若有什麼想要的，請儘管開口，我們一定會滿足勇者大人的要求。」

「咦，又是什麼都行嗎？」蘇梓我瞄看四周，可是部落婦女大多皮膚粗黑，大概是要經常在太陽底下工作的關係，唯獨迦蘭公主有一種難以形容的飄逸美。

見迦蘭公主吩咐村民準備盛宴，蘇梓我隨口問她：「這部落都是由公主負責打點所有事務，沒有族長之類的嗎？」

迦蘭公主似乎有難言之隱，躊躇道：「是啊……這個部落的確是由我來領導。勇者大人先到那間大屋乘涼吧，我們稍後就來。」

迦蘭公主指向大屋，大屋跟村內其他廬舍相鄰，都是用禾草和木頭搭建而成。不過當蘇梓我和杜夕嵐二人步入茅廬後，發現屋內寬敞涼快，就算坐了五十人也不會感到悶熱。

「兩位請隨意坐。」一位長老殷勤地招待蘇梓我和杜夕嵐。

雖然蘇梓我覺得自己是個大英雄很威風，但他身旁的杜夕嵐卻感到非常緊張，坐下後問蘇梓我：「他們剛才又說了什麼？我都聽不懂，有點害怕。」

「他們又不是食人族，至少不會燒了我們來吃啦。」蘇梓我大笑說：「而且發生什麼事也難不倒本大爺，妳放一百個心好了。」

杜夕嵐微微點頭，人在陌生環境，看來只能依靠蘇梓我。

這時，蘇梓我的戒印又在閃爍微弱聖光。當時他們還不曉得這道光所代表的是什麼。

4

數分鐘後，幾十位村民陸續來到茅廬。他們有人抬著剛燒烤好的野豬進場，香氣四溢；又有人打著傳統的皮鼓和吹奏木笛，全部都是為了歡迎蘇梓我。

「蘇梓我，你到底做了什麼事，配得上他們用這麼大陣仗接待？」

「嘿嘿，我可是順便救了他們整個部落。」

就在杜夕嵐嘆氣同時，迦蘭公主帶著幾位長老來到會所，包括剛才在村口那位短髮男人。蘇梓我滿心期待對他說：「你剛才不是說過，我要求什麼都可以嗎？我已經決定好我要的報酬啦。」

「只要是勇者大人的吩咐，我們都會盡量配合。」對方恭敬回應。

「就是迦蘭公主，把公主送給我！」

一旁的杜夕嵐聽見後不禁有點失望。「明明說好是跟我約會，怎麼可以在我面前一直提到其他女生？」她又望向迦蘭公主，見對方有一種異國風情的嫵媚，想著自己確實比不上她。

長老聞言眉頭一皺。「這恐怕有點困難呢⋯⋯」

「為什麼？」蘇梓我不爽。

迦蘭公主見狀，於是親自回答：「因為部落的規定，所有公主都必須終身不嫁。」

「終身不嫁？」蘇梓我愣住半秒，又說：「無所謂啦，只是睡一晚也好，嘿嘿。」

杜夕嵐雖然聽不懂村民的話，但聽到蘇梓我不斷提著女人，只好搖頭心想：又出現了，那個什麼女人都想要的色狼。雖然他最近幫了很多人，但始終是本性難移……

「很抱歉，」迦蘭公主說：「這是千年以來部落的規定。而且我的身體早已屬於天神，不能與凡人交媾。」

「什麼？」蘇梓我站了起來。「到底是那個天神？叫他出來跟我對質！」

見蘇梓我開始胡說八道，杜夕嵐只好拉住他叫他冷靜，別失禮於對方。

蘇梓我甩開杜夕嵐的手，繼續質問：「可是迦蘭公主不是部落的王族嗎，而且沒見到妳有其他兄弟姊妹，終身不嫁的話怎麼傳宗接代？」

「這個……」迦蘭公主回望幾位長老，他們一同點頭，她只好如實相告：「沒錯，我是這個部落唯一的公主，而且血脈得由我傳承下去。但正如剛才所說，我的身體早已屬於天神，所以在適當時機來臨，天神就會讓我懷孕，得以傳承血脈。」

「妳以為是聖母瑪利亞啊？」蘇梓我大惑不解，利學姊也好，迦蘭公主也好，怎麼信教的女人都特別喜歡守貞。

「雖然我不是聖母，但我所說的千真萬確，沒有任何要欺騙勇者大人的意思。」迦蘭公主低頭回應。

「哼，這麼荒謬的事我才不信。你們只不過編藉口來打發我吧。」蘇梓我滿臉不悅，拿來一串燒肉撕咬發洩。

這時部落長老也出來解釋：「我們真的沒有欺騙勇者大人。聖山上有一座聖泉，這二千年來，只要公主在聖泉沐浴一夜，隔日就會懷上天神的嬰孩。而且那嬰孩必定是女性，將來繼承公主之位。」

迦蘭公主說：「因此我自小就沒有父親，或者說我的父親就是這座島上的山神。」

蘇梓我駁道：「就算你們沒有說謊，但都跟我沒關係。反正過幾天我就要走了，沒有公主我也沒有留下的必要。」他迅速吃完燒肉後想起身離開，卻被迦蘭公主叫住。

「勇者大人請稍等。雖然我們沒有資格要求勇者大人做些什麼，但其實今天我們有件事想拜託大人……」

「啊？」蘇梓我一臉不屑地坐下。姑且聽聽他們想說什麼。

「是關於剛才長老提及的聖泉，」迦蘭公主憂心地說：「最近通往聖泉的路上有惡魔作亂，雖然我們曾派出村內最精銳的戰士上山驅魔，奈何無一人倖還。再過幾天就是我的十八歲生日，部落規定，我必須要在當晚上山浸泡聖泉，以泉水淨身受孕，否則部落就會遭到天神的懲罰……」

迦蘭公主鞠躬請求：「因此只能拜託勇者大人了，請大人替我們的部落驅除山上惡鬼吧！」

在場其他族人也都一同跪到地上向蘇梓我叩首，希望他接受請求。

但蘇梓我的心情非常差。「哼！還是一個條件，總之我要公主！沒有公主就無須多說，都說天底下沒有免費午餐啊，是時候要教你們世途險惡的道理了。」

就這樣，蘇梓我享用完部落的免費大餐後，便怒氣沖沖地離開了。

◇

當天晚上，二人回到潛艇後，杜夕嵐悶聲不響的就回到房內休息。蘇梓我則依舊非常生氣，對娜瑪和夏思思抱怨。

「很奇怪呢。」這是夏思思的第一個反應。

「妳也不相信什麼沐浴之後就會懷孕的鬼話吧？肯定另有內情！」

「不，思思只是覺得這座島上的居民有些古怪。假如聖泉真有這種功效，同時聖山又出現惡魔，再加上部落千年以來一直守護著聖山……這一切都不簡單啊，不像是普通的宗教部落。」

蘇梓我問：「妳是指，這島上確有神蹟的存在，因此他們才會如此虔誠嗎？」

「是。其實蘇哥哥也早就留意到，所以才能立刻理解思思的想法。」

「至少本大爺知道他們有事隱瞞就是了。」蘇梓我又看看一言不發的娜瑪，居然見到她闔上雙眼睡覺了！於是他捏一下她的胸，嚇得娜瑪整個人彈起。

「別亂來啦，我一直有在聽啊！只不過我在用念寫術找資料而已。」她反問蘇梓我：「話說你這蠢材應該知道自己現在身處什麼地方吧？」

「就什麼所羅門群島？」

「可是所羅門群島與以色列相距萬里，你知道為什麼這裡卻有著跟古代以色列國王相同的名字？」

「當然不知道啦。娜瑪妳這僕人居然對主人故弄玄虛，又想被教訓嗎？」

娜瑪嘆氣。「好吧，為了讓你這笨蛋也能聽得懂，我還是得先引述聖經《列王紀》的內容。」

所羅門每年所得的金子，共有六百六十六他連得①……所羅門王用錘出來的金子打成擋牌二

---

①他連得（talent），是希伯來人用以衡量金子或銀子的重量單位。換算成今日度量單位，約為三十四公斤、一千兩百元美金。

百面，每面用金子六百舍客勒①。又用錘出來的金子打成盾牌三百面，每面用金子三彌那②、都放在黎巴嫩林宮裡。

所羅門王一切的飲器，都是金子的。黎巴嫩林宮裡的一切器皿，都是精金的。所羅門年間，銀子算不了什麼。因為王有他施③與希蘭④的船隻一同航海，三年一次，裝載金銀、象牙、猿猴、孔雀回來。

所羅門王的財寶與智慧，勝過天下的列王。

——節錄自《列王紀上》（10：14－23）

蘇梓我說：「就聽起來是超有錢的國王嘛。」

娜瑪回答：「沒錯啊。可是當所羅門王死後，巴比倫人入侵，他們卻沒有找到如聖經所記載那龐大數目的黃金。因此一直流傳著所羅門王早就知道王國難逃劫數，於是祕密運走黃金，希望後人能以那些黃金重建以色列。」

「所以妳就認為所羅門把所有金銀財寶，都藏在所羅門群島上嗎？哪有人會將寶藏埋在地底，然後又用自己名字命名該地的？」

「所羅門群島不是他自己命名的啦，是十六世紀兩位西班牙航海家最先把這裡的島嶼稱作所羅門群島而已。」娜瑪說：「畢竟他們都是窮盡一生精力，希望能找到所羅門寶藏的下落嘛。」

5

歐洲的大航海時代始於十五世紀，同時西班牙亦在同世紀開始征服美洲，在當地殖民及宣教。就是在這背景之下，到了十六世紀，西班牙殖民地的祕魯出現了兩位航海家，分別是佩德羅・薩米恩托和門達尼亞・德・內拉。

薩米恩托原本是位海軍軍人，隨西班牙海軍轉戰各地，並因緣際會聽過不少寶藏傳聞，便決定離開軍隊移居祕魯，目的只為尋找海上未知的寶藏。

至於門達尼亞，他除了是航海家，更是位非常虔誠的教徒，對所羅門王的黃金傳說非常感興趣。因此二人在祕魯結識後相當投契，很快就決定合作尋找所羅門寶藏。

經過多年的情報蒐集，亦適逢當時歐洲人正式發現澳洲大陸，於是二人得出了最後結論——所羅門寶藏必定埋在澳大利亞海域的島上，這與聖經記載所羅門王派人出海的歷史吻合。

於是二人招募私兵出海，成功找到目標的寶藏島群，並將其命名為所羅門群島。但很可惜，

---

① 舍客勒（shekel），希伯來人採用的基本的重量單位，也指金錢的價值。約為今日的十一公克。
② 彌那（mina），希伯來人的重量單位與金錢價值，約為今日的五百公克。
③ 他施（Tarshish），聖經地名。
④ 希蘭（Helam），聖經地名。

他們前後兩次出海都不敵島上原住民的反抗，最終未有任何成果只能撤退回國，鬱鬱而終。

二人死後，歐洲各國曾試圖佔領所羅門群島，但都未果。無論西方軍備如何先進，原住民總有方法擊退入侵者；甚至有傳言說，島上森林住了巨型怪物，把西方的軍隊都嚇成瘋子。

「結果直到十九世紀末，英國和德國靠著現代軍火才得以完全征服所羅門群島。」娜瑪說：「但第二次世界大戰後，該地又變成太平洋戰爭中死傷慘重的戰場；就算戰後獨立成國，所羅門群島依然政局動盪，寶藏什麼的早就被世人遺忘了。」

「但假如那兩位探險家的推斷正確，島上埋有所羅門王的寶藏。」蘇梓我說。

——蘇老大！

杜晞陽突然闖入休息艙，打斷三人對話。「蘇老大你今天下午做了什麼啦，姊姊把自己關在房內哭著呢！」

蘇梓我一臉茫然。「她剛才還好端端的，會在房裡哭應該跟我無關吧。」

「你是有多無恥才會覺得跟自己無關啊？」娜瑪教訓蘇梓我：「你肯定在杜夕嵐面前不斷嚷著要女人把她嚇壞了。一想到每天要跟這色狼共處艙內，女孩子嚇得躲起來哭也正常不過——好痛，說了多少遍別打我的頭！」

蘇梓我非常苦惱。「但我向來都是這樣啊，夕嵐認識我好幾年，沒道理不清楚我的性格。」

夏思思說：「應該是杜姊姊對蘇哥哥多了幾分天真的幻想，以為遇上生命中的英雄，所以才突然對蘇哥哥改觀嘛。不過看見蘇哥哥下午在部落的行為，杜姊姊大概幻想破滅了。」

「那怎麼辦啊？這陣子相處過後，我覺得夕嵐是挺不錯的，真不想失去她。」蘇梓我抱頭坐回位子上，焦急難耐，才驚覺杜小弟站在面前。「快給我想辦法如何哄騙你姊啊！」

「蘇老大，我怎麼能背叛我姊姊——」

「成功的話，我就傳授你操縱羅剎刃的魔法！」

「一言為定，放心交給我吧！」杜晞陽態度一轉，爽快答應。

「唉，這孩子長大後必定是另一個蘇梓我。」娜瑪感慨萬分。

◇

兩小時候，正好是午夜十二點。

——啪啪啪、啪啪啪！

「來了嗎？」此刻蘇梓我坐在床上輕鬆暗笑，同時房外的敲門聲越來越急。

「蘇梓我醒著嗎？我是杜夕嵐，請你開門好嗎？」

「來啦。」蘇梓我悠閒走去打開艙房門，果見杜夕嵐一臉慌張。

「不好了，晞陽他不在房內！而且我周圍找過一遍都沒見到他。」杜夕嵐焦慮地說：「我還問了當值的軍官，他們說好像見過有個小孩偷偷溜到外面去。」

蘇梓我故作生氣。「什麼？那些人怎麼能讓一個小孩子在深夜跑到島上啊，真是沒用！」

「蘇梓我，你可以跟我一起到島上找回晞陽嗎？我怕他會有危險……」

「當然沒有問題！」蘇梓我乘機牽著杜夕嵐的手，滿心歡喜地帶她離開了潛艇。

◇

二人從甲板梯子爬到海岸邊，蘇梓我馬上蹲在沙灘上觀察，大叫：「夕嵐妳看，這裡有很清晰的鞋印！看來杜小弟正朝著北邊走。」

「喔、喔……」杜夕嵐見蘇梓我如此冷靜，心裡浮現疑問：該不會是他和晞陽串通來捉弄我的吧？如果他是真心想幫忙的話我很感激，但如果只是惡作劇，我一定不會原諒他……

「妳怎麼了？」

「不，沒事。我們趕快追上去吧，但願晞陽沒有跑得太遠。」

就這樣，杜夕嵐心急如焚地跑著，而蘇梓我則在旁邊盤算如何攻陷杜夕嵐的芳心。反正一切都是他和杜晞陽的鬼主意。理論上是這樣。

◇

「很好，來到這裡應該可以了吧。」杜晞陽小心翼翼走進雨林，並在路過的當眼處總是留下折斷的樹枝或者被砸爛的果子。這樣就算蘇梓我不夠細心沒發現，杜夕嵐都一定會注意得到，她現在應該擔心自己擔心得要命了吧。

「姊姊每晚十二點都會來房間偷看我睡得好不好，所以也差不多該發現了吧。」杜晞陽爬到樹上，心道：今晚月黑風高，而且姊姊很怕昆蟲，進到雨林裡面肯定會感到不安。聽說還有什麼吊橋理論？接下來就看蘇老大的本事了。

嘶嘶、嘶嘶……

「好像有聲音？」杜晞陽爬到樹頂，星空下一望無際的樹海就如同用葉子鋪成的平地。此時，從遠方開始有一棵棵大樹接連倒下，好比骨牌般倒向自己——

緊接著亂葉升天，一頭全身彩色的巨大蛇妖兀然冒現！蛇妖張開血盆大口彷彿能吞星河，龐然蛇軀甚至遮蔽半片天空。

　見到這場異象的杜晞陽嚇得雙腿都麻痺了，只能緊抓樹幹；下一秒，他就活生生被彩虹巨蛇吞進肚內，名副其實是吃人不吐骨。

　彩虹巨蛇，古時澳洲土著都稱呼她為朱龍葛。

6

此刻在潛艇的休息艙內，娜瑪安然坐在沙發上閉目念寫。夏思思碰巧經過覺得好奇，便詢問她在做什麼。

「我在研究這地方的神話傳說。」

「小娜娜妳也相信那火山島上住著神靈嗎？」

「嗯。但翻查世界圖書館的資料，比較貼近的，就只有澳洲原住民的神話，而且內容我都不熟悉。」

「原來也有小娜娜不懂的歷史喔。」

「澳洲這片南方大陸長期與世隔絕，直至近代才正式被西方發現，開始有交流。不知道三千年前的天魔戰爭，南方大陸的地方神又扮演著什麼角色？」

「思思好像沒有聽說這裡的地方神墮落成魔。如果沒有逃到魔界，應該都會因為壽命的詛咒而全部死掉吧。」

「最初我也是這樣想，但原來澳洲的地方神有點特別，他們不是『世界』直接創造出來的。」

夏思思坐到沙發上。「反正今晚睡不著，小娜娜就當說故事給思思聽嘛。」

娜瑪喜歡說故事，所以也沒有拒絕。

「一切從澳洲原住民的創世神話說起。」

最初這空間只有虛無混沌，於是「世界」派遣了一位創造神來到此地，拜託她整頓混沌空間。不過創造神見周圍一片荒涼，提不起勁，結果便懶洋洋地就在混沌之中入睡，一睡就是好幾萬年。

還好創造神不是只顧睡覺。她做的夢是創世之夢，她在夢中創造出第二等神祇，命令他們破夢而出，替自己完成創世的任務。

那些二等神擁有人類模樣，又或者動物的外表。他們奉命來到現世，見此地漆黑一片，沒有方向路標，於是就在黑暗中高歌，唱出「歌之路」，並與其他神祇的歌聲交織編成「夢幻軌跡」。就這樣，混沌之中浮現出「路」了。二等神沿著夢幻軌跡走，依循他們主神的藍圖創造出大地、海洋，以及人類——這就是澳洲文明的誕生。

「那段時間當地土著稱為『夢幻時代』，顧名思義就是以夢境創造出來的世界。他們相信創造神至今依然沉睡在地底深處，並一直做著永恆的夢。」娜瑪總結。

「澳洲文明的一等神原來是個阿宅嗎。」夏思思很快下注解。「而且二等神都是夢中生物，只要主神的夢沒有結束，二等神也不會消失吧。」

「沒錯，直至今時今日，當地土著依然進行著敬拜地方神的儀式。也許靠著信仰的力量，澳洲的神祇能夠安於一隅、逃過一劫。」

娜瑪說，澳洲二等神以虹蛇最多。虹蛇身上有七彩顏色，體型龐大，幾乎能吞噬任何東西。虹蛇也有點像中國的女媧娘娘，既是蛇身，又能用泥土捏塑出人類後代。

「其中一條虹蛇叫朱龍葛，她除了有份參與創造人類，也喜歡吞掉男孩，再把男孩吐出變作成人。所以澳洲有些部落會視男孩嘔吐為成年的象徵。」

夏思思感到有趣。「到底要做什麼，才能將男孩子變成男人？」

「這個嘛，朱龍葛是當地掌管色慾的善神，大概也是那個方向？」

「原來跟小娜娜一樣喔。」

「我才不會到處拐帶少男替他們『開鋒』啊！」

◇

同一時間，火山島上。

「啊！」黑夜中，杜夕嵐被雨林的樹根絆倒，差點跌到地上，幸好蘇梓我及時抱住。

「這裡很暗要小心一點——」

但杜夕嵐立刻推開了蘇梓我，只是點頭道謝。蘇梓我仍不放棄，還是再次牽起她的手繼續走。雨林的樹冠相當茂密，抬頭一片漆黑，就連半點星光都沒有。要不是蘇梓我右手的印戒閃爍發光，置身這種陰森地方要尋找杜晞陽的蹤跡可謂天方夜譚。

「話說回來，」杜夕嵐問：「你的戒指為什麼一直在閃？」

「對啊，今天下午造訪那些土著的部落時戒指也有發光，好像對什麼東西產生反應似的。難道是所羅門王的寶藏嗎？」

「什麼寶藏我統統都可以不要，我只是想找回晞陽……」

杜夕嵐在雨林中大喊弟弟的名字，可惜沒有任何回應。蘇梓我用他的印戒當作手電筒照亮草地，發現岩石附近又出現一個爛掉的果子，便說：

「果然往這邊走沒錯。沙灘的足印一直延伸到雨林裡，進入雨林後，沿途一直出現爛果子，大概是杜小弟留給我們的暗號。」

杜夕嵐聽完更加懷疑。「晞陽怎麼會一邊溜走，一邊留下記號？蘇梓我，你和晞陽真的沒有串通來欺騙我吧？」

「當然沒有啦。」但蘇梓我見她心神不寧，一方面又怕會被識穿，同時又有點內疚。

不過杜夕嵐比想像中堅強，她往雨林深處走著，一路上沒理會林中蟲鳴，剛剛經過石頭上的蜥蜴時也是毫無懼色。

「明明杜小弟說她怕黑怕昆蟲……」蘇梓我無奈追隨，縱使他不知道杜夕嵐此刻只是故作鎮定，畢竟她不希望在心儀的人面前出洋相。

二人沿著爛果實的記號走了十多分鐘，杜夕嵐終於找到弟弟的重要線索——

「這是晞陽的鞋子！」她在大樹下拾起一隻鞋，大喊：「晞陽！晞陽你在附近嗎？在的話回應一下姊姊啊！」

蘇梓我在後面嘆道：「沒想到杜小弟連絕招都使出了呢，留下玻璃鞋讓夕嵐擔心。但整段路下來，你姊姊沒有半點空隙讓我有機可乘，看來計畫失敗了。」

蘇梓我感到無奈，唯有幫忙喊著杜小弟……

「啊啊啊！」只見杜夕嵐突然大叫，蘇梓我跑到她身邊時也大嚇一跳——眼前豁然開朗，前方大樹彷彿被巨岩碾過，周圍樹幹統統壓毀，在密林中壓成一條數尺寬的平路直通火山頂。

蘇梓我暗道：「想不到杜小弟如此認真，還真的假裝被怪物擄走。他的志願應該是演員吧。」

但一旁的杜夕嵐卻全身顫抖起來。原本她還希望這只不過是蘇梓我和杜晞陽串通起來的惡作劇，可惜眼前情境可不再是能用惡作劇解釋的了。

「抱歉，我還懷疑了你……」

「嗯？」蘇梓我不明白杜夕嵐在說什麼。

「那個……既然晞陽的鞋子掉到地上，他不可能繼續在森林裡亂跑吧？」但周圍都沒發現弟弟的身影，一想到這裡，平常堅強的她再也忍不住地哭了出來。

「機會來了！」蘇梓我暗喜，打算上前抱著她安慰一番，豈料林間突然颳起大風幾乎吹倒了蘇梓我。

——沙沙沙。

樹冠紛紛倒下，樹葉半空亂舞；二人抬頭竟看見星空，還有一頭怪物探頭出來！

怪物狀似巨蟒，但又有點奇怪。蘇梓我驚道：「這是思思的寵物？你吃了彩虹糖連身體都變成彩色了嗎？」

虹蛇卻用女聲回應：「呵呵，又是一位少男呢。讓我來將你變成大人吧。」

虹蛇二話不說便張開大口，企圖要將蘇梓我整個吞掉；蘇梓我連忙拿出鐮刀——卻發現鐮刀留在潛艇艙房內！

「可惡，我沒想過要跟怪物打架啊！」蘇梓我唯有把最後希望寄託於印戒，大叫：「羅剎——」

但叫到一半，蘇梓我就慘遭被虹蛇吞進肚的命運。

虹蛇朱龍葛心滿意足，再望了杜夕嵐一眼，失望地說：「也是一位美女，可惜數日後有聖泉之約，只能放過妳了。」

朱龍葛無視了杜夕嵐，轉身離開，拖著數十尺的巨大身軀慢慢在林中遠去，剩下無助的少女。

7

另一邊廂，娜瑪依舊在艙內說著澳洲神話。

「那條叫朱龍葛的虹蛇也算是位創造生命的蛇神，還能隨意更換性別。」娜瑪續道：「女性神格的朱龍葛還算仁慈，只不過喜歡弄點惡作劇罷了；但是男性神格卻相當凶殘，要分類的話也算是一位邪神。」

男性神格的神名為丘龍葛，同樣是創造人類的虹蛇；但他脾氣暴躁，曾經因為被一對人類姊妹喚醒而大發雷霆，竟將整個部落的人統統吃掉。

娜瑪說：「而且不是吞完再吐出來，而是把整個部落滅族呢。明明那些村民都是自己創造出來的子民，雖說虎毒不吃子，但丘龍葛明顯比猛虎殘暴得多。」

「男性神格很可怕喔。」夏思思微笑。

「後來丘龍葛回到虹蛇的集會，理所當然就被其他虹蛇指責過於殘忍。丘龍葛屈服於壓力之下，只好答應把吃掉的村民吐出來，吐到大蟻穴中，迫使螞蟻幫忙回收靈魂幫村民復活。」

「哇，好神奇呢。」夏思思誇張笑道。

娜瑪沒好氣地說：「畢竟也是遠古的二等神，神力不差吧。」

夏思思問：「假如那些虹蛇沒有參與天魔戰爭，又沒有壽命詛咒的話，不曉得他們現在會是怎麼樣？」

「肯定是古神級的威力，就好像教會召喚出來的聖主和聖女古神一樣，連我們都不是對手，蘇梓我那笨蛋更加不用提。」

◇

——回到兩位惡魔少女口中的主角，蘇梓我在黑暗中甦醒，第一眼見到的是杜夕嵐。

「蘇梓我，終於找到你了！」杜夕嵐跑過來俯身喘氣，似乎是跑了很遠的腳程才追到他。

蘇梓我爬起來問：「為什麼妳看起來很擔心？」

「當然擔心，我以為你出了意外啊！」見杜夕嵐哭著撲過來，近距離嗅到她的香氣，使蘇梓我興奮莫名。

「抱歉，讓妳擔心了。」

杜夕嵐抹掉眼淚。「不，不要緊……只要你沒事就好。」

她含情脈脈，再也按捺不住，主動吻上蘇梓我，好像要補回失散不在身邊的寂寞。這一刻，蘇梓我覺得自己好像上了天堂。

——笨蛋，這樣真的可以嗎？

忽然傳來無禮的女聲，蘇梓我察看杜夕嵐的背後居然站著娜瑪。

「色狼始終是色狼，無可救藥。」

蘇梓我聽見後非常生氣，想走上前教訓娜瑪，卻被杜夕嵐抱著動彈不得——蘇梓我頓感異樣，驚道：「妳……妳是誰？」

語音未落，全世界突然天旋地轉，天空彷彿要塌下來，蘇梓我的意識猛地被淹沒在混沌之中。

◇

砰！

後腦好像被人用棍毆打般，蘇梓我醒來定神一看，發現四周火光熊熊，空氣非常灼燙。

這究竟是什麼鬼地方？蘇梓我瞧往火光處，竟是一條岩漿河道從自己身處的地底洞內一直流到外面。

「地底洞？」蘇梓我站起來看，這個密封的岩石空間非常寬敞，能擠上百人，就像是什麼地下基地，洞邊更有熔岩流經，他懷疑自己難不成下了地獄？

「為什麼我全身濕濕黏黏的？還有一股異味……」

蘇梓我感到異常噁心，想脫下衣服時，卻見到洞壁下躺著幾個同樣全身濕濕黏黏的男人。他們都是黑皮膚，看起來是當地土著。

「……那些人不斷呻吟，究竟在做什麼春夢？本大爺對男人發情可沒興趣。」

蘇梓我轉頭嘆氣，這次他又看見一副熟識臉孔，同樣也是躺在岩地上。

「這不是杜小弟嗎？」

只見杜晞陽褲子已濕透，而且面紅耳赤地撫摸自己，果然也在做著春夢？

蘇梓我立刻上前摑了杜晞陽幾巴掌。「喂，你是我的小弟，怎麼可以這樣沒出息啊！」

「蘇老大……」杜晞陽半睡半醒，接著竟忽然拉下褲頭，蘇梓我二話不說就踢他下胯，一腳踢醒他。

「好哇，原來你是同性戀！」

然而杜晞陽像電影裡的喪屍般爬向蘇梓我，伸手說：「不、蘇老大……我控制不了自己，我下半身好像熱得快要爆了……」

蘇梓我厭惡搖頭。「如果你不是夕嵐的弟弟，我早就滅了你。」

接著右手戒印發光，蘇梓我把羅剎之力灌到杜晞陽的頭頂，將他身上的妖氣一掃而空。

不久後，杜晞陽掙扎地站起來，立刻穿回褲子。「謝謝蘇老大，我現在感覺好多了。剛才不知怎地全身發燙，腦袋就只想享受快感，差點就將第一次交給蘇老大了。」

「到時我還不斬死你？」蘇梓我教訓他：「要跟隨本英雄，至少要有我一半的厲害。剛才我也中了幻術，但憑著英雄的智慧，不用幾秒鐘就識破了。哇哈哈哈！」

「不愧是蘇老大！」

「說回來你春夢的對象是誰？不會是我的女人吧？」

「小、小的不敢啊……」杜晞陽立即轉開話題。「哎呀，這裡的岩地很燙，但我的鞋子好像不見了。」

蘇梓我指著牆邊那幾個土著。「看吧，那裡有個跟你差不多矮的人，你去把他的鞋搶過來就好了。」

「明白。」杜晞陽照著辦，又問：「咦？這些土著都是被蛇妖捉來的嗎？」

「蛇妖？」蘇梓我現在才喚醒記憶，恍然大悟。「聽說島上聖山有惡魔作祟，部落派了幾個男丁前去討伐。我想這些人就是迦蘭公主口中的戰士。」

但那幾個部落戰士已經失蹤多日，換言之，他們被蛇妖擄走後就一直躺在那兒做春夢，就算不精盡人亡也要虛脫了吧。

杜晞陽望見洞內熔岩。「難不成這裡是火山裡面？的確很像妖怪居住之地。」

「說得也是。」蘇梓我舉起右手，看見印戒亮著淡白的聖光。「那頭混蛋蛇妖居然玩弄我的感情，看來有必要跟她好好談談。」

「咦？」杜晞陽突然靜下來，低聲說：「蘇老大，你有聽見女人聲嗎？」

「你是不是發春夢發傻了？」

「沒有啦！蘇老大你也仔細聽聽嘛。」

——啊！啊！

杜晞陽說：「你看，果然是女人的慘叫聲？」

蘇梓我搖頭道：「你年紀還小不了解，但這不是慘叫聲。」

「無論如何我們過去看看吧，說不定能找到離開這地方的線索。」

於是二人循聲往前走，地底洞盡頭是條密封的狹窄小徑，接著連接到另一個廣闊的地底洞。

「說是蛇穴，這結構感覺更像是蟻巢呢。」

「蘇老大你看那邊！」

在剛發現的地底洞正中央，居然有個正方形的黑色大鐵籠，籠內有位被鐵鏈綁著的赤裸少女，同時少女面前站著一位凶悍裸男，正用鐵鞭狠厲抽打她！少女被打得皮開肉裂，裸男便用魔法治療她。一陣黑霧後，少女身體居然恢復完好，甚至沒有疤痕，接著裸男又再用鐵鞭在少女身上發洩。

「蘇老大，那人太可惡了吧，我要去救她！」

杜晞陽怒氣沖沖地衝出去，此刻蘇梓我看著他背影，彷彿見到了自己的影子……

——是時候要跟男孩子的自己說再見了吧。

「慢著，別亂來。」

蘇梓我抓著杜晞陽的肩，卻被他推開駁道：「蘇老大，這一點都不像你啊！看見有女人被欺凌，不應該馬上挺身而出嗎？」

「對，就是因為要救她才不能輕率，更不能使你受傷讓夕嵐難過。」

蘇梓我咬牙切齒說著，想起之前雨林的女蛇妖與眼前裸男散發著相同的惡魔氣息；雖想不通，但他直覺認為他們是同一個惡魔，跟女蛇妖一樣不是等閒之輩。

「……蛇妖？」蘇梓我忽然想起，娜瑪曾說過的故事。

◇

——艾因加納，那是創造神的神名。

娜瑪坐在沙發上問夏思思：「還記得夢幻時代吧？澳洲文明的一切不論是大地、海洋，或者一草一木，甚至是部落神靈，全是從艾因加納的夢裡被創造出來的。」

「哦，原來如此。」夏思思打著呵欠回應，看來她已經厭倦了這個故事。

可是娜瑪沒有因此停下。「艾因加納是世上最偉大的虹蛇，虹蛇之母，又被尊稱為『永遠的艾因加納』。」

「那麼厲害的古神至今還在睡覺嗎？」

「大概吧。」娜瑪斬釘截鐵說：「如果艾因加納醒來，她那無邊神力肯定逃不過教會監視。」

「又或者艾因加納已經被拔去羽翼，如今只是一介凡人，瑟縮於一角生活？」

娜瑪嘆道：「妳總愛往著奇怪方向想。」

「可能性啊、可能性。」夏思思笑說：「回到最初的話題啦。小娜娜妳是為了什麼原因而研究澳洲眾神的？」

「好啦，我就知道妳不會只來聽故事，一定在打寶藏主意。總之別亂來，本小姐就陪妳去看看。」

「嘻嘻，真是善解人意的小娜娜。」

8

「我想到辦法了。」蘇梓我低聲告訴杜晞陽：「那對男女，看起來雖然像男主女僕，但實際關係應該顛倒才對。」

杜晞陽不明白。「難道少女是自願被打？她都被打到半死了耶。」

「只能半死，因為那男人殺不了她。」

他想起娜瑪說過，原住民神話裡有個「雙神格」的蛇神，男性神格叫丘龍葛，女性神格為朱龍葛。蘇梓我想到自己剛才被女蛇妖所抓，如今又有裸男作亂，說不定他們就是娜瑪所說的古神。

蘇梓我續道：「我猜那少女就是關鍵。我去引開那男的，你趁機救她。」

「那個鐵籠怎麼辦？」

於是蘇梓我將克洛諾斯的鐮刀交到杜晞陽手上，接著便隻身走向裸男，故作陰險笑道：「你這頭小妖就是丘龍葛吧？」

裸男回頭，凝重地打量蘇梓我。「你不就是我剛才抓回來的人？為何知道我的神名。」

蘇梓我喚出羅剎刃，劍指丘龍葛。「因為本大爺是來收拾你的。」

「居然不是人類的武器，有趣。」

「受死吧！」蘇梓我提劍衝前，速度遠勝常人，不到半秒鐘便已呈劍影劈在丘龍葛面前。但劍刃落在對方半吋前，丘龍葛原地扭動身體避開，連消帶打一拳毆向蘇梓我的小腹——

「哇，好險！」

蘇梓我及時躍後閃躲，卻逗得丘龍葛一臉高興。

「是人類以上的身體能力啊。」

「哈哈，我觀察了你好些時間，你的魔力完全在我掌握之內！」

「真的是這樣嗎？在真正的神族面前別太過放肆。」

丘龍葛隨即大喝，身體馬上暴脹變形！他伸長變成彩鱗巨蛇，鱗片縫隙釋出紫赤毒霧充斥洞穴，在霧中露出一雙鋒利尖牙；一頭巨大虹蛇凌駕於蘇梓我面前，彷彿任何生物都是不堪一擊。

伴隨巨蛇咆哮地底劇震，幾乎要震穿蘇梓我的耳膜；然而他沒有退縮，更抬頭仰望巨蛇笑道：「好啊，這樣本大爺才像一個屠龍英雄。」

他定睛盯著巨大蛇軀猛然俯衝突襲，自己便躍起兩尺，在半空以羅剎刃往丘龍葛頭頂一劍刺去！劍快蛇慢，笨拙巨蛇來不及迴避，劍尖直刺牠雙目之間，卻「哐」一聲被彩色蛇鱗彈開。

丘龍葛吞吐紫霧笑道：「古神之軀豈是你有資格碰的？」

剛才蘇梓我確實已用全力刺去，卻無傷丘龍葛分毫，蘇梓我心想莫非那些蛇鱗刀槍不入？但丘龍葛不給他思考的時間。「人類無論如何掙扎都無法戰勝虹蛇，給我去死！」

與殺聲同樣凌厲，彩虹巨尾掃起沙塵岩石淹沒蘇梓我，蘇梓我只有努力保命的份，最後希望便落在杜晞陽身上。

◇

「大姊姊！」

杜晞陽跑到籠中少女前，少女慌問：「你們是誰？快逃跑，別惹那人生氣！」

「我是來救妳的，蘇老大說妳有方法打贏那頭怪物對吧？」

「不論是救我離開，抑或要擊敗那人，皆是不可能之事……」

「為什麼呢？我現在就打破這鐵籠救大姊出來！」

少女聲淚俱下：「求求你們別理我了。這牢籠並非普通刃器能破——」

鏗鏘一聲，杜晞陽在她面前用鐮刀砍斷了牢籠鐵架。

少女不禁訝異。「你手上兵器同樣是以魔法礦鑄成……」她又回望正與丘龍葛戰得如火如荼的蘇梓我。「你的朋友也並非凡人，那是……羅剎天？」

杜晞陽撐腰笑道：「蘇老大可是能使役魔神的王！而我就是蘇老大的首席弟子杜晞陽，大姊妳叫什麼？」

「我是……艾因加納。」

杜晞陽脫下外衣蓋在艾因加納身上，扶她踏出鐵籠。「艾因加納姊姊有什麼地方不舒服嗎？」

「不，可是你的大哥……」艾因加納擔憂地望向蘇梓我，那孩子口中會使役惡魔的王，以及那人手上的印戒，少女喃喃自語：「我不是做夢吧，難道真的是他？這樣說來，永恆的夢終於結束了嗎？」

「大姊姊，蘇老大好像情勢不妙耶！妳有什麼好法子？」

「虹蛇的彩鱗堅硬無比，甚至能自由游走於熔岩之中，正常情況下人類毫無勝算，除非……」

艾因加納想了想，問：「你是處子之身嗎？」

「哇啊，當然不是……也可能是，妳問這幹嘛？」

艾因加納答道：「那古蛇是我的孩子。以前他並非如此暴戾，只是自從那個惡夢之後，就變得殘暴淫亂……這一切都是我的責任，可是我不能將寶藏交到那孩子手上。」

杜晞陽聽得一頭霧水，艾因加納續道：「總之我有方法對付虹蛇。那孩子與其他虹蛇一樣有發情週期，每隔十九年就會求偶播種，現在剛好是第十九年，所以才失控失常。但杜弟弟你無須屈服於丘龍葛的威力之下。因為你用來對付丘龍葛的最大武器，正是你堅貞的美德。」

丘龍葛被色慾沖昏頭腦，此刻他最忌憚的就是處男。

「只要杜弟弟你往蛇口射一泡童子尿，他體內慾火就會頓時熄滅，神力不穩就無法保持虹蛇形態。」

「我不要，這太可怕了吧！況且那蛇妖在我面前張口我都嚇到縮回去啦，怎麼會有尿意！」

「但只有這方法才能有機會戰勝丘龍葛。」

「可以先儲起來，由妳潑灑嗎？」

「不行，一定要趁熱，涼了就沒用。」

杜晞陽抱頭糾結。「好啦，豁出去了！」

於是艾因加納帶他繞路走到地底洞的高處，懸崖峭壁，能俯瞰混戰當中的蘇梓我與丘龍葛；刀光毒霧交錯，蘇梓我好不容易才避開丘龍葛的魔法追擊，然後聽見頭頂有人大叫。

「蘇老大，這邊！」

壁上凹陷處出現杜晞陽與半裸少女的身影。不是叫他救走少女嗎？這麼大聲是想被蛇妖發現？

「不對，一定如我所料，那少女有對付巨蛇的妙計。嘿嘿，果然本大爺只要動動腦筋就萬事能解。」

蘇梓我大笑，丘龍葛卻大怒。「居然趁我不留意拐走親愛的母親大人……是那個小孩嗎！」龐然巨蛇張口吐霧，直逼上方的杜晞陽；杜晞陽全身顫抖，蘇梓我便飛擋中間：「休想傷害我的小弟！」

同時杜晞陽大喊：「吃我的聖水啦！」

只見一條金光色拋物線掠過蘇梓我頭頂，直墜丘龍葛口中——

「杜小弟你找死啊，幹嘛對準我！」

「哇，蘇老大別砍錯蛇啊，敵人在你前面！」

蘇梓我差點忘記真正敵人，往前一看，巨蛇居然全身透光；蛇鱗四散化作磷光湮滅，丘龍葛頓時縮小變成普通人形，童子尿效果顯著。

壁上的艾因加納對丘龍葛說：「收手吧，我知道一切都是我的錯，我願意道歉；但多年來你凌虐人間，我不可視而不見。」

丘龍葛跪在地上反問：「母親大人，妳為了替那個人類看守寶藏，不惜犧牲所有神力變成現在普通人的樣子，值得嗎？」

「這與現在我要說的話無關。」

「當然有關係！妳早已經失去所有神力，妳還以為自己是那個無所不能的創世神？」丘龍葛反過來恐嚇她：「我給妳最後一次機會，立即把寶藏交出來！念在妳是我的母神，我可以放妳一條生路。」

蘇梓我驚覺原來是母子吵架。「你這手下敗將想逞什麼威風啊！」他提劍上前，電光石火，卻遭無形神力彈飛數尺。

「愚不可及的人類。」

包圍丘龍葛的空氣化作七色魔瘴、七色觸手，連環在蘇梓我腳邊轟出數個坑洞。蘇梓我左閃右避，瞄準觸手交錯的唯一破綻，便躍起引劍揮向丘龍葛的頸項——

忽然天旋地轉，不知何時蘇梓我雙腿遭瘴氣擒住，隨著丘龍葛揚手就被拋到十尺半空；但蘇梓我及時翻個筋斗，用意念召喚羅剎諸刃鋪成一條圓拱長梯，踏著劍身跑回地面乘勢反擊。

劍來魔往，蘇梓我興奮莫名，心道：這就是諸神之間的戰鬥，從前我只顧亂七八糟運用聖力實在太可惜，我的力量應該更加強大才對。沒有娜瑪和思思在身邊，只能靠我保護杜小弟。

丘龍葛則越戰越怒，咆哮斥道：「給你見識我累積千年的神力！」

語畢地洞搖晃，落下千石橫飛，丘龍葛神力比起火山熔岩更為熾熱，猛力砍下魔光理應不是任何人能夠承受。

但見蘇梓我右手印戒綻放聖光，彷彿有巨人身影與他重疊起來——

艾因加納驚道：「那是羅剎天，真令人懷念……他甚至收服了羅剎天嗎？」

魔光聖光相撞，丘龍葛與蘇梓我同時退後，二人神力都缺失一截，看得杜晞陽十分緊張。

「蘇老大能打贏吧？」

艾因加納答：「不樂觀，消耗戰的話，你大哥不可能贏得過丘龍葛，羅剎天亦不能與丘龍葛相比……咦，不對？」

此時她才留意到蘇梓我的魔力不但沒有減退，反而變得更加穩定，便欣慰道：「原來印戒的七十二柱魔神沒有完全消失呢。阿斯摩太、阿斯塔特，妳們都找回自己的主子了。」

9

夜空下一片茂林，娜瑪與夏思思走在雨林中，忽然感到身體有股暖流經過——

娜瑪驚道：「這是那笨蛋的共鳴，跟上次在魔界與羅剎天對峙時一樣。」

「小娜娜，我們飛到樹頂看看吧。」於是兩個惡魔張開黑霧翅膀穿出樹冠，夏思思指著島中央的火山說：「蘇哥哥的氣息好像在火山裡，他們不是想哄騙杜姊姊嗎？怎麼會走到那麼遠？」

「那個人的思維本來就不能用常識來推斷。」

「但小娜娜妳會去看看吧？」

「這個嘛，既然他要借助我們的力量，大概也是遇到了什麼危險。」娜瑪飛到同伴面前。

「只能過去找那笨蛋囉。」

兩位惡魔便爭先朝著火山飛，也許她們來不及到現場支援蘇梓我，但至少二人魔力已先一步連繫到火山洞內的他。

◇

「魔力源源不絕地流進體內。沒錯，就是這種感覺！」地底洞內蘇梓我感到異常興奮。

「無恥的賤等種，你究竟用了什麼妖法，能不斷吸收惡魔力量？」丘龍葛瞧一瞧蘇梓我手中發亮的戒指。「果然又是這奇怪的聖武具！」

「應該是說愛的力量！」蘇梓我再次用羅剎刃指向對方叫陣：「變態裸男，你想好遺言要告訴媽媽了嗎？」

「放肆！」丘龍葛無法忍受被人類奚落，於是飛到半空往蘇梓我接連扔出大小火球。

蘇梓我見狀，立刻聚精會神，左右手揮劍居然劈出一道道黑色劍風，直撲火球——兩股純魔力互相噬咬，「轟」的一聲灰飛煙滅，誰都沒有佔上風。

但煙霧下，人類形態的丘龍葛更加靈活，搶佔先機便衝往蘇梓我轟出一拳！蘇梓我勉強閃避，對方的重拳驚險地掠過他衣襟，但他胸口仍隱約有一陣灼傷的痛楚。

「你這條火蛇男挺不賴啊。」蘇梓我退後甩一甩劍，盯著丘龍葛的胸膛笑道。

「你這是什麼意思？」丘龍葛低頭察看，這才發現自己胸口居然被劃了一道四吋長的血痕！

「哇哈哈！你這個蠢材連自己怎樣受傷都不知道，比娜瑪還要笨得多。」蘇梓我得意忘形垂手大笑，似乎完全不把丘龍葛看在眼裡。

丘龍葛心中懷疑：難道這人類還有什麼後著嗎？真是難以捉摸，居然能讓我感覺到危機……

蘇梓我目中無人的行徑反而動搖了丘龍葛的內心，亦激發起他的恨意。「你確實能夠帶給我一點樂子，不過遊戲也要結束了。」

「啊？這話由我來說才對，你被我劈瘋了嗎？」

丘龍葛只是望著蘇梓我冷笑數聲，這次換成蘇梓我感到不爽，主動踏前劈劍——

但羅剎刃砍到的只是丘龍葛的殘像，此刻丘龍葛已經退回地底洞口，似乎另有所謀。

「對了，你剛才就是趁我離開火山時，趁機帶走我的母親大人，對吧？」丘龍葛續道：「我那時正要到外面抓一個鬼鬼祟祟的人，你知道是誰嗎？」

丘龍葛朝洞外岩道揚手，一個穿運動服的少女被凌空抓住來到面前。

「夕嵐？」蘇梓我睜眼驚道：「妳怎麼會在這裡！」

只見杜夕嵐被魔法荊棘纏住身體，衣服被倒刺勾破，再稍微扭動就會皮開肉裂。但她依然大喊：「晞陽、蘇梓我！你們沒事就好。」

「姊姊！」杜晞陽喝道：「你這妖怪快點放開姊姊，要是姊姊少一根汗毛，你別妄想可以活著離開！」

「哦？這女人果然是你們的同伴。」丘龍葛用神力把杜夕嵐拉到面前，一手掐住她脖子說：「可是我脾氣不好，又不懂得控制力度，一個不小心就很容易勒死這女孩呢。你們說該怎麼辦？」

蘇梓我呆愣在原地，故作鎮靜反駁：「你不敢堂堂正正跟我對決嗎？」

「哼，你這個賤等人的手段也不見得很光彩吧？」丘龍葛再大力勒住杜夕嵐的脖子，指縫間滲出血水，斥道：「立即放下武器，不然我就殺死這個女人！」

「別亂來……我照辦就是。」

但杜夕嵐掙扎大叫：「別聽他的話！蘇梓我，你快把晞陽帶離開，至少你們都安全，我怎樣都無所謂！」

蘇梓我當然不依。他把羅剎刃丟到地上，武器化作光點消失。

豈料丘龍葛亮不屑一顧。「不是這個吧？我要的是你手上戒指。把它扔來我這裡，我就放過這女人。」

「不要啊！要是因為救我而傷害到大家，我會內疚一輩子！」

「但沒有妳，我這一輩子也沒意思了。」蘇梓我心中悔恨。「而且我不可以再乾瞪著眼，看喜歡的女人被別人搶走，絕對不可以。」

於是蘇梓我拿下印戒，握在手心，向丘龍葛輕輕拋出——

「沒了，一切都完了……」艾因加納非常後悔，她不應該委託人類插手此事的。這樣子，蘇梓我連唯一能夠對抗古神的力量都失去，已經跟平凡人無異。

——哐噹哐噹。

見印戒掉到岩石地，丘龍葛失聲大笑道：「這下誰都無法阻止我了！」

語畢，丘龍葛竟開始變形變臉！他胸口長出一對乳房，男性性器消失，面容也變得妖艷——不消幾秒，丘龍葛居然變成了美女模樣，就是艾因加納口中所說的女性神格朱龍葛。

「呵呵。」朱龍葛張開朱唇得意道：「你們消耗本座多少魔力，我就要加倍吸回你們的精力重生！」

朱龍葛右手指頭變成五條毒蛇，張牙吐舌地伸長到十尺外，咬住蘇梓我的四肢和咽喉，一下就束縛住了他。

艾因加納說過不能讓丘龍葛變回女性神格，但已經太遲了。丘龍葛的神術是專門對付女人，相反的，朱龍葛的就是專門操控男人。朱龍葛推開杜夕嵐，改將蘇梓我抓到自己面前，開始吸食他的精力——

「啊啊啊！」蘇梓我縱然只是被五條小蛇咬住，卻如同千蟲噬身，甚至鑽進血管裡亂闖，從體內咬噬內臟神經。

蘇梓我叫得面容扭曲，但朱龍葛得勢不饒人，另一隻手已經匯聚神力施法——

整個空間變成桃紅，與外隔絕；荊棘玫瑰結界包圍朱龍葛與蘇梓我，艾因加納知道這是朱龍葛的終極殺著——

「絕倫色結界，這是那孩子最擅長的神級神術，能瞬間充填男性精力，再從對方體內吸乾化為己用。」

果然，桃紅邪咒具現成光、侵入蘇梓我全身，並把他體內的魔力不斷送到朱龍葛身上。

「呵呵，你這賤等人的魔力實在美味。」朱龍葛隨即加強結界之力，誓要把蘇梓我的魔力吸乾吸盡。

蘇梓我被她的結界咒術支配全身，整個人失去理智地瘋狂叫喊，就像廢人一樣。

「蘇梓我……」杜夕嵐見蘇梓我的魔力不斷被朱龍葛吸走，自覺害了對方，已沒有勇氣再看下去……自然就沒看到魔力的流動方向改變了。

「什麼？」

突然，五條小蛇像被什麼東西塞住了般，朱龍葛無法吸食蘇梓我的魔力，便催動全身神力再吸一次——豈料遇上更巨大的力量直接將她的魔力扯回去！那股力量要比朱龍葛強大得多，一下就把她吸收的神力以倍數扯回蘇梓我體內！

「怎麼會這樣……啊啊！」

朱龍葛越是反抗，她身上的神力就流失越快。這時她看見蘇梓我的右手雖沒有印戒，但手背卻多了一個奇怪的黑色印記。就是那個印記，它居然不斷吸食著絕倫色結界的咒術，將桃紅之氣完全吞噬化為己用——

同時漆黑羽毛散開遮蓋了整個地底洞，蘇梓我背後則爆出三雙暗黑翅膀。

「這賤等人的眼睛變成紅色……」朱龍葛不敢相信自己所見。「是惡魔皇族……」

蘇梓我身體繼續異變，力量從手背溢出，右手竟變成一隻巨獸之爪，一下就擒住朱龍葛頭頂將她抓起——

「區區一個二等神，居然敢跟本座作對……」蘇梓我嘴巴沒有動，卻以神術傳聲到朱龍葛腦內，接著更一手掐住朱龍葛全身，握拳想把她直接掐死。

朱龍葛情急下變成小蛇從蘇梓我的指縫溜走，並高速蛇行爬上地底洞壁，鑽進小洞逃離——突然整面牆壁爆破倒塌，一頭巨蟒從反方向探頭出來，一口就把小蛇吃掉。

「這樣一來，烏洛波羅斯的魔力就能再上一層樓呢。」

夏思思帶著魔獸現身，但她見到蘇梓我整個人變成黑翼天使暴走也嚇了一跳。

「嗚啊啊！」蘇梓我失去了攻擊對象後，繼續喪失理智在洞內咆哮，所有人都不敢接近，唯獨只有她。

「笨蛋醒醒啊！」娜瑪走過去掌摑蘇梓我，蘇梓我背上黑翼這才化成漫天羽毛消失；體內魔力同樣消去，整個人便虛脫地倒在她的懷中。

10

「醒了嗎？」娜瑪伸手扶起蘇梓我，此時蘇梓我的臉恢復血色，眼睛也變回正常。

「娜瑪，妳什麼時候來了？」

「蘇哥哥，思思也在喔，還撿走了尾刀呢。」夏思思把吞下虹蛇的烏洛波羅斯收回腕中，微笑道。

杜夕嵐則一臉憔悴地走來問候：「大家平安無事，真的太好了。」

「姊姊！」杜晞陽也跑來姊弟團聚。「終於找到姊姊妳了。」

「這句話不是我來說才對嗎？」杜夕嵐輕拍弟弟的頭，報以微笑，沒有再追究下去。

另一方面，艾因加納把蘇梓我拉到一邊單獨對話：「謝謝你幫忙收拾了丘龍葛和朱龍葛，相信他們回歸靈魂循環時，也會感謝蘇先生的。」

蘇梓我笑道：「舉手之勞而已，總不能見到女生被禁錮而坐視不理嘛。」

「雖然我已經不是你能夠調戲的年紀，但你果然是獲得寶藏認可的人。」艾因加納把印戒交回他的手上，認真地說：「其實我多年來守護這座火山島，為的就是這一天。」

「妳守護的是所羅門島上的寶藏嗎？」

「沒錯。唯有蘇萊曼印戒的主人才能開啟寶藏之門，並獲得沉睡在火山內那數之不盡的金銀財寶。」

蘇梓我好奇地問：「數之不盡，大約是有多少？」

艾因加納回答：「當時蘇萊曼王擁有全天下三分之一的黃金，換成現今價格，要買下幾個國家也不成問題。」

「聽起來好像很厲害。」

「這是當然，而且全部都是留給蘇先生的。請問你願意接受這批財寶嗎？」

蘇梓我爽快答道：「好吧，不過我有一個條件。」

於是他在艾因加納耳邊輕聲說了幾句，艾因加納聽後非常訝異。

「這就是蘇先生你所謂的條件？」

「沒錯啊，妳可以答應我嗎？」

艾因加納苦笑嘆道：「我明白了，真是個有趣的人。」

「那麼我們可以去看寶藏了嗎？」

「嗯，一切就拜託你了。」艾因加納再次向蘇梓我道謝，蘇梓我對娜瑪和杜夕嵐等人暫別，自己獨自跟隨艾因加納走往地底洞的深處。

杜夕嵐望著蘇梓我的背影，心想：完全猜不透那個人的想法，一下說重視人家，但之後又若無其事地離開……

至於夏思思，她比較關心的是所羅門寶藏，便問娜瑪：「妳要跟上去嗎？我以為小娜娜妳會喜歡親眼見證歷史呢。」

娜瑪冷淡回答：「既然那個人只招待蘇梓我一個，我跟上去也沒意思啦。能親眼目睹此地的地方神，我就已經很滿足了……雖然一秒就被你的寵物吃掉了。」

「嘻嘻，那就回家吧。」

結果在大戰之後，蘇梓我跟隨艾因加納領獎，其他人則隨兩個惡魔返回潛艇休息，漫長的一夜終於結束。

◇

翌日早上，蘇梓我獨自去到火山島上的部落，並在村口大聲宣布：「你們都聽好了，英雄蘇梓我已經殺死火山的惡鬼，再也不會有東西來騷擾你們村落啦！」

部落長老出來笑臉歡迎。「我們一直在恭候勇者大人回來啊。請先到集會所歇腳，公主也在裡面等著。」

「迦蘭公主？好，我進去看看。」

蘇梓我一踏入集會大屋，迦蘭公主與一眾族人便在草蓆上向蘇梓我叩頭道謝。

「感謝勇者大人救回我們部落的戰士，還剷除了島上惡魔，此等大恩大德我們所有族人沒齒難忘。」

看來是杜晞陽他們把那幾個人救出火山了，真是越來越能幹的部下。

蘇梓我威風凜凜地回應：「你們都起來吧，反正你們知道我是真正的英雄就好。」

迦蘭公主答：「其實我們今天也準備了部落裡面最豐富的美食，如果勇者大人賞臉的話……」

「不好意思，要不是有同伴等我回去，我也想多留一會兒。」蘇梓我又說：「而且今天我來也不是為了獎賞，難道妳認為我是一個貪婪小人，為了報酬才行動？」

迦蘭公主緊張否認：「我們沒有這個意思。只不過昨天勇者說的要求……果然是說笑吧？」

「喔？啊，那個嘛，就騙你們而已。人們不是常說要騙過同伴才能騙倒敵人嗎？我昨天的話只不過是讓惡魔掉以輕心，趁晚上殺他一個措手不及，哈哈。」

「勇者大人果然智勇雙全。」迦蘭公主再次低頭道謝。

「話說回來，既然山上惡魔已經清除，公主妳什麼時候會上山接受聖胎呢？」

「明天晚上我就會到聖泉執行儀式。」

「不行！這樣太遲了！」

「欸？為什麼這樣說？」

蘇梓我騙她：「昨晚山上天神對我顯靈，說今晚才是最佳的受孕時機。所以公主妳必須今晚上山泡聖泉！」

迦蘭公主對蘇梓我深信不疑。「我明白了。儀式上應該沒有問題。」

「哈哈，不錯不錯。那我們今晚見啦。」

「咦？」

「不對，我的意思是，我們有緣再見啦。」蘇梓我說：「接下來我就要離開這座火山島了，英雄可是相當忙碌的。」

「原來如此。這兩天真的很感謝勇者大人出手相助，祝大人一帆風順。」

最後迦蘭公主與族人一同鞠躬道謝，送別蘇梓我離開部落。

◇

當天晚上，迦蘭公主聽從了蘇梓我的提議，獨自走到聖泉沐浴；但到了隔天早上，她卻帶了另一位女子回到部落。

「這位女士叫做艾因加納，從今天起，她就會在我們部落居住。」迦蘭公主如此介紹。

部落長老卻比較在意另外一件事。「請問公主昨晚的儀式成功了嗎？是否可以懷到天神的孩子？」

迦蘭公主臉紅點頭。「大概會有吧……不然昨晚那樣激烈就白費了。」

「呵呵，實在太好！看來天神還沒有因為惡魔之事而離棄我們。」

部落族人知道消息之後都非常高興，唯獨迦蘭公主回想起昨夜的事，還是覺得非常尷尬。

◇

同一時間，停泊在岸邊的潛艇終於修理完成，可以繼續潛航。

「結果蘇哥哥沒有帶走所羅門的寶藏嗎？」

「哈哈，本大爺才不會被那些金銀財寶困住自己呢。」

休息艙內，夏思思聽見蘇梓我這麼說有點失望。「蘇哥哥不知道小娜娜對那些歷史古物很感興趣嗎？假如你有留一點給她的話，說不定可以增加好感度喔。」

「是嗎？」

「對啊，真是浪費了一個好機會。」

「哼，她只不過是個女僕而已，我才沒必要討好她。」

蘇梓我說完後離開艙房，在潛艇下層看見娜瑪又正在清潔走廊。

「妳一直在擦地板不會無聊嗎？」

跪在地上的娜瑪說：「我就喜歡環境乾淨——哎呀，你又用什麼東西來敲我的頭？」

「二千年前以色列王國的金幣。」蘇梓我說著就把金幣拋到娜瑪手中。

「這是給我的嗎？」

「哇哈哈哈，這樣我也算是一個良心雇主。」

「哼，別以為我會感謝你。」娜瑪很快就把金幣收進裙袋，而蘇梓我看著她也是心滿意足。

這一趟，縱然蘇梓我沒有帶走島上任何寶物，但他得到的東西卻比金錢更加珍貴。

第二章

家園

1

離開所羅門群島後半個月，蘇梓我一行平安抵達澳洲布里斯本，在當地聖教會的協助下飛往羅馬。

關於香港聖戰的後續亦有消息，彼列公爵把正教的樞機騎士打得落花流水，但礙於正教人多勢眾，又有廣東教省支援，彼列公爵只在現世掠奪大量聖職靈魂之後便返回魔界，香港正式改信正教會。

前任聖教會香港教區主教潘牧修死於聖戰當中，傳言說那就是法蒂瑪的第三個預言。不知是否屬實，但廣東正教的郭漢樞機獲委任，暫代香港教區主教一事已成大局，學校學校原本關於聖教的課程均由正教理念取代，所有聖教信徒必須接受宗教的再教育。

畢竟大部分人都目睹到聖父顯現，香港信眾沒有太大反抗；加上中國政府亦趁機向香港同胞釋出善意，承諾傾力協助重建香港，只是實際結果如何已無法得知，太多資訊受到限制了。

蘇梓我也不知道昔日好友現在過得怎樣，網路聯絡不上，實在沒有辦法。

夜深，船艙內的燈光都已關掉，娜瑪見蘇梓我坐在窗邊呼呼大睡，低聲自言自語：「明天就要陪這笨蛋到羅馬，真不敢想像自己會走到聖教的大本營，一切都是因為蘇梓我。

「回想起來還真神奇，這笨蛋居然能夠打敗火山島上的二等古神。想當初，我就是為了這沾有撒旦大人之血的靈魂而找上門的，而現在這人居然以人類的肉體解放出撒旦大人的力量……

「如果我當時沒有及時阻止，恐怕他就被撒旦大人的力量完全吞噬了吧？畢竟人類太過弱小。但反過來想，明明人類如此弱小，為什麼蘇梓我能夠使用到撒旦大人的力量？也許現在尚未能駕馭魔皇的魔力，但假以時日……」

娜瑪拿出蘇梓我送給她的金幣仔細抹拭，嘆道：「莫非這個人真的能像蘇萊曼王一樣，成為人類的英雄？最近我也夢見阿斯摩太一世的記憶……感覺這個『世界』有什麼東西正在蠢蠢欲動——哎呀。」

好像有什麼東西踢她的大腿，娜瑪就從裙內取出天使櫃，輕輕撫摸那木盒子的裂縫說：「乖啦。再等一天我們就帶你回去教會啦，別心急。」

原先天使櫃在娜瑪的手上不斷跳動，但聽見她的聲音後似乎就安靜下來。

「真是的，為什麼身邊都有一堆小孩子要我照顧。」娜瑪望著盒子，又瞧一瞧蘇梓我，再回頭看見夏思思。「果然我是個苦命人啊……」

「別一直唉聲嘆氣，好運都被妳嚇跑了。」

「哇，原來你醒著！」

「好歹我跟蘇萊曼王一樣是人類的英雄嘛。」

娜瑪臉紅說：「你跟蘇萊曼王還差遠了，他有七十二柱使魔，你才只有我和思思。」

「什麼嘛，一天收一個，不用三個月就集齊一套啦。」

「別說得好像超市集點數那樣輕鬆，你知道彼列大公也是七十二柱魔神之一嗎？以你現在的魔力，連他一根汗毛都碰不到。」

「那頭變態惡魔居然也是蘇萊曼的使魔，真的很厲害嘛。」

「所以天使長拉結爾才要利用羅剎天去封印蘇萊曼的印戒，至少說明蘇萊曼王是聖主的心腹大患。」

「最初的盟友，從不知何時開始卻變成了死敵。天魔戰爭有太多不明白的地方了。」

「現在發生的也是不明不白。」蘇梓我用手指示意娜瑪靠近自己，輕聲耳語：「明天我有個計畫……」

2

翌日，羅馬舊城區。

石街兩側擠滿長形建築，二樓窗台裝飾著翠綠盆栽，陽光照射在露天茶座的陽傘，杜夕嵐感嘆原來這就是歐陸風情。

「幾位姊姊！我有點餓了，不如去那咖啡店休息一下嘛。」

杜晞陽興高采烈地在街上亂跑，結果不小心撞到了一位金髮少女。

「天啊，怎麼在這地方會有衣衫襤褸的小孩在亂跑？果然外面的世界實在太低俗了。」

說話的少女年紀跟杜夕嵐相當，語氣卻非常高傲，就像漫畫裡的千金小姐，包括她的長鬈髮造型。雖然杜夕嵐聽不懂少女的語言，但見對方一臉厭惡，也知道她正在抱怨杜晞陽。

「十分抱歉，我家弟弟不是故意的。」杜夕嵐還是忍氣吞聲，試圖用英語向對方道歉。

「原來是中國來的，聽管家說最近來了不少難民，看來是真的。」少女用憐憫的眼光看著杜家姊弟，還有他們身後的娜瑪與夏思思。

此時一位老先生急步走來。「瑪格麗特小姐！妳沒有大礙吧？怎麼跟別人爭執起來呢。」

「沒事。只是外面的世界不太有趣啊，我們還是回家吧。」少女輕撥長髮揚長而去，而老先生則後退半步低頭跟隨。

杜夕嵐一臉無奈。「那少女是什麼人？好像很古怪。」

娜瑪答道：「雖然不想承認，但那少女身上確實散發著少許神聖氣息，應該是教會的相關人士吧。」

夏思思說：「連這種人都能當聖職者的話，教會也是墮落了。」

「真可惜，明明那位姊姊很可愛——」杜晞陽說到一半卻被他姊姊用手掩嘴。

「別學蘇梓我那樣輕挑說話。」

夏思思笑道：「喜歡可愛的女生也沒有錯嘛，所以有很多人喜歡杜姊姊妳呢。」

「才沒有，小夏妳也別亂說話。」最初杜夕嵐在學校認識夏思思時，還以為她是純真的女生，相處久了才明白她是不折不扣的小惡魔。

「但說起蘇老大，不知他那邊現在怎樣了？」

娜瑪檢查收在裙下的天使盒，嘆氣說：「那笨蛋還真是什麼都敢做，居然敢帶個假盒去見教廷的人。」

「大概蘇哥哥想跟教廷討價還價嘛，所以才沒帶上教會最重視的東西。」

聽到兩位惡魔的話，杜夕嵐便擔心起來。「他不會是想跟教會作對吧？」

娜瑪也憂心起來。「思思妳能用預視術偷看一下蘇梓我那邊的情況嗎？」

「小娜娜妳想陷害我喔？梵蒂岡布滿結界，萬一思思試圖窺看，肯定被教會利用逆追蹤魔法追捕呢。」

「話雖如此，但還是很令人擔心啊。」

夏思思搖頭。「與其擔心蘇哥哥，不如擔心一下妳自己喔。萬一教廷發現蘇哥哥利用妳把寶物藏起來，到時妳打算逃到哪裡？」

「只能逃到魔界？」

「杜姊姊和杜弟弟擁有羅剎血統不怕魔界瘴氣，但盒裡的天使恐怕會被魔界惡魔盯上吧。」

「我會保護天使的。」

「嘻嘻，看來小娜娜快要忘記自己的種族呢。」

「我、我只是替契約主辦事而已。」娜瑪心想：因為是契約主，臨行前告訴了他傳送意念的方法，以便緊急時能聯繫……應該沒問題吧？

3

梵蒂岡是個神奇的國家，面積最小，卻擁有最多的信徒。在羅馬中心築起城牆包圍聖座的土地，梵蒂岡有部分地方開放觀光或讓信眾崇拜，但大多都是戒備森嚴，僅限國民出入。

此刻蘇梓我在教廷直屬的紅衣騎士陪同下，乘坐房車駛進梵蒂岡，看見沿途負責保安的並非是教廷的聖殿騎士，而是雇傭兵的瑞士近衛隊。瑞士近衛隊成立已超過五百年歷史，一直以保護聖座為榮，同時不直接隸屬教廷，因此不受《耶路撒冷公約》束縛，允許裝備槍械。相較於在黑暗中狩獵惡魔的聖殿騎士，陽光之下就由瑞士近衛隊守護梵蒂岡。

經過重重保安檢查，蘇梓我終於來到宗座宮，即是現任羅馬教宗的官邸；宮內到處都有士兵把守，但當蘇梓我走進會客廳時，房內就只有他一人；四周牆面上有著聖經故事的壁畫，正方形的空間略嫌有點空曠。神聖氣氛與蘇梓我格格不入，他只好呆站在木椅前等候。

過了十分鐘，一位擁有凌厲目光的主教在紅衣騎士陪同下來到會客廳，他便是聖教會的頂點——教宗庇護十三世。

「蘇梓我先生，很高興你平安回來，一路上辛苦了。」

蘇梓我看見庇護十三世熱情握著自己的手，回想之前娜瑪的話，說他是近代最年輕的教宗；外界普遍認為他有幹勁、有才華、親民且善良，因此才得以五十歲之齡壓倒教內其他派系，當選羅馬教宗。

蘇梓我笑道：「還可以，托聖主的福，一路上都非常順利。」

「經歷多番災難依然保持信念，潘主教果然有眼光。」

「既然那個人不惜犧牲自己也要將天使交託給我，我自然不負所望把天使送返梵蒂岡。」

庇護十三世默禱數秒，說：「相信潘主教在天國也會繼續看守著香港教區。」

「真的是這樣嗎？」蘇梓我最討厭這些鬼話。「假如真的有天國，為何你們的主要容許這樣殘忍的事發生？」

「這是人類的罪，人類是不完整的……」

「但利學姊是最虔誠的人，為何偏偏是她被人抓走？」

庇護十三世深表同情。「我們正在追查利家人下落，請蘇先生放心。」

「利學姊有異教女神維斯塔附身，假如被你們抓到，教廷打算如何處置？」蘇梓我拿出約櫃，續道：「天使盒就在我手上，但我要看到利學姊才給你。」

「這……我們可以答應收回香港教區，蘇先生也想回到家園與親友重聚吧？」

對於庇護十三世的提議，蘇梓我斬釘截鐵地拒絕：「那麼天使就不給你了。」接著他打開約櫃，裡面是空的。

話說約櫃的「約」，是指聖主與以色列人所訂立的契約，即是《十誡》的法版。約櫃一直是以色列人的聖物，原本安置在第一聖殿內，後來所羅門王預見以色列王國滅亡，就將約櫃一同運送到所羅門群島委託艾因加納保管，輾轉落入了蘇梓我手中。

「蘇先生，請問這是什麼意思？」

蘇梓我撐腰大笑。「我才不會輕易將天使還給你們，要本英雄跑腿，需要付出相對誠意！」

「那你有什麼要求？」庇護十三世似乎明白蘇梓我並非容易應付之人，便改變態度，坐下來氣定神閒示意他繼續說。

「我只想知道真相，為什麼正教需要發動如此大規模的聖戰來奪取香港？聖教和正教之間究竟有什麼衝突，非要弄個你死我活不可？」

「這不是問錯人了嗎？我也想問正教的牧首，為何要侵略香港教區呢。」

「彌賽亞再臨，對吧？」蘇梓我記得彼列公爵說過三大教會正互相爭奪某東西想讓「彌賽亞再臨」。

「這又是什麼意思呢？」庇護十三世似乎看穿蘇梓我不過在虛張聲勢，沒有被他套到話。蘇梓我亦不甘示弱。「難道天使對你們真的不重要了嗎？在知道真相前，我絕不會罷休。」

「你剛才這番話，可以理解為你正在用天使來威脅教廷嗎？」庇護十三世的語氣漸趨冰冷，彷彿能凝結空氣、隨時刺破蘇梓我的喉嚨。

「我不會說是威脅，只不過是交易。」但蘇梓我也是充滿信心，毫不退怯。

「你被憤怒與仇恨蒙蔽雙眼，才會意氣用事胡言亂語。」

「別再敷衍我了，我的美滿後宮生活就是被你們無謂的宗教戰爭摧毀，我當然要來討一個公道！如果沒有合理解釋，我可無法保證我的使魔會對天使做出什麼。」

「天使並非如你所想能隨意控制，你連天使是什麼都不知道，別天真以為單靠幾句話就能與教廷討價還價。」

「除了說話還有力量。」蘇梓我摸著手中印戒，目不轉睛地與教宗對峙。「我現在豁出去了，你才不要以為可以用幾句話就打發我。我打敗過古神，打敗過正教騎士，更擊退不少惡魔，你準備好對付我的代價嗎？」

「你想挑戰聖殿騎士？」庇護十三世示意在場騎士拔劍指向蘇梓我，卻同時又保持友善面容。「根據香港教會的報告，蘇梓我先生你應該是個不學無術、自我中心、頭腦簡單的人。不過，看來你身邊的所有人都低估了你。」庇護十三世又說：「我曾經看過很多有才能的青年，但他們到最後都成不了大器，你知道為什麼嗎？」

「嘿，因為他們都是用來襯托我這個大英雄的。」

「我見過那些充滿才華的人，可惜都沒有膽量。沒膽量的人再怎麼聰明，他們永遠只能當幕後的小角色。」庇護十三世說：「但是你不一樣，以你的膽色及能力，將來必定有一番作為。」

「客套話就免了，我只想求一個真相而已。」蘇梓我質問：「到底聖戰的真正目的是什麼？正教會他們還在戰場上召喚出聖父殲滅聖教教徒，這樣豈不是正教會才屬正統嗎？」

「聖父的確是在正教會手上，不過聖子在我們手中。」庇護十三世冷笑。「這樣你應該能猜到教會究竟正在發生什麼事吧？這是我給你釋出的最後善意，現在輪到你把天使交出來——」

叩叩、叩叩。

突然有人敲門，守門的聖殿騎士前去詢問狀況，之後神色慌張地請示庇護十三世：「請教宗大人稍移尊步，有件非常重要的事必須立即稟告閣下。」

「今天還真熱鬧，居然有比天使更重要的事。」庇護十三世抬手示意場內騎士收回武器，並對蘇梓我說：「今天你也累了，不如先在宮中休息一晚吧。接下來的事我們明天再處理。」

庇護十三世隨即命人護送蘇梓我到客房休息，自己便帶著幾位聖殿騎士一同離開了會客廳。

◇

「到底什麼事？不會又是天使作亂吧？」庇護十三世回到書房，質問房內的聖殿騎士隊長。

「報告閣下！我們在三分鐘前接到希臘教會的緊急聯絡，說在雅典城內有數十尺高的古神現身。這是一級警戒事件，當地政府隨即中斷民間電力供應，並已封鎖關口隔絕消息；可是古神在街頭大肆破壞，目擊人數太多根本紙包不住火。」

「古神？哪裡來的古神？」

「是二等神赫斯提亞，而且赫斯提亞的神力幾近失控，再過半天，整個雅典就要被她夷為平地了。」

庇護十三世拿下眼鏡抹拭，問：「希臘的騎士團情況如何？」

「希臘教會早年因為國家財政崩潰而變得腐敗不堪，所謂的底比斯聖隊只不過是烏合之眾，所以他們才向羅馬教廷求援。」

「都是上任教宗種下的禍根。」庇護十三世命令：「你立即編制十個騎士團出發圍剿希臘古神，要在三日內把事件擺平，無論是什麼古神都格殺勿論。」

「遵命，屬下馬上去辦！」

待聖殿騎士隊長離開房後，庇護十三世喃喃道：「真是多難之秋，最近天使蠢蠢欲動，再加上聖戰與古神……這是純粹巧合嗎？看來有必要另外派人調查希臘古神之事。

「絕對要在任內完成『彌賽亞再臨』的使命。」

4

「娜瑪娜瑪娜瑪娜瑪！」

被押送到客房後，蘇梓我反覆踱步，猛踏地毯，不斷喊著娜瑪的名字。

「可惡，完全沒有反應。說什麼血契關係，又叫我心中默念她的名字，全部都是騙人嗎！」

蘇梓我喊到累了，就這樣大字型躺到床上。坦白說客房睡床軟綿綿挺舒服的，尤其這幾天在潛艇和飛機上都未能好好休息，再加上床頭茶几裝飾著芳香鮮花，房間布置不遜於高級酒店，實在無可挑剔。

「窗外的景色也很漂亮……該死的娜瑪不會在顧著玩吧？」

蘇梓我坐起來，低頭靜默，並在心中呼喚娜瑪的名字——

「哇，這猥瑣的聲音是蘇梓我嗎？」

「娜瑪！妳終於肯回話了啊。」

「不，我沒想過你還真的成功用『念動術』隔空傳音？」

所謂「念動術」，是一種能將意念瞬達千里的魔法，通常只適用於兩個彼此有著特殊牽絆的靈魂之間。

蘇梓我望著同一片天空默念：「難道妳是以為我用不了魔法才告訴我的？」

「不是啦，但念動術需要雙方都……不，沒事！」娜瑪問：「所以你真的遇到問題了嗎？」

「遇到問題才不會找一個比自己笨的人來商量吧。不過算了，我在教宗那邊打聽到有趣的消息。」

「別罵人家笨之後說算了啊！」

雖然是隔空傳音，但娜瑪生氣的樣子卻活靈活現地出現在蘇梓我腦中。他愉快笑道：「妳聽我說嘛，半個月前的聖戰，中國正教會不是召喚出聖父作先鋒嗎？羅馬教宗也親口承認正教會擁有聖父，卻同時提到聖教會保有聖子呢。」

娜瑪反問確認：「你的意思是說，聖父歸於正教，聖子歸於聖教？所以推論下來，聖靈是由新教會保管了？」

「這樣的話簡直是支解殺人事件，三位一體的神居然被三個教會瓜分了。」蘇梓我默念道：「但彼列公爵說過，三大教會正在爭奪某個東西讓『彌賽亞再臨』，剛才的假說不就成立了嗎？」

「聖主被三個教會支解，然後三個教會互相爭奪聖父、聖子、聖靈，目的是讓聖主重臨？」

娜瑪不解。「為什麼聖主會被拆成三部分？」

「三千年前的天魔戰爭，雖然天神族獲得勝利，卻連同所有天使一同絕跡於世。」蘇梓我神氣地說：「我有一個想法，也許天魔戰爭的結果並非如歷史記載的那樣。真正的勝利者不是天神，更不是魔神……」

「……而是人類？」娜瑪難以置信。「人類的力量比起天神惡魔都要弱小，怎麼可能？」

「證據就在妳裙底啊。那個天使櫃其實是教會用來封印天使的吧？」

娜瑪不禁擔心起來。「通常故事裡知道太多的人都會被滅口……你現在在哪裡？不然我們先集合吧。」

「不，我跟教廷的協商還沒有結束，只不過他們那邊好像發生什麼大事，中斷了會面。」蘇梓我說：「恐怕暫時教廷也不會輕易放我離開，不如妳們那邊幫忙打聽一下有什麼事情發生吧。」

「好啦，我跟思思她們商量看看。你自己也小心行事，梵蒂岡到處都是結界，除了念動術，你別亂用魔法。」

「真囉嗦，我用什麼魔法輪不到妳來管。」

「你才囉嗦。之後沒有重要的事，就別亂用念動術來打擾我啦。」

娜瑪嘆氣一聲，便中斷了自己和蘇梓我之間的念動感應，意識回到了博物館內。

「小娜娜，」夏思思在雕像展館的一個陰暗角落找到娜瑪，便小聲問：「妳一個人在跟誰說話？」

「還有誰呢？不就是那個獨自闖入陣地的笨蛋。」

「嘻嘻，看見小娜娜一邊默念一邊甜笑，還以為妳在跟小情人聊天呢。」

「絕對沒有，妳該去驗一下眼睛和腦袋了吧？」

之前在咖啡店討論的結果，娜瑪一行人決定先故意不躲藏，而是大大方方地到處參觀，現在正好在市內一座藝術博物館欣賞壁畫和雕像。

博物館內非常寧靜，大型展館擺放著數座著名雕塑的複製品，吸引遊客駐足欣賞，更有學生在館內架起畫架素描。正是如此氣氛，夏思思打賭低調行事的聖殿騎士不會在眾目睽睽之下鬧事，捉走他們這幾位外表看來友善的遊客。

「是蘇梓我嗎？他有交代什麼？」杜夕嵐正好牽著弟弟走來，娜瑪對三人簡單總結回答。

「教會遇到麻煩事？」夏思思感到有趣。「這樣的話，問問惡魔最清楚不過，我用手機跟魔界朋友打聽一下。」

「那麼我和晞陽也留意一下周圍人們有什麼古怪。」

娜瑪代替蘇梓我道謝：「嗯，拜託大家了。」然後她裙底下的天使又好像亂動起來。

5

安東尼家是羅馬的名門望族，歷代家主更在梵蒂岡位居要職；正如四十四歲的亞倫．安東尼，他同時還有另一個隱藏的身分——聖殿騎士的第一統帥。

「希臘的事就拜託安東尼閣下了。」在安東尼的官邸書房內，一位傳話的司鐸把教宗庇護十三世親自簽署的祕密文件交到他的手上，然後恭敬地告退離開。

安東尼謹慎地檢視文件。「梵蒂岡第一、第四聖殿騎士團，羅馬教區騎士團，還有希臘當地的騎士團……總共十個團。」

現今聖教會每個騎士團的編制約有一千人，十個騎士團就是一萬人。如此大規模的動員並不尋常，至少除了半個月前的香港聖戰之外，近五年都沒有類似規模的剿滅行動。這足見庇護十三世對剷除古神的決心，亦印證他身為羅馬教宗在聖教掌握的權力。

「赫斯提亞。真是冤魂不散，這已經是第幾個古神了？但是希臘古神跟羅馬命運相連，教宗閣下這樣決絕也是無可厚非。」安東尼輕按額上傷疤，嘆道：「除了殺死她也別無選擇，就像之前一樣。」

安東尼動身離開書房準備出門，只是出門前還有一人令他放心不下。

他來到官邸玄關大堂，剛好碰見女兒和管家一同回來，便上前問話：「妳又到外面玩了？」

「沒有啊，我都聽父親大人的話安分地留在梵蒂岡城。」瑪格麗特又說：「倒是父親為何穿起樞機主教的紅衣長袍？今天不是休假嗎？」

「教會臨時有任務要交託我去辦，原諒父親今天不能陪妳了。我這次出差大概會離開羅馬一個星期，妳要乖乖留在城內讀書念經，知道嗎？」

「女兒不會讓您擔心的。」瑪格麗特微笑回答。

縱使安東尼明白自己女兒脾性，但他唯一能做的，也只能夠吩咐管家嚴加看顧，希望她別到處招惹是非。

見父親與管家在旁細聲商量，瑪格麗特已剛剛的承諾都拋諸腦後，放輕腳步偷偷溜走。因為安東尼一直都沒有把工作內容告訴給瑪格麗特，所以她對父親這趟祕密任務相當好奇。

「我認得剛才離開的客人應該直屬聖座國務院，他肯定有很重要的任務，才會單獨跟父親大人在書房見面。」

她鬼鬼祟祟走上二樓，用備用的鑰匙打開父親書房進去，在書桌上發現一份上百頁的文件。她知道父親是個做事井井有條的人，決不會將文件亂放，可想而知，桌上東西必定是訪客交託給父親的。

於是瑪格麗特隨手拿起中間一頁紙，正當打算仔細閱讀之際，書房門咔嚓一聲，安東尼已推門入內，一見到她便開始責罵：「瑪格麗特，不是叫妳留在書房安靜讀書嗎？怎麼跑來這裡。」

「父親大人，女兒只想替父親大人收拾行裝而已，絕對不是想偷看什麼的。」說著同時，她把藏在背後的檔案紙擠成一團收進袖內，又上前安撫父親。她知道父親生氣起來非常恐怖。

「妳先回房休息吧，父親現在沒空教訓妳。」

「父親大人也請好好保重，祝願你一路順風。」瑪格麗特微笑行禮，向安東尼道別後便離開書房。

只不過冷靜過後，她才發現自己闖禍了。

「我好像把父親大人的一頁文件拿走了呢……要是非常重要的話，父親大人一定會興師問罪的。」瑪格麗特焦慮地用手指繞著長髮，喃喃自語：「但如果現在我回去跟父親坦白，他也會非常生氣啊。畢竟華盛頓砍櫻桃樹的故事也是新教牧師亂編的，現實結局肯定不一樣。」

想了半分鐘，她便想到自以為最好的解決方法。

「沒錯，回去找那個傳話的客人，說他漏給父親文件就好。本小姐真不愧是父親大人的女兒。」

◇

另一邊廂，有個跟瑪格麗特差不多的人同樣想在周圍閒逛，但當蘇梓我一踏出客房，走廊兩側就有穿著白色聖服的人如影隨形。他們腰間掛的儀仗劍，便是聖殿騎士的正式裝備。

「看門的，我想到外面散步應該沒有問題吧？」蘇梓我大聲問坐在走廊盡頭的騎士，但他沒有反應，只是一直盯著蘇梓我的一舉一動。

「教廷指令，只要蘇先生沒有離開宗座宮就可以。」突然一位體型略胖的中年男子從背後無聲出現，嚇了蘇梓我一跳。

「所以我可以出去樓下花園散步？」

「當然可以，蘇先生你可是我們聖座的貴賓呢。不過為避免你未能適應宗座宮的生活，我們會派人一直從旁協助蘇先生。」

「好啦好啦，反正我到哪裡你們都會有人監視我就對了。」蘇梓我不耐煩地繞過了胖子，走到宗座宮的花園呼吸一下新鮮空氣。

「對了，那個男人就是剛才與父親大人交談的客人。」

同一時間，瑪格麗特正偷偷摸摸地在梵蒂岡城跟蹤傳令官，並親眼目送傳令官走進宗座宮內。

「果然是聖座直接傳達的指令呢。這樣本小姐必須盡快把文件歸還給父親大人才行！」

不過安東尼甚少跟瑪格麗特談論公事，瑪格麗特根本不認識跟父親共事的人，苦無頭緒。

「算了，乾脆直接把那團紙丟到宗座宮內。這樣就算文件不見，也不會跟我們家扯上關係。這點子不錯。」

◇

於是她故作鎮定，悠然自得地漫步走到宗座宮後的庭園，打算毀滅證據——

「咦？這烈日當空的，居然有閒人在庭園散步？」她連忙收起紙團，並假裝欣賞園內玫瑰。

然而，瑪格麗特很快就察覺到少年有點奇怪。「為什麼他無論走到哪裡，都有幾位聖職員相隨左右？莫非他是教廷的什麼大人物？」

少女開始有點敬畏那個少年，想靜悄悄地退後離開——豈料少年一看見自己就雙眼發光地急步走來，難道被他知道自己有什麼祕密嗎？

「這情況只能先下手為強！」

瑪格麗特只好撐起洋傘優雅地步進花壇，並向少年點頭問安。

少年淫笑道：「玫瑰是紅色的，紫羅蘭是藍色的，糖是甜的，妳也是一樣！」

「欸？」瑪格麗特皺著眉頭。「話說本小姐好像沒有在這裡見過你？請問該怎麼稱呼？」

「我就是大英雄的蘇梓我！」蘇梓我笑道：「本英雄也沒有見過妳呢？妳這麼漂亮，要是見過一定不會忘記，比起庭園玫瑰更加高貴，想必是某家的貴族千金吧？」

瑪格麗特喜形於色道：「蘇先生你的眼光很不錯，本小姐是米蘭公爵的後裔，祖父亦獲教廷封聖，家父是聖座的樞機主教。」接著瑪格麗特繼續介紹自己家世，還有自己芳名。

「原來令尊是這裡的樞機主教啊！」蘇梓我誇讚道：「本人仰慕安東尼主教的大名已久，今日有幸一睹其千金芳容，實在三生有幸。」

「你認識父親大人？」

「安東尼主教嘛，就是那個很厲害的主教。」蘇梓我模糊帶過，想起剛好教廷出了意外，便順勢搭話：「聽說梵蒂岡這邊氣氛有點緊張，像是有什麼緊急任務，我想令尊此時必定忙得不可開交，對吧？」

瑪格麗特睜大一雙海藍大眼，高興地說：「聽蘇先生的語氣，莫非你是父親大人的同事嗎？」

「嗯？算是吧。」

「這就好了。」瑪格麗特把揉成一團的檔案紙交給蘇梓我。「父親大人出門時不小心掉了一頁文件，煩請先生你把它送回給父親大人。」瑪格麗特又叮囑道：「記住不要把見過本小姐的事告訴家父，他意外地不想讓女兒見到自己胡塗的一面呢，呵呵。」

蘇梓我才剛接過紙團，瑪格麗特就大笑著告別，並轉著洋傘愉快離開。

6

「那個白痴女孩到底想做什麼？」蘇梓我把狀似垃圾之物塞進褲袋，見周圍監視自己的騎士沒有反應，便返回房間再作打算。

根據他的經驗，越蠢的人通常運氣越好，所以自己才會多災多難。搞不好那位少女也是帶來好運的人。他回到客房後，便打開了紙團查看。

「這是拉丁文？」

奇怪的是，蘇梓我不但能認出上頭文字，更能讀懂其內容。果然惡魔的魔法都很實用。

「聖座授權攻擊指令……」蘇梓我心中念出信紙的內容：「底比斯聖隊將全權交由亞倫・安東尼將軍指揮……」

蘇梓我簡單讀了幾句，已察覺事情並不單純，甚至可能觸發另一場聖戰？

「行動日期：十一月二日的諸靈節……擊殺目標：赫斯提亞！」

蘇梓我反覆再讀，雖然文件寫到一半就斷了，但前半部的確是一封擊殺赫斯提亞的指令。

「利學姊！教廷要派出騎士團殺死利學姊？」

蘇梓我想第一時間找娜瑪商量，可是一想到教廷想殺死利雅言他就變得心煩氣躁，無論怎麼閉眼默念，都無法千里傳音——

「笨蛋蘇梓我。」黑暗中一道少女的聲音響起。

「居然是妳先來匯報嗎？我正想找妳呢。」

不能否認，娜瑪親切的聲音能讓蘇梓我放鬆下來。他繼續用念動術回應：「妳來找我一定是打探到什麼情報吧？」

「哼，這是當然了，你以為本小姐是誰？」娜瑪念道：「你聽清楚了，梵蒂岡現正調動附近教區的騎士團越洋前往希臘雅典，你知道為什麼嗎？」

「赫斯提亞，他們已經發現了利學姊。」

「咦？你怎麼會知道。我這邊可是有當地惡魔引路啊。」

「只不過稍微在一個蠢材身上套取情報而已。教宗親自下令，計劃在十一月二日剿滅赫斯提亞，換言之只剩下三天時間。」

「你連行動日期都知道了？早知我就不用打聽得那麼辛苦啊。」

「好啦，等等我再來獎勵妳。但話說回來，妳知道什麼是底比斯聖隊嗎？」

「那是堪稱古希臘最強的軍隊呢。」

娜瑪解釋，古希臘的城邦時代並不和平，各城邦之間常有戰爭。其中最慘烈的不得不提伯羅奔尼撒戰爭，結果由斯巴達領導的伯羅奔尼撒聯盟擊敗了雅典領導的提洛同盟，奠定斯巴達在希臘本土的霸權。

「當時斯巴達的軍隊所向披靡，其中一個城邦底比斯為了脫離斯巴達的控制，於是創立了『底比斯聖隊』來對抗斯巴達的重裝步兵。」

底比斯聖隊由一百五十對相愛的男同性戀者組成，接受國家重點培訓，並寄望該一百五十對戰士能夠為保護戰場上的愛人，而發揮超乎常人的戰力。

「結果這支底比斯聖隊先後兩次以少勝多，擊潰了斯巴達的凶悍勇士，一躍成為希臘城邦裡最強的精銳軍隊。」娜瑪續道：「底比斯聖隊就此變成傳說中最強的代名詞，教會騎士團好像也將其精銳部隊同樣取名為底比斯聖隊呢。至於是否都是男同性戀就不清楚了。」

「怎麼可能一群同性戀會打贏正常男人？」蘇梓我聽得雞皮疙瘩。「先不提這些，既然知道利學姊現在身處雅典，我們要趕在教廷動手前把她救回來！」

「這個……恐怕有點困難。」

「為什麼？」

「蘇梓我，你現在先離開梵蒂岡，我們集合之後再解釋吧。」

「我也想離開啊！但周圍都有聖殿騎士監視，而且梵蒂岡城又有結界封印，我想動身逃往魔界也沒辦法。」

「……其實不止梵蒂岡，連整個羅馬都布滿了聖封印，我們確實低估了聖教的勢力。」娜瑪續道：「不過沒關係，因為羅馬的封印有個缺口。」

「缺口？」

「特定的靈魂能隨意進出結界。現在你這個笨蛋先閉起雙眼，深呼吸然後安靜下來……」

——跟我來吧。

一道男性聲音突然傳到蘇梓我耳邊，接著靈魂遠去；這種感覺蘇梓我認出來是「魔空間回歸」。

「很久不見了。」

睜開眼睛，天空永夜景色是魔界的日常，而站在蘇梓我面前的除了娜瑪，還有一個前後各擁有一張臉的魔神。蘇梓我沒有忘記他，因為自己差點就被這惡魔殺死過一次，本能反應馬上擺出架勢警戒。

「要打架嗎，人類？」

「你們兩個都住手！」娜瑪鑽到中間阻止斥道：「現在我們暫時同一陣線，還沒救出女祭司就內鬨是怎樣？」

比夫龍冷淡回應：「我可沒有打算跟這男人站在同一陣線，不殺他已經是我的底線了。」

蘇梓我也非常不滿。「對啊，為什麼要牽扯另一頭惡魔？現在要急著救利學姊，我沒時間應付這雙面妖怪。」

娜瑪回答：「無論如何你是避不開比夫龍的，因為他也是受到維斯塔女神的呼喚才會現身此地，而且只有比夫龍才能把你拉回魔界啊。我剛不是說羅馬城的結界有漏洞嗎？那個漏洞正是對羅馬古神沒有影響。」

「妳是指，比夫龍原本是羅馬古神？」

「你說過想收服七十二柱魔神嘛，於是我重新翻看《天使長拉結爾之書》調查了下其他魔神的背景，比夫龍就是其中一位。」

娜瑪對看過的書都是過目不忘，隨口便說：「根據書中記載，比夫龍在成為魔神前，應是羅馬原初之神雅努斯。」

比夫龍附和：「當我知道自己祖先的身分時，才明白為什麼自己會聽到維斯塔的呼喚了。」

「因為你們同樣是羅馬古神？」

娜瑪回答：「不單如此。雅努斯象徵羅馬的開端，甚至是時間的起始，拉丁語的一月就源自他的神名。每當羅馬士兵出征，他們必定會穿過刻有雅努斯像的凱旋門，雅努斯的所有寓意都跟起始有關。」

比夫龍接著說：「另一方面，維斯塔則象徵羅馬的終結，尤其當維斯塔聖火熄滅後，羅馬諸神教被聖教會取締，羅馬帝國亦告分裂。」

由於雅努斯與維斯塔有連接起始終結之意，古羅馬不論是婚禮、祭祀等儀式都會擺設這兩位神祇的裝飾，是羅馬眾神當中較常與人類接觸的神祇。

比夫龍總結：「在香港時，我就已聽過維斯塔的呼喚，可惜當時未能理解。現在她再次陷入危險，我必須去拯救她。」

「啊？」蘇梓我質問比夫龍：「你這色狼該不會對利學姊起色心，於是才想賣人情給她吧？」

娜瑪小聲說：「你自己有資格說別人嗎？」

比夫龍當然沒有這個意思，他心裡直到現在始終只有一人，而且賣人情的對象也只有她。

「我沒有空閒跟你這人類胡鬧，我只是應阿斯摩太閣下的要求將你拉回來魔界罷了。」比夫龍續道：「維斯塔被阿波羅洗腦成為赫斯提亞，一時間兩種記憶交錯之下，她才會失去理智暴走肆虐，但教會居然想置她於死地……一定要趕在他們討伐維斯塔之前救出她。」

「你說什麼？利學姊體內的古神暴走了？」

娜瑪嘆道：「這才是最棘手的事啊。根據情報，利隆禮利用他姊姊的靈魂作為祭品，並在灶神廟將赫斯提亞的力量寄宿到利家女祭司身上；不過人類無法控制古神力量，失控瞬間就把當地教會騎士殺了一大半。所以要如何制止她的神力暴走，再將女祭司救出也是個大問題。」

蘇梓我想了想。「假如只是利學姊的神力失控，我奪去她的神力不就好了？」

「你說得倒輕鬆！赫斯提亞取回完整神力，那是古神時代能撼天動地的力量啊！因此希臘教會的騎士團才會連抵抗都來不及，就幾乎全軍覆沒。」

「可是維斯塔也好，赫斯提亞也好，她們都是處女神吧？」

「你這色狼難道說……」娜瑪白眼一瞪。「算了，不用問也知道你想做什麼。」

蘇梓我撐腰笑道：「既然是我連累利學姊暴走的，就得負起責任收回她的神力，嘿嘿！」

7

「一如教宗閣下所料，蘇梓我已經離開宗座宮逃去無蹤。」

「辛苦你了，多瑪斯樞機卿。」

在書房與庇護十三世會面的是一位中年胖子，其貌不揚，卻是現任的國務樞機卿，即是聖座國務院的最高首長，可視為教廷的第二把交椅。

「教宗閣下英明，故意放生蘇梓我讓他露出馬腳，果然他與希臘古神暴走一事有關。」

「他以為用念動術此等低階魔法就能逃過梵蒂岡的結界，想法未免太過天真。」

「只可惜與蘇梓我通訊的惡魔身在魔界，未能夠藉此機會連同天使一併搶回。」

「不要緊，由他們去希臘吧。我們得要放遠目光，要完成彌賽亞再臨必須收回香港，也許他有這個利用價值。」

「那少年確實倚仗所羅門印戒橫行霸道，甚至能借助惡魔的力量收服古神。只不過天使方面如何了？我怕繼續由他們保管會發生什麼意外。」

「如果天使破印而出，首當其衝的一定是蘇梓我。到時他們被天使殺死，樞機卿你就能不費吹灰之力回收天使。」庇護十三世補充：「而且這次我派到希臘執行任務的是安東尼將軍，死在他手中的古神天使不計其數，無須擔心事情會失去控制。」

多瑪斯詢問：「那麼該繼續通緝蘇梓我嗎？」

「假如他連小小障礙都無法解決，那就證明他沒有利用價值。」

「屬下知道該怎麼辦了。」

◇

這邊廂庇護十三世與多瑪斯商量蘇梓我之事，另一邊廂，在蘇梓我眼前則是一位熟識又意外的老朋友。

「是誰張開結界打擾本女王清夢——哇！怎麼又是你這淫賊？」

回到現世，蘇梓我一行人與比夫龍乘車來到義大利南部港口小鎮時已是夜晚，像是命運作弄般又給他遇見了海妖忒爾女王。

忒爾女王慌道：「你們為什麼會在這裡出現！」

蘇梓我答：「我們要趕著前往雅典拯救利學姊，但附近交通已遭封鎖，唯一能前往希臘的方法就是坐船偷渡了，妳這個我忘記名字的海妖蛇頭。」

忒爾女王懊惱地跺腳。「氣死人了！我已經從南半球逃到北半球，為何還是偏偏遇上你們！一定是你們跟蹤我。」

「誰叫妳有好好的魅惑魔法卻不務正業，跑來義大利俘虜船隻來經營偷渡航線呢？總之趕快給我備船，我們要前往希臘。」

「你有病啊？偷渡都是從希臘來義大利的，哪有人走反方向……」但見蘇梓我握緊拳頭，忒爾女王冒了身冷汗。「小的給幾位大爺備船就是……但你不會對我做什麼吧？」

「本大爺忙著要救人，今天才不會對妳做什麼。」

在旁看著的杜夕嵐見忒爾女王如此懼怕，便小聲問夏思思：「這女孩跟蘇梓我有什麼瓜葛？」

「杜姊姊不要問比較好喔。」

◇

同一時間，雅典街頭到處燃起蒼藍聖火，滿地焚燒的屍體把這個初冬夜晚烘得異常燥熱。那些屍體包括希臘聖教會的騎士、祭司、修士和修女。所有聖職員無一倖免橫屍街頭，連同城內所有教堂都付之一炬。

在染紅的雲層下，利隆禮牽著利雅言，兩人懸在半空俯瞰著雅典市內，並道：「二千年即使面目全非，人類的內心始終一樣污濁，尤其是聖教的……我原本可以把他們都處以火刑，可惜我需要信仰心來讓奧林帕斯古神的靈魂歸位。」

利雅言依舊雙目無神，而寄宿在她體內的赫斯提亞，則默默坐在雅典衛城這座千年古蹟旁，好讓市內倖存者都能清楚看見這位數十尺高的巨神之靈。

利隆禮輕撫著利雅言的臉龐。「雅典衛城是古希臘人為了供奉雅典娜而在山上修築的聖城，但赫斯提亞，妳的神廟不在這裡。」

他望向衛城山下的另一端，鬧市中心居然裂開一個直徑百尺的大坑洞，並有一座柱式長方型神廟兀然豎立。那就是赫斯提亞的灶神廟，也是赫斯提亞重新獲得神力的地方。

「赫斯提亞灶神廟只是計畫的第一步。除了現存的三座神廟，雅典周圍還有八座古廟需要更多信仰心來喚醒它們出土。」利隆禮仰天長嘯：「我要以宙斯之名懲罰那些追隨偽教會的子民，奧林帕斯十二神將重臨這片土地！」

緊接山搖地動，雅典西區的馬路突然裂出一條百尺深坑，直將馬路兩側的建築物全部吞噬其中；唯獨一張三腳座椅被架在裂縫之間，一位手持盤子和月桂枝的少女祭司坐到三腳架上默默頌經，面無懼色。

同時從她背後又有一座古神廟破土而出，沙塵滾滾中發出震耳欲聾的巨響。那就是三千年前的古神廟——阿波羅神廟。

專門侍奉阿波羅的女祭司皮媞亞亦一同顯現，利隆禮在空中大笑。「羅馬教廷的帳，我一定要跟你們算清！」

◇

公元前十二世紀，希臘城邦爆發內戰；雅典眾神擊敗了特洛伊眾神，迫使特洛伊的英雄埃涅阿斯逃到西方，並在阿波羅與其餘的羅馬十二神協助下發展出古羅馬文明。

雖然希臘的奧林帕斯十二神與羅馬十二神是特洛伊戰爭後對立的神祇，但他們同樣都厭倦了戰爭，甚至二百年後，雙方都不約而同地拒絕了蘇萊曼王的邀請，在天魔戰爭中一直保持中立。

不過中立的立場並沒有為他們帶來回報，在天魔戰爭結束後，兩方眾神同樣遭受壽命的詛咒，每一秒生命都在倒數。長生不老的神祇對有限壽命相當恐懼，但兩個文明的古神都沒有選擇躲到魔界苟延殘喘，而是留守崗位直至最後一刻，希望能盡量將眾神的智慧傳授給人類。

然而人類是傲慢的生物，他們吸收眾神智慧之後，眼見眾神日漸衰弱，便逐漸失去對古神的敬意。

這情況尤其在希臘更加嚴重，甚至人類史上第一位無神論者就是誕生於希臘。彷彿追隨哲學家迪亞戈拉斯的腳步，蘇格拉底亦因為無神論者的罪名而被處死，儘管他試圖辯稱自己是阿波羅神的使者。

蘇格拉底之死激起了雅典人民對宗教的憤怒，同時供給古神力量的信仰心亦日漸消失。那時的奧林帕斯十二神已是風中殘燭，失去神力與凡人無異；雅典人民遺忘了古神的教誨，越來越多人要求懲罰他們口中的所謂「偽神」。

結果奧林帕斯的古神被逐一捉到廣場公審，甚至是公開處刑。如此混亂場面，當時身為羅馬十二神的阿波羅是從羅馬友人打聽來的。

阿波羅的友人更告訴他，有一班雅典暴徒闖入赫斯提亞的古神廟對其施暴，並佔據著神廟；但因為希臘法律規定不能在神廟殺生，雅典士兵受到法律掣肘而無法對暴徒出手，反讓他們得以逍遙法外。

阿波羅聽後大怒，立即說服羅馬共和國出兵討伐雅典，並將那些信奉希臘古神的王國逐一征服。可是佔領雅典之後，阿波羅才發現自己的友人原來是聖教的奸細。他們一方面煽動雅典人民暴動，另一方面鼓吹羅馬眾神帶頭進攻希臘，猶如另一場特洛伊戰爭的翻版，古神內戰最終得益的是聖教會。

這就是聖教會的興起，在吞併古希臘後聖教徒加速滲入羅馬共和國的元老院，甚至教化羅馬君王皈依聖教，淋熄維斯塔聖火。最後希臘古神遭殺害，羅馬古神被俘虜；聖教成為羅馬帝國的國教，羅馬教廷得以奪得對歐洲的主導權。

——邪教魔女休得放肆！

地上忽然傳來人聲，打斷了利隆禮的思緒，有十幾個聖教殘黨闖進阿波羅神廟，手持棍棒，企圖打死那個坐在三腳椅上的女祭司，這一切都逃不過利隆禮的雙眼。

「現在我知道了。人類的信仰心並非來自感恩，而是恐懼。弱小的人類恐懼自己的無能，於是才會投靠宗教，寄望神靈保佑……但很可惜，阿波羅神廟沒有不殺生的規定。」

語畢，利隆禮化身火流星飛往阿波羅神廟，聖教殘黨一瞬間化成火炬，活生生被燒成焦炭。利隆禮站在阿波羅神廟中間伸開雙臂，神廟內頓時燈火通明，他對其餘教士說：「敬畏我吧！這是你們唯一的生路。」

恐懼的信仰心化作古神食糧，利隆禮笑著說：「接下來出現的活祭品會是聖教的騎士團，還是那姓蘇的黃毛小子呢？」

此時他口中的黃毛小子已經登上了船，正在橫越愛奧尼亞海，並在船上教訓那個海妖。雖然見面時他答應今天不會對海妖出手，但午夜十二點過後就是隔天了。

8

第二天黃昏，經過大半日的船程，蘇梓我一行人終於抵達希臘西部的廢棄碼頭，亦是忒爾女王經營偷渡船隻的基地。

蘇梓我春風得意地走到岸上，伸著懶腰，深呼吸一口陸地清新的空氣，但船上隨即傳來罵聲：「你這個變態色魔，今天是萬聖節，快去吃南瓜噎死吧！」

只聽罵聲越來越遠，忒爾女王說到一半已躲回船艙、開動引擎離岸。

杜夕嵐走在蘇梓我背後嘆氣：「現在明白小夏說不知道比較好的意思了。」

娜瑪也表示無奈，杜晞陽則十分羨慕。至於比夫龍，他只是冷漠地說：「夜晚是我的主場，我先動身前往雅典打探情報。」接著孤單的身影消失在夕陽之下。

「說起來利姊姊真受歡迎。利主祭想得到維斯塔的力量，弟弟想得到赫斯提亞的靈魂，比夫龍想救出維斯塔，而蘇哥哥想獲得利姊姊的芳心。真令人羨慕。」

娜瑪說：「我想應該她前世做了什麼錯事才對吧，不然也不會被三個瘋男人纏住不放。」

◇

眾人休息一晚，翌日正午，來到雅典以西約十公里外的公路收費站。現場一片狼藉，無數輛車連環相撞橫停在公路上，比夫龍則獨自坐在一輛貨櫃車車頂上閉目養神。

「阿斯摩太閣下，你們來了。」

比夫龍身後的車輛廢鐵冒出白煙，街燈慘遭折斷，公路兩側更是屍橫遍野，染成赤紅。棄置路上的不分男女，有老人有小孩，但最明顯莫過於那些穿軍服、被炸得血肉模糊的士兵，血腥味刺鼻噁心。

娜瑪連忙跑上前問：「這些人都是你殺的嗎？」

比夫龍默默搖頭。路邊有些平民屍首都完好無缺，似乎是被槍殺的，確實不像是他所為。

「百姓是軍人所殺，大概是政府為阻止消息流出，才派軍隊封鎖主要道路，甚至不惜槍殺試圖逃離雅典的人。」

娜瑪問：「可是那些軍人都慘死呢。」

「那就是赫菲斯托斯做的。」

「赫菲斯托斯，奧林帕斯十二神之一的工匠神？這裡到底發生了什麼事？」

比夫龍答：「阿波羅復活了赫菲斯托斯。他正在召喚奧林帕斯十二神的靈魂回歸此地，不阻止他的話相當危險。」

夏思思半信半疑。「任何古神靈魂在死後都會回歸『靈魂的循環』，阿波羅充其量只能召回這片土地對於古神的回憶罷了。」

「所以阿波羅沒有直接復活古神，而是復活雅典的十二座古神廟。」比夫龍解釋：「只要古神廟重新出土，利用希臘眾神在雅典居民根深柢固的印象，阿波羅就能召集靈魂，複製出第二代的奧林帕斯神。」

娜瑪驚道：「要是讓阿波羅復活宙斯一等神，只靠我們幾個未必能夠救出利家女祭司啊！」

「撇開阿波羅與赫斯提亞，雅典城內已經復活了旅行者之神荷米斯、工匠神赫菲斯托斯、愛神阿芙蘿黛蒂、戰神阿瑞斯、月神阿提蜜絲、豐收女神德墨忒爾。」比夫龍續道：「神力最強的包括智慧女神雅典娜、海神波賽頓、天后赫拉和天神宙斯還沒有現身，要去救維斯塔的話，現在就是最好的時機。」

「不愧是比夫龍，只花了半天時間便打探到這麼多的情報。」

比夫龍有點難為情。「其實沒什麼大不了，我只是利用死靈術偵測雅典狀況，不過死靈部下走到最外面的三座神廟就無法再前進。」

潛入雅典必須穿越由荷米斯布下的結界。荷米斯是眾神的傳令使，穿山過嶺日行千里，聰明而且狡滑；雖然神力不高，但非常難纏，來去無蹤。

比夫龍也是以人海戰術控制上千死靈，才勉強衝破荷米斯的警戒網，但很快就遇上阿芙蘿黛蒂。阿芙蘿黛蒂擁有金蘋果與金腰帶的神器，是奧林帕斯最美的女神，拜倒其裙下者無數。比夫龍召喚的死靈軍團一遇上她就全被魅惑控制，更同時遇上她的丈夫赫菲斯托斯。

赫菲斯托斯是奧林帕斯最厲害的工匠，為眾神打造各種神兵利器，自己亦擁有多樣機關武器，公路全滅的政府軍隊就是被他的神砲所蒸發掉。不止一地，方圓百里遍地屍骸都是神砲所殺，血流成河。

「奧林帕斯十二神名不虛傳，各有所長很難應付。」娜瑪聽得憂心忡忡，蘇梓我卻有其他在意的點。

「最美的女神原來是人妻。」

「你就只會留意這些嗎！」娜瑪嘆道：「不過阿芙蘿黛蒂的命運也很坎坷，明明是最美的女神，卻被迫嫁給最醜的，就像本小姐一樣可憐。」

「不對，是跟小娜娜一樣淫亂喔。」夏思思笑說：「阿芙蘿黛蒂恃著完美外表魅惑眾神，還迷倒主神宙斯。但宙斯求愛不果，一怒之下就命令她嫁給全奧林帕斯最醜的瘸子赫菲斯托斯。」

「居然這樣！真是糟蹋了一位美人。」

「但那個瘸子根本滿足不了阿芙蘿黛蒂，她只好背夫偷情，而赫菲斯托斯也並非不知情。」夏思思講到一半突然停住。「奇怪了，說故事的工作不是應該由小娜娜負責嗎？」

「欸？」娜瑪自覺地接棒：「所以赫菲斯托斯知道妻子跟戰神阿瑞斯通姦之後，就用金絲打造了一個巨網陷阱放置床上，待二人翻雲覆雨之際，就把她吊起來捉到外面公審，徹底羞辱阿芙蘿黛蒂一番。」

「看來被戴綠帽的感覺，不論人類或者天神都是亦然。」

「不過就算赫菲斯托斯把赤裸的阿芙蘿黛蒂公開示眾，依然無損她的魅力，甚至引來一眾男神前去圍觀呢。」娜瑪續道：「其中一個被迷得神魂顛倒的就是荷米斯，他甚至在眾神面前說，如果能跟阿芙蘿黛蒂相好，就算要被其他神祇公開指罵也心甘情願。」

之後荷米斯多次向阿芙蘿黛蒂示愛，卻始終無法得到愛神芳心。但荷米斯不愧為騙子之神，詭計多端，竟向宙斯借來了一隻鵰，偷走阿芙蘿黛蒂的金腰帶，並藉機要脅她任由自己擺布。

蘇梓我聽完後痛斥：「真是卑鄙！居然乘人之危。」

「你在說這句話之前有想過你自己嗎……」娜瑪嘆了口氣。「反正自從她被赫菲斯托斯揭發姦情後，就變得更加肆無忌憚，每天只懂追逐激情，跟其他天神或人類誕下的子女不計其數。縱然她是最美麗的女神，卻永遠無法得到真愛，這就是愛情的詛咒吧。」

「原來如此。果然美麗的女人，人際關係都很錯綜複雜。」

「正因如此，奧林帕斯的男神們對她又愛又恨。但對一眾女神而言，阿芙蘿黛蒂毫無疑問是一位令人憎惡嫉妒的存在。尤其她從雅典娜和赫拉手中搶走象徵最美女神的金蘋果，更是使雅典娜她們非常痛恨阿芙蘿黛蒂，甚至在特洛伊戰爭中兵戎相見。」

「哦。」蘇梓我嘴角上揚笑道：「那我想到對付希臘眾神的辦法了。」

「一定是很卑鄙的方法吧？」娜瑪帶著鄙視的眼光回應。

「嘿嘿嘿，是不戰而屈人之兵。」

9

一個小時後，娜瑪牽著一個廢人闖入結界叫囂：「阿芙蘿黛蒂，趕快給本小姐出來！」

「怎麼又有人不請自來，荷米斯究竟在哪裡偷懶。」阿芙蘿黛蒂一臉不悅地出迎，但她有職責無法視若無睹。「所以妳入侵雅典有何貴幹？」

「本小姐聽聞妳帶著金蘋果復活，身為最美的魔神，我是來向妳討回金蘋果的！」

「呵呵，區區小魔居然想跟我爭奪金蘋果，況且何解我要答應妳？」

娜瑪挑釁說：「妳害怕接受挑戰的話，就將金蘋果雙手奉到本小姐面前投降吧。反正妳根本不是什麼最美的女神，不然阿多尼斯①也不會為了逃避妳而死去，在冥界與珀耳塞福涅②一起生活。」

「住口！妳這魔女別胡說八道！」

阿芙蘿黛蒂生氣了，彷彿從雪白的銀蓮花變成鮮紅的罌粟，嬌艷依舊卻帶著劇毒。但這正中娜瑪下懷，因為她知道阿多尼斯是阿芙蘿黛蒂昔日的最愛，就算是最美的女神也有得不到的男人。

---

① 阿多尼斯（Adonis），希臘神話中掌管植物生命週期、一位非常俊美的神。
② 珀耳塞福涅（Persephone），希臘神話中冥界的王后，冥界之神黑帝斯的妻子。

娜瑪嘲笑：「妳睡了幾千年不知道吧？妳的情史已經印製成神話小說，翻譯二十國語言流行全世界了！連小孩子都知道妳被珀耳塞福涅搶走了男人呢。」

「是那冥界的女人自恃神力凌駕於我，強行禁錮阿多尼斯！阿多尼斯即使留在冥界仍然深愛著我，是深愛著我的！」

「如果他真的愛妳，就不會不聽妳的勸告去打獵，然後被野豬殺死了。」娜瑪翻開神話書繼續說：「還有特洛伊王子安喀塞斯，妳深愛著他，不惜假裝成別國公主與他共度春宵。可是翌日醒來他發現妳的真身後，害怕得瑟縮一團，妳為了安撫他，竟打破奧林帕斯的戒律、懷上人類兒子，可惜安喀塞斯仍沒有聽從妳的勸告而洩露了祕密，最終招致宙斯的懲罰……」

「別再說了！」

但娜瑪仍繼續說：「所有妳愛的男人沒一個有好下場，而妳只能嫁給妳不愛的赫菲斯托斯，這樣還有資格說自己是最美的女神？反倒我才是最有魅力的，如果是我，一定可以把阿多尼斯迷得神魂顛倒，讓安喀塞斯成為自己的俘虜。」

「我辦不到的事，妳這魔女憑什麼可以做到？」

「妳不相信嗎？要不要跟本小姐來一場比試？」娜瑪推出一個男的，臉紅地說：「這笨蛋是我最愛的男人，他只聽命於我。要是妳有能力魅惑他，我就承認妳是最美的女神，甚至將阿斯摩太的神器和名號親自奉上；失敗的話，金蘋果就是本小姐的。」

此時娜瑪全身釋放著催情香氣，確實不是信口說說，貨真價實是個魅惑男人的惡魔。阿芙蘿黛蒂此時心想，只要擁有那枚戒指，再加上金腰帶的話，自己就是完美了。

她看看娜瑪帶來的廢人，那男的當然是蘇梓我，被麻繩綑綁已失去神智，看來呆頭呆腦的。

「好，我要妳輸得心服口服。」而且就算輸了，阿芙蘿黛蒂也沒想過要交出金蘋果就是。

接著她從鮮紅罌粟變成妖艷的粉紅玫瑰，嬌柔耳語：「哥哥，奴家來服侍你啦。」

阿芙蘿黛蒂飛往蘇梓我，從肩膀褪下輕紗，露出雪白胸脯貼在蘇梓我的臉上，又捉住他的手伸進自己裙內，耳語道：「忘記那惡魔吧，只要你願意，我可是能夠替哥哥你帶來天下所有美女，包括奴家喔……」

阿芙蘿黛蒂又在蘇梓我耳邊呼氣，配合金腰帶讓自己魅力倍增，開始支配蘇梓我的情慾。

娜瑪在旁看著二人親熱，緊張心道：嗚……果然阿芙蘿黛蒂的迷惑術還是很厲害。那頭色狼的淫爪已經抓住了淫亂女神的胸，而且很享受的樣子，真的沒有問題嗎！

——阿芙蘿黛蒂的金腰帶也能使出最強的迷惑術，本小姐充其量只能跟她打成平手。

——這種情況就要看蘇哥哥比較喜歡誰了。

娜瑪回想起之前與夏思思擬訂計畫時的對話，又看見如今蘇梓我雙眼混濁，分明是自己施放的魔法快要被阿芙蘿黛蒂覆蓋了！看看蘇梓我本能反應配合著女神的撩人動作，阿芙蘿黛蒂輕扯麻繩把他拉近，又用舌頭舔舐蘇梓我的脖子……

「再這樣那笨蛋真的要變成阿芙蘿黛蒂的俘虜了。」比起計畫失敗，娜瑪更加討厭看見蘇梓我跟其他女人親熱，內心酸溜溜的，越想越難過，低頭大叫：「蘇梓我！要是你被她迷倒的話，我就、我就……以後都不煮早餐給你吃！」

阿芙蘿黛蒂聽見不禁發笑。「真是小朋友的愛情，讓奴家來教你們大人的歡愉好了。」

女神的雙腿纏著蘇梓我的腰，將蘇梓我壓倒地上，嬌聲道：「成為我的奴隸吧。」

突然蘇梓我睜眼回應：「雖然妳是不錯看，但本大爺是不會屈服在女人裙下的，嘿！」

「你、你說什麼？」

語音未落，躺在地上的蘇梓我便從背後掏出一把小鐮刀，手起刀落劈向她的腰間——

「放肆！」

阿芙蘿黛蒂揚起神力意圖擊開鐮刀，卻被刀刃的魔法礦反噬，手腕一瘦便告失守。之後「咻」一聲，阿芙蘿黛蒂身上的金腰帶就被蘇梓我砍斷搶走了。

「怎麼會這樣？」阿芙蘿黛蒂大驚。那小鐮刀看似平凡無奇，又沒有魔力加持變作大鐮，但不知怎的，芙蘿黛蒂對蘇梓我手上的鐮刀相當顧忌，幾乎沒有還擊之力。

「妳不認得這把克洛諾斯的鐮刀嗎？」蘇梓我笑道：「正是你們上一代的泰坦神克洛諾斯用此鐮刀割下烏拉諾斯的陽具，再把陽具丟進大海化成泡沫，妳才得以在泡沫的珍珠殼中誕生。換言之，這把鐮刀沾有妳父親的血，妳有什麼資格反抗本大爺呢，哇哈哈哈！」

阿芙蘿黛蒂聽完後馬上想逃走，卻被蘇梓我雙手抱起。他大笑道：「妳失去金腰帶後只是個掌管愛情的弱小女神，因此才會被荷米斯有機可乘、為所欲為。現在輪到我了！」

只是蘇梓我沒有親自操刀，把阿芙蘿黛蒂五花大綁後便交給娜瑪看守，連同一堆情趣玩具留給了她。相信富有經驗的娜瑪，應該懂得如何教訓那個淫亂女神。

10

另一邊廂，夏思思跟荷米斯正打得如火如荼。

夏思思站在巨蟒之上不斷向荷米斯扔出魔箭，但見天空黑影頭戴雙翼盔，腳穿插翼長靴，電光石火圍繞巨蟒高速飛行，就像蒼蠅般怎樣都無法命中。

「真煩人，快停下來給思思打啦！」

夏思思雙掌重疊，猛然轟出黑色光柱劃破天際！但荷米斯一步橫躍百尺，繞了數圈已出現在她的背後，並舉起雙蛇權杖正要施放魔法——

「住手！」隨同喊聲穿來一箭，荷米斯亦飛快閃躲，退後察看又有誰要來找自己麻煩。

「居然是人類？」荷米斯看見蘇梓我，錯愕心道：剛才一箭魔力精純，此人並非尋常，要盡快向兄弟匯報，不能被他搗亂父神的復活。

蘇梓我撐腰說：「不用緊張啦，我不是來搗亂的，我只是想救回那個被阿波羅拐走的女生罷了。」

「原來是那個被赫斯提亞附身的人類女孩。那沒救啦，你不用浪費氣力了。阿波羅非常重視赫斯提亞，你不可能從他手中把那女孩搶過來的。」

蘇梓我說：「阿波羅那傢伙我自有辦法，倒是你，為何要阻止我的朋友前進？」他牽起夏思思的手，思思興高采烈撲向他懷中。

荷米斯仔細打量二人，明白自己處於劣勢，但不能容許他們放肆。「現在雅典正復活我主的靈，絕不容許任何人前來騷擾。」

「宙斯嗎？別理會宙斯啦！復活個主神出來壓制自己做什麼。」

都跟你這個人類無關吧？荷米斯心想，這個人類根本不知道宙斯的可怕，他自己也是逼不得已要聽從指示保護宙斯而已。

「不過嘛，我也不是來阻止你們復活什麼的。要是你願意裝作什麼都看不見，我這次可是帶了份禮物送給你。」

蘇梓我拿出一條金腰帶，荷米斯馬上認了出來。

「這、這是阿芙蘿黛蒂的金腰帶！為什麼會在你手上，你對她做了什麼？」

「不是我對她做什麼，而是其他女神。大概她又得罪了誰吧。」蘇梓我撒謊回答。

「難道是赫拉？她才復活不久又去找阿芙蘿黛蒂尋仇？」荷米斯忽然察覺有異。「不對，來者不善，你把這些事情告訴我有何用意？」

「大家都是男人嘛，剛才我路過看見阿芙蘿黛蒂被全身赤裸地綁在樹下，你不想英雄救美嗎？連同這條金腰帶。」蘇梓我故意在荷米斯面前揮舞金腰帶，荷米斯雙眼跟隨金腰帶左右晃盪，難掩內心動搖。

荷米斯心想：只要得到那金腰帶，我就可以再次對阿芙蘿黛蒂為所欲為……

蘇梓我笑容滿面地說：「怎樣？我把金腰帶送給你，也將阿芙蘿黛蒂的所在位置告訴你，你就當作沒見到我吧？」

「嗯……」聽見蘇梓我開出如此吸引的條件，荷米斯相當苦惱。

這時蘇梓我把手機遞給荷米斯看，在六吋的手機螢幕中，正在上演女神與電動情趣玩具的4K高清錄影，荷米斯喃喃道：「這、這是現在人類的科技嗎？真厲害……」

然而蘇梓我突然拿走了手機。「免費試看到此為止。比起遠觀，你不想褻玩她嗎？」

荷米斯清清喉嚨。「你這人類的魔力真厲害，居然能夠避過我的偵測潛入雅典。我們今天沒有見過面，對吧？」

「我想也是。」蘇梓我笑淫淫地將金腰帶交給荷米斯，同時荷米斯也笑淫淫地離開現場，飛快趕往蘇梓我告知的地點。

◇

——真是天下男人一樣蠢。

二十分鐘後，娜瑪帶著鄙視的目光回到蘇梓我身邊。蘇梓我問她：「這樣快就回來啦，我交代妳的事情都辦妥了？」

「嗯……非常噁心。」

「哇哈哈哈！其他男人當然噁心，所以我才吩咐妳幫忙啊。」

夏思思插話：「小娜娜這麼快就把戒指歸還給蘇哥哥呢，真是越來越聽話。」

「是被搶回去。」娜瑪生氣地說：「接下來是工匠神的赫菲斯托斯吧？」

「沒錯。我們現在就去赫菲斯托斯的神廟找他。」蘇梓我又指揮另一使魔。「思思妳去荷米斯神廟，我想夕嵐和杜小弟這時應該也朝阿芙蘿黛蒂神廟出發了。動身前，我把羅剎刃的力量分給夕嵐，羅剎天的巨靈分給杜小弟，他們二人應該沒問題。」

夏思思問：「既然擔心的話，何不叫上比夫龍幫忙呢？還特意吩咐他留在結界外。」

「哼，這次作戰不能給他參與，萬一被他先行救出利學姊就麻煩了。利學姊可是我的！」

娜瑪嘆氣。「居然為了這種自私的原因而白白損失戰力，真像笨蛋的作風。」

11

鏘、鏘、鏘！

打鐵聲音漸近，蘇梓我與娜瑪來到匠神廟，看見赫菲斯托斯正對著鼓風爐冶鐵。

「是誰！」赫菲斯托斯望見二人，便提起鐵鎚喝道：「入侵者？荷米斯怎麼搞的，居然讓閒雜人等溜進城內。不過算了，由我了結你們就好。」

「慢著。」蘇梓我連忙阻止：「你剛才不是問，為何我們能夠輕易來到這裡嗎？那是因為荷米斯正在偷懶，不對，何止偷懶，他還偷情呢！」

「少廢話，擅闖雅典者死！」

然而赫菲斯托斯已穿上外骨骼的機械腳，拿起機關手把，神廟周圍升起百門鐵砲準備圍剿蘇梓我——

「先看這個！」娜瑪把手機舉前，裡面竟是荷米斯與阿芙蘿黛蒂在樹下通姦的照片。內容淫穢露骨，赫菲斯托斯見二人在玩各種情趣玩具，頓時怒火中燒。

「那賤女人又跟其他男人鬼混，而且是荷米斯那傢伙！」

一次已不能容忍，還要被同個男神戴上兩次綠帽，赫菲斯托斯立刻氣沖沖地跑出神廟。

「你老婆就在城外的高速公路旁跟荷米斯打野戰啦！」

蘇梓我不忘把那對姦夫淫婦的位置告知對方，工匠神頭也不回便拖著大鐵鎚奔跑離開。

——原來如此。

突然傳來一道女聲，一位全身盔甲的女神從天而降，如同疾風般降臨在蘇梓我與娜瑪面前。

娜瑪驚道：「是一等神的雅典娜！」

雅典娜說：「居然靠耍手段就能騙走眾神，我的幾位兄長也太不中用了。」

語畢，雅典娜左手輕微舉起，似是想舉起大圓盾，娜瑪立即喝道：「別看向她！那是雅典娜的神盾埃癸斯，盾中央掛有蛇髮女妖的頭顱，其目光能使人石化！」

眾人聞言，這才及時迴避神盾目光。蘇梓我連忙從赫菲斯托斯的工房撿起一塊青銅鏡，企圖反射蛇髮女妖目光到雅典娜身上。

「那對我沒有用。」只見雅典娜的雙眼尤如白銀，她根本不畏懼任何目光魔法。

「這樣啊……看來不要與妳為敵好了。」蘇梓我吩咐娜瑪拿出阿芙蘿黛蒂的金蘋果，恭敬地說：「這個金蘋果我願意獻給奧林帕斯最美麗的雅典娜女神，希望才色兼備的智慧女神能夠笑納。」

「你想用這金蘋果來收買我？」

「不，不是收買，這只是代表我的誠意，本人絕無意要跟奧林帕斯神作對。」

雅典娜問：「你們想要帶走那個被赫斯提亞附體的人類女子？」

「對。其他事情絕不插手！」

雅典娜沉思了一會兒，答道：「阿波羅確實被妳的朋友折磨太久了，也許帶走她，對阿波羅來說也是一件好事。你的金蘋果我就收下了，只要你們不亂來，我就不管你和那個人類女人的事。」

於是雅典娜接過金蘋果後，竟心滿意足地離開了。

娜瑪嘆道：「比起想像中還要單純嗎？那個雅典娜女神。」

「到頭來希臘眾神仍是不團結，就像古希臘各個城邦那時終日內戰。」蘇梓我看一下手錶。「時間差不多到了。」

同時，雅典遠方傳來爆炸巨響，地動山搖——

「思思她們已經開始行動，我們這邊也趕快把神廟拆毀吧！」蘇梓我興奮大叫，拿出巨鐮起勢將赫菲斯托斯神廟外圍的石柱逐一劈斷，破壞的感覺是多麼美好。

畢竟剛剛復活的第二代希臘眾神都沒有肉身，只能用神廟作為靈魂暫時的容器，並充當信仰心的蒐集地。換句話說，只要徹底摧毀古神廟，就能讓那些死不瞑目的希臘古神再次消失。

「所以你這笨蛋才趁那些希臘神在野外捉姦的時候，兵分三路把三座神廟夷為平地，太卑鄙了。他們死得真可憐。」

蘇梓我說：「反正他們本來早就死了，瀟灑一點接受現實從舞台消失吧，哇哈哈哈！」

12

「赫菲斯托斯、荷米斯、阿芙蘿黛蒂……有三座神廟消失了？」

雅典高空，利隆禮看見神廟只剩下九座，腦海中浮現某個討厭的臉。

「是個會使役惡魔的人類。」手執三叉戟的白鬚男神走來搭話：「你好像認識那個少年吧？」

白鬚男威風凜凜，荷米斯那些三等神完全不能與其比擬，其神力就算只是站在旁邊的利隆禮也要忌他三分。

「可以這麼說。人類時候的我確實認識他，但一切都已成過去了。現在我是阿波羅，正如閣下是波賽頓。」

波賽頓笑道：「你的人類生父是個天才，居然找出將古神寄宿在人類的方法。至於你，則利用赫斯提亞完整的靈魂復活了其他奧林帕斯神，禮貌上我還是該感謝你的。」

「不是發自內心的道謝就免了，我們都知道大家是互相利用的關係。」

「你的目的只是對人類的復仇嗎？」

利隆禮沉默不語，似乎對波賽頓另有所瞞。

「好吧，阿波羅，就讓我們盡情互相利用好了。」

利隆禮說：「只要宙斯復活，我們就有足夠力量逆轉劣勢，把整個希臘收回手中。反正現時失去的只是三位二等神，待之後替他們重建神廟蒐集信仰，又是新一代的奧林帕斯神祇。」

「這是你從教會學來的做法吧。」波賽頓說：「既然不用擔心那三位兄妹，我就派水寧芙去回收他們的神器好了。」

「這樣也好。那些入侵者的下個對手將會是德墨忒爾。我猜德墨忒爾不會把自己牽涉其中，因此不用指望她了。」

◇

那時不論是阿波羅抑或波賽頓都不知道，有另一個手執三叉戟的小妖正在回收那些神器。

「嗚哇，想不到那個大淫賊居然在跟古神開戰呢。」

忒爾女王昨天只不過是假裝開船離開希臘，她心裡還是非常怨恨蘇梓我，無時無刻想找機會報仇。結果她一路跟蹤蘇梓我來到荷米斯和阿芙蘿黛蒂野外交合之地時，連同赫菲斯托斯三神竟都在她的眼前瞬間消失了。

「他們剩下的……是神器！非常高等級的神器！」身為沒有爵位的小惡魔，忒爾女王見到掉在地上的金腰帶和插翼長靴，顯得非常雀躍。

就這樣，那三個被蘇梓我消滅的神祇，他們的神器統統都落入了忒爾女王手中。

13

話說在破壞三座神廟後，夏思思率先騎著巨蟒與蘇梓我和娜瑪會合，轉眼間三人來到雅典市區的邊陲地帶；住宅林立，但馬路上依舊非常冷清，沒有半個人影。

轉入大街後氣氛更加詭異，兩旁商店拉下鐵門，有的甚至卡著腐屍，連同後巷的垃圾堆發出陣陣惡臭。

娜瑪嘆氣。「市區外已經這種慘況，市內一定更加不堪設想。」

——噠、噠、噠。

突然有個皮球從商店街的轉角處丟出，彈著彈著滾到路中央。一位十三、四歲的女孩跑出馬路，追上皮球抱回身邊。

女孩天真爛漫，見到蘇梓我等人非常高興，笑道：「幾位哥哥姊姊是外地遊客嗎？我可以為你們當導遊喔，嘻嘻。」

女孩雖然樣子甜美，但蘇梓我對平胸幼女有極高的免疫力，便冷靜反問：「怎麼只有妳一個孩子在外面遊蕩？難道妳沒看到這裡很危險嗎？」

「危險？哥哥在說什麼？雅典很和平喔。」

女孩抱著皮球微笑，但夏思思警告：「蘇哥哥小心，她不是普通的女孩。」

「很普通喔，跟阿斯她錄姊姊一樣普通。」

女孩邊說邊拍打皮球，突然啪的一聲，皮球碎在地上變成破裂的人頭骨——同時少女忽然身形抽高，一瞬間蛻變成一位年約三十的少婦。

「果然是這樣。」夏思思告訴蘇梓我：「她跟思思一樣都是『三相女神』。」

「三相女神？」

「即是擁有三種姿態的女神喔。就如月亮一樣，對應月盈、月圓、月缺的狀態，別稱三位一體女神。三位一體這個概念不是教會獨有呢，好比編寫命運書的三位女神也是三相女神，分別象徵過去、現在、未來。」

蘇梓我問：「所以妳的胸部才有月缺月圓的形態嗎？」

「沒有直接關係！但這的確因為思思是三相女神才能辦到。」

畢竟她是毀滅的阿斯塔特，還有代表戰爭的伊南娜，以及象徵愛情的伊絲塔。

夏思思追問眼前另一位三相女神：「該稱呼妳姊姊，不對，是姨姨呢。姨姨妳又是誰？」

「妳不知道，但旁邊的阿示瑪應該知道吧？剛才妳不是用我的名字去挑釁阿芙蘿黛蒂嗎？」

少婦均以古神名稱呼夏思思與娜瑪，每句話語都如冰錐使人心寒，在身後凍霧裡更藏起了大鐮。娜瑪恍然大悟。「是冥后珀耳塞福涅！」

「難怪像死神一樣毛骨悚然。」蘇梓我不甘示弱，猛力揮舞武器大喊：「既然同樣是大鐮舞者，本人蘇梓我就接受妳的挑戰！」

「笨蛋！你打算獨自挑戰一等神嗎？」娜瑪連忙喝止。

「妳們都不用插手，就叫這人妻領教一下本大爺的巨鐮吧，嘿嘿！」

蘇梓我頓成猛獸般衝向冥后，並用大鐮當頭一砍——儘管氣勢急勁，但珀耳塞福涅原地不動便舉鐮刃接下攻擊，蘇梓我渾身魔力便如泥牛入海，化為烏有。

「魔力還不錯，在融合阿示瑪和阿斯她錄之後甚至青出於藍，難怪荷米斯會被你打敗。」珀耳塞福涅搖頭說：「不過大鐮的技法太稚嫩，就像小孩子在舞刀弄槍。」

說時遲那時快，只見她深吸口氣，半月形刀光立即在蘇梓我頸項旁掠過，好不驚險。

珀耳塞福涅讚嘆：「這一招我可沒有留手，卻被你在生死關頭的本能避開了。」

「哼，本大爺還在暖身而已，看招！」

蘇梓我氣得七竅生煙，大鐮亦像瘋子般連環進襲，但招數全被冥后輕鬆擋下。她曲膝蓄力，雙手緊握鐮柄橫掃，大鐮居然像毒蛇般彎曲，從不可思議的角度刺向蘇梓我脖子——卻又再次被蘇梓我往後撲倒閃開了。

「這太卑鄙啦！竟然灌注神力劈得空間扭曲，若非我是天才早就死了！」蘇梓我又拍拍屁股站起來大叫：「有種妳就再來一次，我保證這次什麼卑鄙招數對我都不管用！」

只見珀耳塞福涅以大鐮回應，雙腳浮空，身形旋轉，鐮影一分為十，連綿不絕砍了過去。

蘇梓我往左一擋，往上一擋；本來大鐮的彎曲刀刃要預測其軌跡就已相當困難，而珀耳塞福涅的大鐮無論從任何角度攻擊，最終鐮刃都如追魂索命般瞄準蘇梓我的項上人頭，稍有不慎，他的頭就會立即被對方割下——

「噢噢啊啊！」蘇梓我的肉眼已跟不上冥后的出招，腦袋空白只能先求自保，鐮首鐮身鐮柄統統用上才擋下對方的索魂攻勢；娜瑪看得十分緊張，眼前對戰速度快到甚至看不出蘇梓我有沒有受傷。

——鏘！

兩方武器碰撞的高音刺耳就像對砍音叉，只見街上陰氣頓時全消，就連路旁的屍臭亦由清幽花香取代；珀耳塞福涅的外貌變得更年輕，像位二十出頭的女子，站著對眾人微笑。

娜瑪在旁說：「誕生的科瑞、育成的德墨忒爾、毀滅的珀耳塞福涅。現在這位才是奧林帕斯十二神的豐收女神。」

德墨忒爾同樣手持鐮刀，但那是豐饒的鐮刀，而非殺戮之鐮，連同左手的麥穗都是豐收的象徵。

見她面容和藹可親，蘇梓我便開門見山說：「我來是救朋友的，麻煩妳讓路讓我們走好嗎？」

德墨忒爾友善地回答：「本人沒有理由要攔下幾位，你們此行是要阻止舍弟復活，我也認為是正確的。」

「嗯？妳弟弟是誰？」

娜瑪低聲罵：「笨蛋，就是宙斯啊！」

簡單來說，德墨忒爾相信眼前人類的本事。「至少現在的你能在波賽頓面前能擋下三招，或者在宙斯面前擋下一招。之後能否活命，就要看你的悟性。」

語畢，德墨忒爾手執鐮刀由頭頂繞圈劃到腳尖，然後身形就如魔術表演般消失無蹤，只剩下一株麥穗留在街道上。

「莫名其妙的。」蘇梓我吩咐娜瑪：「妳去把麥穗撿回來。」

「你把我當成獵犬還是什麼嗎？」雖然抱怨，娜瑪還是乖乖聽命，拾起德墨忒爾留下的麥穗。「咦？隱約感到有股神聖力量從麥穗釋出。」

「妳就先保管起來，當作日後應急糧食吧。」

「我又不是草食動物……」娜瑪無奈地把麥穗收進裙裡。

接著夏思思鼓勵道：「才半天我們就已經擊退四位奧林帕斯神，快達成拯救利姊姊的目標了呢！」

娜瑪卻非常苦惱。「這樣代表還有八位神祇啊，不如放棄回家——哎呀！」

「怎麼能拋下利學姊不管？」蘇梓我摩拳擦掌地說：「我今天過五關斬六將，為的就是英雄救美，我的靈魂正在催促我要盡快救出利學姊。」

「你的靈魂是寄宿在下半身嗎？」

夏思思打斷二人對話：「小娜娜妳也嘗試往好的方向想嘛，假如蘇哥哥此行真能討伐所有奧林帕斯神，不論在教會抑或魔界都肯定會聲名大噪喔！」

「這跟我才沒有關係。」娜瑪又說：「而且事情真的會這樣順利嗎？我始終認為那些奧林帕斯神另有陰謀，畢竟剩下來的組合都很奇妙。」

蘇梓我問：「此話何解？」

「赫拉、雅典娜、波賽頓、阿波羅。這四位神祇都極具野心，神話當中就有記載他們聯合起來造反，把宙斯綁起來企圖篡位。」娜瑪反問：「現在他們聯手復活宙斯，你不覺得奇怪嗎？」

不過夏思思聽完後若有所思。「除了宙斯和那四位奧林帕斯神，剩下的就是戰神阿瑞斯，以及阿波羅的孿生姊姊月神阿提蜜絲。不知他們有何打算呢……」

14

夏思思的疑問，在五公里外雅典衛城之上有了答案。

其餘六位奧林帕斯神在帕德嫩神殿聚首一堂，本應商討如何對付蘇梓我，但很快就意見分歧。

「這是阿波羅一手策劃的吧？」月亮女神阿提蜜絲生氣地說：「凡是我弟的計畫我都不會參與，太陽和滿月從不會出現在同一天空，我與阿波羅不共戴天，恕我失陪。」

見阿提蜜絲怒氣沖沖地離開神殿，利隆禮只是冷笑，沒有阻止。

主持會議的天后赫拉怒道：「即使沒有阿提蜜絲，那人類殺了我兒赫菲斯托斯，絕不能放過他！」激動地說到一半，赫拉又有些猶豫。「只不過我要陪伴宙斯左右，好讓他睜開眼時能第一時間見到我，因此不方便離開衛城。你們還有誰可以出戰殺死那賤民？」

「母后請讓兒臣出戰，我要為阿芙蘿黛蒂報仇！」

主動請纓的是戰神阿瑞斯，他生性凶殘，好勇鬥狠，終日沉迷戰爭與殺戮。阿瑞斯一聽見母親的呼召，便立即站到眾神面前自告奮勇。然而，雅典娜對他此舉只是冷嘲熱諷。

「你這個沒有腦袋的戰神真的行嗎？」阿瑞斯曾多次敗於雅典娜手上，在她眼中，阿瑞斯只是個匹夫。

「哼，妳還不是未能阻止那人類殺死赫菲斯托斯？這次由我來立功，順便向妳證明我才是真真正正的戰神！」

波賽頓附和：「戰爭一事由阿瑞斯出任是合適不過，你說對嗎？阿波羅。」

利隆禮沒有吭聲，只是默默點頭。撇除赫斯提亞，最後殿上神祇大多都贊成由阿瑞斯出征殺敵。

「都包在我身上！」阿瑞斯大力拍打胸口，並立即駕車迎擊蘇梓我。

◇

蘇梓我三人一直路向著雅典衛城山，沿途卻遇風雲變色，遠方雷電交加，忽見路旁大樹遭旱天雷劈成火柱，四周鳥獸倉皇四散。

「不好的預感。」娜瑪不知多少次嘆氣了，但聽見天空傳來馬蹄馬嘶，密雲間五道血痕閃過頭頂，緊接著落下血雨，娜瑪便猜到是阿瑞斯親自出征。

當中四道血痕分別來自阿瑞斯的四匹戰馬，牠們的嘶鳴如鬼嚎、外表其醜無比，注定為世間帶來燒灼、動亂、災難、恐怖。至於載著阿瑞斯的戰車，竟從車尾不斷拋下屍骨，那些統統都是昨天阿瑞斯親手殺死的教會修士，均全屍不留。

阿瑞斯站起拉韁，戰車轟聲降落蘇梓我面前，濺起烏煙瘴氣，腥臭氣味瀰漫四周。

「就是你殺死我的愛人？」阿瑞斯一身青銅盔甲，手執戰矛，殺氣騰騰問道。

蘇梓我起勢回應：「本大爺叫蘇梓我，改日你在墓碑刻名就記下我的大名吧！」

「笨蛋，你死了才要替你刻墓——哎呀，別打我的頭。」

夏思思耳語：「蘇哥哥當心點，阿瑞斯被稱為戰神並非浪得虛名。雖然實力不及其他一等神，但天性殘暴，以殺人為樂，被他纏上可說是天底下最麻煩的事。」

「妳們放心好了，什麼戰神的今天我就拆他招牌。」蘇梓我大聲向阿瑞斯挑釁：「為了讓你死得瞑目，本大爺就跟你單挑決鬥，你敢不敢？」

「不知好歹的傢伙，我要替阿芙蘿黛蒂報仇！」

阿瑞斯雙手旋轉長矛，掀起巨風，一口氣朝蘇梓我的心臟刺出十槍！每一槍阿瑞斯都注了古神之力，迫使蘇梓我收回嬉皮笑臉，認真應對。

「你的本事比起冥后還差遠呢！」

蘇梓我神氣揮甩大鐮，一下就把阿瑞斯的矛頭打開，第二下繞過阿瑞斯的背腰，用鐮鉤破他的胸甲！

阿瑞斯大驚，想不到蘇梓我的鐮技竟有冥后影子，只好退後數步站到修士的屍骨旁，重新架矛指向蘇梓我斥道：「本大爺剛才暖身而已，看招吧！」

娜瑪在旁聽見熟識的台詞。「簡直是兩個小學生在打架。」

「嘿嘿，那我出招啦！」蘇梓我把大鐮當作斧頭劈地，炸出鋒利裂縫直衝阿瑞斯下胯！阿瑞斯急步閃避，豈料裂縫放出無形魔瘴纏繞，他心口一陣鬱悶，竟當場眩暈跪倒。

阿瑞斯大力眨眼，抬頭時蘇梓我竟消失無蹤——同時誇張笑聲從後而來，背脊一道涼風，阿瑞斯半身便已血肉模糊！

「英雄的勝利！」蘇梓我撐腰大笑，見阿瑞斯一瘸一拐退後，他便緊握鐮柄打算再一招了結戰神——不可思議的事情發生了。

千萬血珠包圍阿瑞斯旋轉、散開、破繭而出，阿瑞斯背部的傷口居然瞬間癒合，連半吋疤痕都沒有。

「是擁有再生能力的怪物嗎？」

但對方畢竟剛剛死過一次，蘇梓我不信他是不死之身，便奸笑起來；他用思思毒蛇的瘴氣抹在鐮刃上，接著又模仿冥后的鐮技劈開空間，猛地鉤在阿瑞斯胸口，砍得對方皮開肉綻——

但阿瑞斯瘋狂大笑，居然若無其事地握緊拳頭迎面一搥！蘇梓我應聲被轟飛數尺之外。

回過神來，蘇梓我看見阿瑞斯完好無缺站在路上陰森發笑。

「無能的人類，憑你的本事不可能殺死我。就算劈斷我的頭，我也能不斷重生，戰神是打不死的！」

喪心病狂的阿瑞斯大步跑向蘇梓我奮力一刺！戰神的長矛竟發出慟哭聲，縱然蘇梓我閃身迴避，幽怨音符仍殘餘耳邊，令人毛骨悚然。

「戰慄之矛。」娜瑪在旁解釋：「據說凡是跟阿瑞斯對決的人，只要膽量小的都會當場嚇死。接下來就是考驗蘇梓我意志力的時候了。」

「蘇哥哥神經那麼粗應該不用擔心吧。」

果然蘇梓我只是暴跳如雷，反而更激發起他的好勝心，一躍上天，以大鐮劃出滿月垂直劈下！

「太遲鈍了！」阿瑞斯壓低重心、刺向蘇梓我的要害——蘇梓我在半空翻個筋斗躲開，而緊接的第二砍才是較真！他的身體已記下之前冥后的大鐮技法，一條弧線無論從任何方向都能劈往阿瑞斯的頸項，完全是死神的追命符。

然而偏遇上不怕死的阿瑞斯，戰神用右臂強行擋下，傷口深刻見骨卻仍只是瘋狂大笑，反過來撥矛在蘇梓我胸上劃出一道血痕！

兩灘鮮血灑在地上，二人同時退後；一方阿瑞斯臂上傷口已經完全癒合，另一方蘇梓我傷口則血流不止，上衣都染成鮮紅。

「又補血了？這也太卑鄙！」蘇梓我氣不過地打算上前再戰，看得後方兩位使魔十分擔心。

娜瑪問夏思思：「我們要不要出手幫那笨蛋？」

「就算要幫也不知該從何入手。蘇哥哥有幾次逼使阿瑞斯陷入絕境，對方總能捨身攻擊與蘇哥哥打個兩敗俱傷，並且再次重生。」

「也許得再觀察……啊！蘇梓我那笨蛋已經衝上去了。」

蘇梓我越想越氣憤，恨不得要把眼前這麻煩的傢伙碎屍萬段，便毫無章法地向阿瑞斯猛烈砍劈；阿瑞斯受了傷只好退後重擺架勢，身上傷痕又頓時消失。無論蘇梓我怎麼打都是徒勞。

「慢著。」娜瑪突然察覺到怪異之處。為什麼不死之身的阿瑞斯，每次遭到攻擊後都要迴避退後？娜瑪望向阿瑞斯後方那些修士屍骸，屍體此刻居然全都像被抽乾靈魂般變成具具乾屍。

「這就是他把屍骸帶來的原因！」娜瑪恍然大悟，二話不說便衝了出去，躍上阿瑞斯的戰馬車，並從裙內取出德墨忒爾的麥穗插在一堆屍首中間——

瞬間，堆積如山的屍首竟化作花瓣飄揚空中，同時周圍映出一片金黃，瀝青地長出小麥，整條街道突然變成了豐饒的小麥田。

「真的成功了……」娜瑪心道：這就跟之前三相女神將路邊屍骸變成鮮花一樣，莫非她是想事先給我們提示，或者只不過純粹巧合？

「啊——怎麼會這樣！」

阿瑞斯一見滿地小麥便抱頭大叫，就連原本不知發生何事的蘇梓我都察覺對方有異。

「那婁囉神的神力居然正在流失？他對小麥過敏嗎？」

不過蘇梓我不管原因，乘人之危便揮鐮砍下！一道鮮血把阿瑞斯腳邊的麥穗染成鮮紅。

同時蘇梓我也看到了，阿瑞斯的傷口終於不再癒合，換言之，他無限再生的能力已然消失。

「趁現在劈死你這傢伙！」

蘇梓我的大鐮平行一掃、垂直一鉤，阿瑞斯用長矛擋下兩招後失去平衡，此刻他的神力根本及不上蘇梓我。

「到處都是破綻！」蘇梓我高聲大喊：「以後就叫我『殺死戰神的男人』啦啊啊——」語音未落，大鐮刃尖已經指向阿瑞斯的天靈蓋，看似下一秒就能了結對方——

——啪咻！

另一道劍影從側面忽現襲來，筆直地刺穿阿瑞斯的側腦，阿瑞斯當場噴血倒下。

「蘇梓我你沒事吧！」

此時杜夕嵐帶著弟弟及時趕到，她剛剛見蘇梓我全身染血以為有危險，想都沒想就出手擊倒敵人。然而蘇梓我看見自己大鐮還沒砍下阿瑞斯便浴血倒地，心情非常糟糕。

「可、可惡啊！明明就差半秒，怎麼會是妳變成殺死戰神的女人？哇啊啊啊！」蘇梓我拋下大鐮便亂發脾氣，嚇得杜夕嵐不知所措。

「欸？難道我做錯什麼了嗎？我見到那個人想傷害你，我才出手的……」

但蘇梓我依然抱頭大喊，夏思思唯有摸他頭安慰：「別生氣啦，反正在場只有我們，我們就當阿瑞斯被你殺死的，好嗎？功勞都歸蘇哥哥喔。」

「不，本來單靠那笨蛋根本打不贏阿瑞——嗚嗚哇啊。」娜瑪說到一半，已經被夏思思掩嘴制伏。

不久，躺在地上的阿瑞斯化作磷光消失，靈魂回歸「世界」。

15

戰神阿瑞斯的死很快就傳到帕德嫩神殿，即使眾神各懷鬼胎，但眼見蘇梓我快要攻上衛城，全都表現得神色凝重。

天后赫拉說：「想不到連阿瑞斯都阻止不了那些入侵者……若非必須待在宙斯身旁，不然我就親自上陣討伐那狂妄自大的人類了。」

雅典娜冷淡回應：「打從一開始我就對他沒期望，但至少他能替父神復活爭取到一點時間，也不算是枉死。」

見雅典娜態度冷漠，海神波賽頓便提議：「這回不如就讓赫斯提亞前去阻止那人類吧？反正赫斯提亞是我們當中唯一恢復了完整能力的神，又有完美肉身，由她出馬必定穩操勝券。」

「不，」利隆禮回答：「宙斯的靈還需要赫斯提亞的灶火來引路，暫時維持原狀比較好。」

「那剩下來就只有你和雅典娜二人了。」

波賽頓的意見令雅典娜非常不悅，可是這裡自己和阿波羅二人輩分最低；其餘波賽頓、赫拉、赫斯提亞，他們三人都跟宙斯同輩，是宙斯的兄長和姊姊。

利隆禮嗤之以鼻，心道：這些神始終看不起我，只對宙斯有所關心。但他很快就收起厭惡神情。

「波賽頓閣下所言甚是，不知雅典娜的意下如何？」

「真令人意外。」雅典娜嘲諷道：「原先見阿波羅你一直採取放任態度，還以為是念舊情，不想跟那些人類開戰呢。」

利隆禮回答：「雅典娜妳誤會了，我對那個叫蘇梓我的人類沒有任何情分。我更重視的是宙斯的復活儀式，相信在座各位都知道只有父神的『閃電火』能跟教會對抗吧。」

雅典娜喃喃說：「閃電火，那是『世界』交託給地方神的七種神器之一，與其他聖武具是天壤之別……」

赫拉喜道：「既然阿波羅如此熱衷，雅典娜亦聰慧過人，有你們上陣我就十萬個放心了。」

當然，雅典娜知道赫拉不過是想打發自己，免得跟她搶奪閃電火。她最終速戰速決，戴上頭盔準備起行；利隆禮亦裝備金弓銀箭，一同下山迎擊蘇梓我。

一提及蘇梓我，利隆禮又不禁回想起香港聖戰當晚發生的事。

◇

「父親，不對……利主祭。雅言她因為不滿你的決定，已經擅自離開營地返回教堂。」

聖戰的第一晚，正教勢如破竹地入侵香港，但利主祭卻按兵不動，留守在偏遠山區、拒絕救援。利雅言非常擔心，只好背棄父親指示，獨自返回聖火教堂。

利主祭聽後，站在樹下眺望北方的海岸未有特別反應，冷靜問道：「隆禮，你要跟你姊姊一起離開嗎？」

「雅言什麼都不知道，因而感到迷茫，才會選擇離開。」利隆禮說：「我知道主祭內心在盤算什麼，所以想先問個明白。」

「說來聽聽？」

「你早就投靠了正教，以換取他們支持你研究古神附體的實驗。」利隆禮續道：「以前聽教會的老前輩說，父親為了找尋結婚對象，不惜千里迢迢到國外娶妻。小時候我只當作愛情故事來聽，但實際上都是你為了研究古神降臨所做，我說得沒錯？」

利主祭冷笑問：「你從何時發現的？」

「自從雅言長大後，外表變得越來越像聖火聖女，我就開始懷疑這一切並非偶然。這幾年我暗中監視你的舉動，卻無法查出什麼，直到那個姓蘇的出現，事情才有了轉機。」

「姓蘇的，就是你們那位同學嗎？」

「那天蘇梓我到訪家中與父親交涉的內容，我全都知情。還有地下祭壇、書房內的研究資料……」利隆禮反問：「我跟雅言的出世，目的就是為了讓你研究古神降臨吧？只不過最後古神被那個姓蘇的搶走。」

「原來你已經調查得這麼仔細，但可惜只說對了一半。」利主祭直言道：「只有你姊姊才是有價值的實驗品，而你只不過是附送的失敗品罷了。畢竟維斯塔女神不可能寄宿在男子身上。」

「原來如此，我沒有價值呢。難怪你對雅言是如此重視，而我則是附屬在雅言身邊的侍衛。」

「但這段日子我也要感謝你如此盡責，不愧是我兒。至於投靠正教一事我也是逼不得已。那個姓潘的一直禁止我研究古神降臨，甚至多次想暗殺利家歷代保管的維斯塔女神；為了繼續研究，投靠正教是唯一的出路。」利主祭問：「隆禮，如今知道真相，你要跟我一起加入正教嗎？前途肯定比起留在看不起我們的聖教會裡好。」

利隆禮搖頭。「請容我暫時保留回答，但很快我就會讓父親知道我的抉擇……」

◇

不過是一個月前的事，卻彷彿過了很久。

此刻利隆禮跟隨雅典娜走到山下，抬頭望見無數小光球從反方向不斷飄進雅典衛城，並被坐鎮衛城旁的赫斯提亞所吸收。

他心想：信仰的蒐集進度非常理想，麻煩的是在這存亡關頭，赫拉和波賽頓依舊只懂盤算如何奪取宙斯的神力，指望他們對付教會根本是天方夜譚。

利隆禮知道，赫拉和波賽頓曾因為造反失敗而被迫起誓，永遠效忠宙斯。不過他們已是新生的第二代神，誓言早就沒有約束效力。

他冷靜地想：很抱歉，只有我這失敗品才配得上宙斯的閃電火。我不像雅言那樣完美地對應特定的古神，卻能將任何古神不完美地降臨身上。父親的研究是成功的，只差在他沒有發現我的能力罷了。

——阿波羅。

雅典娜質問利隆禮：「看你神不守舍，莫非有隱瞞什麼事情？」

「原來雅典娜妳也懂得開玩笑嗎？比起關心我的心事，妳還是想想辦法要如何應付蘇梓我等人吧。」

「只要你不生事就好。」雅典娜坐在殘破洋房的屋頂上，靜靜等候蘇梓我到來。

16

說回蘇梓我一行人，蘇梓我正依舊對著杜夕嵐發脾氣，抱怨她搶去了打贏戰神的功勞。杜夕嵐只好從後抱住他，胸部緊貼在蘇梓我背上，蘇梓我馬上怒氣全消。

大概杜夕嵐已經認命了，誰教她喜歡跟著蘇梓我冒險呢？她心想：蘇梓我這麼容易滿足，又一副白痴的臉，就算要壞也不會變成大惡人吧。

蘇梓我恢復笑臉。「呵呵，我原諒妳吧。」

杜夕嵐見他不再生氣，便說：「有一件關於比夫龍的事。在你離開之後他就跟我告別，說要自己獨自上山拯救維斯塔。」

「什麼！妳幹嘛不阻止那雙面妖怪？」

「他又不是來請求我的許可，當時一說完就消失了，我也來不及阻止嘛。」

「可惡！」蘇梓我隨手就敲娜瑪的頭，啪一聲相當響亮。

「你這笨蛋打我幹嘛？」娜瑪掩著頭。

「都怪妳招惹了那傢伙啊。別以為我看不出，那雙面妖怪肯定是迷戀妳才會一直跟來的。」

「欸？沒有這回事吧。」

「本大爺的眼光不會出錯，尤其男人的想法我最清楚了。」

夏思思說：「所以蘇哥哥這麼討厭比夫龍是因為吃醋——啊！」她同樣被蘇梓我敲了頭。

「胡說八道，娜瑪是屬於我的，其他人都不能打她的主意，就這麼簡單。」

杜夕嵐小聲說：「這不就是叫吃醋嗎……」

「再吵連妳都吃掉啊！」

「唉，你要吃就吃吧，我說過我已經認命了。」

杜夕嵐突如其來的告白竟讓蘇梓我感到苦惱。就算面對奧林帕斯最美的女神他都能把持住，但杜夕嵐這麼說卻令他非常認真地考慮了三十秒。

「現在要先去營救利學姊，別在這裡浪費時間了。」蘇梓我唯有壓抑自己的欲望繼續前進。

十分鐘後，蘇梓我一行五人終於來到雅典市中心，看見一個約三十尺高的希臘女神閉上雙眼，祥和地坐在衛城山下，並在蒐集鎮上所有人的信仰心。

「是利學姊的古神！」

夏思思連忙拉著蘇梓我。「很明顯那肯定是陷阱啊，蘇哥哥別衝動……咦？」

夏思思還未說完，眾人頭頂上的太陽突然消失；天空彷彿只剩下黎明時分的微光，整座雅典城頓時昏暗起來。

「我不是眼花吧？」杜晞陽指著滿天烏雲說：「我剛才見到有輛馬車把太陽拖走了。」

娜瑪覺得奇怪。「太陽？太陽的話一點都不好——」

語音未落，一枝銀箭「嗖」聲破風從雲間射向蘇梓我頭頂，但同時又有另一枝金箭從相反方向掠過眼前——

鏘！

清脆的碰撞聲響起，金銀二箭的箭身對撞得彎曲變形，一同掉地。接著，天空兩邊同時有兩輛戰車馭雲而出：東方是光芒四射的太陽馬車，西方則是柔和淡光的月亮鹿車，霎時間天色變得五彩繽紛。

娜瑪說：「果然是太陽神阿波羅啊！但救了我們的是月亮女神阿提蜜絲？怎麼會這樣？」

空中兩輛戰車同時步出兩位神祇，娜瑪都猜對了他們的身分。

擁有阿波羅降臨的利隆禮非常不滿，斥道：「阿提蜜絲，妳始終要跟我作對嗎？」

「我只是看不過自己的不肖弟弟暗箭傷人，你的作風始終未變呢，阿波羅。」

嬌柔卻嚴厲的聲線，蘇梓我對聲音的女主人相當感興趣，正準備抬頭一看，但另一道女聲立刻傳到他耳邊。

「到處看的話，小心性命不保。」

「誰！」蘇梓我感到心寒，往聲音方向一瞧，居然有兩對眼睛盯著自己——

「笨蛋別看蛇髮女妖！」娜瑪察覺到全身金光閃閃的肯定是雅典娜，便連忙制止蘇梓我與其盾上的女妖對望。

「妳才笨蛋，我的品味有那麼差嗎？」事實上蘇梓我只顧盯著雅典娜清秀的臉，才不管什麼蛇髮女妖。

雅典娜見狀只能失望收盾，向蘇梓我先禮後兵。「又見面了，這次我只是奉命行事，別怪我。」

「哼，奉命行事卻想偷襲本大爺！」比起狡猾的雅典娜，蘇梓我更渴望一睹那位月亮女神的芳容，但回頭一看，阿提蜜絲的月亮鹿車又不見了蹤影。

「可惡，是利隆禮趕走了月亮女神嗎？」面對眼前兩個敵人，蘇梓我無須多想便有了決定。

「娜瑪、思思、夕嵐，雅典娜就交給妳們三人了。」

「咦？你這頭色狼不是應該要對付雅典娜嗎？」娜瑪問。

蘇梓我指向利隆禮。「那個變態的戀姊狂才是色狼吧！我才不會讓妳們跟他有任何接觸！」

「蘇老大，那我呢？你該不會忘記我的存在吧。」

「杜小弟你就隨意在後面打氣吧。」

杜夕嵐同意說：「難得這次蘇梓我說得沒錯，晞陽你就留在蘇梓我身後，讓他保護你。」

「夕嵐妳也別逞強。」蘇梓我把娜瑪抓過來。「妳給我好好保護夕嵐，知道嗎？」

娜瑪無奈道：「好啦，我是食物鏈的最底層就是。」

「話說完沒有？」太陽馬車上的利隆禮不耐煩地說：「蘇梓我，終於等到這一天可以名正言順殺死你了。」

「你這個戀姊的變態，這句話應該換我說才——」

只不過眨眼間，一枝灼燙的銀箭已射往蘇梓我額頭！蘇梓我趕緊蹲下才驚險避開，只燒焦了一小撮頭髮。

「反應比最初進步了嘛。」利隆禮在高空冷笑，縱然離地十數尺，但憑著神力，聲音依然清楚傳到蘇梓我耳邊。

「你這混蛋給我下來！」可是蘇梓我還沒學到任何能讓他飛行的魔法，只能指著半空的太陽馬車破口大罵。

——咯咯、咯咯。

野鹿奔跑的聲音從上方接近，銀白戰車如流星般飛奔來到蘇梓我與杜晞陽面前，而鹿車的女主人自然就是月亮女神阿提蜜絲。

「我們目的一致，姑且助你們一臂之力打倒阿波羅。」阿提蜜絲一頭銀白長髮如銀河閃耀，面容端莊又帶著幾分神祕美感，看得蘇梓我和杜晞陽二人目瞪口呆。

「好啊，多謝姊姊！」杜晞陽踩了蘇梓我一腳便躍到月亮鹿車的前座，靠著阿提蜜絲坐下。

「你這死小孩給我換位！」蘇梓我跳上鹿車，想抓杜晞陽下來時鹿車已起飛衝往阿波羅。

鹿車奔馳的速度比想像還要快得多，蘇梓我稍不小心，離心力就把他摔到鹿車的地板上，砰啪一聲十分狼狽。

杜晞陽則藉機環抱阿提蜜絲的腰說：「姊姊太快了，我好怕。」

「嗯？」阿提蜜絲把杜晞陽抱到胸前安慰。「再忍耐一會兒，很快就可以追上阿波羅了。」

「可惡，那死小孩真令人羨慕。」後座的蘇梓我也想親近阿提蜜絲，卻被她先發制人阻止。

「蘇梓我，阿波羅就交給你對付，我會在旁用弓箭掩護你。別小看我的箭，我可是狩獵女神，整個奧林帕斯沒有其他神祇的箭術及得上我，包括阿波羅。」

不知怎的，蘇梓我的大名已經傳遍奧林帕斯。

「哼，算了。我先去搞定利隆禮，再把學姊搶回來就好。」

蘇梓我只好乖乖坐下，探頭俯瞰底下越來越小的雅典市內建築群，而阿波羅的太陽馬車則越來越近。利隆禮已收韁降速，靜待蘇梓我追上自己。

17

話說奧林帕斯時代有位巨人叫俄里翁。他外表俊俏、好色，在追逐寧芙七姊妹的同時又與曙光女神熱戀。曙光女神為他神魂顛倒，甚至不惜提早綻放黎明曙光，只為與他有更多時間相見。

但黑夜越來越短影響了阿提蜜絲的工作，於是她找曙光女神理論，卻因緣際會結識了她的戀人俄里翁。

俄里翁垂涎阿提蜜絲的美貌，很快就對她移情別戀；而阿提蜜絲也因欣賞俄里翁的打獵技術而愛上了他，甚至到談婚論嫁的階段。

然而，阿提蜜絲的孿生弟弟阿波羅不同意。

奧林帕斯有三位處女神，分別是赫斯提亞、雅典娜、阿提蜜絲。為保住姊姊的貞潔，阿波羅動了殺意，放出毒蠍企圖殺害俄里翁。

俄里翁看見毒蠍，嚇得馬上跳進河裡逃走，並在河中心探頭往水面呼吸。阿波羅見狀，心生一計便返回天上，跟阿提蜜絲打賭她的弓箭無法射中河上的漂浮物。

阿提蜜絲不疑有詐，為了證明自己箭術比弟弟優越，便用銀弓金箭射穿了漂浮物。結果她發現自己親手殺死了愛人，令她傷心欲絕。

自此，阿提蜜絲與阿波羅不共戴天，月亮與太陽永不相見。

也許，利隆禮能獲得阿波羅的降臨，或多或少也跟他對孿生姊姊有異常的執著有關。

◇

「那對姊弟真是的，只會製造麻煩。」雅典娜搖頭嘆息，然後與兩位使魔對望，說：「妳們都是墮落的魔神嗎？好吧，作為我的對手還算合格。」

雅典娜站在原地橫揮金矛，方圓十尺頓時掀起大風，把路邊落葉捲到了天上。

夏思思低聲問娜瑪：「妳有多少把握能打贏雅典娜？」

「這問題我也想問妳啊……」

昔日雅典娜從波賽頓手上奪去這座城市的控制權，並將其命名為雅典。因此，雅典娜信仰在此地根深柢固，神力是其他地方神無法比擬的。

兩個惡魔與雅典娜相隔十尺對峙，杜夕嵐則站在娜瑪身後。杜夕嵐見氣氛如箭在弦，別無選擇只好召喚出羅剎刃握在手中，戰戰兢兢地指向雅典娜。

「真是傲慢的人類。」雅典娜將神盾套在臂上，伸出左手，一道神力載浮載沉地緩緩飄往杜夕嵐——

「危險啊！」娜瑪立即撲向杜夕嵐把她拉走。「雖然雅典娜經常被描述為一位貞潔公正的女神，但她對傲慢的人類絕不手軟。神話裡就有記載，梅杜莎因為炫耀自己的頭髮而被她變成蛇髮；又有阿拉克妮炫耀她的紡織技藝，而被雅典娜變成終日只會織網的蜘蛛女妖。」

「欸？難道我躲過一劫？」杜夕嵐回望身後，驚見馬路街燈已變成一棵橄欖樹。

「雅典娜大概不爽妳舉劍指向她，所以想將妳變成一棵樹永遠舉手站著。」

杜夕嵐一臉無奈。「雖說是智勇雙全的女神，意外地也有孩子氣的一面啊。」

雅典娜有點不快，遂向娜瑪等人宣戰：「妳們三個一起上，我也不喜歡被人說以大欺小。」

「不只三人，還有一條喔。」夏思思馬上召出她的寵物。

半空中烏洛波羅斯赫然變大，數以噸計的巨蟒摔到地上，震裂大地，市內樓房都左右搖晃。

「魔獸嗎？」雅典娜屈膝前後腳站穩，將雅典土地的力量透過兩腿傳到金矛尖端，並奮力擲矛飛向烏洛波羅斯的頭顱！

金矛如流星般快速，烏洛波羅斯想在途中用口咬住卻慢了半秒——金矛直刺在巨蟒頭頂，打掉牠頭上的一片蛇鱗！

然而雅典娜卻感訝異。「居然只能傷及一片蛇鱗？看來這不是普通的魔獸。」

雅典娜伸手隔空將金矛吸回手中，同時察見地上鱗片居然泛著虹彩，感嘆眼前對手似乎夾雜著不同文明的神力。

「換本小姐攻擊了！」娜瑪突然張翼高速飛到雅典娜右側，召出十二魔箭連環掃射——

只見雅典娜左手高舉神盾，頃刻間就擋下所有魔箭，緊接右手將半截金矛刺進地底，猛力一挑！一塊巨岩直轟向娜瑪，娜瑪動用渾身魔力才勉強接下。

夏思思心感不妙。「我們的魔力本就比不上雅典娜，而小娜娜沒有指環輔助，魔力更容易枯竭。」於是她接捧攻擊，隨即命令烏洛波羅斯朝雅典娜頭頂噴出能毀滅一切的毒霧——

但見雅典娜再舉神盾，同時鑲在埃癸斯中央的蛇髮妖女頭睜大雙眼，居然把眼前毒霧全部石化，啪喇啪喇變成碎石散落一地。

「連沒有生命的都能石化，太霸道了吧？」

夏思思的抱怨換來雅典娜的憤怒。

「妳們還不明白自己與希臘一等神的差距有多大嗎？」

伴隨斥喝，雅典娜的長矛已刺到夏思思面前——雅典娜使矛的技巧比起阿瑞斯高明，且更致命；夏思思以手拈出黑霧化作匕首，勉強擋下數招，但速度已完全追不上雅典娜的速度。再見對方金矛旋轉一圈，夏思思知道自己必死無疑——

生死關頭之際，杜夕嵐拚命向雅典娜揮出羅剎刃！雅典娜根本不放她在眼裡，只是轉身輕輕呼氣，就將杜夕嵐整個吹走掛在樹上。

「喝！」

此時，另一股魔力緊接而來，雅典娜隨即迴身用矛掃跌娜瑪，再將盾牌砸在娜瑪身上，連帶馬路陷落數尺。娜瑪蜷成一團，好不容易才爬離神盾，卻換來全身疼痛。

就結果而言，夏思思總算撿回性命，但同時證明她們三人根本不是雅典娜的對手。雅典娜得意說道：「果然惡魔都不過如此。」

雅典娜逐一瞄看眼前敵人，最後視線停在娜瑪身上——

忽地，女神似乎失去了鬥志。她雙眼睜大地轉身望向山上衛城，似乎感到什麼可怕之事將要發生。

18

另一邊廂，雅典半空如煙火大會般熱鬧，兩輛戰車在空中纏鬥拚出火花！雅典市內生還的居民躲在家中探頭望天，只見太陽和月亮在天上呈「之」字形互相碰撞，無不以為天降異象、世界快要滅亡。

至於月亮鹿車上的當事人，蘇梓我用大鐮劈下利隆禮兩發火箭後，又連忙抓緊戰車邊緣，好讓阿提蜜絲能加速接近太陽馬車。

「原來如此，無論動態視力或是出手都比在香港時進步很多。」利隆禮望見兩道魔力從蘇梓我的右手一直延伸至地上，恍然大悟。「竟將惡魔的力量據為己用，比起父親的研究還要神祕……嗯？」

他瞄見阿提蜜絲從月亮鹿車的前座站起，並取出兩枝金箭放在弦上瞄準向他；利隆禮不敢怠慢，亦搭上兩枝銀箭拉弓——

砰砰、砰砰！

金銀箭快如閃電，坐在旁邊的杜晞陽就算睜大雙眼亦看不見任何殘影；兩發火花在眼前爆炸，四枝箭都在半空攔截了對方。

「好厲害啊，月亮姊姊！」杜晞陽讚不絕口：「之後有空的話，姊姊妳可以教我射箭嗎？」

「你喜歡箭術？如果有這機會的話，沒有問題。」阿提蜜絲又坐回來抱緊杜晞陽。「伏低身子，準備撞上去了。」

語音未落，月亮就一直線地撞向太陽表面。太陽受到重創、不斷噴出火球並往下墜，蘇梓我則趁亂躍上太陽馬車，卻迎來利降禮的束棒橫砍——

蘇梓我及時緊握大鐮兩端接下攻擊，並將鐮刀往後一拉，竟把對方連同束棒一同扯過來；但利隆禮下盤穩住，將計就計撲身靠近蘇梓我，反往他的死角先毆一拳！

蘇梓我小腹頓時灼燙莫名，旋轉大鐮將利隆禮劈退三步。僅此一秒，二人幾乎經歷生死，是名副其實的殊死戰。聽起來雖殘酷，但沒有如此覺悟就等同白白送死。畢竟蘇梓我和利隆禮已經不是普通人，他們身上都擁有古神或惡魔的力量。

「姓蘇的，你既已墮入魔道，還想玷污雅言嗎？你不配！」

利隆禮的束棒突然燃起數百度高溫，周圍空氣瞬間蒸發，就連蘇梓我體內的水分也快要被抽乾。

「你這火怪物才配不上！」蘇梓我立即喚出黑霧包圍周身隔絕阿波羅的赤焰，順帶將魔力抹在大鐮刃上。

下一擊就是蘇梓我的必殺招了，而同樣地，利隆禮也伏身蓄力，接下來同樣是灌注神力的渾身一擊——

但墜落倒數正好結束，載著二人的太陽馬車如同巨大火球直撞地面，仿若投下百噸火藥，山崩地陷，甚至炸出巨大的蕈狀雲！幸好在墜落的前一刻，蘇梓我與利隆禮都以魔力護體，兩個火人跳出太陽馬車並揚手拍去身上火焰。

先吭聲的是蘇梓我。「想不到你這變態也有兩下子。」

利隆禮正想回應，卻忽然垂下束棒，傲慢回應：「其實我對你沒什麼興趣，只是去找宙斯前消磨一下時間。你也確實給了我一點樂子，不至於死太快。」

「什麼？」蘇梓我追上前，但利隆禮再度赤焰纏身，如流星般快速飛往衛城。

◇

眨眼間，利隆禮飛來衛城山上的酒神劇場，那是一座露天劇場，舞台中央站著一位長鬈髮的男性神。

該神祇雙目炯炯，全身瀰漫雷霆之氣，隔空放出閃電引到天上雲間。他掌管天空萬象，風雨雷電皆為武器，霜雪雲霧皆為衣裳，日月彩虹皆為其履。利隆禮看見他，不自覺地緊張起來，恭敬地說：「宙斯大人，很高興能親眼見到大人的降臨。」

「是汝替本王復活過來？」宙斯嚴厲問道，聲音像電流傳入腦核，使神經麻痺。

「稟大人，正是在下喚醒赫斯提亞聖火，把奧林帕斯十二主神的靈魂重新引回雅典此地。」

「汝有何所求？」

利隆禮堅定回答：「我想借用宙斯大人的力量。」

「誠然無稽之談。」

「但大人的靈魂掌握在聖火之中，不論赫斯提亞的聖火或是阿波羅的聖火——」

突然天空咆哮，風雲變色；同時宙斯身體猛地膨脹，竟變得跟衛城的山丘一樣巨大！

每步都是地震，宙斯跨步從山頂走到平地，走近赫斯提亞。兩位巨神體型不相上下，宙斯一言不發抓住赫斯提亞，雙手把她抬高——接著地動山搖，天地異變；太陽月亮逆行西升東墜，雲間日夜交錯，彷彿時光倒流，一瞬之間逆向經歷數十寒暑。

最後難以置信的畫面在眾目睽睽之下上演，赫斯提亞的巨神竟變成一個女嬰，接著宙斯張開大口，活生生把她吞進了肚內。

地上的雅典娜目睹一切，回想起自己小時候在宙斯體內的日子，不禁心生恐懼；現場的利隆禮更是面無血色，原以為能夠借助赫斯提亞的聖火控制宙斯，沒想到他竟把女神生吞肚內。

「赫斯提亞……」內心深處的阿波羅的記憶被喚醒，利隆禮突然感到無助，悔不當初。

——阿波羅，接著就是你。

神靈的聲音直劈進利隆禮腦中，宙斯伸手把他抓到鼻前，大力吸氣，徹底將阿波羅的靈魂從他身上吸走。

利隆禮淒厲大叫，除了靈魂被抽乾的痛苦，還有全身筋骨快被宙斯掐碎的劇痛。阿波羅靈魂痛徹心扉的慘叫聲，身為孿生姊姊的阿提蜜絲聽起來更是心寒。

「父神已經瘋了……」

「月亮姊姊快走！」

助手席的杜晞陽不斷搖著阿提蜜絲雙肩，並催促她的月亮鹿車趕快起行。可是宙斯的神力壓倒一切，阿提蜜絲和拉車的牝鹿都嚇到動彈不得。

宙斯已伸手過來，只要一抓就能把阿提蜜絲整個人握在拳裡——

「沒辦法了！」杜晞陽唯有把阿提蜜絲推下戰車，自己亦從百尺高空躍下。

「拜託！」杜晞陽孤注一擲，緊閉雙眼反覆念著羅剎天的名字。

紅光一閃，羅剎天的巨靈左右手分別接過二人，迴身後退，將杜晞陽和阿提蜜絲帶離開宙斯能觸及的範圍。

宙斯喃喃道：「阿提蜜絲……不對，還有雅典娜，本王的女兒。」

宙斯突然轉向，朝雅典娜走來，一大片黑影蓋過雅典娜的所在地，並往她和娜瑪等人逼近。

娜瑪慌忙道：「這位家長接女兒放學會不會太過熱情了？」

「小娜娜現在還有心情說笑？」夏思思已準備好隨時逃走，但娜瑪卻往反方向跑了過去。

「不讓你得逞！」她冒死衝去抱住雅典娜，用盡全身力氣拍打黑翼，在千鈞一髮間帶雅典娜避開了宙斯的手掌。

「小娜娜妳為什麼要救雅典娜啊？」

「不救不行啊！宙斯是最大的敵人，他再吃掉一個，我們誰都無法活下來！」

眼前的宙斯是她見過最可怕的存在，放眼魔界的話，只有魔界三大公能與其匹敵，而且還不知會鹿死誰手。

「沒錯……一定要阻止宙斯……」

一道微弱聲音傳來，娜瑪回頭一看，竟是全身浴血的比夫龍。

19

惡魔的自癒能力比人類強得多，縱使並非無限重生，但皮肉之傷大多理應能用魔力癒合。然而此時比夫龍竟滿身是傷，快奄奄一息；不僅是外傷，也有內傷，能活著說話已是奇蹟。究竟發生何事？

「比夫龍！」娜瑪放下雅典娜，跑上前撐住他。「你要振作啊！就這樣死掉怎麼行？這是本子爵小姐的命令！」

「抱歉，阿斯摩太閣下……」比夫龍垂死地說：「宙斯已經吞掉了赫拉和波賽頓……但那位女祭司還在殿上……我來只是想報告給閣下知道……」

「別死啊！」娜瑪想起昔日在魔界與比夫龍的交情，不禁哭了起來，全身顫抖。有一隻手輕拍在她頭上，卻用輕佻的口吻說著：

「早就告訴他別逞強了，居然想搶在本大爺面前逞威風。」蘇梓我低聲告訴娜瑪：「接下來交給我吧。」

娜瑪雙眼通紅，強忍淚水質問：「交給你是什麼意思？現在可不是胡鬧的時候……」

「嘿，本大爺最擅長的是什麼？」

夏思思搶答：「乘人之危！」

「哇哈哈哈！」蘇梓我得意地走近垂死躺下的比夫龍。「聽說你是所羅門七十二柱魔神？」

比夫龍沉默不語，只是怒目相向。

「就算你不回應我也知道。」蘇梓我展示右手印戒說：「這是所羅門王用來使役魔神的指環，只要你發誓效忠我，也許我會考慮分你一點魔力，然後治療你的內傷。」

「我寧願自由地死去，也不想聽令於你……」

「不行啊！」娜瑪跪在比夫龍旁邊勸道：「雖然蘇梓我是個無恥之徒，好色懶散，無惡不作。但就算要寄生在討厭的人之下，總比掉了性命好，你就答應蘇梓我做他的使魔吧！」

「阿斯摩太閣下……」見娜瑪眼泛淚光，比夫龍不忍心讓她悲傷，最後只好答應蘇梓我。

「人類，動手吧……」

蘇梓我罵道：「還高高在上地稱呼我做人——哇啊！」

娜瑪大力拍打蘇梓我後腦。「快動手！沒時間耍笨了。」

「好啦好啦。」於是蘇梓我舉起右手蓋過比夫龍頭頂，並認真念咒：

「宇宙之祕，眾妙之門。我以大召喚師之名，命令你將靈魂的弦線奉上我手。靈魂的弦線，即是我們血的契約；血的契約，即代表你自願成為我的僕人，並乘著祝福之風，在月光下行使大召喚師的旨意！」

娜瑪看傻了眼，問：「你什麼時候準備了這麼羞恥的台詞？」

「別打斷我的儀式！」蘇梓我說：「總之比夫龍你同意效忠本大爺就好。」

比夫龍無奈點頭。「我願尊你為主人。」

「哇哈哈哈，那就把聖武具交出來吧！」

蘇梓我搶過死靈燭台後便放聲大笑，外人不懂的話還以為比夫龍中了他什麼詭計，但蘇梓我只不過喜歡裝腔作勢罷了。他將印戒碰在比夫龍的前額，收其一半靈魂；兩者靈魂共鳴，同時源源不絕的魔力立刻流進比夫龍體內，並化作生命的力量穩住了他的傷勢。

娜瑪緊張追問：「比夫龍你覺得如何？」

「感謝阿斯摩太閣下的關心，現在感覺好多了。」

「嗯嗯，本大爺也是感覺良好。」蘇梓我炫耀手中印戒，在回收第三柱魔神後，魔力好像更上一層樓，甚至有想飛的感覺——

「霍」的一聲，他背上居然展開一對漆黑翅膀！黑翼由魔力的羽毛交織而成，就像娜瑪等爵位惡魔那樣。

「看來是解鎖了飛行的力量。」蘇梓我高舉拳頭。

「你這笨蛋說得真輕鬆，為什麼上天會如此不公平，居然讓你一帆風順。」

在娜瑪抱怨之際，夏思思急忙跑了過來。「不好意思打擾你們雅興，但別忘了還有位盛怒的宙斯要處理啊。現在蘇哥哥魔力倍增，宙斯似乎感到有興趣，已經往這邊走來了！」

但蘇梓我反問：「咦，妳是誰？」

「思思啊！只是剛才跟雅典娜戰鬥解放了胸部，你就不認得了嗎？」

「啊，原來是思思。」蘇梓我又瞄看巨神宙斯緩步走來，相較之下自己氣勢及不上他，便對夏思思說：「妳再借那條大蛇給我吧，至少體型上能夠跟宙斯對抗。」

「但烏洛波羅斯的魔力已暫時枯竭，需要休息……嗯啊？」夏思思嬌喘一聲，原來蘇梓我正在搓揉著她的胸。

「嘿嘿，我來送力量給妳了，這樣妳就有魔力再次召喚大蛇吧？」

比夫龍鄙夷地說：「你都是這樣對待使魔的嗎？」

「這是美女的福利，別指望本大爺會對你出手。」

蘇梓我說著揉著，看似是惡作劇，但確實替夏思思充填了魔力——正確來說，是先替自己補充色慾的魔力，然後再分給身為使魔的夏思思。夏思思立即喚出烏洛波羅斯給蘇梓我騎乘，免得他跑去亂騷擾別人。

「停下來。」豈料雅典娜突然舉矛攔下蘇梓我，並厲聲警告：「我不能讓你加害我的父神。」

「嘖，別礙手礙腳。」蘇梓我伸手鑽進雅典娜的胸甲內，大力掐了下她的胸，雅典娜頓時嚇得臉紅，退後數步。

——就讓那位勇士討伐宙斯吧，雅典娜。

忽然有溫柔女聲如此勸說，雅典娜回頭察看，原來是姑母豐收女神德墨忒爾；她身後還有阿提蜜絲和杜晞陽，看來都是被她救回來的。

娜瑪看見德墨忒爾，連忙低頭道謝：「之前全靠妳的麥穗，我們才能擊敗戰神阿瑞斯。妳又藉機指導我家笨蛋的大鐮技法，女神閣下果然是來協助我們的嗎？」

「我只想阻止違反常理的事情而已。」

「違反常理？」

德墨忒爾答：「地方的古神只能在『世界』的意思下誕生，不該被其他人強行復活。」

「所以宙斯現在是違反常理的存在，不應留在世上嗎？」娜瑪心想：這樣說的話，看來德墨忒爾早就接受自己已經死亡的事實……但換句話說，連同雅典娜和阿提蜜絲都不該留在現世嗎？」

娜瑪想到這裡，望向兩位女神。而杜晞陽好像很喜歡阿提蜜絲，她也不忍心追問下去。

眾人此時內心都矛盾萬分，但主角蘇梓我依舊一副無憂無慮的模樣，舉起大鐮、腳踏巨蟒，與宙斯隔空形成對峙之勢。

20

「區區人類，讓汝見識何謂力量的差異吧。」

宙斯揚手，雅典市內忽現人聲鼎沸——先是地上傳來戰鼓與號角聲，暴力女神率領雅典重裝步兵團從冥界破土而出，浩浩蕩蕩踏在雅典土地之上；同時上空浮現無數木製戰艦呼應，是勝利女神曾經所向披靡的雅典艦隊，如今竟從雲間穿梭下凡！

娜瑪見狀又驚又怕。「比亞和尼克這對姊妹是泰坦戰爭的功臣，一直追隨宙斯忠心耿耿，可以稱得上是奧林帕斯的御林將軍。而且古雅典最強的就是海軍，宙斯居然能夠召喚雅典海軍前來助陣，這是難以置信的死靈術啊！」

德墨忒爾說：「這對奧林帕斯的最高父神來說不過是雕蟲小技。」

娜瑪回應：「既然妳都幫到這裡了，不如跟我們一起聯手制止宙斯失控好嗎？」

「那是奧林帕斯與人類的恩怨，就算是我也不方便插手，只能靠你們自己。」

說畢，德墨忒爾便攜同阿提蜜絲及雅典娜一同迴避，靜坐一角觀戰。

「唉，無論如何都保持中立嗎？」

但面對宙斯的軍隊步步進逼，蘇梓我趕緊拿出剛搶回來的死靈燭台大叫：「不過是召喚出雅典的古代兵隊，有什麼厲害？我也會死靈術啊！」

雖然蘇梓我沒有任何把握，但樂觀的天性是他最大的優點，說好聽一點是這樣。

「出來吧！沉睡此地的諸位英靈。」蘇梓我高舉死靈燭台，燭台的燈火非常微弱，然後……然後什麼事都沒有發生。

宙斯無情宣告：「此地的死靈皆為本王的下僕，沒有你能夠操控的餘地。」

語畢，一道虹橋從天邊延伸百尺落在蘇梓我眼前；同時天空的勝利女神發號施令，百艘三列槳座戰船划在彩虹上，乘風破雲俯衝向蘇梓我和烏洛波羅斯，濺起彩虹色浪花。

此時蘇梓我像對付失靈電器般不停拍打死靈燭台，根本無暇應付宙斯，只好吩咐烏洛波羅斯去咬敵方的彩虹——彩虹如布條般被拉扯斷開，幾艘先鋒船被拋到外面墜落山崖，連同尾隨的戰船亦東歪西倒，沉沒一半。

「還真的成功了。」蘇梓我隔著斷裂虹橋，在另一方挑釁：「哇哈哈哈！沒有彩虹你們的戰船就衝不過來了吧，蠢死啦。」

勝利女神不甘受辱，隨即命令英靈登上甲板萬箭齊發。這麼容易受挑撥正是女神的弱點，蘇梓我旋轉大鐮，輕而易舉就把艦隊的箭雨統統掃走。

「太弱了！我連阿波羅的箭也不怕，你們一堆幽靈又能奈我何！」

但在蘇梓我得意忘形之際，遠處的宙斯已經握著紫色閃電——

「愚昧的人類，接受雷霆的洗禮吧！」

霹靂強光照亮烏雲，只見宙斯向蘇梓我擲出一柱雷電，電光先掠過大街震碎沿途玻璃，灼熱電弧同時把兩側房屋劈成焦木，肆虐地上後急速爬升，紫電不消半秒已直撲向蘇梓我——

蘇梓我本能反應出手相擋，雷電劈到他掌上「啪啦」一聲竟應聲彈開，而蘇梓我竟卻是完好無缺。

看戲的雅典娜相當動搖。「不可能，那人類居然赤手擋下父神的閃電火？」

「那就是閃電火？」娜瑪興奮解說：「根據創世傳說，在所有文明誕生之前，『世界』製造了七件原初神器，並分別交託在七位地方主神手中，用以作為地方神與『世界』交換的契約。閃電火就是傳說中其中一件原初神器。」

夏思思感到困惑。「閃電火理應是傳說級的神器，莫非宙斯失手了嗎？」

德墨忒爾答道：「不對，剛才一擊宙斯雖沒有使出全力，但亦沒有留手。蘇先生能接下閃電火必定有其他原因。」

而蘇梓我本人則呆站原地，維持伸手擋雷的站姿動也不動；不像是被電劈成痲痺，只是驚魂未定罷了。蘇梓我瞄到右手的印戒凌空浮起了發光文字，縱然文字不像是人類語言，但他卻讀懂其內容。

「探測到特異波長……解放……啊！」

讀到一半，發光文字突然消散，取而代之是更強大的魔力。

一絲魔力從黃銅印戒流向手背獸印，另一絲魔力則把魔法礦的印戒與手掌聖痕連結起來；蘇梓我的手上形成了一套魔法迴路，加上與三位使魔的靈魂牽絆，蘇梓我竟感覺到體內魔力不斷倍增。

如此詭異情景，宙斯立即察覺到蘇梓我手上東西是什麼來頭。

「聖主用來對付其他神族的鑰匙，居然落在這小子手上。」宙斯沉思一會兒，喃喃道：「必須趁他不懂駕馭力量之前解決他。」

天上地下的勝利女神與暴力女神，在得悉宙斯心意後，立即率領雅典英靈上前圍堵蘇梓我。

但蘇梓我如今充滿力量，感覺自己變成全知全能，放聲大笑：「這次的話肯定成功！」

接著他拿出死靈燭台——此時燭台上一個大火球光亮無比，蘇梓我再次高舉念咒：「統統給我出來，助我打敗雅典的英靈們！」

21

雅典空氣變得沉重，雲間穿出另一大洞，又有艦隊從洞中浩然駛來。

娜瑪瞧見空中艦隊的戰旗，驚訝道：「那是曾大敗雅典艦隊的斯巴達海軍！這樣的話，肯定還有斯巴達的重裝步兵等等都要被那個人召喚出來了。」

比夫龍無法置信。「為什麼那個不學無術之徒，可以輕易使出比我更加厲害的死靈術？」

「蘇哥哥就像是程式錯誤、系統漏洞的存在啊……」夏思思指向遠方街道，果然有一隊死靈步兵走來助陣，正是二千多年前真正的底比斯聖隊！

號角聲再響，底比斯聖隊起勁跑往雅典英靈，瞬間就在街道上展開廝殺！四周殺氣騰騰，刀光劍影，娜瑪等人還以為自己置身在雅典古戰場上。

同時空中的斯巴達船艦亦加速撞向雅典陣營，雙方都有戰船被攔腰撞沉，又或者槳列被衝角①折斷；在紛飛的木碎殘骸中，蘇梓我使役巨蟒前行，向著宙斯巨神前進。

「大蛇給我咬斷宙斯的頸！」

巨蟒便張開血盆大口，瞄準宙斯的咽喉伸頭咬下去——

宙斯召來他專屬的神盾埃癸斯，猛力一揮就將烏洛波洛斯的蛇頭拍走，轟得牠眩暈數秒，蘇梓我也差點從蛇頭掉下。

宙斯的神盾曾殺死雅典娜的兒時玩伴，神力更勝雅典娜的埃癸斯。此時宙斯左手高舉神盾，右手緊握閃電火，將所有奧林帕斯的榮耀背負身上，誓與聖主的傀儡一決生死。

見宙斯全副武裝應戰，蘇梓我不得不收拾心情，趴在蛇頭上跟對巨蟒說：「等會兒我們分開出擊。本大爺是主帥，所以負責牽制宙斯右手的閃電武器；至於你，就想辦法旁敲側擊纏繞宙斯的雙腿。」

說畢，蘇梓我就躍到半空拍翼飛行，烏洛波羅斯則避開視線伏身蛇行，並換上一身迷彩顏色融化在背景之中。

可是有個問題，蘇梓我首次飛行還不太習慣，左右翼不協調地在空中亂衝。宙斯拉弓擲出閃電火，劈里啪啦一道雷柱便筆直地撲向蘇梓我。

「可惡，我才是最擅長乘人之危才對……」說到一半，閃電火應聲命中爆炸！

煙霧瀰漫，待濃煙散開時只見到一具燒焦的死靈士兵，同時死靈身後突然閃出死神黑影，那便是提起大鐮的蘇梓我——

「哇哈哈哈，中計了吧。受死吧！」

蘇梓我繞到宙斯的頭頂右側，與巨神相比，他只有宙斯的半個頭高，但他舉起的大鐮卻能砍斷任何東西，包括宙斯父親的陽具。

「看我如何劈開你腦袋！」

蘇梓我雙手緊握大鐮，從宙斯頭頂垂直砍下——

---

① 衝角，亦稱撞角，是一種在艦首下方裝上的尖硬銳角，古代海戰時普遍應用。

只是招數太過明顯，宙斯橫揮神盾，硬生生把蘇梓我轟飛天外。蘇梓我如斷線風箏旋轉，隨即一道紫電追上，原來宙斯已回收閃電火，並再次瞄準蘇梓我扔了過去——

電光石火間，蘇梓我將右手魔力全部灌注在大鐮之上，拚死往閃電火的軌跡砍去！眼前閃電如開紅海般被劈成兩半，並從蘇梓我臉龐兩側驚險掠過。

「嘖，隨意喚雷太卑鄙了吧，你這十萬伏特妖怪！」

然而蘇梓我心裡想，宙斯的雷電武器既能隨意投擲，又能回歸手中，究竟有何機關？

就在宙斯應付蘇梓我之際，烏洛波羅斯已悄悄潛行到宙斯身後——巨蟒忽然蜷曲身軀，立即緊纏住宙斯的雙腿！

「做得好！你配讓我記住名字了。」蘇梓我大讚巨蟒。

「孽畜，居然敢跟本王作對！」

宙斯將神盾怒砸在巨蟒身上，豈料蛇身一軟，反繞成一圈纏住神盾，兩方雙雙被絆倒在地。

坡地陡然陷出坑洞，全身泥濘的宙斯怒不可遏，猛地掙扎；烏洛波羅斯將頭鑽到宙斯膝蓋底下的空隙，藉對方身體來保護自己頭顱，又順勢越纏越緊。

「有破綻！」

蘇梓我飛往宙斯揮動大鐮，宙斯咆哮一聲，先用右手擲出雷電擊落蘇梓我，隨即抬起手邊整座山丘，把它砸在烏洛波羅斯身上！一陣地動山搖，幸好烏洛波羅斯有虹鱗保護，只全身疼痛敗走，但仍能活著返回蘇梓我身邊。

「可惡，又失敗了嗎。」

蘇梓我與巨蟒會合，再次踏在蛇頭上與宙斯隔空對峙，並盯著宙斯放電的右手沉思：不愧為天空之神、雷霆之神。記得娜瑪說過，宙斯手上的武器好像叫閃電火？但有點奇怪，宙斯剛才都只會對我使用電擊，反倒被大蛇纏身時卻顯得狼狽……

蘇梓我繼續思考：假如我是宙斯，手上又擁有閃電火，理應將它當成長劍直接斬斷蛇身就好，但剛剛宙斯沒有這麼做……

想著想著，蘇梓我腦袋發熱得感覺快要爆炸，突然靈光一閃，想到個有趣的假設。

「烏洛什麼的，我想到一條妙計可以封住宙斯的閃電火。」於是他趴貼在蛇頭上耳語，縱使他不知道蛇的耳朵究竟長在哪。

宙斯站起怒斥：「鬼鬼祟祟的也不能打贏本王，吾乃眾神之首，不容爾等鼠輩冒犯！」

宙斯右掌朝天，天空四方八面均劈出閃電讓他握在手中；一柱青光雷霆標槍再度往蘇梓我射來，烏洛波羅斯依照蘇梓我的吩咐張開大口——然而牠這次並非噴出毒氣，而是將天空烏雲全吸進口中！

宙斯對巨蟒的行為感到可笑。「難道爾等以為把雨雲吸乾，本王就無法喚雷嗎？實在太瞧不起本王了！」

「因為我已看穿你的小把戲。」蘇梓我又用他最擅長的挑釁術，放下大鐮，向宙斯舉起一雙中指。「有種你就再放雷劈我，無論多少次都不會傷到我分毫。」

「這麼想死，本王就成全你們！」

宙斯忍無可忍，傾盡全身神力，瞄準蘇梓我頭顱擲雷——

雷聲隆隆，蘇梓我把魔力集中到眼睛之上，緊盯著迎面衝來的閃光殘影，接著竟分毫不差徒手捉住了宙斯的雷電！

地面的娜瑪見狀，不禁緊張斥喝：「那笨蛋瘋了嗎！這樣無論他或烏洛波羅斯都會被電流燒死的！」

「蘇哥哥是故意這麼做的，他事先利用魔法迴路增幅魔力、覆蓋全身，電流只在表面流過落在地上……雖然不知用意為何。」

同樣在旁觀戰的杜晞陽，發現巨蟒提起尾巴對準宙斯，第一個猜到蘇梓我的用意。「莫非蘇老大又想用同一招數嗎？」

果然，一柱清水從蛇尾撒出射在宙斯身上，原來烏洛波羅斯剛才吞雲是要吸收空氣中的霧水撒尿！只見電流通過水柱傳到宙斯雙腿，電得宙斯當場跪倒、痛苦大叫。

「可惡的聖主傀儡！」宙斯全身觸電變得視力模糊，想鎖定蘇梓我攻擊卻看不見對方——

「我在上面啊！」

聽見那囂張聲音，宙斯馬上抬頭一看，後腦卻已被蘇梓我的鐮鉤勾住。

「娜瑪曾說過，雅典娜在宙斯頭顱內出世，要靠工匠神赫菲斯托斯用大斧劈開他的頭蓋才能救出雅典娜。這次我也依照這劇本試試看好了。」

蘇梓我雙腿夾住宙斯的頸後，把魔力集中於大鐮刃上——「砰」一聲，宙斯後腦被大力鑿出個洞，巨神如充氣娃娃般瞬間洩氣縮小，同時把他吞下的眾神全吐了出來。

「嘿嘿。果然宙斯只有握雷的右手是絕緣體。」蘇梓我緩緩降下，用手指摩擦鐮刃陰險笑道：「英雄蘇梓我懲治惡神的愉快時間到了。」

22

準確來說，被宙斯吞掉的神祇有三位，包括赫拉、波賽頓及赫斯提亞。至於阿波羅的靈魂從宙斯腦內被釋放後，已經魂飛魄散，再次回到靈魂循環當中。

「投降吧宙斯！」蘇梓我在半空用大鐮指向宙斯。「吐出那幾個神祇之後你已被打回原形，神力也變弱了，不再是本英雄的對手，哇哈哈哈！」

事實上，就連宙斯召喚出來的勝利女神與暴力女神也變得非常衰弱，與雅典的英靈一同漸漸消失。宙斯十分憤怒，盯著蘇梓我說：「奧林帕斯永遠不會向聖教投降的，想殺本王就看看你是否有如此本事！」

蘇梓我感到不爽。「啊？這跟聖教沒有關係。聖教已經派出騎士團要剿滅古神，而本英雄卻是慈悲為懷，從來都沒打算要對你們做什麼。」

但宙斯不相信，反問：「汝手上的印戒正是聖主之物，豈容狡辯？」

「什麼聖主之物？如今戒指在我手上就是屬於我的。」蘇梓我續說：「而且我本來就只想救回被你們阿波羅擄走的女生，誰知居然會被你吞下肚！」

蘇梓我連忙走到倒在地上的赫斯提亞身旁，發覺她在宙斯神力衰退後已恢復本來面貌，跟利雅言一模一樣的少女模樣。

然而，赫斯提亞依然沉睡不醒，但赫拉和波賽頓都已恢復知覺，小心翼翼地爬起來環顧四周，確認目前事態。

「宙斯大人，」豐收女神德墨忒爾走過來說：「這位人類的確不是因為教會而來。因此大人請先息怒，無須將仇恨投射在這少年身上。」

宙斯搖頭。「連妳也被欺騙了嗎？那個人類身上散發著教會氣息，肯定是個有聖品的。」

「沒錯，我是聖教黑一品的自由騎士，但誰管他呢。」蘇梓我自豪地說：「我生性無拘無束，更沒興趣替教會賣命剷除異己，誰都不能使役本大爺。你說我是聖教的傀儡實在惹火我了。」

德墨忒爾幫忙勸解：「這位人類手上的印戒雖為聖主之物，但後來其主人選擇背叛聖主，在天魔戰爭站在惡魔一方。說不定這位少年同樣繼承了所羅門王的遺願，是對抗聖主與教會的關鍵一員。」

「當然了，本英雄還跟教會開過戰呢！」

宙斯質問蘇梓我：「汝不是聖教騎士嗎？怎麼會跟聖教開戰。」

「你們睡太久了吧？現在教會已經分裂成為三個宗教，並各自保管聖主三個神格；一個多月前，聖教和正教才為了爭奪教區勢力而發動戰爭，當時聖父還親身上陣，殺掉無數聖教騎士。」

「此話當真？不但教會分裂，聖父還反過來殺害教會之人？」

「千真萬確啊，宙斯大人！」娜瑪突然打斷二人對話。「我家笨蛋一看就知道不是好人，他加入教會純粹想結識心儀女生罷了。我是惡魔，同樣跟教會勢不兩立，至少可以相信我。」

宙斯上下打量娜瑪，又瞧一瞧蘇梓我，並道：「果然跟原本印戒的主人一樣，將魔神收為己用嗎。」接著他看見倒在地上昏迷不醒的赫斯提亞。「她不是真正的赫斯提亞，是羅馬的爐灶女神吧。她身上的火種已經燃燒殆盡，沒救了。」

蘇梓我聞言大為緊張。「那利學姊怎麼辦，她應該還在山上吧？我要去救她！」

說畢他立即就跑向衛城，根本懶得理會宙斯。

宙斯搖頭嘆息：「可惜那個女孩與爐灶女神命運相連，恐怕生命之火也燃燒到盡頭。」

「這也是命運。」德墨忒爾說：「我等古神本就不屬於這個時代，我們還是接受命運離開這個舞台吧。」

波賽頓大聲反駁：「德墨忒爾，妳的意思是叫我們都消失回去嗎？好不容易復活過來，終於有機會報復教會，豈能就這樣回去！」

「復活可以，可是方式不對。」德墨忒爾說：「奧林帕斯神應該是保佑希臘文明的存在，但如今整個雅典都在恐懼著我們；假如奧林帕斯的信仰力只是來自人類的恐懼，神力早晚也會失控變成惡神，這樣就違反了我們當初與『世界』的約定。」

「妳說得對，本王的確被仇恨蒙蔽了理智，現在依舊是難消恨意。」最終宙斯嘆道：「換句話說，本王的時代已經結束了嗎……」

「嗯，結束了。但我們可以期盼奧林帕斯的時代會再次來臨，一切就看那個繼承所羅門王遺志的人類了。」

娜瑪又安撫宙斯：「我們正在尋找教會這幾千年來隱瞞的歷史真相，絕對會還各位古神一個公道。只要教會失信，雅典人民再次恢復古神信仰的話，各位奧林帕斯神就可以再次昂首踏在這片土地之上。」

宙斯沒有其他意見。「既然如此，唯有再沉睡多一會兒吧。赫拉妳也會跟本王一起嗎？」

赫拉和波賽頓別無選擇，德墨忒爾則是自願回到大地的懷抱。可是宙斯兩位女兒，阿提蜜絲和雅典娜卻對人間有所留戀。

杜晞陽拉扯阿提蜜絲的衣袖。「月亮姊姊，妳要走了？姊姊不是說好要教我射箭？」

阿提蜜絲不知該如何回答，雅典娜則是回望這座以她名字命名的城市，同樣感到有點不捨。

德墨忒爾見兩位女神遲疑，便告訴她們：「假如妳們想親眼見證未來，就上山找剛才那個人類吧。我想他有方法救回被赫斯提亞附身的女生，亦有方法助妳們擺脫壽命的詛咒。」

「真的嗎？」雅典娜又望向宙斯徵求同意，而宙斯只是閉眼默許，沒有異議。於是雅典娜鞠躬道別。「我會守候此地，恭迎父神的回歸。」

至於阿提蜜絲，她輕拍杜晞陽的頭說：「那麼我也去找一下你的大哥吧。」

杜晞陽說：「蘇老大一定有方法幫助妳們的！」

娜瑪喃喃道：「可憐的孩子，沒聽過什麼是送羊入虎口——」

「阿斯摩太。」

「欸？宙斯大人我不是在說你啊！」

娜瑪慌忙揮手否認，但宙斯並未在意，只是續道：「妳說過你們正在調查教會所隱瞞的歷史，對吧？」

「對……我沒有騙你喔。」娜瑪戰戰兢兢地回答。

「三千年前本王犯了一個錯，居然以為保持中立就能夠置身事外，今天可不能重蹈覆徹。」

宙斯說：「本王就將記憶和力量暫時借給妳，教會和聖主都不是善男信女，妳會需要用到的。」

「欸？這麼貴重我可以收下嗎？」

「本王只能相信身為惡魔的妳了。」宙斯伸出右手，將閃電火親手贈予娜瑪作為契約的象徵。

接著宙斯神力漸漸消失，代表奧林帕斯神的壽命跟赫斯提亞一樣，都已走到最後一刻。

「我一定會好好使用這份力量。」娜瑪由衷地向宙斯道謝。

就這樣，奧林帕斯的神明時代再次曲終人散。

23

蘇梓我一口氣跑到山上神殿，那是座擁有上千年歷史的莊嚴聖地，他在殿上發現利雅言獨自一人倚在祭壇安詳坐下。

她面色蒼白，身穿高貴的白紗長裙，與白瓷神像無異。蘇梓我凝望著她的臉龐，差點就望得失神而忘記自己跑來的目的。

「利學姊……終於找到妳了。」

一個多月前還在學校有說有笑，為何現在會變成這樣？如果擁有更強的力量就好了。蘇梓我一邊自責，一邊走到利雅言的面前單膝跪下。

「假如當時我沒有把聖火女神降臨到妳身上，妳就無須受這種苦。只怪我當時無法保護到妳，也保護不到其他人……」

蘇梓我繼續低頭懺悔。「可是我已下定決心，一定要變得比任何人都要強……不對，就連古神都不能輸。所以我現在來到這裡救妳了。」

說畢，蘇梓我拿起利雅言的手輕輕吻下；十分冰冷的觸感，卻有淡香撲鼻。

「真的……太漂亮了。我不會讓維斯塔帶走妳的。」蘇梓我默默靠近利雅言，將她一擁入懷。

這時，雖然蘇梓我看不見，但其實維斯塔與利雅言的靈一直站在旁邊；猶如水中倒影，兩位赤裸少女在魔力牽絆下連在一起。

利雅言也同樣即將離去，這大概是死前的靈魂出竅吧。

維斯塔對利雅言說：「那位男生好像很喜歡妳呢。」

「千里迢迢為了我來到雅典嗎？真是傻瓜。」利雅言微笑說：「明明是我要求將維斯塔降臨到自己身上的，不是蘇同學的錯。」

「如果說要負責的話，那應該是我才對。」維斯塔愧疚道：「因為我的神力衰弱，連累到妳也跟我一起昏睡不醒。」

「剛才不是說了嗎？都是我自己要求的，不能怪任何人。」

「但這樣好嗎？再下去妳的生命會被我吸乾，誰都救不了妳。」

「不用放在心上，我們利家欠妳的實在太多，就讓我替父親向女神大人妳賠罪吧。」

維斯塔靜默數秒，微笑說：「妳果然有當女神的資格，要妳陪我們死去實在太可惜了。雖然我無法拯救妳，但不知為何，我有預感那位少年會有辦法。」

利雅言也笑著回應：「蘇同學永遠都會令人感到意外呢。」

「嗯？」蘇梓我突然感覺好像有人望著自己，便左顧右盼，但神殿確實只有他和利雅言二人。

「因為太開心，所以產生錯覺了嗎。」

蘇梓我摟著利雅言，手指溫柔輕撫她柔軟的蠻腰；近距離看的話，利雅言的白紗裳下不見胸罩，一雙雪白酥胸在眼前若隱若現，看得蘇梓我熱血沸騰。

於是蘇梓我把雙手放在利雅言的肩上，沿著曲線輕輕脫下長裙——原來平日穿著保守的利雅言，身材比想像中還要好得多。

「噢喔喔！實在太完美了！」

蘇梓我剛才嚴肅的表情如海市蜃樓般消失，還邪笑起來。

利雅言親眼看著蘇梓我把自己的身體推倒在地，立即面紅耳赤，可是她又不能離開自己的肉體，只能被迫看下去。

「居、居然在這種場所還能被原始衝動影響，是被惡魔迷惑了嗎？」

利雅言對蘇梓我感到失望，可是旁邊的維斯塔又害羞又驚訝，念念有詞：「是男女間的性愛行為，這樣的話我就喪失處女神的神格……但也許雅言妳卻能因此得救。」

「欸？為什麼？」

「如果我喪失神格，雅言妳就無須再被維斯塔或赫斯提亞的身分束縛，這是唯一能讓妳活下去的方法。」

利雅言瞧見蘇梓我已脫下褲子，第一次看見這麼精神奕奕的男性器官，她尷尬地說：「蘇同學千里迢迢橫越一萬公里，就是為了這樣嗎？我也不知該作何感想了……」

◇

另一邊廂，雅典娜與阿提蜜絲互相攙扶走到山上，接著阿提蜜絲氣喘吁吁地說：「再堅持一會兒吧，我們走到山頂便可以找那個人類幫忙。」

隨著宙斯離去，赫斯提亞的神力逐漸消失，連同雅典娜與阿提蜜絲兩位奧林帕斯神也快要支撐不住，只能拖著疲憊身軀一步步上山找蘇梓我求救。因為兩位的姑母德墨忒爾在臨行前曾說，蘇梓我是她們最後的希望。

「不想就這樣離開現世呢……」虛弱的雅典娜握著阿提蜜絲的手，兩姊妹就這樣緩緩前進。

走了數分鐘後，山上的神殿終於來到眼前，阿提蜜絲高興道：「雅典娜妳聽見人聲嗎？那個叫蘇梓我的人類一定就在附近！」

「好像是從神殿那邊傳來的？」

「趕快去看看吧。」

隨著聲音越來越近，二人卻感到越來越奇怪；不只有男人的叫聲，還有女人的喊聲，和十分有規律的撞擊聲。

但光是猶疑並非良策，雅典娜和阿提蜜絲朝著聲音方向走，最後看見神殿上蘇梓我和利雅言正在翻雲覆雨。

阿提蜜絲也是希臘三處女神之一，她漲紅了臉，吞吞吐吐地問雅典娜：「我、我們是不是來錯地方了？」

雅典娜冷靜道：「原來是處女神的畢業儀式……理論上是可行的，為了親眼見證雅典未來，只能豁出去了。」

「欸？雅典娜妳說什麼？」

「只要喪失處女神的神格，我們就能變回普通少女，免去與奧林帕斯眾神一同消失的命運。」

「原來如此。」阿提蜜絲亮起堅定的眼神，脫下外衣，並與雅典娜一同走近蘇梓我。

就這樣，雖然奧林帕斯眾神的時代已告一段落，但奧林帕斯三位處女神的生命卻揭開了嶄新的一頁。

第三章

英雄的軌跡

1

民眾不會集體失憶，眾神交戰在雅典留下的痕跡亦不會磨滅。在雅典騷亂的翌日，羅馬教廷與希臘政府於梵蒂岡發表聯合聲明，將此事件歸為惡魔的叛亂，並向全世界披露了足以顛覆人類常識的部分機密資料，日後世人稱為《梵蒂岡聲明》。

《梵蒂岡聲明》有幾個主要重點：

惡魔確實存在，但聖主自始至終皆為唯一真神，宙斯等希臘傳說的古神純粹虛構，信徒不應崇拜異端偶像。

近日在雅典出現的巨靈並非奧林帕斯神，而是魔鬼假藉古希臘傳說而創造出來的惡魔，是披著異端外皮的魔鬼。但是邪不能勝正，教會在聖主保佑下已成功驅魔，民眾無須恐慌。

教廷並非刻意隱瞞惡魔的存在，而是出於善意，希望信眾不要擔心惡魔的滋擾。事實上，只要抱有虔誠崇拜之心，就能斷絕一切來自惡魔的誘惑，可惜現今社會道德問題越來越嚴重，信仰受到動搖，才讓惡魔有機可乘。

宗教節日的商業化也是墮落的一種。實際上，雅典的災禍始於十月三十一日，本來是神聖的諸聖節前夜，現今卻已變成崇拜撒旦的節日，並招致惡魔降臨。此次雅典災難可以視為聖主對世人的警告，並警惕信眾時刻都要保持堅定的信仰心。

最後教廷呼籲世人不應慶祝一切與惡魔有關的節慶，以免災難重演。

以上就是梵蒂岡關於魔鬼幻象的解釋，雖然媒體連番追問詳情，但教廷均以凡人不應跟惡魔接觸為由，拒絕透露更多。

至於被問及教會是否有專門對付惡魔的驅魔師，教廷則大方承認白衣騎士團的存在，同時介紹了蘇梓我為香港教區的白衣騎士，並在教廷安排下參與平定雅典暴亂，為本次作戰的英雄。

然而在雅典召喚惡魔的幕後凶手也是位香港人，便是原屬白衣騎士的利隆禮。現在利隆禮已遭聖教逮捕，罪名是與中國正教私通，策劃香港及雅典暴亂，矛頭直指正教會。

莫斯科正教會即時發出嚴正聲明否認指控，並強烈譴責聖教會內部腐敗才是導致惡魔肆虐的主因。結果香港聖戰後的緊張氣氛一直延續，如今兩個教會依舊劍拔弩張，可以預見第二場聖戰即將發生。

◇

「身為教會中人怎麼可以如此懶散？」

正午十二點，蘇梓我依然在房內呼呼大睡，利雅言打算親自找他，卻在門口遇見娜瑪。

「妳不是蘇同學的使魔嗎？怎麼可以讓主人睡到中午。」

「使魔很可憐的好嗎。平日叫那笨蛋起床後要煮早飯給他吃，又要洗碗盤，又要買甜點，又要被他性騷擾……」娜瑪抱怨一輪又說：「倒是妳這位女祭司不是需要守貞嗎？這樣隨便就被蘇梓我征服，還答應做他的女朋友。」

「蘇同學擁有跟神魔匹敵的力量，雖然本性不壞，但又不能放任他不管。」

「原來是母性大發愛管閒事。不過妳連身體都交給了那笨蛋，對他的稱呼還是那麼見外。」

「畢竟我只認識蘇同學兩個月左右，愛一個人的承諾太沉重，我還沒有心理準備……但他為了我連性命都不顧，還跟眾神對抗，坦白說我是有點感動的。」

娜瑪心道：他只是為了要跟妳啪啪啪吧。

利雅言低頭說：「而且我還有件事需要蘇同學幫忙。妳大概也聽說了吧？教會詳細列出了隆禮的各種罪狀，並把他移送教廷信理部等待審判。這次雅典傷亡慘重，加上惡魔之術公諸於世，教會為盡快平息事件一定會高調判罪，以殺雞儆猴。」

「可是妳的弟弟確實是罪魁禍首嘛，教會要懲治他也說得過去。」

「當然隆禮犯了錯，亦應當接受懲罰。可是身為姊姊，我希望能陪他一同面對，要他一人受罰太過殘忍了。」利雅言又按著胸口說：「我也是利家人，教廷沒有將我一併羈押已是網開一面，我又有什麼資格拜託教會呢……」

「所以妳想讓蘇梓我代為求情？但那傢伙和妳弟弟水火不容，又是個公私不分的人，大概不會幫妳這個忙吧。」

「那只好跟蘇同學分手了。」

「欸，原來還有這招。」娜瑪心想利雅言比起想像中還會耍詐，說不定她是蘇梓我的天敵？

「妳們兩個一大清早在別人房門外聊什麼？」

「哇，蘇梓我你會自己起床啊？」娜瑪順便吐槽。「還有現在已經是中午了。」

蘇梓我打著呵欠說：「剛剛教會打電話把我吵醒了，就是那個昨天接我們到酒店的男人。」

利雅言糾正他：「是亞倫．安東尼將軍。他可是聖座直屬的樞機主教，蘇同學你記性不好但至少要記住三個人的名字啊。」

利雅言所說的三個人就是教宗庇護十三世、多瑪斯樞機卿及安東尼將軍。他們都是羅馬教廷舉足輕重的人物，相當於國家元首、內政大臣和國防大臣。

「不，我就是記不住男人的名字，我連老爸的名字都忘記得一乾二淨呢。」

利雅言反問：「如果我替你生了孩子，你連自己兒子的名字都不記得嗎？」

「我還真沒想過這問題……」

見蘇梓我還真的認真沉思起來，利雅言覺得可笑，便說回正題：「所以安東尼將軍找你做什麼？」

「好像叫我回去封聖之類的。」

娜瑪插話：「教會的人都是有眼無珠——哎呀！」

蘇梓我敲完娜瑪後說：「還有天使的事，教宗希望我交還天使。這個嘛，正好可以用天使作為交換條件，讓雅言見一下弟弟吧。」

利雅言感到意外。「你剛剛都聽到了？」

「當然了。妳們有困難儘管來找本英雄吧，哇哈哈哈！」

◇

然而，他們不知道利隆禮的處境其實相當嚴峻。

如今利隆禮被囚禁在聖教的地下監獄裡。監獄不在梵蒂岡城內，畢竟聖教會花了好幾百年才擺脫宗教裁判所的污名，但監獄是依然存在的。

「不用害怕，現在教會也很重視人權，絕對不會薄待囚犯。」一個中年胖子擺出高高在上的嘴臉，坐在牢房外笑道：「當然，我們也不會像對待貞德那樣把你綁到廣場活活燒死，太野蠻了。」

「那你們還花精力來囚禁我，又是為了什麼？」利隆禮隔著鐵欄質問對方。

「對了，差點忘記自我介紹。我是梵蒂岡的國務樞機卿多瑪斯，請多多指教。」多瑪斯摸著自己豐滿的肚子續道：「教廷拘捕你，當然是為了希望你能得到公平的審判。」

「呸！想殺死我就快動手吧，我才不稀罕教會的同情。」

「一心尋死是不想牽連你的姊姊嗎？」多瑪斯舔了下手指，接著翻閱手中資料。「利雅言對吧？這你可以放心，那女孩好像是蘇梓我的相好，暫時還有利用價值。」

「你這狗官別出言污辱雅言。」

「呵呵，你還不知道你姊姊的貞操已經送給蘇梓我了嗎？真是可憐，蘇梓我是聖教英雄，而你則是聖教罪人，命運大不相同啊。」

利隆禮沉默一會兒，才道：「既然是雅言的決定，我沒有意見。但你們別以為能利用我做什麼，父親的研究我也一早燒燬了。」

「……果然如報告寫的一樣。」多瑪斯站了起來，微笑地向利隆禮道別，一言不發離開了地下監獄。

2

當日下午四點，在安東尼將軍護送下，蘇梓我一行人搭飛機安全返抵羅馬。

說到底，娜瑪和夏思思始終是惡魔一方，而希臘古神亦是教會的眼中釘，所以只有杜夕嵐和利雅言陪同蘇梓我返回梵蒂岡與教宗會面。

這次重返梵蒂岡城的排場，跟幾日前的差別可大了。隨著白衣騎士公諸於世，世人對聖騎士充滿好奇，而蘇梓我更成為教會騎士的代名詞。這趟入城蘇梓我高調出現，引來大批記者和民眾擠滿在協和大道兩旁圍觀，還得出動羅馬警察維持秩序。

「蘇梓我你看那邊。」車內後座，杜夕嵐抓著蘇梓我的手臂往窗外風景讚嘆：「梵蒂岡的建築都是以白色作為主調，屋頂又有很多小天使雕塑，好有氣氛！」

「嘿嘿，比起那些死東西，妳瞧瞧路上的群眾吧。他們都是仰慕本英雄的名而來，我是不是很厲害？」

「是啦是啦。」

不知何時開始，杜夕嵐對蘇梓我千依百順。看樣子蘇梓我身邊需要另一個女人管教他才行。

「蘇同學，你現在備受注目，一言一行都可能會影響到其他人，必須樹立榜樣。」旁邊的利雅言出聲提醒。

「這跟我沒有關係啦，英雄的工作不包括這些。」

利雅言凝望著蘇梓我，溫柔地說：「但這是身為我男朋友的相應要求，好嗎？」

蘇梓我語塞，慌忙道：「這個嘛，英雄還是該有英雄的模樣，不能教壞小孩呢，哇哈哈哈！」

杜夕嵐在旁偷笑，心想還是利雅言懂得應付蘇梓我。

一路上民眾熱烈歡迎，蘇梓我的座車終於駛進聖伯多祿廣場，在儀仗隊的樂聲中進場。兩位女伴連忙替他整理衣領，尤其蘇梓我現在穿起白衣騎士的正裝，在閃光燈下絕不能失禮。

當然在蘇梓我的腦袋裡從沒有怯場二字，只見他昂首闊步，在聖殿騎士的引領下走進宗座宮殿。他穿越重重神聖走廊，經過幾百年歷史的壁畫雕塑，彷若置身時光隧道，在走廊盡頭終於來到一座瑰麗廳堂。利雅言認出房內克萊孟一世的壁畫，輕聲說：「克萊孟大廳是教宗專門接待貴賓的地方，看來教宗真的十分重視蘇同學。」

「總算他有眼光。」

壁畫下站著教宗及幾位樞教主教，所有人都穿得非常隆重，杜夕嵐與利雅言二人也不禁肅然起敬。庇護十三世在人前親切有朝氣，笑容滿面道：「蘇梓我先生，我們在雅典的英雄回來了。」

接著庇護十三世向在場眾人頌揚蘇梓我的功績：作為先鋒，以一人之力收服由惡魔偽裝成的十二惡神，瓦解正教會的陰謀。因此，蘇梓我的名字將寫進聖品名錄的白品部內，階級升至白二品，是比利雅言還要再高一階的祭司階別。

「以後就要稱呼蘇同學為蘇主祭了。」利雅言微笑道。

蘇梓我飄飄然的，但又認為這看起來相當狡猾的教宗也許另有所圖，便質問對方：「不過教廷沒有怨言嗎？被我捷足先登，搶走了平息雅典內亂的功勞。」

「當然不會。本座最初接任教宗之位時，也因太過年輕惹來非議，但新時代是不會等人的，思想守舊只會故步自封。我想聖教得到你這樣有活力的年輕人相助，也是聖主的安排。」

「是這樣嗎。」蘇梓我半信半疑。「所以你這次召喚我回來，就是給我升職這麼單純？」

「不止於此。」庇護十三世望向利雅言。「妳就是香港利家祭司的女兒吧？也是這次雅典暴亂的當事人。」

利雅言惶恐，低頭回應：「是的，連累世人受苦我十分愧疚，無時無刻希望聖主饒恕我的罪。」

「不用緊張，你們都是平息動亂的功臣，就算有過，也已經相抵銷了。更何況妳與父親、胞弟不同，一直對聖教忠心耿耿，這些報告我都有親自過目。」

「感謝教宗閣下的體諒。」

「但妳一定很擔心胞弟的現況吧？」庇護十三世直接把利雅言的心事說穿。「請放心，他現在安好，只是調查還在進行，不方便會面。」

「我明白。」

「我已決定之後將妳的胞弟送返香港接受審判，畢竟這原本就是香港教區的事務。」

「欸？但香港教區已落入正教手上……」利雅言驚道：「莫非聖座打算收回香港教區？」

「沒錯，本座已經著手準備第二次的香港聖戰，這是教廷的最高機密，希望你們不要透露給其他人。」

「可是，為何告訴我們如此重要的事？」

「因為本座希望蘇梓我先生能參與這場聖戰，而且蘇弟兄也渴望親手收復自己的家園吧？」

「當然了！」

蘇梓我原本還想把天使作為籌碼與對方談判，豈料在庇護十三世面前，他就好像全身赤裸般，腦袋在想什麼對方都看得清清楚楚，於是他冷靜下來問：「但關於天使的事……」

「既然聖教要回收香港教區，本來屬於香港的守護天使就暫時交由蘇弟兄保管了。」

一切與其說是神的安排，其實都是庇護十三世的計畫布置。不過重返香港也是蘇梓我的心願，即使教會真有什麼企圖，他也會選擇接下這任務。

3

與教宗會面的同時，蘇梓我的其他同伴則在羅馬一間酒店房內休息。

「晞陽，你在看什麼畫？」

「月亮姊姊，這是平板電腦喔，剛好有蘇老大進入梵蒂岡的直播。」

阿提蜜絲看見螢幕上蘇梓我的身影，月光般白皙的臉頰泛起淡紅，連忙別開臉說：「晞陽不是說過想學習箭術嗎？姊姊教你吧。」說完就拉著他離開了房間。

另一位女神雅典娜則對動畫感興趣，拿起了平板電腦觀看。

娜瑪說：「看來妳對蘇梓我並不抗拒呢。」

「娜瑪大人，請容許我糾正妳的話。本人對那位色慾野獸沒有好感，昨天發生的事，是我一輩子最大的恥辱。」

娜瑪嚇了一跳。「這……還要妳留在身邊真是辛苦了。」

「不，我與阿提蜜絲侍奉娜瑪大人是父神的命令，而且我也不能放置閃電火不顧，畢竟娜瑪大人和那個人好像都是同一類人。」

「嗚，我跟那笨蛋才不是同一類人！」

娜瑪跳到床上看書，雅典娜則坐在旁邊滑著平板電腦。見智慧女神對現今科技如此好奇，娜瑪想起對方是奧林帕斯古神，擁有遠古的記憶，或許對自己了解歷史會有很大幫助。

「就算是惡魔，我們對歷史的認識都是不完整的。」娜瑪拿出一張畫紙，攤開在床上邊寫邊說：「根據創世神話，原先這地方只有一片混沌。然而『世界』覺得沒趣，就隨手揉搓靈魂製造出幾百位創世神。創世神分別依照自己的方式，在各自地盤塑造出高山、海洋、天空、人類，以及其他生物……」

以上就是口耳相傳的「創世神時代」，不過沒有任何證據留下；就算透過考古學研究，頂多也只能追溯至公元前七、八千年，即是古代文明誕生時期，在創世歷史裡又稱為「地方神時代」。

「地方神時代」直至公元前二十世紀出現了巨大變化，傳說「世界」將七個原初神器分贈予七位主神，讓他們得以控制七種元素加速文明成長，甚至發展成為高度文明的王國。

「宙斯的閃電火正是『雷』屬原初神器，他靠著喚雷推翻泰坦神的統治，並領導奧林帕斯神使愛琴文明茁壯成長，成為西方文明的搖籃。」

接著娜瑪又逐一寫下重要的歷史事件：

公元前十三世紀，聖主派遣先知引領以色列人出走埃及，建立以色列王國，並開始了對聖主的崇拜。

公元前十世紀，兩河流域的地方神與聖主衝突日漸增加。於是聖主把印戒賜予以色列的所羅門王，讓他收拾七十二柱異教魔神為己用。可是所羅門王晚年背叛聖主導致天魔戰爭，結果地方神戰敗，在撒旦的帶領下遁逃地底建立魔界；聖主和天使則銷聲匿跡，世界的主導權從此落到人類手中。

公元前六世紀，在神魔一併消失後，人類的世界充滿戰亂，甚至文明倒退。最後一個繼承以色列文明的猶大王國亦在同一時期滅亡。

公元前二世紀，羅馬共和國在羅馬諸神的慫恿下攻陷雅典，結果落入教會的圈套，羅馬與希臘眾神全部下落不明。

公元一世紀，聖子誕生，同一時期聖主教急速擴張，並以耶路撒冷為基地向西方宣教。

公元四世紀，聖主教成為羅馬帝國的國教，為日後羅馬教廷統治歐洲建立了基礎。

公元十一世紀，十字軍東征，聖主教開始征討東方異教徒。

公元十三世紀，拜占庭帝國滅亡。聖主教東西方裂成為兩大教派，西方以聖教會為主導，東方則屬於正教會的勢力範圍。

公元十五世紀，聖教隨著大航海時代傳至美洲，並以軍事手段強迫原住民改信聖教。

公元十八世紀，美國獨立。聖教會再一次分裂，新教成為美國國教。

雅典娜對好學的娜瑪放下了戒心，平淡道：「我的記憶隨著羅馬共和國的入侵而中斷，後續的歷史都不清楚，但之前的歷史大致上跟我的認知差不多。」

「那關於原初神器，除閃電火外，其餘的妳知道分別贈予了哪些神祇嗎？」

「那是屬於地方神時代早期、甚至更之前的事了，我也只從父神口中得知部分而已。埃及王朝、巴比倫、東方兩條巨河的兩個文明，還有世界另一端有個叫瑪雅的邦國。」

娜瑪兩眼發光，喜道：「果然跟我想的一樣！愛琴文明、埃及文明、美索不達米亞文明、華夏文明、吠陀文明和瑪雅文明。可惜最後一件神器不知落入哪個文明手上，還有其他文明的神器是什麼。」

「我只記得埃及的神器是眼，美索不達米亞的是天秤……」

「眼睛、天秤……」娜瑪用心抄寫，她認為印戒是聖主用來對抗原初神器的法寶，假如蘇梓我兩者兼得，不就是無敵了嗎？這樣自己也可以出人頭地呢。娜瑪暗自歡喜，接著又一頭栽進歷史世界潛心研究。

雅典娜感嘆：「雖不怎麼聰明，卻是個很努力的孩子呢。」

4

另一邊廂，魔界撒馬利亞城堡的奢華貴賓廳內，一位舉止優雅的魔界貴族正坐在紅色絲絨沙發上，悠閒品嚐著撒馬利亞山的花茶。

「阿斯塔特閣下，別來無恙？」

夏思思低頭躬身說：「托彼列公爵的福，一切都很順利。」

這趟是夏思思第二次單獨與彼列公爵會談。之前她為保險起見請求彼列公爵攔截入侵香港的正教軍隊，但這請求代價不菲，至少夏思思得讓自己暗中為彼列公爵辦事。

「呵呵，之前多虧阿斯塔特提點，本王才能輕易回收大量聖職者的靈魂。」彼列公爵談起香港聖戰時眉開眼笑。「那些靈魂在魔界可謂相當值錢，妳進城時有留意到撒馬利亞跟之前有什麼不同嗎？」

「城內的自衛隊數量好像增加了。」

「果然是擅長預視術的阿斯塔特，什麼都逃不過妳的法眼。城中額外的自衛隊確實是用上個月回收得來的靈魂買下，但妳知道其中原因嗎？」

夏思思搖頭，彼列公爵放下茶杯解說：「情勢起了變化，地上雅典鬧得這麼大，聖教會甚至主動承認了我們惡魔族的存在，引起不少人類對惡魔好奇。我們在現世活動少了束縛，魔界內部支持反攻地上的聲音越來越多了。」

夏思思謹慎地問：「亞巴頓大公、巴力西卜大公，他們都是反攻現世的支持者吧？」

「正是如此，那兩位真令人傷腦筋。」

彼列公爵撫額搖首嘆息。事實上，魔界三公裡只有他主張與教會和平共處，雖然他口中的和平也包括小規模的殺戮就是。

彼列嘆道：「跟教會全面開戰的代價很大，風險也高；本王始終認為，在找到撒旦大人前不應輕舉妄動。奈何兩位兄弟都在招兵買馬，本王不得以才需要在城內增兵應對。」

然而撒旦至今仍下落不明，夏思思知道魔界長此下去早晚會出亂子，就像橡皮筋即將拉扯到極限。

夏思思恭敬地說：「雖然尚未有撒旦大人的消息，但今天我有三件重要事情要向公爵匯報。」

三大教會瓜分聖父聖子聖靈之事，宙斯擁有原初神器之事，聖教準備收復香港之事，那是她剛剛用預視術打聽回來的。

彼列公爵聽完後站了起來，負手低頭繞圈踱步，反覆念著「香港」二字。他突然走近夏思思問：「妳知道香港現在怎麼了嗎？」

夏思思搖頭。「我試圖用預視術遠望千里外的香港，但無法越過正教布下的防禦結界。」

「那是地獄的結界，你們回去香港後肯定會見到一座面目全非的死城。如今當地瀰漫著怨氣，活像地獄，反而適合惡魔棲身。為何會這樣？怎麼會這樣？」

彼列公爵又繼續自顧自地說：「原本在香港的聖教徒下場可悲慘了，壯丁都被殺死，婦孺則被逼作奴隸。正教究竟在盤算什麼？莫非跟原初神器有關？對，那種異常的魔力增幅一定是原初神器，正教會正在香港復活古文明的原初神器。」

夏思思不解。「香港有原初神器嗎？」

她看向彼列公爵，但對方已再度躺在沙發午睡，看來之後的事得靠她自己調查了。

5

在蘇梓我與教宗會面完的隔天，教廷正式決定收復香港教區。安東尼將軍邀請蘇梓我與利雅言到官邸午宴，一併通知他們關於第二次聖戰的事宜。

壁爐、燭台、長形餐桌。管家為安東尼斟白酒，安東尼對餐桌另一端的蘇梓我說：「想必你已經知道我的真正身分正是聖殿騎士團團長，也是第二次香港聖戰的主帥。但今天就當作是同伴之間的閒談，請不必拘謹，儘管提出問題。」

蘇梓我問：「已經決定好開戰的日期嗎？」

安東尼回答：「十二月二日。不過《耶路撒冷公約》要求聖戰需要給予雙方十四天的備戰期，對外宣戰的時間將會更早。」

利雅言有點訝異。「算起來不足兩個星期的準備時間，會不會太趕了？」

「聖座已撥出三個教省的戰力要來收復香港教區，亦決定將委任蘇主祭為高級指揮官，負責統領陸上作戰的騎士團。」

利雅言又問：「但蘇主祭沒有接受過正式的騎士訓練，也許其他職位會更加適合？」

「我們收復香港教區，名義上需要新任的教區主教，因此宣戰同時，教廷將會任命蘇主祭為香港教區的戰時主教，這些名分是必要的。」

態度好像能夠傳染，面對神情嚴肅的安東尼，蘇梓我也變得比平日謹慎起來。他說：「我沒有問題，只要能盡快回家，我做什麼都行。不過你們打算如何進攻香港？」

「陸路不行。聖教會無法繞過東方的正教勢力，因此唯一途徑就跟你們之前離開香港的一樣，經澳洲從海路入侵。」安東尼續道：「不過《耶路撒冷公約》禁止教會動用大型軍事裝備，像上次借來的核動力潛艇就無法明目張膽派上戰場了。但相對地，大陸正教亦不能使用大型軍火攻擊我方，因此若演變成海戰的話，將會是聖戰歷史上第一場海上戰爭；無論形式、規模、裝備，全部都是未知數。」

「也就是說自由發揮吧，也許更適合我。」

——父親大人。

這時，有位金髮少女走來，蘇梓我認得出她就是洩露教會機密給自己的古怪少女；臉蛋不錯但似乎沒有腦袋，原來是安東尼家的千金。

安東尼嘆氣說：「瑪格麗特，不是交代過今天要留在房內讀經嗎？怎麼跑來飯廳。」

瑪格麗特笑道：「父親大人招呼從雅典凱旋的英雄，身為安東尼家的長女，自然要幫忙招待客人。」瑪格麗特向蘇梓我曲膝行禮。「我是瑪格麗特．安東尼，雖然不是第一次見面，但請多多指教。」

蘇梓我看對方稱讚自己為英雄，便高興起來介紹自己，還有身邊的同伴利雅言。

「原來是香港的女祭司，真是難得。」但瑪格麗特說到一半覺得奇怪。「利小姐，怎麼一直盯著我的臉，我臉上有什麼嗎？」

「不好意思失禮了。」利雅言回神過來，心道：瑪格麗特小姐身上有種難以形容的感覺……感覺她不是平凡人。

但蘇梓我肯定不會同意這論點，那位千金小姐怎麼看都是比娜瑪更笨的類型。連她的父親大概也有相同想法，席間再無談論有關教會的事，只與蘇梓我聊著其他日常的話題。

◇

午宴結束後，蘇梓我馬上召集所有人到酒店商量如何收復香港。

眾人的反應都跟娜瑪差不多。「教廷居然還沒想到辦法就決定開戰，真是奇怪。」

利雅言說：「庇護十三世以作風進取出名，喜歡冒險來獲取最大利益，因此才能成為近代最年輕的教宗。」

蘇梓我說：「而且能早點拿回香港有什麼不好！」

娜瑪望著蘇梓我的側臉，說：「我看你還是超緊張的模樣，本以為救出利家祭司之後會輕鬆點呢。」

夏思思笑道：「蘇哥哥應該有更加在乎的東西遺留在香港吧。」

蘇梓我眼神閃縮，望望周圍，心想：對了，夕嵐一定也很擔心她的母親吧？況且收復香港之後，利學姊的弟弟就任憑我處置，到時利學姊也任我魚肉啦，哈哈！

蘇梓我又盯著雅典娜問：「妳是智慧女神吧？有沒有好的點子可以突襲香港？」

即使蘇梓我再衝動，也知道光靠海路運兵搶灘肯定傷亡慘重，蘇梓我這次是認真地在想方法。不過雅典娜低頭滑著平板電腦，只對娜瑪耳語。

「她說了什麼？」蘇梓我問。

娜瑪答：「她說她不喜歡替教會辦事，而且她只受命協助我，沒責任為你提供意見……」

「什麼！妳這過氣女神還敢囂張？」

娜瑪連忙拉住蘇梓我。「別生氣啊，我替雅典娜想到辦法了。」

但蘇梓我卻回頭問夏思思：「那妳有什麼想法？」

「別無視人家！」娜瑪搶道：「本小姐真的有想法！別將人家當作笨蛋一樣……」

「好啦好啦，妳說吧。」

「借助惡魔的力量啊。所羅門七十二柱魔神之一，排行第七十位的系爾子爵；他擅長空間轉移之術，能把東西在一瞬間就轉移到地球上任何一個角落。」

夏思思驚喜道：「不愧是小娜娜，確實之前有惡魔繼承了系爾的名號。不過那位子爵生性孤僻，連思思都忘記他了，他應該不會願意協助蘇哥哥呢。」

「不合作就直接把他抓來，他是所羅門惡魔，注定要聽我的指令。」

娜瑪應道：「系爾雖然不擅長戰鬥，但擅長逃跑喔，能隨時隨地瞬間移動，要活捉他幾乎不可能。」

「怎麼每次聽其他魔神的能力好像都比妳們的厲害？一個只懂得色誘他人，一個就……思思妳的能力是什麼來著？」

「預視術喔。能夠預視過去未來，又或者千里之外的現在。」

「咦？那不就簡單了，妳去預測一下那頭惡魔往哪跑就好嘛。」

夏思思面有難色。「預視術只能隱約看見將來的可能性，畢竟世上沒有注定的未來嘛。可是系爾能瞬間轉移到地球上任何一個角落，可能性之多幾乎無法預測，請原諒思思無法辦到。」

但蘇梓我不服輸，明明已經掌握到攻略香港的方法，怎麼能因收拾不了一個惡魔就作罷。

「啊。」蘇梓我喜道：「逆向思考，反過來就行！」

於是他撐腰大笑，並開始講解他的計畫：「狡兔有三窟，就算那頭惡魔擅長空間轉移，他也不會逃到完全陌生的地方，一定有事先準備的安全屋，把它們都找出來就行！」

「蘇哥哥是要思思回看過去，觀察系爾子爵以往的行蹤嗎？」

「沒錯，至少要看一年的份量，甚至更多。無論如何都要一次成功，不能打草驚蛇，所以拜託妳了。」

夏思思睜大水靈雙眼。「蘇哥哥竟然這麼認真拜託人家……人家就答應幫你吧。」

於是接下來的三日，夏思思閉關在酒店房努力整理系爾的行蹤；另一方面，蘇梓我則吩咐娜瑪與杜氏姊弟到魔界蒐集食屍鬼的唾液，用作調合漿糊。

最終距離聖教宣戰的一個星期前，蘇梓我終於完成了他為系爾費心準備的天羅地網。

6

「如果你失敗的話，本小姐一定不會原諒你……！」

語畢，娜瑪就像斷弦木偶倒在床上，作戰當日只有夏思思陪同蘇梓我前往魔界。

「小娜娜似乎累慘了。」

「身為女僕，那點事情算不上什麼。」

「最近蘇哥哥也變得有點冷漠喔？又有黑眼圈，是擔心什麼所以睡不好嗎？」

蘇梓我生氣地說：「少囉嗦，快給我引路活捉系爾。」

夏思思嘆氣苦笑，便督促半人馬車加速前進，轉眼間降落在撒馬利亞與希伯侖之間的一片荒漠。夏思思以腕上蛇寵為指引，偵測到百尺外的山洞有魔神氣息，準是系爾沒錯。

蘇梓我說：「他的法寶叫做乾坤球來著？假如那頭惡魔睡著的話就好辦了，我們可以偷走他的乾坤球，封他退路。」

「但獨自在荒野生活的魔神必然有很高警覺性。」夏思思忽然停下腳步，指著灰色的貧瘠土地說：「蘇哥哥有看見地上橫向的灰痕嗎？這就是偵測結——哇哇哇！」

但蘇梓我沒理會她便直闖進去，果然不出數分鐘，一名瘦削的美少年站在山洞口等候著他。

「兩位擅闖結界所為何事？」白髮惡魔少年問道。

「我是繼承阿斯塔特名號的子爵惡魔，今天與主人前來，是有事想拜託系爾閣下。」夏思思認真與對方交涉起來。

「原來是阿斯塔特。素聞子爵閣下近日屢立戰功，不知有什麼事情需要我幫忙？」

「不妨直說，我們想借閣下的乾坤球一用。」

「阿斯塔特，妳應該很清楚一件神器對魔神來說是何等重要？器在我在，想也知道我不會答應。」

蘇梓我望望手上阿斯摩太的戒指，說：「和平方案你不接受的話，別怪本大爺不客氣了。」

「這種感覺……」系爾冷靜道：「難怪堂堂阿斯塔特會聽命於人類，原來你就是這樣強行收服所羅門七十二柱魔神的。」

「哼，你們本來就統統都屬於我，束手就擒吧！」

蘇梓我召喚魔法鐮刀作見面禮，砍出三道刃氣劃破魔瘴，卻被魔力護盾全數擋下。畢竟系爾身為爵位惡魔，可不會輕易就範。

「就讓我看看你這人類有何本事使役魔神——」

餘音消失於眼前，蘇梓我猛然察覺背後殺氣，便疾呼一聲，往反方向轟出魔光，系爾應聲被擊落。

系爾按著胸口，皺眉心道：剛剛明明攻擊這人類的死角，怎麼他好像長了後眼似的，而且魔力控制得爐火純青，實力恐怕足以跟魔界伯爵等級的惡魔媲美。

畢竟蘇梓我有收服雙面魔神比夫龍，前後兩臉令他沒有死角，氣勢已經壓倒系爾。系爾自知不擅戰鬥，唯有盤算撤離。

「原來如此，」系爾暗忖道：「難怪之前有大批死靈在我慣常的活動範圍出沒，想必就是這人類預先布下的陷阱吧，我可不會上當。」

事實上這些年來，系爾的活動範圍幾乎覆蓋數十平方公里，蘇梓我要動用上千死靈趕工，才勉強在三夜之內埋下陷阱；這樣當然驚動了系爾，被他暗中監視一切。

「人類。」系爾對蘇梓我說：「你的魔力確實在我之上，可是惡魔從來都不喜歡順從於人類，恕我先行離開。」

系爾拿出乾坤球施法逃遁，不用半秒便憑空消失；一瞬已是百里，轉移到昔日荒廢了的棲身所，然後用腳尖輕盈地從半空降下——

撲通。

系爾驚覺自己踏進泥沼之中，不禁訝異。「這裡本應是灰色草原，怎會變成泥濘沼澤？」黏濕的泥濘纏住系爾雙腳，他越是掙扎，腳下泥濘就如流沙把他吞噬及腰，最終動彈不得——這是蘇梓我布下的食屍鬼唾液陷阱。

系爾有所不知，其實蘇梓我動用大批死靈埋設陷阱只是聲東擊西；真正勤苦、獨自在方圓百里外不眠不休，連續三日三夜鋪設食屍鬼唾液的只有娜瑪一人，系爾當然無法注意到。

正因為這個原因，娜瑪辛勞完之後全副骨頭都散了，這時大概躺在床上呼呼大睡了吧。

不過只是下半身被食屍鬼的唾液黏住，系爾連忙高舉乾坤球準備再次施術——突然有黑影蓋過沼澤，一個赤紅巨靈在頭頂躍下，二話不說就奪去他手上的乾坤球；那些唾液根本困不住巨靈，大步一躍，那赤紅身影便返回他的小主人身旁。

原來杜家姊弟也隨蘇梓我前來魔界，伺機行動。

「晞陽做得好。」杜夕嵐緊張地說：「趁系爾還未脫身，你趕快把乾坤球送到蘇梓我手上吧。」

「好，姊姊妳也要小心！」

杜夕嵐見羅剎天的巨靈抱著弟弟遠去，亦不敢怠慢，連忙召喚出七十三諸羅剎女包圍系爾，誠懇勸告：「惡魔閣下，我們不是來傷害你的，請你放下敵意協助我家蘇梓我，求求你了。」

系爾見狀放下警戒，嘆息回答：「惡魔的世界弱肉強食，既然輸了，我也不會做出傷害婦孺的事來威脅妳的主人。我就暫且答應成為那人類的使魔吧。」

結果蘇梓我與夏思思乘著烏洛波羅斯趕回來，連同從杜晞陽手中接過的乾坤球，走到系爾前互換靈魂，準備結下盟約。

夏思思笑道：「又要聽蘇哥哥說那段很長的咒語呢。」

「不，早就忘記了，總之趕快成為本英雄的使魔吧！」

印戒閃爍白光，蘇梓我收服系爾作為第四柱使役魔神，並獲得了瞬間移動的力量。

7

翌日，蘇梓我向安東尼將軍告知已找到潛入香港的方法，安東尼意外地沒有任何疑問，便按照蘇梓我的提議制定出反攻香港的戰略，同日呈交到教廷審議，由教宗親自蓋章通過。

緊接在十一月十八日，即是決戰的十四天前，聖教公開向正教宣戰，劍指香港教區。

而在決戰之前，身負潛入敵陣重任的便是蘇梓我，他必須先埋伏香港、釋放遭囚禁的聖教徒，再製造混亂打擊正教會的信仰力量，與聖教主力部隊裡應外合。

出發前夕，蘇梓我無法入睡，便離開房間走到大廳走廊，卻看見杜夕嵐坐在窗前，雙手捧著紅茶杯。

「怎麼了，妳也睡不著嗎？」

杜夕嵐放下茶杯，輕聲說：「只是在看月亮。你說香港的人也在看著相同的月亮嗎？」

「不，羅馬與香港是地球的兩端，看的天空不一樣，而且香港現在已經天亮了。」

杜夕嵐聽完有點錯愕，亦有點意外。

蘇梓我沉默數秒，吭聲說：「抱歉，把妳牽涉到危險的事情當中。妳也有留意到新聞吧？聖教已正式宣戰，我們的存在變得舉世矚目，今晚也是我們留在羅馬的最後一晚了。」

月色映在杜夕嵐的臉上，她微笑說：「這趟旅程確實很漫長，短短兩個月卻經歷了比我過去人生還要多的事。」

杜夕嵐靠在蘇梓我身旁閉目回想，先是在香港一起騎乘巨蟒翻過太平山頂，接著登上潛艇在海底度過了一個星期，順路去所羅門群島差點被蛇神殺死，抵達羅馬後又周旋於雅典十二神之間，最後還在魔界幫忙收復魔神。

「但我並不討厭這樣的生活喔。」杜夕嵐問：「那個……明天不可以帶我一起潛入香港嗎？這段日子我也有一直在練習魔法，絕對不會拖累你。」

「不行。潛入任務敵眾我寡，多一人就多一分危險，妳還是跟大家一起行動比較安全。不用擔心妳的家人，我到香港一定會好好保護他們，放心包在我身上吧。」

「你啊，怎麼最近說話變認真了？」杜夕嵐打趣說：「其實你有一百個缺點之餘還是有些優點的，假如早些認真追求我就好了。我也嚮往過校園的戀愛生活喔。」

蘇梓我想起那個人的話。「雖然晚了點，但終於能跟男孩子的自己說再見了。」

「跟孩子的自己說再見，」杜夕嵐忽然臉紅起來。「蘇、蘇梓我你也要把我變成女人嗎……」

蘇梓我笑了。「看來妳終於學懂些生活情趣了啊。」

「等等！這裡是走廊啊，至少在房內……！」

「哇哈哈哈，本英雄就成全妳吧！」

蘇梓我把她抱了起來，就像其他英雄故事一般，在遠行之前的一晚，男女主角共度一宵。

◇

時針在鐘盤上轉了十數圈，第二天的黃昏，蘇梓我與他的同伴暫時道別。

「正如之前所說，除了雅言，所有人跟隨聖教大軍到澳洲備戰。」蘇梓我輕拍娜瑪的頭。「我不在的時候妳就是小首領，別丟了本英雄的臉啊。」

娜瑪有點不安地說：「不過安東尼會讓我們幾位惡魔隨海上部隊出征嗎？」

「雖然聖教那些人好像都老謀深算，但依我直覺看來，那個將軍算是個老實人，至少不會出賣你們吧。而且把妳留在這裡也有互相監視的意味，這對他們來說應該算不錯的一筆交易。」

「明白了。」娜瑪複習一次戰略：「我們和安東尼這邊是主力部隊，但受條約限制，安東尼的艦隊只能用貨船改裝、加固裝甲，不一定能擋下正教的魔法砲擊。所以主力部隊能否搶灘成功就看你們的表現了。」

事實上，這也是蘇梓我冒險帶同利雅言潛入香港的原因，畢竟她是聖火堂區的聖女，對原本的聖教徒擁有更大的號召力。

夏思思插話：「假如蘇哥哥在香港遇到什麼奇怪的事情，不妨想想可能跟原初神器有關喔。」

「嗯？怎麼突然提起什麼神器。」

「嘻嘻，思思也不知道，只是蘇哥哥的腦海一角記住思思剛才說的話就可以了。」

「好吧，如果有原初神器就順便拿來給妳們當伴手禮，哇哈哈哈！」

又是蘇梓我的招牌大笑，他左手摟著利雅言，右手握著乾坤球，並命令系爾子爵助他空間轉移。

「蘇梓我，你這笨蛋沒有我在身邊照顧，要好自為之啊。」

這是娜瑪暫別的一句話。然而這一別，無論對蘇梓我和娜瑪來說，都將是超越想像的凶險。

8

話說系爾的轉移魔法視乎距離和移動質量，會消耗更大的魔力，蘇梓我雖然每晚都有偷偷練習，例如偷闖瑪娜房間之類的，但要從羅馬轉移到香港這種規模卻是頭一次。

他只能選擇轉移到最熟識的地方，而想像該地的同時，印戒溢出四道魔力與他的四位使魔連結起來；魔力增幅四倍，靈魂從指尖出竅，穿梭於無重力的空間，憑感覺觸碰到熟識的地方依舊存在——

乾坤球發出光芒萬丈，當蘇梓我睜開雙眼，眼前景色再不是羅馬的豪華酒店，而是尋常的家。耳邊傳來聲音：「成功了呢，這裡是蘇同學的家？」

陌生又熟識的客廳布置，電視機、沙發、茶几，全部跟以往相同，只是染上一層灰；掛鐘停在十二點整，聖火書院的校服被疊好放在床上，廚房裡還有一條煮到半熟的鱸魚，那是娜瑪曾經抱怨自己浪費食物的主角。

利雅言說：「好像自從你離開後都沒有人來過——」

但蘇梓我急步推門走出陽台，躍過欄杆爬到隔壁，情急下一拳打爛鄰居陽台門鎖；玻璃碎落一地，在他眼前的客廳卻如同廢墟，椅腳斷掉，桌上的小擺設倒在櫃下，完全沒有人住過的痕跡。

正當蘇梓我心神不定時，隔壁傳來利雅言的喊聲：「蘇同學，你看一下外面天空！」

蘇梓我回頭走往陽台，他的雙眼亦被染成紅色了。

深紅晚空不算罕見，但天上雲層竟如心臟一樣「砰砰、砰砰」地鼓動；還有絲絲朱紅魔力如蜘蛛網般密布整片天……不，與其說是蜘蛛網，其實更像血管。

天空正在孕育著怪物……這是蘇梓我最初的感想。

利雅言扶著陽台欄杆探頭說：「你那邊有什麼發現？我這就過去跟你會合。」

於是蘇梓我回到玄關開門，請利雅言從隔壁走來。

利雅言問：「你跟這裡的鄰居很熟識？」

「住在這裡的人妳也認識，孔穎君，在我們學校教國語的。」蘇梓我又逐一打開房門檢查，喃喃道：「這裡原本住了一家三口，孔穎君和她父母，現在人都不見了。」

「等天亮後問一下其他鄰居？」

「不，我跟他們沒什麼交流，也不知道會不會是正教奸細。」蘇梓我望見電視櫃上放著電話，便回想起他離開香港前夕與孔穎君的對話，心道：君姊妳不是說過會留在家中保護自己嗎？我已經回來了啊，妳卻不見了。

見蘇梓我意志消沉，利雅言立刻明白最近他焦急如焚大概跟孔老師有關。於是她拍拍蘇梓我的手臂說：「或許家裡有留下什麼線索，不如我們再找找看？」

「咦？」蘇梓我的視線停留在地上一本作業薄，封面上寫著「聖火書院」四字。

「說不定這是線索？」利雅言說：「看來孔老師的家人走得很急，也許他們都前去聖火書院避難了。」

蘇梓我不解。「可是聖戰期間，正教把香港的聖教教堂全部拆掉，聖火堂也在交戰中摧毀，很難想像聖火書院現在變成什麼模樣。」

利雅言搖頭解釋：「正教也不是恐怖份子，他們肯定會在原址重建正教教堂的。畢竟聖教最初選址聖火山興建教堂正因為山靈水淨，容易聚集信仰心——」

說到一半利雅言突感暈眩，眼前一黑差點跌倒，幸好蘇梓我及時扶起。

「怎麼了？是空間轉移讓妳感到不舒服嗎？」

「也許是吧，我想休息一下應該沒有問題。」

「好，我們有十四天時間，操之過急反而容易闖禍。今晚妳不如就在這裡休息一下，我稍微到外面打聽不會走太遠。」

利雅言微笑。「請記住我不是包袱，所以你不必太過擔心我。」

而且她也有參加聖戰的理由，這樣才能將功補過，懇求教廷從輕發落弟弟的罪。這點蘇梓我也明白，也是選擇帶她回來香港的另一原因。

◇

把利雅言安頓好，蘇梓我回望陽台樓下的公園，一直線地瞬移到地面。這種短距離的空間轉移蘇梓我已駕輕就熟，做得乾淨俐落。

然而他一來到戶外才發覺，公園沒有人影，大廈沒有半點燈火，而且四周瀰漫著沉重瘴氣；雖不像雅典那般屍橫遍野，眼前的香港卻有一種詭異感，而且感到異常悶熱。

「明明應該是冬天的深夜，怎麼好像盛夏般悶熱？」

蘇梓我凝神靜聽，瘴氣從東面飄來，該處正是他最熟識的聖火山。

「以前也有想過凌晨到學校試膽，但沒想到會是以這種方式夜遊校園……」

越走景色越熟悉，蘇梓我不自覺地停在小巴站前；那曾經是他每日上學的必經之路，但晚上變得冷清，山路更覺陰森可怕，街燈一明一滅，視界百尺杳無人煙。為何會如此荒涼？

一陣乾燥的風打亂了蘇梓我的思緒，腳邊吹來一片黑色樹葉。對了，自從把守護天使帶離開香港後，三分之一的樹木早就枯死。

「咦？有活人。」

蘇梓我把魔力匯聚到左右耳，聽力即時倍增，便聽見百尺外傳來活人的腳步聲：五、六人從山上跑下來，大概再過一分鐘就會碰上自己。

他輕躍到山坡叢林，打算暗中觀察；一分鐘過去，果然有六人沿山道跑來，是一個似乎正在逃命的年輕男子，身後五個長袍騎士正舉鐵槍追捕！

「看那個熱血跑姿，不就是學校的班長嗎？但他身後的應該是正教騎士，貿然出手可能會洩露身分……」

見班長李訥仁越跑越近，蘇梓我心生一計，便隨手撿起樹枝並貫注魔力，扔向李訥仁腳下——

「哇！」李訥仁被樹枝絆倒失去平衡，就像一頭牛衝破圍欄直直跌進叢林，同時蘇梓我及時抓住他的頭頂，口中念念有詞——

魔光消失，當五名正教騎士跨過圍欄上前找人時，蘇梓我和李訥仁早已轉移到別的地方。

◇

上一秒自己絆倒跌進林中，下一秒卻置身公園；李訥仁搞不懂發生何事，本能反應便提起雙臂應戰。

蘇梓我罵道：「欸！剛才要不是本大爺救你，你早就被正教亂槍插死了。」

李訥仁一臉難以置信，睜大眼睛盯著蘇梓我，嘴巴開口數秒才大聲說：「你、你是蘇同學嗎！還是你從陰間走出來了？要索命的話不要找我——嗚啊！」

蘇梓我毫不客氣毆他一拳洩憤。「小聲點！我回來香港可不能讓其他人知道。」

「抱、抱歉啦。」李訥仁一時喘不過氣，按著肚子說：「你真的是蘇同學？」

「難道你有見過假的？」

「不，但一直沒有你的消息，而且我們剛剛正在挖黃泉，我才以為你從陰間走出來。」

「慢著，你說黃泉？」

「就是黃泉啊！黑水裡面突然有一堆鬼魂湧出來，死了很多人！我拚命跑才沒有被那些妖鬼殺死。」

李訥仁面色蒼白，滿面冷汗，看來所言非虛。

「那孔穎君在裡面嗎！」

「咦？你說孔老師？」李訥仁目光游移。「最近沒見過她呢……」

蘇梓我捉住他的肩膀命令道：「跟我來，我有很多事要問個清楚。」

9

瞬間返回孔家，李訥仁嚇得驚惶失措，口齒不清：「蘇、蘇同學，莫非你是神仙轉世？」

「嗯啊，有空就崇拜我吧。」蘇梓我把他拋到沙發上質問：「你剛才說的黃泉是怎麼回事？正教命令你們這樣做的？」

李訥仁猛點頭。「正教他們要所有聖教男丁都要強制勞動改造，我和其他男生被關在聖火後山，幫忙開挖山洞資源。」

只見李訥仁驚魂未定，越說越慌。「但聖火山根本不是什麼礦山啊，我們只是一味地挖著、挖著，終於有一天地底滲出黑水，一堆妖鬼衝出來殺人，我們才知道那是在挖黃泉。」

李訥仁的聲音吵醒了房內休息的利雅言，她走出客廳加入討論：「當時你們還有什麼人在場？為什麼會肯定那是黃泉？一般人應該不知道黃泉的存在。」

「聖女會長？」李訥仁看見利雅言吃了一驚，連忙回答：「是聖火堂一位修士告訴我們的，所有壯丁都被徵召開挖嘛，他也不例外。」

開挖黃泉，雖然聽起來很恐怖，但正教只召募男丁挖掘亦使蘇梓我稍微安心。至少孔穎君應該相對安全吧。

「不過黃泉是什麼東西？」

利雅言回答：「教會對鬼魂都是敬而遠之。我們只知道黃泉是鬼族在魔界的聚居地。」

「魔界喔，那就請教一下我們這邊的百科全書惡魔吧。」

於是蘇梓我坐回位上，閉眼默念娜瑪的名字，以念動術千里傳音——

「娜瑪，妳聽得見嗎？」

「欸，聽得到啊……人家還在睡覺你想嚇死我嗎？」

「妳主子夜闖敵人腹地耶，妳這睡魔還真的安心在睡？」

「女僕也有法定休息時間吧……」娜瑪隔空回答：「但聽見你這麼有精神應該沒事吧？」

蘇梓我沉默半秒，卻道：「先聽聽妳那邊有沒有發生什麼異樣。」

「一切正常喔。我們現在還在前往澳州的飛機上，大家都在睡覺休息。所以你有什麼事想找我商量？」

「我們打聽到正教那些混蛋在開挖黃泉，妳們魔族有沒有什麼頭緒？」

「沒有啊。而且我們也甚少跟鬼族打交道，之前不是告訴你，連彼列公爵都不敢冒犯萬鬼之母嗎？」

根據娜瑪的說法，在撒旦率領一眾地方神墮落成魔之前，鬼族就已經聚居於地底世界，他們才算是魔界的原居民。

只是鬼族大多缺乏智慧，弄得土地寸草不生，於是撒旦就以文明作為交換條件，請求萬鬼之母讓出土地給予惡魔聚居，地底才得以繁榮起來。

就這樣，惡魔族與鬼族世世代代結為盟友，共同生活於魔界之中。

「但說到種族關係，其實人類跟鬼族更有淵源呢。」娜瑪說：「畢竟只有人類死亡才會變成鬼族嘛，神魔死亡則直接魂飛魄散，回歸靈魂的循環。」

蘇梓我問：「所有人死了以後都會變成鬼嗎？」

「也不一定呢。畢竟鬼魂是由於萬鬼之母佔據了『世界』核心，並干涉靈魂循環而生產出來的缺陷物。因此即使鬼族是人類死後的轉生，大多都不似人形，更像怪物。」

蘇梓我在想，面對這樣的鬼族，究竟正教開挖黃泉、主動接觸有何目的？

「算了，娜瑪妳回去休息吧。」蘇梓我暫時不想在那邊鑽牛角尖，因為他有更加在意的事情，忍不住先問李訥仁。

「你說過男丁都被判罰勞改，那女教徒呢？她們都到哪裡了？」

李訥仁戰戰兢兢回答：「在正教接管香港教區後，附近堂區的聖教徒都被抓到聖火書院宣告罪行，當時孔老師應該也在場……但之後我們被押送上山，其餘女教徒聽說有的被分配到其他堂區工作，有的則留在山上懺悔……」

他突然又想起什麼。「話說回來，現在佔領聖火堂區的正教牧師好像也捉了幾個年輕少女侍奉自己呢，也許孔老師也包括其中。」

「喂！你說那個牧師在哪！」蘇梓我殺氣騰騰地抓著李訥仁的衣襟，讓李訥仁透不過氣來。

利雅言見狀制止了他。「我們也同樣關心孔老師，但蘇同學你先冷靜下來，好嗎？」接著她問李訥仁：「我想正教牧師應該住在原本的利家大宅？」

李訥仁被嚇得有點不知所措，只是點頭同意。

利雅言則感到不安。「利家大宅原本就設計用來作為結界堡壘，如今被正教佔據，蘇同學你要潛入救人就非常困難了。」

蘇梓我生氣地說：「再怎麼困難，我都要救出君姊！」

「蘇同學你忘記了我們此次前來的目的嗎？如今大部分聖教徒都被分配到山上勞改或懺悔，侍奉牧師的只屬少數；你身為聖教的指揮官，如果不依照計畫擅自行動，肯定會被教會追究責任。」

但蘇梓我根本聽不進去。「那些混帳教會誰會稀罕那些頭銜！我想要救君姊就救君姊，難道雅言妳要阻止我？」

利雅言凝望著蘇梓我數秒，終於嘆氣。「不愧是為了救我不惜跟十二神開戰的蘇同學啊。既然你有如此決心，我也會助你一臂之力。」

蘇梓我這才鬆一口氣。「雅言妳別嚇我嘛，我早就知道妳不會見死不救。」

「只要不被發現就不算擅自行動嘛。」利雅言在書房找到紙筆，便開始作圖，仔細畫出利家大宅的平面圖；三層高的洋房，一層地下祭壇，還有通往大宅花園的祕密通道。

李訥仁站在旁邊看，問二人：「你們不會打算跟正教硬拚吧？」

蘇梓我揚手打發他。「已經沒你的事了，去睡吧。」

「可是……」李訥仁欲言又止，最後只好沒精打采地去到房間休息。

這時利雅言剛好把平面圖畫好，並道：「正教也許會改動大宅內部的配置，這幅平面圖只能做大概的參考。」

蘇梓我接過地圖，問：「妳不覺得好奇嗎？為何我如此緊張要救一個老師。」

「你剛才稱她為姊姊，應該認識很久了吧。我也不是個喜歡探詢隱私的人，你想說的時候再告訴我吧。」

「謝謝妳。不知為何，有妳在身邊讓我安心很多。」

利雅言微笑說：「距離天亮還有三個小時，把握時間救出孔老師。一路上小心。」

蘇梓我揮揮手，便隻身前往利家大宅。

10

為什麼我會如此關心君姊？

蘇梓我摸黑返回聖火山，跨過欄杆走進樹林，並取出筆記確認：「山坡上經過第六條燈柱，三棵並排的榕樹……」

根據利雅言所說，利家是教區內少數具有軍事作用的場所，他們在聖火山腳及利家大宅外挖建祕密通道，並種植了兩棵大榕樹堵住出入口。

找了數分鐘，蘇梓我終於找到利雅言在筆記中形容的大榕樹，並用鐮刀鑿開樹幹——樹幹只是合成樹脂，把人造部分大力剝下後，樹幹裡便有通道直達地底；祕道只能容納一個成年人出入，並有繩梯可以爬到深處。

蘇梓我握著手電筒，小心翼翼鑽入祕道，直至與地上蟲鳴隔絕，開始感到耳鳴，甚至出現幻聽……彷彿聽見孔穎君的聲音。在漆黑中，蘇梓我勾起一件往事。

……

「抱歉，我先接個電話。」

孔穎君急步關上房門，留下蘇梓我一人在客廳做功課。當年還在念中學二年級的蘇梓我對於大學生活，還有大學生的私生活都相當好奇，於是貼在門外偷聽孔穎君的對話：

「我現在沒有空。」

「別再煩我好嗎。」

「那是以前的事情了。」

蘇梓我聽得出孔穎君的語氣不太友善，心道：究竟君姊在跟什麼壞人說話？

想再貼近一點偷聽，可是房門突然打開，孔穎君盯著蘇梓我眉頭一皺，原本標緻的臉都變得不好看了。

「我離開一會兒，你留在家裡繼續做功課，別偷懶。」說完，孔穎君便提起手袋離開蘇梓我的家。

假日的早上，君姊本來是屬於自己的，這些年她都一直幫自己補習，怎麼可以被其他人搶走？想到這裡，蘇梓我也穿上鞋子趕緊出門，跑到樓下公園，看見衣著光鮮、皆有染髮的三個男子糾纏著她。

其中一名男子表現親暱，摸她臉說：「怎麼了？信教以後染回黑頭髮裝純情嗎？但這樣子我也挺喜歡的，哈哈。」

「別碰我！」孔穎君用手背拍走對方的手。「我來只是給你們最後警告，我已經把事情告訴給校方，如果再打電話來騷擾，我一定會報警。」

旁邊少年捧腹笑道：「老大你的女朋友很行呢，還會報警。」

「真噁心，現在我跟你們一點關係都沒有。」孔穎君斥道：「話已經說完，你們看著辦。」

孔穎君轉身離開，卻被中間一名男子捉住了手腕。

「難得跟老相好敘舊，妳這樣就走不會太掃興嗎？要不妳可以來我家坐坐嘛，我的車就停在附近。」

孔穎君扯手掙扎，忽然有人大喊：「你們這群混蛋想對君姊做什麼！」

蘇梓我氣沖沖地跑來，對方卻把他不放在眼裡。

「怎麼會有個中學生啊？是妳養的小白臉嗎？」

孔穎君緊張地說：「你回家去別亂來，這是大人的事！」

但蘇梓我偏不喜歡聽別人命令，他把全身氣力貫注雙腿，猛地跑向那個敢碰君姊的人——

「臭小子別多管閒事！」對方一手按住蘇梓我頭頂，豈料蘇梓我更加下定決心，二話不說就瞄準對方下盤狠狠一踢！對方慘叫一聲當場跪倒，其餘兩個同伴則夾雜髒話圍毆蘇梓我，隨即混戰起來。

「喂！你們在公園做什麼！」

兩個社區管理員跑了出來，三名男子怕麻煩只好逃跑，剩下孔穎君教訓著蘇梓我。

「你英雄片看太多了嗎？這裡是香港，跟人打架被留案底的話，我怎麼跟你父母解釋？」

「但他們是壞人，又纏著君姊妳，我怎麼可以讓他們胡作非為！」蘇梓我說：「而且不用跟我父母解釋啦！都說他們不在香港，不知去哪裡了，君姊妳不用在意他們。」

「不是這樣的，沒有你父母的話，就不會有今天的我……」孔穎君神色哀傷，嘆道：「算了，今天的補習到此為止，你回家消一下腫，好好休息順便反省吧。」

不知道為什麼，孔穎君好像有點生氣，又有點難過。結果蘇梓我只能目送她的背影離開。

11

「走失？居然被一個平民逃掉，正教平日都白養你們了！」

利家大宅的書房內，一名正教牧師厲聲斥責幾個正教騎士，嚇得他們都不敢抬頭，唯獨有個不怕死的年輕騎士開口建議：「不如讓我們再下山搜索，逃掉的人原本是這裡的學生，應該不會跑太——」

牧師大力踹他一腳，年輕騎士「砰」聲就斷了肋骨倒地。

「蠢材！你是想讓所有人都知道，正教連一個罪犯都管不住嗎？果然正教是白養你了！」

這名牧師曾經當過騎士，孔武有力，在前線殺過不少人；累積的功勳，加上人脈關係，讓剛退下來的他得以管理牧區。

「抬走那廢人。」陳牧師相當不爽，又把一人叫到書房問話——那人正是聖火書院的副校長。

「鄭副校，為何開挖工程最近問題頻生，你到底找到原因了沒？」

年約五十的鄭副校長拿出手巾抹額擦汗，彎腰低頭說：「我已經完全依照大人的吩咐，把學校裡十六至二十五歲的少女全部聚集在教堂念經，安撫怨靈。我實在不知道有什麼原因會出意外……求大人明察！」

陳牧師厭煩地道：「剛剛出事的坑道是哪些女人負責的，把她們統統帶來！」

「喔、好！我馬上去辦！」副校長匆促告退，手忙腳亂地跑回教堂捉人。

十分鐘後，六位女子被押到了牧師書房，其中五位是女高中生，最後一位則是她們的教師孔穎君。

「就是妳們幾個沒有好好念誦經文，使常世的怨靈暴走嗎？」陳牧師目光銳利，像野獸般怒目眾女。

孔穎君跪前一步回答：「我們已經晝夜不停地誦經祈禱，請你諒解。」

「那為什麼黃泉水還是會有妖鬼橫行？肯定是妳們對神不敬……我明白了，妳們其中有人犯了淫戒，不是貞女吧？」陳牧師抓住孔穎君的下巴問：「是妳這蕩婦嗎？」

「這有什麼關係……」

「放肆！就是因為妳們失職害死了負責挖掘的人力！還連累我們搜索工程進度落後……」陳牧師自覺說了太多，便改為警告孔穎君：「哼，就算妳不回答，我逐一檢查就知道。」

見身後幾位女孩都嚇得臉青顫抖，孔穎君獨自扛下，道：「沒錯，我就是那個不貞的人，跟我的學生無關。」

「果然是個淫婦。」陳牧師揚手打發眾人，留下孔穎君。「今天我的心情很差，妳來侍奉神吧。」陳牧師把她按到書桌，把桌上筆架文具全掃落地——

◇

砰！

繩梯突然斷掉一邊，蘇梓我捉住另一邊的麻繩懸吊半空；他本人就如鐘擺一樣，纏腰的手電筒在坑洞牆壁劃著弧線。

大概是風化侵蝕使繩梯變得脆弱，但快到出口才斷掉這點總讓蘇梓我浮起不好的預感。

蘇梓我瞄看手錶，心道：已經過了四十分鐘……這祕道比起平日上山回校要多花一倍時間。

蘇梓我焦急起來，運用魔力輔助加速爬到洞頂，再揮鐮刀將密封的假樹幹鑿破；幾經辛苦，他終於來到利家大宅的花園。

他關掉手電筒，取而代之是自己的雙目泛起淡光使出預視術，仔細觀察利家大宅，居然穿越外牆看見不同顏色的光球分布各層——

「這就是思思所見的景色啊。」

蘇梓我這才理解到阿斯塔特的預視術，那些五顏六色光球代表不同人物的靈魂，即使那些顏色無法用語言解釋，但蘇梓我心中十分清楚，尤其是自己在乎的人的顏色。例如二樓的靈魂就有種莫名的溫暖——

「二樓，君姊一定在那裡，但旁邊有個黑色的靈魂在糾纏……」

一想到孔穎君可能有危險，蘇梓我的雙腿已經跑出花壇，飛簷走壁從二樓打開的窗戶跳入——他放輕身體躍到屋內，俯身踏在地毯之上，再用預視術環看四周，把宅內空間和敵人配置都刻進腦海。

「二樓工人房有十個騎士休息，二樓樓梯有一人站崗，君姊房外只有二人把守……」

但連續使用魔魔法身體已經超過負荷，蘇梓我感到腦袋劇痛；已經無法多想，必須速戰速決——三步併兩步跑向守門的，對方還來不及吃驚就被刀光劈倒兩個！然而門後的爭吵聲更加激烈，蘇梓我猛力踹破房門，竟看見一個半身赤裸的中年男子企圖施暴女方！

「你這混蛋想對君姊怎樣！」

陳牧師瞪眼斥道：「是誰！快來人——」

呼喊的聲音變得沙啞，冰冷的鐮刃一進一出他的喉嚨，脖子變成噴泉血灑一地，應聲倒下。

「抱歉君姊，讓妳看見不快的畫面。」蘇梓我連忙脫下外衣披到孔穎君身上，而孔穎君一副難以置信的臉盯著蘇梓我，失聲道：

「這……這不是在做夢吧？蘇梓我真的是你？」

孔穎君踏前一步，但腳在方才掙扎之下給扭傷了，快跌倒之際蘇梓我抓住了她，答：「不是做夢，我信守承諾回來了。只要有壞人想傷害妳，我都不會讓他們得逞。」

孔穎君的呼吸緩和下來，冷靜後苦笑說：「對呢，上次我差點被人侵犯，也是被你救走的。不過我沒有忘記……之後『侵犯』我的人可是你喔。」

蘇梓我的第一次，孔穎君的第一次，那是她大學最後一年的往事。

12

夜晚行人接踵摩肩，商店街上播著聖誕音樂點綴歡欣氣氛，電燈柱間掛滿萬紫千紅。

自從蘇梓我在公園打人之後，就被逐出學校的足球隊，每天放學都流連街上。但今天他卻是被人使喚當跑腿的，究竟是誰有如此能力？

「母親大人，還有什麼東西要買請妳一次說清楚啊。」蘇梓我左頰夾著電話，兩手拿著塑膠袋，站在街上請求指示。

就在差不多三年前，蘇梓我的雙親回來香港過聖誕，當晚蘇母吩咐他上街買些瑣碎雜物：例如到文具店買鉛筆，又或者到便利店買泡麵，總之都是無關痛癢的東西，不知為何非要在此刻購買不可。

「什麼？這次是買止咳水？好啦好啦，這時間應該還有藥局營業吧。」蘇梓我無奈地掛斷，走在熱鬧街上尋找藥局。

走著走著，他看見有一輛計程車剛好停在前方遠處，幾個乘客下了車，有男有女，而且都面紅耳赤，似乎玩得十分盡興。

「真好呢，聖誕節時大學生肯定夜夜笙歌，每晚都跟女人睡吧……咦，等等……」蘇梓我看到一半感到不對勁。「那個化妝的女生不就是君姊嗎？怎麼站不穩好像喝醉了？」

這時兩個男人左右扶著孔穎君走進店內，門口招牌竟是汽車旅館；蘇梓我丟掉塑膠袋追了上去，但跑到櫃台時已看不見人影。

他質問櫃台人員：「剛才有兩男一女走過來開房吧？他們在哪！」

「你還沒成年吧，這裡不是小朋友來的地方。」

蘇梓我拍桌大罵：「小你媽的朋友啦！立刻回答我的問題，不然我就拆了這間酒店！」

「你再鬧事別怪我找人來收拾你啊？」

蘇梓我無視對方，瞄看旁邊電梯停在三樓，便直接跑上樓梯打算逐間拍門問候。

——砰砰砰！

蘇梓我發了瘋似的，在走廊上一邊拍門一邊喊：「送外賣啦！裡面的人出來啊！」

有些客人還真的打開門看看是誰在鬧，但見到是個中學生，都懶得理會。只是事情越鬧越大，蘇梓我甚至用腳踢門，而且汽車旅館的設備太過簡陋，居然被他大力踢開了。

見蘇梓我大肆破壞，幾個職員跑到三樓把蘇梓我按倒地上，卻同時看見房間內有兩個男人按住少女，似乎要向少女施暴——

「就是那兩個人啊！」被職員壓制的蘇梓我拚命揮舞手腳大喊：「那兩個人想要迷姦我的姊姊啊！」

「喂，死小孩你在說什麼！」房內其中一個男人凶神惡煞地走來，「砰」聲毆在蘇梓我的臉，鼻血灑在地上。

其他圍觀的人也不知誰對誰錯，只在旁邊竊竊私語，又或者索性關門，沒有人願意幫他；只有一人，床上孔穎君全身軟弱無力，還是用上最後一口氣喊道：

「救他……！」

「你們聽見了吧！她是我姊，這兩個男人是強姦犯，快報警逮捕他們！」

旅館職員見狀，便放開蘇梓我並分隔二人，命令說：「你把你姊姊帶走，別在這裡鬧事。接下來我們會處理。」

職員又同樣警告了那兩名男子叫他們離開，同時其他職員則對受影響的賓客致歉，鬧劇總算結束。

◇

「抱歉，要麻煩你了……」

「誰也沒料到事情會這樣，幹嘛道歉。」

回到大樓樓下，蘇梓我發現大樓電梯居然都在維修，不過孔穎君仍然迷迷糊糊的，蘇梓我唯有揹起她走樓梯，就十二層樓而已。

「你真的沒有問題嗎？」孔穎君靠在蘇梓我的背上，拊耳說：「如果太辛苦還是到別處休息吧，反正我的父母不在家不用交代。」

「怎麼可以讓妳在外面過夜？」蘇梓我堅持要揹孔穎君走，一步一步地踏上階梯；此時二人靜默，孔穎君貼在蘇梓我背上，一呼一吸都十分清楚。

「這麼說來你好像長高了。換作一年前，我可能雙腳會碰到地呢。」

「廢話。雖然我叫妳君姊，但我已經不是小孩，是個男人，不信的話要我證明給妳看嗎？」

「還在說些不正經的話，正因如此你才長不大啊……」孔穎君又苦笑說：「不過我也沒有資格教訓你，我自己也是玩得過頭，出了意外。」

說畢，孔穎君便安心伏在蘇梓我背上休息。第一個讓蘇梓我牽手的女生是孔穎君，第一個從後面抱緊他的人也是孔穎君。只是走了幾層樓，蘇梓我已經氣喘如牛，沒有心情享受這種浪漫；他只能默默走著，二十分鐘後才回到他們十二樓的家。

回孔家後，蘇梓我把她抱到床上，又替她脫下鞋子和外套，讓她躺在床上休息。

「蘇梓我，今晚真的很感謝你。若不是你剛好出現，每年聖誕節我都會害怕……」

不知道那些壞人對孔穎君下了什麼藥，床上的她依然臉泛粉紅，汗如玉珠；白色襯衫有幾顆鈕扣打開，都讓蘇梓我不其然有了生理反應。

「蘇梓我？你不會又在想色色的事吧？」

「那個、君姊……」蘇梓我說：「也許我可以進一步換掉妳的記憶，以後聖誕節妳只要記起我就好。」

「不行。不可以這樣做，我們只是朋友和鄰居的關係——」

「但、但其實我好喜歡妳！」由小到大，蘇梓我每次見到心儀的女性都很容易有生理反應，他也經常夢見孔穎君。

還是少年的他血氣方剛、精力旺盛，體力也充沛，說時遲那時快，他已脫下衣褲，再次進入狀態。

孔穎君輕聲道：「蘇梓我，這是不對的。等你長大之後想清楚再做，好嗎？」

但三言兩語當然無法阻止蘇梓我。這時候他已經著了迷一樣，好像對待藝術品般將孔穎君的衣服逐一脫下，露出她的凝肌——

◇

同一時間，隔壁蘇家罕見地十分熱鬧，原來是蘇梓我的父母招待了孔氏夫婦到家中用餐。

「差點連累令千金有危險，我先飲為敬。」蘇父一乾而盡，「那兩個敗類我已經吩咐教會把他們處置掉，以後不會再出現了。」

孔父搖頭答道：「不用道歉，只怪穎君中學時太過任性，結識了壞朋友，現在總算告一段落吧。」

蘇父又替孔父斟酒說：「另一件過意不去的事，就是這時候大概小犬已經無法自制，恐怕多多得罪了。」

「這也是為了世界的未來。」孔父回敬蘇父一杯。「他們二人也算兩小無猜，穎君也會高興的。」

「這真是小犬的福氣。在世界末日之前，梓我必須吸收這方面的經驗，才能駕馭蘇萊曼王的力量；很快他將會遇上宿世的夢魔情人，假如對性魔法沒有抵抗，將會變得險阻重重。」

孔父回應：「這個月我和太太會去一趟遠行，就由他們兩位年輕人在家中隨心所欲吧。」

孔母附和：「以穎君的性格，大概一個月後我們旅行歸來，她就會跟梓我變回普通朋友關係吧。也許會當作什麼事都沒發生過一樣。」

「這樣就足夠了，感謝兩位。」蘇父又拿出一個小木盒交託給孔氏夫婦。「這是人類最後的武器，請你們在適當時候務必交到小犬手上。」

孔父接過木盒，嘆道：「你們又要離開香港了嗎？這次目的地又是哪裡？」

「不知道，只要是『世界』的指令，什麼地方我們都會去。」

見蘇梓我父母一副覺悟的表情，孔氏夫婦只好道別：「後會有期。」

13

在兩家父母的暗中安排下，年少無知的蘇梓我與孔穎君在家中初嘗禁果，並在接下來的大半個月，幾乎每天都在屋內親熱。

雖然孔穎君嘗試提出不同課題刁難蘇梓我，但蘇梓我都能克服，只要能親熱就行；蘇梓我所有性知識都是來自孔穎君，孔穎君也是一樣。然而，二人的親密關係只維持了一個月，在聖誕假期最後一天，孔穎君主動向他提出了分手。

畢竟當時蘇梓我年紀尚小，她自己也要專注學業。這種畸形的戀愛來得太快太徹底，甚至這樣下去早晚也會弄到懷孕，孔穎君不得不在鑄成大錯前緊急煞停。

「蘇梓我，這是我給你最後的題目。假如你是真心喜歡我，再等多幾年學校畢業，變得更加成熟之後再來找我吧。從現在開始、在那天來臨之前，我們只是普通朋友和鄰居。」

那時蘇梓我淡然地接受了，而且表面上很快就對她失去興趣。但命運的安排，又或者孔穎君自己的意願，他們在聖火書院重逢，而現在孔穎君再度被蘇梓我揹回孔家。

◇

「君姊，我回來香港了，再也沒人可以傷害到妳。」

「對，現在你已經是大人，是可以保護女人的大人。」孔穎君伏在他的背上回答。

轉移回到家中，破曉的曙光從陽台照進客廳，迎來一陣溫暖。但一見陽台人影，浪漫氣氛很快就破壞了——在陽台上的李訥仁連忙收起電話，回頭跟蘇梓我說：

「你真的把老師救出來了！」

「別每件小事都要這麼驚訝，我可是拯救世界的大英——」

砰！

蘇梓我忽然渾身虛脫倒地，利雅言擔憂地走來訓話：「你魔力消耗早已超出身體負荷，弄壞身子怎麼當大英雄呢。」

但蘇梓我堅持說著：「還不行。我殺了那正教牧師，他們就算不知道我的身分也不會放過君姊的。」

利雅言道：「所以我們不能留在這裡了。」

但他們對香港現況一無所知，而且涉及殺人甚至可能被警察通緝，蘇梓我此時也頭痛得難以思考。

「那個……」李訥仁的聲音有點顫抖。「其實我家爺爺是區外圍村①的村長，而且圍村村民都不是信徒所以免於一劫……也許我可以拜託爺爺暫時收留你們，反正村民他們都不喜歡正教會，應該會答應的。」

利雅言有點猶疑，反倒蘇梓我爽快答應。「我跟班長認識多年，可以相信他。」

「而我相信你，所以我也沒有異議。」利雅言續道：「何況我們需要人力來鼓動其他人在聖戰當日推翻正教，也許李氏圍村是個不錯的根據地。」

因為土地權的問題，圍村在地方算是有點勢力，就連警察亦不容易對他們出手。

孔穎君說：「你們決定好的話，我就帶你們到停車場取車了。現在過了宵禁時間，開車應該沒問題。」

「嗯，拜託你們了。」

換利雅言扶著蘇梓我出門，孔穎君看見後會心微笑。

◇

只是有人歡喜有人愁，在一萬公里外，關於蘇梓我的報告已經傳到教宗庇護十三世的耳中。

深夜，庇護十三世對紅衣騎士搖頭輕嘆：「真是令人傷腦筋的青年，不能給他破壞我們的計畫；叫那邊的人幫忙安頓好他，別再起衝突了。」

紅衣騎士領命：「是，我就這樣回覆對方。」

讓騎士告退後，庇護十三世盯著桌上的月曆架，心想計畫無時無刻充滿變數，所以才叫做賭博吧。

---

① 指由石牆包圍的傳統中國村落，用以防禦鄰近外敵和猛獸。香港的圍村多分布於新界。

14

日出後，天空如滲血般地血紅，魔力如血絲穿插雲層，統統都投影在擋風玻璃上。蘇梓我在車內感嘆：「路上還有行人提著公事包，應該不是去上班吧？他們都沒察覺天空有異象嗎？」

李訥仁答：「大家都只當作是紅色霧霾罷了，反正教會表明不干涉宗教以外的事務，能照常工作不就是最好的證明嗎？」

正教嚴格執行隔離政策，幽禁宗教人士於聖火山上，山下居民則如常生活，當作什麼事都沒有發生。畢竟連聖父顯現都見過了，還有什麼好奇怪呢？

才剛說完，前方傳來人們的尖叫聲；原來有兩隻白犬從地上泥坑衝出來亂吠且咬人，嚇得上班人群爭相走避，接著那對白犬又鑽回泥坑中。

李訥仁似乎對此見怪不怪，平靜地解說：「剛才的妖怪好像叫做『地狼』，住在地底下，聽說古籍也有記載。」

正教對此現象歸咎於之前聖教管理不善，令妖邪橫行無忌；如今城市了無生氣，樹木都枯死了，這是聖父對香港的懲罰，只有信奉正教才能得救。

但利雅言並不同意。「應該是正教大規模挖掘黃泉，所以才把香港弄成常世彼岸那般，與魔界無異了。」

孔穎君道：「說起來昨晚我被正教牧師捉走時，他好像說過他們是為了搜索什麼而開挖黃泉……」

——假如蘇哥哥在香港遇到什麼奇怪的事情，不妨想想可能跟原初神器有關喔。

想起夏思思臨別前的話，蘇梓我吐出四字：「原初神器。」

華夏文明的原初神器，而且是水屬性的……當蘇梓我浮現如此想法時，車子已經來到李氏圍村的村口。

村口吊著一具怪鳥屍體吸引了蘇梓我的注意，看似是人面雉身，口吐白沫，面容扭曲，車上眾人無一不寒而慄。

接著兩個惡形惡相的紋身大漢攔停了車，拍打車窗問孔穎君：「你們是誰，這車子不是屬於李氏圍村的吧？」

「啊，叔父好。」後座的李訥仁探頭打招呼：「這幾位是我的同學和老師，全靠他們我才得以從正教手中逃脫出來。」

「居然是訥仁！」李訥仁的叔父說：「原來你沒事啊，我們還在討論上山救你呢！不過你這次也學乖了吧，幹嘛要住在外面，只要留在圍村，誰敢碰我們一根汗毛？」

聽那男人豪邁說著，蘇梓我瞧見掛在圍牆上的怪鳥，確實連妖怪都招惹不起他們。

另一位彪形大漢指引孔穎君停好車，李訥仁的叔父則帶他們一行人來到李氏祠堂，堂上村長正跟族人開會討論。

「大哥大嫂、父親，訥仁平安回來了。」

一位四十出頭的婦人焦急地弄翻椅子，連忙跑去抱住李訥仁說：「我的乖兒子，教會怎麼會放你走？他們沒對你怎樣嗎？」

於是李訥仁把他的遭遇，從被迫挖掘黃泉開始，直到蘇梓我如神仙般救走自己為止，如實說了一遍。

李訥仁的爺爺隨即怒罵：「該死的正教會，竟捉走我們李家的人就是為了挖黃泉，還把妖魔鬼怪都帶來香港！」李爺爺年過六十依然中氣十足，把正教會罵得體無完膚。

此時蘇梓我站出來說：「正因如此，本英雄才遠渡回來收復香港，誓要把正教驅逐出境！」

蘇梓我看似氣勢滿滿，只有利雅言看得出他已快要體力不支，隨時會倒下。不過李訥仁沒這麼細心，連忙替蘇梓我介紹：「爺爺、父親，他就是我的救命恩人，蘇梓我同學。如今他為了我遭正教通緝，不如我們收留他住在圍村？」

但李爺爺稍有猶豫，問蘇梓我：「你剛才說要收復香港，莫非你們是聖教會的人？」

利雅言答：「我是聖火堂區前助祭，我可以保證蘇同學是奉教會之命回來香港執行任務。」

「原來是聖女小姐，我還以為利家都被正教清理掉了。」李爺爺問：「但憑你們二人能做什麼？這位蘇先生又有什麼本事能誇下海口說要驅除正教？」

「哼，就憑我是智取希臘十二古神的大英雄，區區人類我才不放在眼裡！」

——咯咯咯！

忽然屋外傳來妖怪鳴叫，如千雞並啼般響亮。李爺爺搖頭說：「那些怪鳥又來了。都已經把牠們同伴屍首掛在村外，那些妖怪不懂得害怕嗎？」

李訥仁問：「我看村口的好像是《西山經》記載的人面鴞？」

「沒錯，該鳥人面雉身又是犬尾，專為人類帶來旱災，香港再經不起另一場災難了。」

李訥仁的叔父便拿著長矛提出：「就由我帶十個村民再去狩獵妖鳥吧！吸收了上次經驗，這回我們一小時內必定將牠剝皮拆骨！」

「一小時喔。」蘇梓我說：「要是我的話，一分鐘就能收拾完。」

「喂小子，這不是說笑啊，你還沒見識過妖鳥的威力吧？」

「哇哈哈哈，是你們還沒見識過本英雄的威力！」蘇梓我一邊拍手，一邊走到屋外叫嚷，引來其他村民圍觀。

利雅言同樣追了出去，並對蘇梓我耳語：「你只在車上小睡一會兒，還沒有足夠魔力應付——」

但蘇梓我趁機吻她，笑道：「利學姊就是我魔力的泉源嘛。」

利雅言不知該哭該笑，但妖怪不等人，李氏祠堂上空有黑影盤旋；妖鳥全身插滿亂羽卻擁有醜陋人臉，一雙粗壯禽腿連著巨大利爪，不協調的外表讓人覺得噁心。

但人面鴞的翼寬比禿鷹長一倍，尖叫拍翼能颳起大風，吹得村民個個神色慌張，李訥仁的伯父連忙召集壯丁準備迎戰；此時另一黑影從地躍起，蘇梓我張著一雙黑翼便飛往妖鳥，雙方頓時在空中形成對峙之勢。

「那個人竟然飛起來了？」

「對手是妖怪，我們砸爛了好幾把鐵矛才把村口的怪鳥殺死，他真有辦法嗎？」

地上議論紛紛，天上人面鴞則高聲啼叫威嚇蘇梓我，腳下利爪亦準備衝向他頭頂。但他隨手召來鐮刀，刃上散發黑色魔瘴，竟嚇得妖鳥噤聲，甚至鼓翼掉頭飛走。

蘇梓我見狀連忙追上，卻頓感頭痛——黑翼羽化消失，蘇梓我便掉往李氏祠堂的屋頂，就在快要撞到祠堂之際，他卻憑空消失了。

「是轉移術，」利雅言緊張大喊：「加油，只剩幾隻而已！」

但蘇梓我已視力模糊，眼前一黑，朦朧間捕捉到空中浮影，便橫手揮去——

天空霎時落下血雨。

一眾村民目瞪口呆，愣愣看著蘇梓我抱著染血妖鳥緩緩降下，再把妖鳥丟到地上，高聲笑道：「看吧！你們現在應當相信我就是來拯救你們的英雄！」蘇梓我對著利雅言大笑，也望向孔穎君大笑。

現場一片嘩然，自從正教登陸以來都沒看過如此神奇，卻又大快人心之事。果然這人是真英雄。

李爺爺亦向蘇梓我道歉：「剛才我還懷疑你的能力，但現在我能用老命保證，你是來解放我們村民的英雄，也是我們的客人。李氏圍又豈會怠慢客人呢！你們儘管住在這裡吧，教會的人無法找到上門的。」

「不只這樣。」蘇梓我得寸進尺，扠腰續道：「我是來推翻正教的，你們應該要助本英雄一臂之力，事成後肯定不會待虧待這村子的人。」

「小兄弟不但實力非凡，而且膽色過人。」李爺爺不禁放聲大笑，他並不討厭蘇梓我，反而挺欣賞他。「看來『聖火六約』要重現江湖了。」

15

香港開埠初期，傳教士在聖火山上興建教堂引起當地原居民的強烈不滿，認為他們破壞風水，於是結集山下六個地區共八圍十村共同對抗教會，是為「聖火六約」。

畢竟圍村的祠堂供奉列祖列宗，他們擁有自己的風俗，抗拒聖教，甚至與教會爆發衝突互有傷亡。最後利家出面調停，聖教承諾尊重圍村傳統文化，圍村居民才停止抗爭，但仍保留聖火六約的故事以警惕後人不能向教會屈服。

如今正教會比起當時變本加厲，開挖黃泉、污染祖先留下來的土地，李爺爺沒多想就答應聯絡聖火六約，決意與蘇梓我一同守護自己的家。

然而他們的行動很快就傳到正教會的耳裡。

「那小子得到當地居民支持，一定在策劃暴動。他們都有著反教會的基因。」

對岸的香港島上，兼任香港首席樞機騎士的郭漢在座堂內喃喃自語：「雖然他籠絡地方勢力屬意料之事，但也不能讓他得寸進尺。」他想想隨即命令部下：「你立即聯絡梵蒂岡，要求他們挾制姓蘇的，別搗亂我們計畫。」

於是蘇梓我的動向全部都在聖教和正教的掌握之內，一樁不為人知的交易正在底下蠢蠢欲動著。

◇

香港島上的聖母聖心主教座堂，原屬潘主教的牧徽已被拆除，連同座堂名稱亦更改為「中華諸聖主教座堂」。

畢竟在第一次教會分裂之後，聖教會保有三位一體中的聖子、聖靈，而聖父則落入正教手中。因此正教為捍衛自己的正當性，便試圖從宗教角度貶低聖子聖靈，極力主張聖父超然於其他兩個神格。

其中論點包括認定聖母並非聖母，乃是凡人，這樣由凡人所生的聖子便因而失去幾分神聖。另外還有導致教會分裂的「和子說問題」，正教一方主張聖靈只是源自聖父，而聖教堅持聖靈源自聖父和聖子，其實背後動機亦是相同。

總之聖教主張的東西都加以批評，什麼聖母擁有無玷聖心、無染原罪，正教都一一否定；把座堂內的聖母像移走，取而代之的是豎立在鐘樓樓頂的正教騎士團旗幟，代表香港教區暫時由正教騎士團接管。

中國正教會根本沒有派遣主教管理香港的打算，他們佔領香港教區目的只有一個，就是為了原初聖器。這也是郭漢現時收到的最高指令。

可是兩個月前，蘇梓我請求彼列公爵增援殺掉不少正教士，弄得黃泉挖掘的進度比預期慢，郭漢對蘇梓我更是恨之入骨。

幸好今天終於傳來好消息，就在蘇梓我努力籠絡聖火六約之際，正教會已在聖火山坑洞內偵測到原初神器的波長，果然神器沉沒在該黃泉泉脈之中。如此一來，在分析波長源頭找出確切位置後，入手神器也是指日可待。

華夏文明的原初神器遭遇與愛琴文明的很不一樣，奧林帕斯的閃電火與宙斯一同陪葬，但華夏文明的神器卻是孤獨地被遺留在黃泉泉底。當然以上一切皆有原因。

想到快將成功，郭漢在書房內撰寫報告時暗自笑道：「還好趕在開戰前獲得原初神器的位置，不然就要跟聖教會正面交鋒了。雖然聖教自認為凌駕於神之上，從不重視原初神器，但羅馬教廷為顧及面子，肯定會不惜一切奪回香港。我可不想為了這鬼地方在戰場上廝殺呢。」

郭漢確實沒說錯，如今香港了無生氣，只有百鬼夜行，確實已成鬼魅橫行之地；天空布滿魔瘴，活像半個魔界。因此只要從香港掘出神器，此地對正教來說根本毫無意義。

「不對，回收神器後香港教區還有一個用途。」郭漢心道：聖教的安東尼也不如傳聞中那樣光明正大呢，居然提出以蘇梓我作為交換條件，以換取正教無條件撤退。但互取所需，正教也沒理由拒絕。

聖殿騎士第一統帥安東尼將軍是庇護十三世最信任的心腹，這筆交易等同羅馬教宗親自允諾，甚至很可能是由聖座親口提議。郭漢擱筆笑道：「再過幾天，正教就能一次回收兩件神聖之物，屆時我也能脫離這片荒涼之地。」

回收原初神器之日就是蘇梓我遭到出賣之時，郭漢的笑聲在書房內不斷迴響，此時蘇梓我仍對此全然不知。

16

兩日後，李爺爺成功遊說聖火六約的各村代表來到李氏祠堂，聚首商議反抗正教事宜。參與會議的還有利雅言，她以聖教助祭的身分，向六約代表解說聖教反攻香港的計畫。

「只要能削弱正教信仰，聖教會的海軍就能減輕傷亡搶灘登陸，包圍正教座堂。」

利雅言一身神聖的氣場，在場老人個個都聽得入神，彷彿明天就能把正教驅逐離開，明明聖教的艦隊還在二千公里之外。

利雅言續道：「所以我希望借聖火六約的勢力，在正式開戰前散播批評正教的言論，甚至舉辦異教色彩的活動例如打大醮、做神功戲，總之想盡方法打擊正教信仰。當然此舉可能會引起正教騎士反擊，可能會發生衝突……」

「祭司小姐妳說什麼呢！」一位六約代表豪氣地說：「我們全村都已做好戰爭的準備，假如正教那些混蛋敢入村，我們就要他們橫著離開！」

利雅言笑道：「閣下這番話實在讓人熱血沸騰。事實上我們也要準備在開戰當日跟正教決戰——」

另一位代表摩拳擦掌回應：「物資籌集就交給我們這村吧！糧食、武器什麼都有！」

原來在若無其事的態度下，一眾居民早已累積太多對正教的不滿，等待時機一到一併發洩出來。蘇梓我在旁看著，覺得交給利雅言打點就好，他不適合這些麻煩的會議。

但自己現在能做什麼？蘇梓我坐在客房木椅上，恰巧李訥仁急步路經，似乎心事重重。蘇梓我對他說：「班長你這次也算立了功，只要成功推翻正教，我就是香港教區的新主教，那時我就賜你一官半職吧，哈哈。」

「謝謝你的好意。」李訥仁答：「不過你現在應該很苦惱為何正教執意開挖黃泉才對……聽說與那個原初神器有關？」

蘇梓我驚訝。「你在說什麼啊？」

「我說同學，黃泉不是與魔界相鄰嗎？不如你回去魔界打聽一下消息，也許對攻略正教會有幫助……」

蘇梓我皺眉反問：「怎麼你會知道我接下來想要做的事？」

「呃、那個啊，英雄所見略同嘛，哈哈。」李訥仁大力拍打蘇梓我肩膀。「既然這樣蘇同學你就別管我了，你要加油，要比正教會更先找到原初神器。」

「這樣的話只有我是英雄啊。不過看你終於知道本英雄的魅力，我就接納你的意見去魔界一趟吧。」

雖然李訥仁表現古怪，但他說的不無道理，蘇梓我便跟利雅言與孔穎君暫且道別。

「還有一件事想拜託利學姊。」臨別前蘇梓我對她說：「可以的話也盡量打聽一下孔家和杜家的下落，如果能把她們父母接回來就最好。」

「明白了，蘇同學在魔界也要小心行事，雖然你應該也聽不進去。」

「嘿嘿，等我的好消息吧。」

語畢，蘇梓我在屋外施展魔空間回歸，隻身前往魔界。此行目的是要找鬼族打聽黃泉，但在此之前他要先約見一個熟識的惡魔。

「彼列！我知道你又在城堡午睡啦！給我出來，我有重要事情找你幫忙！」

轉眼間蘇梓我已來到撒馬利亞，並闖進城堡大堂高聲叫囂，如入無人之境。大概彼列公爵早料到蘇梓我會前來求助，所以未見守衛出面制止。

——本王可是在老地方等著呢。

優雅的聲音在大堂迴響，蘇梓我認出那是彼列公爵，便動身前往那個豪華會客室；憑藉記憶走到目的地，見彼列公爵早已安坐在火爐前，優雅地品嚐紅茶。

◇

「蘇梓我先生，請隨便坐。」

「你這個富二代，每次見你都在喝茶吃甜點啊。」

「呵呵，本王可是彼列九世，不是富二代呢。」

蘇梓我沒心情跟對方開玩笑，單刀直入地問：「你一早知道我會來？」

「本王乃統領全魔界三分之一惡魔的大公，在現世廣布線眼，對蘇先生你的一舉一動自然瞭如指掌，更何況現在香港已成了半個魔界呢。」彼列公爵用手帕抹抹嘴，續道：「而且我們是重要的盟友，當你需要幫忙的時本王自然會盡量幫忙。」

「那就吩咐你的士兵退下，我要到魔界深淵見萬鬼之母。」

回想初次蘇梓我要找萬鬼之母是想討伐羅剎惡鬼，不過當時通往魔界深淵的地洞都被彼列公爵的軍隊封鎖了。

「看樣子你幾乎肯定黃泉內有原初神器呢。雖然當面質問萬鬼之母是最快的方法，但自古以來，除了撒旦大人能闖進深淵跟萬鬼之母交涉，再沒有人可以從鬼界裡活著回來。」彼列公爵再次確認：「蘇先生你有考慮清楚嗎？」

「不用多費唇舌了，趕快給我開路啦。」

「假如你心意已決，我便傳達手下為你放行。不過你要記住，由你踏進鬼門關開始，所做一切都與魔界無關，沒有人能救你，無論遇上什麼危險都只能靠自己解決。」

「哼，我也不稀罕你這娘娘腔幫忙。」

彼列冷笑數聲，然後輕輕揚手，蘇梓我頓時便被拋到城堡門外毫無先兆。這就是彼列公爵的實力嗎？

蘇梓我氣憤心道：不過是耍花招罷了。要是我得到原初神器，什麼公爵母爵肯定都不是我的對手！

他下定決心後，便趕緊向著魔界郊外的深淵前進。

17

鬼族——那是人類、天神、惡魔以外第四個智慧種族，也是最為神祕的種族。每當人類死後，他們的靈魂都會回歸「世界」被淨化；可是部分戴罪靈魂會被萬鬼之母攔截，並在她子宮內沾上原罪而重生為鬼。

用大自然來比喻的話，萬鬼之母好比蜂后、蟻后，在魔界的深淵不斷生產惡鬼，並將惡鬼送往常世——即是鬼界與現世之間的交界，根據不同文明而被賦予不一樣的名稱。有些民族稱呼常世為「冥界」，有些則叫「地獄」，而中國正教會就把常世喚作「黃泉」。

常世與現世就像一幅世界地圖卻有正反兩面：正面是我們熟識的地圖，七大洲五大洋；背面則是另一幅陰曹地圖，同樣有地府冥海，而處於冥海最中心的就是萬鬼之母。

有萬鬼之母才有鬼族，其他小鬼多數不過是工蟻、工蜂，缺乏智慧，也無法回應蘇梓我的問題。

「請問你是蘇梓我先生嗎？」撒馬利亞城外，一個穿盔甲的牛頭惡魔在地洞前詢問蘇梓我。

「嗯，彼列公爵應該有交代過吧？」

「是的。」牛頭惡魔明明外表凶悍，此時卻縮成一團。「雖然小人不清楚你為何要前往鬼界，但希望先生假如有幸見到萬鬼之母，千萬不要觸怒她……」

蘇梓我確切感受到魔界上下不論各種階級，都很害怕萬鬼之母，只好敷衍牛頭惡魔：「我可是一位紳士，會善待任何女性。」

接著他瞥到哨台附近插了幾根火炬，便打算向牛頭惡魔借來一用。

「不，魔界深淵充滿瘴氣，沒有任何東西能夠存活，包括火焰。」牛頭惡魔終年駐守鬼界坑洞所以很清楚。「每潛進地底一步，瘴氣就會濃重百倍；歷來只有撒旦大人能承受得住瘴氣，潛到盡頭探訪萬鬼之母，蘇先生請你好自為之。」

牛頭惡魔返回哨台站崗，此時地洞剛好又冒出一群餓鬼尖叫飛往天空，形成一條漆黑的擎天柱，氣勢磅礡嚇人。

蘇梓我深吸一口氣，故作輕鬆道：「那個萬鬼之母無時無刻都在生產，是有那麼淫亂嗎？讓我去會一會她好了。」

說畢，蘇梓我小心翼翼走近坑洞口，並伸腳往內慢慢爬進去——

五官頓時結冰，周圍景物瞬間褪色，只見黑白的牛頭惡魔哭喪著臉，嘴巴張闔，卻聽不見任何聲音。而且一陣寒意從腳尖佔據全身神經，蘇梓我頭痛莫名，失去平衡，雙手抓了個空——接著天旋地轉，他已掉進鬼穴裡，嚇得牛頭惡魔目瞪口呆。

「是被鬼界吸走了嗎？真是不自量力的人類。」

當然牛頭惡魔的話已無法傳到蘇梓我耳中。

事實上掉進鬼穴的蘇梓我，所有感官知覺都消失了，就連手腳都好像被扯斷般，身軀支離破碎；只有意識在靈魂的海洋中載浮載沉，漫無目的地飄浮……但為何這種感覺似曾相識？

在靈魂海洋飄浮了不知多少時間，蘇梓我居然記起自己被羅剎惡鬼殺過一次，那時因而見過萬鬼之母。也許，蘇梓我第一時間想到要向萬鬼之母求助並非偶然，而是潛意識的驅使。

只有死人能夠進入鬼域，回過神來，蘇梓我發現自己已被淒怨的慟哭聲包圍，同時又有無數鬼魂撲面而來，穿透自己的軀體。蘇梓我不期然地提起右手擋臉，卻見自己手背上的獸印放出紅光，魔力源源不絕包圍全身——

蘇梓我大概不知道，要不是有獸名印記在保護自己，他的靈魂早已被活生生撕離身體，那時他就會變成孤魂野鬼。

——你終於甦醒過來了嗎？

一道成熟女性的聲音，縱然蘇梓我已經恢復知覺，但上下左右依舊是一片漆黑。蘇梓我只隱約感覺到前方有人，而且這女聲蘇梓我感到很親切，立刻明白對方就是要找的人。

「萬鬼之母。」

一句禁語，使得周遭鬼魂全部安靜下來。萬鬼之母回應：「很高興你記得妾身的聲音。但你為什麼又回來這裡呢？難道你不怕死嗎？」

「本英雄是不會死的。而且我無論如何都要打贏正教會，君姊受辱的仇一定要報，夕嵐的家人一定要救，雅言的願望也一定要替她實現。」

「既然你的敵人是正教會，跟妾身又有何相干？」

「正教使役大量奴隸挖掘黃泉，身為鬼界母親，妳一定知道他們有什麼目的吧？到底是否有原初神器落入黃泉之中？」

但萬鬼之母沒有正面回覆：「東方地大物博，人多鬼多，唯有將諸鬼安置在黃泉海中，並以神器鎮之方能保全。假如妾身告訴了你，神器一旦取走會導致氾濫成災，無數鬼族湧到現世，首當其衝的就是香港，而且無法挽回。這樣，你還會選擇帶走原初神器？」

拿走原初神器牽連甚廣，這是蘇梓我始料未及的。到底是什麼法寶如此重要？蘇梓我靜默思考了數秒。

◇

鬼界的幾小時，現世卻已過了數天。蘇梓我的消失讓利雅言和孔穎君都非常擔心，可是難得成功遊說聖火六約助陣，為免打擊士氣利雅言只好隱瞞此事，暫時以聖教助祭的身分與聖火六約的代表交涉。

「但蘇同學到底到哪裡去了？」晚上利雅言獨自在房內苦思，這幾天根本睡不著。「蘇同學不會一言不發就離開，不可能在魔界出了意外，不可能……」

沒有蘇梓我，她們也等於跟娜瑪那邊失去聯絡，搞得像被聖教遺棄在香港教區般。長此下去，聖火六約早晚會起疑心而動搖，那麼蘇梓我之前的工夫全都白費，同時聖教收回香港的機會亦變得渺茫。

——叩叩叩。

「請問是誰？」利雅言問，跟著門後傳來一道男聲：

「只是想通知利小姐，剛才有村民發現正教的大人物親自指揮數百騎士，押送大批平民夜登聖火山。請問祭司大人我們應該怎麼辦？」

利雅言心想：情況有點危急啊……正教突然有軍隊異動，說不定他們快要把原初神器挖掘出來。而且押送大批平民上山，當中可能包括孔老師和杜同學的家人，這下不做點什麼事，我如何對蘇同學交代？

於是她深吸一口氣，指示房外的村民：「今晚可能會有大事發生，請一半村民留守通宵，隨時候命。」

「這樣啊，我明白了。」

門後的村民離開，但利雅言從對方語氣聽得出已有動搖，失去最初要驅逐正教的氣勢。她唯有雙手合十，緊握聖女像低頭禱告：「蘇同學，你究竟在哪裡呢……」

18

「別磨磨蹭蹭的，趕快走！」

數以百計的聖教罪人被迫列隊前往聖火山，打破夜晚的寂靜，包括正教副將的抽鞭威嚇：「今晚是最重要的時刻，只要成功，你們全部人都可以獲得自由；反之，如果有什麼差錯，則當場格殺勿論！明白的話繼續給我走！」

教會經常比喻信徒是羔羊，聖職者則是牧羊人；但此刻這正教副將比較像是頭凶猛的獅子，不斷在旁恐嚇羔羊前行。

羊群之中有位老婦，她輕聲催促丈夫：「穎君父親，我們還是快點走吧……」

原來是孔穎君的父母，他們與其他年長的信徒被編排在同一組，負責前往最前線誦經、鎮壓鬼魂。

孔父像是早有覺悟，堅定地牽著妻子的手，默默跟隨大隊登山。

◇

半小時後，孔氏夫婦與其他聖徒一同抵達聖火書院，並依照副將指示走進後山山洞。山洞內早已鬼影幢幢，大概是黃泉泉脈被挖得太深，現世與鬼世之間的界線開始模糊不清。

「啊啊啊！」

突然有人在洞內尖叫，原來是一位新來的信徒看見有個白色靈體被活埋在洞壁裡哭泣，滿臉腐爛，嚇得那男信徒當場暈倒。

但接著，副將竟毫不猶豫就用長槍刺下去，倒地男子血濺當場。副將踏在屍首上，警告眾人：「你們的職責就是要制止鬼魂逃出黃泉，正教不會收容無用的廢物！」

屍骸馬上被騎士抬到坑道一室，這樣看來，山洞陰氣沉重不僅是開挖黃泉之故，還有大量聖徒屍骨隨便堆疊在洞穴裡的關係。

「各位請鎮定，請想像如今情況都是聖主給我們的考驗罷了。」人群中孔母冷靜地說：「一切遭遇都是神的安排，我們不能放棄希望，只要熬過眼前考驗，救贖就會來臨！」

可是人們才剛親眼目睹有人死在面前，而且正教會依然控制著香港教區，把舊聖徒當作奴隸使喚，這讓其他人怎麼安心？

「她說得沒錯。」另一位勇敢的婦人站出來附和：「數個月前我還只能坐著輪椅的，但現在我連拐杖都不需要了。只要相信主的力量，什麼惡鬼都不用怕。」

附和的人正是杜夕嵐的母親，她與羅剎惡鬼共處多年，因此面對黃泉鬼魂毫無懼色。

而孔氏夫婦與蘇梓我的父母認識多年，對於教會真相也是略知一二，因此他們與杜母初次見面便十分投契。

副將見孔氏夫婦與杜母安慰眾人，雖說這對正教使役他們百利而無一害，卻仍心中嘲笑：居然死到臨頭還對自己的神深信不疑，實在可笑。

其實無論聖教或正教，聖品越是高級，越是清楚歷史的事實，他們就越看不起所謂的神。這位在場監工的副將也是如此，打從心底內瞧不起聖主，以及那些盲目信主的教徒。

「不過那些垃圾懂得安分守己最好。」

於是副將繼續在旁斥喝，眾人在洞內走了十分鐘，終於抵達目的地黃泉口——是個寬敞的地下空洞，早已有百人坐在洞內誦經；面前有暗黃色的地底湖，無數氣泡升到湖面爆破，釋出黑色瘴氣，伴隨濃烈臭氣；即使洞內每個角落都裝上無數燈管，依然無法照亮此地。

這時郭漢終於現身，笑容滿面地向副將問話：「本帥來到香港就是等待這一刻，還要多久才能把神器打撈上來？」

「很、很快了！」副將馬上命人安排新來的聖徒就位誦經，另一邊廂負責用魔法打撈神器的魔法隊亦準備就緒。「報告郭帥，這次萬無一失，可以隨時行動！」

「哈哈，做得好。」郭漢坐到貴賓席上，交叉手臂等著看戲。

副將大聲傳令：「魔法一班、魔法二班，開始詠唱！三班四班準備支援！」

正教眾人一聲「領命！」，四班魔法隊一同念咒，咒語在洞內迴響與鬼聲相和應。

「罪人班！你們要加大力度祈福，遏止厲鬼逃逸！」

包括孔氏夫婦和杜母在內的聖教罪人團，他們被安排坐到黃泉口前，假如黃泉決堤，肯定是第一批遭殃的人。因此罪人們都努力誦經，以免被冤魂索命。

「其餘騎士各就各位，以應付任何突發情況。」副將下達完所有指令後便回到郭漢身邊，聽候差遣。

於是，在正教術士與聖教罪人一同誦經之下，山洞內風雨欲來，猶如奏起一曲惡魔的大合唱；黃泉口的湖水兀然湧現一個直徑超過數十尺的巨大旋渦！

整個空間都在搖晃，魔法一班見狀立即列隊排成方陣，數十人一同高舉雙掌，召喚出一隻魔法巨手直插旋渦之中。

現場氣氛緊張，眾人加快誦經速度，黃泉巨浪不斷拍打洞壁。巨手潛進九泉之下攪拌打撈，不過數分鐘，卻好像過了數小時之久。郭漢屏息靜氣，最後終於傳來了好消息——

魔法一班的小隊長興奮大叫：「捉到了！魔法一班在黃泉B21泉脈成功捕獲原初神器！」

「幹得好！」郭漢站起命令：「快把神器撈起來，這是正教的勝利、正義的勝利！」

不料魔法一班又感到怪異。「報告郭帥！神器好像被外力固定在黃泉底部，請確認是否要強行拿出。」

「多餘的問題，黃泉氾濫是意料中的事，只要把帶來的奴隸餵給餓鬼就好。」

聽見郭漢的話，一眾正在誦經的聖教徒顯得驚惶失色，紛紛想掉頭逃跑。可是守在洞口的是全副武裝的正教騎士，剛剛又一刀把逃走的人當頭砍死，根本沒有退路。

「大家冷靜下來！」在慌亂的人群之中，杜母大聲安撫：「正是如此危難關頭，我們更不能放棄希望！我們誦經是歌頌聖教的神，聖主肯定會保佑我們！」

但這種精神論真的有效嗎？忽然洞內一聲巨響，巨大拳頭從黃泉水中衝了出來，在擊起千層巨浪的同時亦放出猛鬼來襲——

當場有幾個聖教徒被餓鬼活生生吞掉，郭漢見狀卻非常興奮，因為神器終於入手了！那就是傳說中夏禹王用來治理洪水的定海神針！

19

「來吧！」郭漢展開雙臂說：「你們快把定海神針送來這邊。快！」

現場一片混亂，黃泉惡鬼陸續爬到岸上吃人，首當其衝當然是被迫擋在黃泉口誦經的聖教徒。他們手無寸鐵，陸陸續續被洪水捲走，大概撐不了多久，因此郭漢才很焦急，希望盡早帶走神器，接著把整座山洞封印就好。

可是事與願違，從黃泉伸出來的巨手奇怪地靜止不動，只握緊拳頭朝天，遲遲未放開神器。郭漢忍不住罵向魔法班：「你們這群雜碎，還不把巨手放開！」

「報、報告郭帥大人，請再給我們多點時間。不知為何我們控制不了巨手，現正在極力念咒恢復……！」

此時巨手突然開始有反應。拳頭內綻放奪目光芒，手指頭一根一根地放開——或者該說是從裡面被撬開！巨手手指成詭異角度向外彎折，像彼岸花般盛開，而巨掌上居然站著一個手執棍棒的人影。

人影伸懶腰質問：「這趟便車真不舒服，是誰將本大爺撈上來的？」

杜母抬頭看見驚道：「那個人不就是……」

孔氏夫婦也自然同樣認得此人。「是梓我啊！」

蘇梓我聽見熟識聲音便探頭往下望，暗自道：「那些人當中好像有些很面熟？」

說時遲那時快，黃泉突然翻起大浪直撲孔氏夫婦等人，蘇梓我馬上揮動手上棍棒，好像樂團指揮家般使洪水改向，反把另一邊的正教騎士團捲走一半。

蘇梓我洋洋得意道：「原來如此，這就是大禹治水的作弊神器！」

世界各地都有大洪水的傳說，正如聖經裡的大洪水用諾亞方舟保住人類，華夏傳說則是夏禹王借助神力治理洪水。大禹治水有功，因此獲得帝舜禪讓，開啟夏朝的文明，亦即是華夏文明的「夏」。

但夏禹王其實並非凡人，他能化蛟龍日行千里，亦能變身成巨熊開山劈石、修築河道。縱使「世界」送給夏禹王的神器名為定海神針，但說到底這也是巨神的針，這「針」蘇梓我拿起時比他身長還高出一倍。

但定海神針的威力無容置疑。以純魔法礦製成的這把原初神器能任意操縱水元素，眼下又一道洪水撲向聖教徒群，於是蘇梓我揮動指揮棒般，輕輕一撥就藉這道洪水捲走正教的魔法班，短短半分鐘內，黃泉口的正教軍隊已被吞噬一半以上。

郭漢見狀驚道：「這比起摩西之杖還要厲害數十倍……但為什麼又是他？為什麼！」

一旁副將則連忙說：「郭帥大人，請下達命令撤退！如此下去我們會全軍覆沒的！」

「胡說！無論如何你們都要從那小子手上把定海神針搶回來。」郭漢面上青筋暴現，非常不甘心。

「可這裡是黃泉口，對方手上又有定海神針，此地實在不宜開戰，至少我們把他引回陸地再整頓人馬……」

郭漢怒不可遏，握緊拳頭想揍打副將，卻在出手前一刻忍住，面容扭曲突然大叫起來，猛地拍打副將肩膀說：「你說得對，留下來的人全部都得死，你不想死就跟我走！」

郭漢似乎心生一計，此計不惜犧牲所有人，只要保住自己、殺死蘇梓我就好。他掉頭就跑，沒理會身後的部下已經潰不成軍，爭相亡命卻擠在坑道瓶頸動彈不得，只能踏著人頭走，卻又被蘇梓我揮舞洪水捲去！

黃泉水不斷繞過聖教徒、吞沒正教騎士，接著如紅海般分隔成兩條大河，左右繞過罪人班返回黃泉湖中，看得聖教徒嘖嘖稱奇。

「聖主顯靈了！海神顯靈了！」聖教徒紛紛跪下膜拜蘇梓我，使蘇梓我獲得信仰力，神力頓時大增。

「哇哈哈哈，正教的傢伙受死吧！」

於是蘇梓我從巨手躍下追擊正教的殘兵敗將，只見一白銀棍棒在騎士中間穿梭毆敵，一騎當千，然而已找不到郭漢的身影。

「好像有人夾著尾巴逃走了呢。」

地底洞穴內只剩下一群跪拜蘇梓我的聖教徒，當中的杜母跑來說：「果然是恩人！這回又被你救了。」她高興地緊握蘇我的手道謝，畢竟他曾救過杜晞陽，又治好過自己雙腿。

「妳……好像很面熟啊？」

「我是夕嵐和晞陽的媽媽啊。」杜母又問：「話說我家兩個小孩沒跟你在一起嗎？」

「哦，夕嵐的話她正在另一個安全的地方，不用擔心。她的小弟也在一起。」

孔氏夫婦這時也高興地走來。「原來大家都認識啊。」

「原來是隔壁的那對老傢伙。」蘇梓我說：「君姊也被我接走了，等等帶你們去見她吧。」

「原來穎君跟你在一起，這樣我們就放心——」孔父說到一半突然嗅到異味，問道：「這燒焦的氣味是？」

蘇梓我面色一沉。「肯定是正教那些混蛋在坑洞口放火，想把我們活活困住燒死！」

這時一名身負重傷的正教騎士在地上掙扎道：「不……我還不想死……但郭帥大人肯定會把坑洞封住將我們活埋此地……坑道早已埋下大量炸藥……」

語音未落，坑道內頓時發生連環爆炸！爆風掃過的事物都被震得東倒西歪，洞內大小碎石落個不停。

「居然如此卑鄙。」蘇梓我瞧見現場還有近百名聖教徒，要帶他們逃走只能放手一搏了。「不想死的馬上抱緊身邊的人，不要放手！我沒有時間解釋，總之所有人都抱在一起，有誰落下我也不管了！」

眾人已把蘇梓我奉若神明，自然連忙紛紛動作。

蘇梓我要賭的是他的轉移魔法，但這次需要轉移近百人，正常來說肯定不可行。不過如今他有原初神器在手，只能在這神器的力量上賭一把了。

蘇梓我左手舉起定海神針，右手高舉乾坤球，同時印戒吸收使魔的魔力——三件神聖之物同時發光，但魔力還不足以讓蘇梓我送走洞內百人。

「啊啊啊！」他喊得聲嘶力竭，就連聖痕獸印的力量也一併借來，頓時爆出無可匹敵的魔力！地動山搖，緊接一道強光，蘇梓我竟與其他聖教徒都一同憑空消失。

——蘇同學！

轉眼間，蘇梓我等百人都轉移到李氏圍村的空地上，因人數眾多，轉移魔法出現了些許偏差，所有人在離地兩尺高處掉下，疊羅漢般地堆到地上。

利雅言當天深夜突然有奇怪的預感，離開房間走到屋外空地，正好目睹一場「人雨」落在面前，不禁嚇了一跳。

「蘇同學，你沒事吧？」利雅言連忙跑過去蹲下慰問。

「可惡的正教想活埋本英雄，門都沒……有。」

蘇梓我話未說完便隨即倒下，果然已是筋疲力竭，利雅言想扶他休息，卻遭拒絕。

「還不行，此時正教的主謀應該還在山上，這是千載難逢的機會，一定要趁今晚擒下那傢伙，提早結束這場戰爭……」

「但你現在身體這麼虛弱，再逞強的話肯定支撐不住。」

「只要不讓對方知道我的魔力耗光就好。」

——報告！

有村民跑來大喊：「村外周圍出現大量妖怪，隨黃泥水擠滿了街道！」

蘇梓我嘴角上揚。「是萬鬼之母把她的手下放出來了。」

「萬鬼之母？」利雅言驚問：「蘇同學你這幾天在魔界做了什麼？」

20

「萬鬼之母，我已經決定了。就算取走定海神針會使黃泉氾濫，甚至鬼族橫行，我也一定要這麼做。」

「為什麼？你把鎮海之寶拿走，換來的可是很大的罪孽。香港這彈丸之地至少會有兩成的陸地被黃泉淹沒，尤其沿海人口密集，肯定是生靈塗炭。」

「與其落入正教手中，解放黃泉的罪就由本大爺承擔吧。」蘇梓我神氣地說：「正教其實根本不管香港死活，但我不能眼睜睜看著香港的女生們出事，身為英雄，我一定要把她們救出洪水之中！」

以上是不久前蘇梓我與萬鬼之母在魔界深淵的對話。雖說萬鬼之母貴為鬼族之長，就連鬼神都要忌她三分，但面對毫無懼色、亂說話的蘇梓我，萬鬼之母反倒相當感興趣，便問他有何方法解決日後的大洪水。

蘇梓我回答：「大禹都能治水，本大爺也來一次『大我治水』好了。」

「是這樣呢。」縱使漆黑中看不見萬鬼之母的面容，但聽她語氣似乎十分滿意。「既然你答應了治水，妾身就送你一程吧。」

鬼界畢竟是萬鬼之母的地盤，語音未落，蘇梓我的靈魂就被送往黃泉底，搶先正教一步拔出定海神針。

——治水之後，我們再見。

◇

時間回到現在，聖火後山的坑洞外，正教殘兵正引爆炸藥堵住洞口，同時魔法班用魔法偵測，結果顯示山洞內再無活口。

「報告郭帥大人，坑洞內已無生命跡象。」

郭漢聽見副將的報告後總算鬆了口氣，開懷笑道：「那小子始終敵不過本帥啊！可惜無法親眼看他死，等等打開山洞回收神器後，順便把那小子的屍體拖出來吧。」

「遵命。」副將隨即命令部下測量神器位置，並計劃如何在黃泉氾濫之前把定海神針拿到手。

此時魔法班已經死了超過半數，士氣低落，但依舊不能違抗指令，因為大家都知道郭漢的脾性。他們在洞外布陣，花了十數分鐘，卻沒有在坑洞內偵測到原初神器的波長。

「咦？」魔法班的小隊長大吃一驚，卻不敢說出實情。

郭漢見狀逼問：「結果如何？你再吞吞吐吐，別怪本帥心狠手辣。」

「稟告郭帥大人，小的偵測到跟定海神針一模一樣的波長，但相當微弱，而且並非從坑洞內產生，是來自山下西邊的民居一帶……」

「你是說，定海神針不在坑內？」郭漢咬牙切齒，馬上命令副將取出地圖，發現釋放神器波長的位置竟是李氏圍村！那個地方郭漢心裡有數，於是面色一沉，良久沒有說話。

副將戰戰兢兢問：「需要再次召集兵馬圍剿異教徒嗎？」

郭漢搖頭。「先撤退回座堂，今天行動已經結束。」

郭漢沒打算執著於此，立刻命令軍隊重整旗鼓下山。這是他長期征戰沙場的直覺，而在下山途中，果然接到斥候報告的壞消息。

「山上多處積水，超過一半的山路都被洪水淹沒，現在摸黑下山恐怕會有危險。」

「什麼？水往下流，但山上坑洞已經封死，黃泉水是有人故意引上山的，你們當心——」

語音未落，泥濘餓鬼破土而出！一時間，山上樹叢魔影縱橫、邪怪嚎叫，四周鬼氣森森，郭漢馬上號令部下迎戰。

◇

同一時間，李氏圍村的廣場聚集了百人，站在中央的蘇梓我指揮道：

「你們聽好了，普通積水會滋生蚊蟲，黃泉積水可是會招來妖鬼聚居。假如發現哪裡有古怪積水就立即通知我過去處理。」

村民們不解。「真的有必要在深夜總動員、清理污水嗎？」

「嘿嘿，清理後會有神祕禮物等著呢。」

此時，一名村民連滾帶爬地跑來，蘇梓我見狀便問：「怎麼了？」

「村、村口的空地變成了水塘……忽然湧出一堆妖怪、救命啊！」

「冷靜，那些鬼怪只不過長得醜了點，你沒我英俊我都沒有歧視你對不對？」

村民愣住。「那……蘇先生的意思是？」

「我去跟那些妖鬼談判。」

於是蘇梓我與利雅言還有數十壯丁一同來到村口，眼見數十隻單眼單腳鬼在水窪上跳來跳去，準備跳向蘇梓我施爪——

「哇，真醜。」

蘇梓我一拳就將小鬼族打飛，一旁的利雅言問：「蘇同學你有什麼打算？」

蘇梓我答：「我跟萬鬼之母有個協議。拿走鎮壓黃泉的神器，將會無可避免帶來惡鬼，但萬鬼之母會盡量篩選比較友善有文明的到地上生活。有鑑於近日古神與惡魔都登上了現世舞台，萬鬼之母也希望鬼族能來香港交流；天使、天神、古神、惡魔、惡鬼、人類都聚首一堂，可能這才是世界本來的面貌吧。」

「這樣豈不是天下大亂？」

「鬼族也沒有什麼可怕的。雖然鬼族由八種邪念混合而成，但那些『罪名』本來也不是十惡不赦的東西，像惡魔族也不是蠻不講理——」

「吼！」

又一隻單眼鬼躍向蘇梓我打斷對話，蘇梓我連忙扔出三個黑色魔法球擊退。旁邊利雅言追問：「牠們真的能溝通嗎？」

「就像野生動物有些比較笨而已，但牠們當中應該有個首領。」

蘇梓我左顧右盼，看見小鬼跳來跳去濺起水花，中間有隻明顯比較強壯的大怪物，更重要的是，那妖鬼左手持盾右手執斧，換言之是具有智能的鬼族。

「鬼族的那個！」蘇梓我大聲喊道：「你是奉萬鬼之母的命令前來地上的吧。」

持盾大鬼一躍來到蘇梓我面前，迎面一看，蘇梓我驚覺對方既沒有頭顱，而且眼睛長在乳頭上，肚臍位置則裂出大嘴，回答：「你就是萬鬼之母所說的那個人類？」

見怪物的肚子開闔講話，蘇梓我看了十分不舒服，不耐道：「好了，你別說話，幫我管好你那些小鬼就好。」

「放心吧，第一批來到地上的是經過教化的鬼族，他們很久沒有看見地上的天空所以才顯得雀躍。只要你們不侵犯鬼族利益，我們也不會在地上鬧事。」

怪物笑起來的模樣很是詭異，嚇得在場村民不知如何反應。蘇梓我心想，萬鬼之母所生的鬼族全都怪物模樣，她本人肯定也是一個醜婦吧。

此時村長李爺爺驚道：「這是《山海經》記載的巨人『刑天』！一生驍勇善戰，即使被黃帝斬首成無頭鬼依然永不倒下，甚至在古時曾受奉為戰神！」

刑天張開肚皮豪邁笑道：「想不到過了這麼久還有人類記得，不過我不是神族，是鬼族了。」

蘇梓我說：「好吧，既然你連砍了頭都不死，你就跟我上山截擊正教騎士吧。只要殺死他們的首領，此地就屬於本英雄管轄，我保證會讓你們鬼族安居樂業，哈哈！」

利雅言連忙拉住蘇梓我說：「這樣是否違背教會規則呢？而且距離正式開戰還有一星期，現在截擊郭漢，肯定會被正教投訴的……」

「已經管不了這麼多，他剛才下令活埋坑洞差點殺死本大爺和夕嵐、君姊的家人，還有妳被擄走的仇，今晚我要跟那正教的一次算清！」

「說得好！」李爺爺厲聲喝道：「蘇先生真是天命之人，竟能得刑天與鬼神相助。老夫已通知聖火六約，會用盡方法困住聖火堂區的那些正教騎士，之後就等蘇先生你親自上山擊敗他們。」

「你這老頭……」蘇梓我拍李爺爺的肩大讚：「真是我見過的老頭當中最討人歡喜的，事成後我就封你做村長吧！」

「李爺爺已經是村長了。」利雅言嘆氣。「既然要做就放手一拚吧，我相信你的決定。」

「那個，」李訥仁突然發話，鼓起勇氣說：「我也要跟你們一起上山。」

李爺爺驚問：「訥仁你不怕危險嗎？」

「蘇同學都不顧危險與正教決鬥，我當然也要盡力協助大家。」

「這樣我就派村內幾位壯丁陪你上山吧，別拖累蘇先生丟了我們李家的臉啊。」

「請爺爺放心！」

蘇梓我望了一眼李訥仁，點點頭，便高舉定海神針號令：「各位忠誠的部下，現在就隨本英雄出征剿滅正教騎士吧！」

21

包圍教堂、砸毀玻璃窗、焚燒垃圾，一夜間聖火堂區街道到處都是騷動，然而目標都是正教的設施。幾百位居民無視宵禁令在街上搗亂，又有貨櫃車橫停路上堵住公路，封鎖對外交通，誓要把郭漢的騎士團困在聖火堂區內。即使驚動警察，但堂區大小街道亦被黃泉水淹浸，冒出幾百野鬼，警察一時也不知該如何應對。

城市逐步陷入癱瘓，趁著洪水猛獸煙霧瀰漫，蘇梓我率領刑天與數百隻小鬼進軍聖火山；舉著火把、連綿百尺的隊列朝著郭漢前進，在肉眼可見的距離外，正教的魔法班首先察覺到異狀。

副將向郭漢報告：「山下偵測到原初神器的魔力波段，而且越來越近！」

「是姓蘇的那傢伙，居然跑回山上！這些鬼族伏兵也一定是那小子的主意，實在可恨！」

郭漢雙眼充紅，忍不住親身上陣提杖、現出聖刃，凌空相隔十尺便將林間惡鬼炸成碎片。此時正教騎士們銀色的盔甲已沾滿鬼族藍色的血，鬼族數量實在太多，郭漢評估情勢後便吩咐部下趕緊下山。

然而近半山路都被洪水封住，正教騎士下山又談何容易？反觀刑天與鬼族不怕黃泉，涉水而上，蘇梓我則抱著利雅言騎乘獨角馬登山，不足兩分鐘便已經追上正教步伐，一百騎士與三百惡鬼在半山互相對峙。

「正教姓郭的給我出來！我今天就要替天行道，收拾你這混蛋！」

蘇梓我騎著黑色鬼族馬高聲叫陣，面前整齊的白銀隊列中間有一氣焰無比的主帥步出，他冷酷回應：「蘇梓我你屢次壞我好事不識好歹，卻不知自己不過是被人出賣的一顆棋子，真是可憐。」

蘇梓我認出這道聲音，就是數月前在電話裡嘲諷自己的人、摧毀家園的元凶，此人聲音就算在他睡夢中亦未曾忘記。

「好。」蘇梓我冰冷道：「你可以去死了——」

利雅言卻拉著他手臂，眼神似乎告訴蘇梓我別忘記自己轉移大批村民時已耗盡魔力，而對方手中仍有兵馬，更曾與彼列交手且全身而退，正面交鋒沒有勝算。

「嘖，無頭的給我上！」蘇梓我喝令：「對方並非普通人，用數量優勢包圍那混蛋吧！」

「領命。」

刑天揮斧向前，幾百隻小鬼立時奔向正教騎士，展開混戰。白銀騎士訓練有素遠勝鬼兵，但鬼兵不怕痛不怕死，每個都像刑天般驍勇無畏，反觀正教騎士從山頂戰到山腰已個個疲憊不堪，原本沒有破綻的方陣亦露出缺口，暴露主帥郭漢的位置。

郭漢氣憤之下仍知寡不敵眾，唯有保命要緊，便高舉摩西之杖劈向大地，聖火山竟頓時裂出巨大裂隙，山崩地陷。坡上枯林全被連根拔起，山頂洪水一湧而下，連同泥濘像波浪般砸向戰場，無分敵我無一倖免。

混亂中，刑天舉盾在蘇梓我與利雅言面前擋下沙石，他們完好無傷，鬼兵與騎士亦慢慢爬起，但關鍵的郭漢本人已逃之夭夭。

「不用灰心，蘇同學還有機會可以收拾郭漢樞機。」利雅言告訴他：「剛才我們登山的路被山泥淹沒，從這裡下山只剩兩條山徑……」

「這邊！」李訥仁忽然站在其中一條山徑上，指道：「我看見正教主帥帶著幾個人從這條路下山了。」

利雅言稍有猶疑，問蘇梓我意見。蘇梓我想了一想，便命令刑天：「把鬼兵留在這裡擋下敵人，你和我一起下山追殺姓郭的。」

「諾。」刑天說完便陪同騎獨角馬的蘇梓我與利雅言一同奔下山，蘇梓我選擇了李訥仁所指的路，三人身影漸漸遠去，李訥仁才鬆了口氣。

他按住自己發抖的手，用腳踢了踢雜草堆，害怕自己剛才用石頭敲暈的李氏村民會被其他人發現。這是李訥仁第一次動手傷人，但也是無可奈何。

22

此時梵蒂岡已經夜深。

宗座宮內庇護十三世忽然夢醒，怎樣都睡不著，穿上拖鞋走到書桌，不自覺地翻閱著教會的機密文件，其中包括安東尼將軍與郭漢的交易項目，正好用作保證雙方不會背叛的證據。

「郭漢此人老奸巨猾，蘇梓我只是個初出茅廬的小伙子，理應沒有問題……但為何我依然忐忑不安？」

——鈴鈴、鈴鈴。

書桌上的熱線電話響起，那是緊急情況下才會使用的電話，他的預感應驗了。庇護十三世提起聽筒，另一邊是安東尼將軍的聲音。

「不妙，事情失控了。蘇梓我忽然帶著一批鬼族包圍郭漢樞機，對方譴責我們違反《耶路撒冷公約》的宣戰協定，若不阻止蘇梓我的話，聖教的各種罪狀必會被公開。」

庇護十三世問：「人質現在如何？」

「隨時可以動手。」

「我們已將全部賭注押在郭漢樞機身上，共坐一舟，不能讓他被蘇梓我殺死。你明白我的意思嗎？」

「明白，我已經有決定了。」

◇

同時刻，西南太平洋上一隊三十艘經改裝的運兵船浩浩蕩蕩行進，正是第二次香港聖戰的遠征部隊。遠征軍由安東尼將軍親自率領，騎士數量超過兩萬人，當中不乏聖教會最精銳的聖殿騎士，陣容相當強大。

然而艦上除了這兩萬名聖教騎士，還有格格不入的六人。

「阿斯摩太、阿斯塔特、杜晞陽、杜夕嵐、帕拉斯、莎莉娜。」安東尼在得到教宗的默許後，隨即用無線電對二號艦艦長下達指令：「以上蘇梓我隨行友人一共六位，惡魔者格殺勿論，其餘四人生擒，允許使用『武器』。」

「遵命。」

「成功的話重重有賞。」安東尼保持一貫公務員語氣，簡練地交代完後便中斷通訊。

這些都不是他的個人意志，他只是代為執行庇護十三世的命令罷了。其實庇護十三世在抬舉蘇梓我成為教會英雄同時，亦在塑造他成為最完美的代罪羔羊。正因如此，蘇梓我才會破格獲得任命，成為這次香港聖戰的指揮官。

其實蘇梓我理應可以活久一點的，但他破壞了原先部署、擅自追殺郭漢，郭漢狗急跳牆居然威脅公開聖教出賣蘇梓我的證據，打算玉石俱焚，這絕對不能讓它發生。

「別怪我。」安東尼在房內自言自語：「雖然跟你們無仇無怨，但為了教會大義，只能犧牲你們以換取無血開城。」

如今只好提早制伏蘇梓我的友人們，要脅蘇梓我束手就擒，把他交給正教作為正教撤退的交換條件，這樣庇護十三世和安東尼才能實現他們的願景。

安東尼朝向艦長室的神像低頭懺悔。但懺悔完畢後，他卻感到有一種難以釋懷的不安。

「必要時候，也得由我親手解決。」他拿下掛牆上的劍盾，靜待凌晨的來臨。

◇

聖殿騎士團訓練有素，在深夜不動聲色地包圍二號船艦的三階客艙，封鎖走廊兩側，並五人一組分成三小隊，迅速守在三間客房門外。

負責318艙房的騎士小隊，其中領頭騎士左手輕按房門，右手悄悄插入鑰匙；他對身邊同袍使眼色，接著推開門——

兩名騎士在紅袍底下各自取出衝鋒槍，廢話不多說，立刻同時左右掃射被窩、射殺兩張床上的客人。

317、318的艙房亦同時上演著暗殺行動，雖然《耶路撒冷公約》禁止宗教團體保管槍械，但梵蒂岡能通過瑞士近衛隊採購軍火；他們表面上是獨立的雇傭兵，背後卻是聖殿騎士團的軍火供應來源。

而且聖殿騎士佩備的衝鋒槍經過特殊改造，能發射殺魔的黃銅子彈；換言之，這些槍械的殺害目標不是人類，而是神魔。

槍聲過後，負責掃蕩318艙房的小隊打開槍上的戰術燈照亮房間，上前確認屍體。根據客人名單，這艙房應該睡著杜晞陽和杜夕嵐。

「沒有人？」騎士打開被窩，裡面卻只有枕頭和外套。兩名騎士馬上搜索房內其他地方，但任何角落都找不到杜氏姊弟的蹤影——

「啊啊！」

隔壁忽然傳來同袍慘叫，五人小隊趕緊過去支援，電光石火間卻是眼前一黑——

「再去投一次胎吧。」冷酷女聲是騎士們最後聽見的話，下一秒五人已在魔瘴下身首異處。

「真弱呢，你說是嗎？烏洛波羅斯。」夏思思對腕上蛇輕笑地說。

「別耍笨了，我們趕快離開吧。」娜瑪把兩具騎士遺體拖到走廊。「光是這艘船上就有幾百個教會騎士，我可不想跟他們糾纏。」

杜氏姊弟及兩位希臘女神此時也分別從兩間艙房走出來。杜夕嵐驚魂未定地說：「教會真的想殺死我們嗎？」

夏思思在原地向走廊兩端擲出二矢，擊殺紛紛趕來的騎士，並道：「都已經這樣了，再明顯不過吧？」

娜瑪問：「但為什麼妳會知道教會想殺死我們？」

「當然是預視術啊。」

雅典娜微微皺眉道：「看起來比較像是妳知道什麼內情。」

「帕拉斯姊姊，現在不是深究原因的時候了，我們先想辦法離開這裡啦。」

「帕拉斯這假名已經沒用了吧，反正我和阿提蜜絲只是因為與蘇梓我一夥被追殺，就算現在暴露身分也沒差。」

杜晞陽牽著阿提蜜絲說：「對啊，比起莎莉娜，還是原本的名字好聽些。」

夏思思不耐煩地說：「別在走廊閒聊啊，停下來我們都可能會死。」又推娜瑪說：「小娜娜妳帶頭闖出去啦。」

「欸？為什麼是我啊！」

「從胸部的贅肉就看得出小娜娜是肉盾系嘛，思思會在後方用預視術支援妳的。」

說時遲那時快，六人跑到樓梯轉角馬上有三個白衣騎士迎面而來，卻馬上遭夏思思的魔箭殺死。而那之後還有更多的聖教騎士舉槍瞄準娜瑪——

娜瑪手執雷霆，一柱紫電「轟」聲擊向樓梯，眾騎士當場炸成粉碎！

「都是那個笨蛋闖禍，害我連睡個覺都不行！」

娜瑪又再舉起閃電火，但電光卻忽然減弱，夏思思驚道：「不好，對方的魔法班開始行動了，他們在船上封印魔魔法！」

「宙斯的雷電也是魔魔法嗎？」

「只要不是教會體系的聖魔法，就是魔魔法了——哇！」

說到一半，後方忽現騎士亂槍掃射！走廊上無處可躲，杜晞陽便連忙召喚出羅剎天的巨靈，用他巨大身軀塞住走廊、擋下槍林彈雨。

杜夕嵐也豁了出去，隔空召喚羅剎刃攻擊通道上的騎士；雖被對方揮鎚擊開，但娜瑪迴身補上閃電，一眾騎士便觸電昏倒。

「剛才樓梯太多人，我們往另外一邊走！」

「等等，」雅典娜指向阿提蜜絲旁邊的艙房。「從那裡的窗台可以直接跳往甲板，應該可以避開埋伏。」

「好啦，妳是智慧女神，妳說怎樣就怎樣。」

於是娜瑪不顧儀態一腳就把房門踢毀，又轟爆玻璃窗，並在外牆上跳來跳去，兩三下工夫便降落到甲板上。

船上騎士發現他們抄別道逃遁，立即調動人馬前往甲板包圍娜瑪等人。此時負責指揮的第二艦艦長還滿懷信心，想著娜瑪她們已是甕中之鱉，根本無處可逃。

「艦長不好了！東南方三十度有一艘不明船隻突然急速逼近，也許是惡魔的同黨。」

艦長不相信他。「別說傻話了，遠征海軍一共三十艘船艦，我們第二艦位處行列中央，敵方單憑一艘船怎麼可能繞過砲火開過來？」

第二艦艦長所言甚是，但前提是那艘船為普通的船。然而在漆黑海洋上，一艘破舊的大型帆船果真高速逼近，眼見快跟其他聖教船艦相撞上時，卻居然「穿過」了聖教的運兵船！

前往營救娜瑪等人的不是別人，正是蘇梓我的另一個使魔比夫龍。

比夫龍悔恨地想：不得不承認，在跟那人類訂下契約後連我自己的魔力也大幅增長了。

此刻站在船首的比夫龍手持死靈燭台，從南太平洋召來一艘幽靈船直接衝往聖教第二艦，目標就是要接走娜瑪等人。而且正值凌晨，除了第二艦之外，其餘船艦都不在備戰狀態，結果居然讓比夫龍的幽靈船輕易駛近——

「比夫龍！這裡！」娜瑪高興地在甲板上揮手，但同時她身後已有數百名騎士紛紛擁上，一同舉槍瞄準他們——

「小娜娜！來不及了，我們得自己過去！」

頃刻間，一陣毒霧包圍甲板，煙霧瀰漫中一頭巨蟒蜷起身體包裹住娜瑪等人；聖教騎士立即開火，但烏洛波羅斯的虹光鱗片刀槍不入，將黃銅子彈統統彈開。

「烏洛波羅斯，跳！」

夏思思命令巨蟒躍動身體，船艦馬上傾斜四十五度角，幾乎要翻船。甲板上的騎士站不穩而紛紛跌倒，而烏洛波羅斯已載著娜瑪一行人躍身飛往幽靈船，把他們安全送達另一邊。

23

「飛、飛翔的荷蘭人！」

一眾聖教騎士看見幽靈帆船在海上乘風破浪，紛紛感到不可思議，並聯想到那艘傳說中的幽靈船。據說英國國王喬治五世年輕時，就曾在澳洲附近的海域親眼目睹「飛翔的荷蘭人」。

如今幽靈船急速遠去，遠征軍的旗艦立刻下令艦隊轉舵加速，緊追幽靈船不放，同時又吩咐最靠近幽靈船的船艦向它發動魔法砲擊。

在幽靈船的三百尺外，娜瑪看見兩艘聖教戰船在甲板上浮現巨型魔法陣，大感不妙。

「比夫龍！他們要開火了！」

「嘖。」比夫龍唯有使役死靈船員們加快航速，但無論幽靈船航行再快，在海上都只是個活靶任由聖教轟炸——

兩道強光劃破夜空，把海面照成一片赤紅，並高速襲向幽靈船的船桅——「啪砰」一聲，幽靈船的前桅應聲折斷，龐然船帆緩緩墜下。

聖教艦員大聲報告：「擊中目標了！就算幽靈船沒有實體，被聖魔法攻擊還是得現形啊。」

幽靈船失去其中一帆後，船速明顯減慢，於是聖教艦隊迅即包圍幽靈船，這時船艦最接近幽靈船的艦長得意笑道：

「我們這艦隊就是為了跟正教進行海戰而編制的，每艘艦上除了配置遠距離海對海Ａ級魔法小隊，船身亦都鑲嵌了最高級的反魔法裝甲，要擊沉那爛帆船簡直易如反——」

語未畢，這艘聖教軍艦突然整個爆炸，旁邊艦隊看見該艦頓成超巨型火球，猶如被數百噸黃色炸藥轟炸，同時捲起滔天巨浪！

聖教眾員一時都嚇傻以為自己眼花，直至火球消失，海上布滿船艦殘骸，他們才不得不相信眼前事實。

「哇……」身為罪魁禍首的娜瑪同樣表示訝異。

雅典娜對她說：「這點小事對父神的閃電火來說，沒什麼值得驚訝的，請娜瑪小姐妳盡情攻擊吧。」

「沒問題！」娜瑪滿心歡喜，展翅飛到半空，讓她有空間拉弓劃出另一道巨型閃電火——

正好天上烏雲密布，所有雷電力量集中於娜瑪右手；此刻娜瑪好比太陽般耀眼，接著奮力一擲，雷霆長槍已插在另一艘聖教軍艦的船身——

被命中的軍艦，它的反魔法裝甲根本還來不及發動，眨眼間就膨脹了一倍，轟隆一聲被炸得粉身碎骨。

「太厲害了！本小姐太厲害啦！」久違的滿足感使身處半空的娜瑪放聲大笑。只要有閃電火，聖教之徒不足為患！

接著在汪洋大海上，只聽見娜瑪哇哈哈哈的笑聲，伴隨一道又一道的雷電逐一劈向聖教艦隊，海上爆風四起火光熊熊，短短時間內已有五艘運兵船被她的雷閃擊沉，超過二千兵力頓時失去聯絡。

其後，儘管聖教艦隊試圖開火還擊，但娜瑪在黑夜中左穿右移，根本難以命中。此時，一個人突然現身——

「小娜娜，後面啊！」

一瞬間，幽靈船的主桅被砍斷，硬木桅杆連同帆布一起砸向了娜瑪——娜瑪在空中閃身迴避，同時一口利刃從帆布後方穿出，直刺她的頸項——

「哇啊啊！」娜瑪連忙用黑霧魔瘴抵擋，但對方舉盾在頭，猛力把她轟到船上甲板，甚至在甲板砸穿一個大洞。

「好痛……」娜瑪在碎木塊中爬出來。「究竟是誰偷襲本小姐？」

「阿斯摩太，很遺憾的，狩獵惡魔是本人的職責。」說話的人正是安東尼將軍，只見他站在斷掉桅杆上，一身盔甲反射著銀白月光，威風凜凜。

「是聖教的將軍嗎？」娜瑪暗自抱怨道：「那笨蛋說這傢伙是教會樞機當中最忠謹正直的，最後還不是被他背叛了。」

但正是因為安東尼將軍對教廷忠心耿耿，他才能避免參雜私人情感執行任務，某程度來說他是教會內最棘手的敵人。

安東尼冷冷道：「阿斯摩太，請多多指教。」

「誰跟你指教了！」娜瑪站穩腳步，舉掌朝天——海上頓時颳起暴風，雷電交加並下起傾盆大雨。

天地間所有的雷元素被吸引到她手上，彷彿有宙斯加持，娜瑪的閃電火威力倍增，甚至周圍數十公里內的電子雷達都突然失靈。

「混帳老頭受死吧！」

隆隆一道雷電劈向安東尼，電光石火間，安東尼的身影竟瞬間消失，同時卻有另一道殺氣從娜瑪背後迫近——

「什麼?」娜瑪突感背脊一陣冰冷，轉眼間已被安東尼重重劈了一劍，濺出不少鮮血。

安東尼將軍冷靜道：「居然在千鈞一髮間避開了致命傷，不愧是爵位惡魔。」

安東尼二話不說，又再舉盾提劍衝向娜瑪，因為娜瑪之前太過大量亂擲閃電火，魔力已然大減，不足與安東尼對抗，連飛行速度也不及眼前人類——

吼！

同樣獲得古神力量的烏洛波羅斯張開血盆大口，上半身頭噴丘龍葛的毒霧，下半身擺尾重擊。安東尼看見巨蟒來勢洶洶，唯有停下腳步舉盾擋下。

「小娜娜要振作啊！還有比夫龍，我們一起上！」

說畢夏思思完全解放魔力，變回大人身體，並向安東尼連環轟出魔法箭；與此同時，比夫龍為了保護娜瑪亦催動全身魔力，甚至突破自己界限，從天上海上召喚無數死靈，布滿整個天空。

同在甲板上的杜夕嵐和杜晞陽亦不敢怠慢，本想上前助陣，卻被雅典娜阻止。

「那個聖教人類不簡單。他全身的盔甲，以及兩手的劍盾都是由魔法礦製成。魔法礦極為罕有，是打造神器不可或缺的材料，換言之那人類身上是一整副『人工的神器』，你們絕非他的對手，貿然加入只會礙事。」

才剛說完，在安東尼的銀劍已亂舞面前，數百死靈猶如紙張般被輕易斬滅。另一側，夏思思用魔法轟向安東尼，但安東尼舉起銀盾，輕易就化解了她的魔法。

就在安東尼與兩個惡魔糾纏期間，烏洛波羅斯也朝安東尼頭頂襲來——不過安東尼及時砍出一道劍氣，巨蟒虹鱗竟被打掉數片！烏洛波羅斯痛苦地倒在甲板上掙扎，幽靈船亦快撐不下去。

娜瑪暗道：「這人類太強了，唯有我的閃電火才能傷到他……這次一定要命中！」

她屏息靜氣，右手凝聚魔力，雙眼快速捕捉安東尼的身影；雷霆元素流進體內，眼見閃電火準備就緒，娜瑪體內魔力卻忽被抽空——

「六芒封魔結界發動！」

當娜瑪發現幽靈船的六個方位被聖教軍艦包圍之際，卻是為時已晚，那是聖教專門對付神魔的特A級封印術，必須動用至少六名樞機級騎士在六個方位念咒施法。封印術一但發動，封印之內的鬼神之力就會瞬即消失。

「已經結束了，神魔始終敵不過人類。」事實上死在安東尼手上的古神多不勝數，此時他慢慢走向倒地的娜瑪，在她面前緩緩提劍，準備砍下——

24

另一邊廂，蘇梓我騎著獨角馬與利雅言和刑天跑下山，誓要攔下郭漢。

利雅言從後抱著蘇梓我問：「剛才李同學說話吞吞吐吐，好像有所隱瞞，他指示的路真的可以相信嗎？」

說回剛才的分岔口，只有兩條路能下山，李訥仁卻搶著告訴蘇梓我要走近路。

蘇梓我答：「本英雄不會看錯人，那個班長我幾乎沒見過他鬧過事，他不會害我的。」

然而蘇梓我不知道，郭漢現在恨不得把他碎屍萬段，甚至在亡命關頭之際吩咐隨行心腹與副將走另一條路，特意設下炸藥伏擊蘇梓我。蘇梓我永遠找不到郭漢，因為他早已安排內應潛伏在蘇梓我身邊做錯誤指引——

「受死吧，正教的！」

樹林中的郭漢驚慌回頭，竟見蘇梓我與刑天鬼將追殺過來。他憤恨道：「那個姓李的連這點小事都辦不好！」

「姓李的是誰啊，整個村都姓李啦！」蘇梓我騎著鬼族馬與郭漢對峙，見對方隻身一人。

「不管了，無頭妖怪，快給本英雄殺死那正教元帥！」

郭漢則挑釁大笑：「你還真是天真得無知啊！不知道李氏圍村有人出賣你，也不知道聖教會將你當作商品出賣給廣東教省。梵蒂岡早就把你交給我們手上了！」

「你死到臨頭又說什麼鬼話？」

郭漢繼續笑道：「你不覺得奇怪嗎？聖教短短一個星期就決定要反攻香港，那些所謂的遠征艦船更只是用貨船改裝的家家酒玩意，單憑那兩萬人如何攻陷香港教區？不過兩萬人也足夠了，他們只是要生擒跟你同行的使魔作為人質，很快聖教的安東尼就會來勸告你投降吧。如果你還顧友人死活的話。」

蘇梓我神色大變。「你說安東尼要對付娜瑪他們？」

「確實叫做娜瑪呢，還有杜夕嵐嗎？我們對你的人際關係瞭如指掌，因此聖教才懂得如何要脅你。」

「無可饒恕……」蘇梓我踏前喝道：「竟敢傷害我的娜瑪，我要你們十倍奉還！」語畢，蘇梓我全身纏繞魔光雷鳴，怒髮衝冠；魔力澎湃流進右手印戒，背後的利雅言察覺不妙，大叫：「蘇同學，這裡交由刑天——」

「不，我要親手砍下這傢伙的頭！」

利雅言見蘇梓我的魔力直線飆升，很清楚他是在借助使魔的魔力而已，自身魔力早已將耗盡，不知能維持多久。

郭漢見狀則嘲諷：「你的使魔在太平洋上自身難保，她又能保你多久呢？我很期待啊。」他遂高舉摩西之杖，杖端靈蛇活現，綻放聖光驅散蘇梓我的魔瘴；兩股魔力互相碰撞，山坡枯木搖搖欲墜，山徑積水濺起水花。

未有魔力的利雅言被強大氣勢壓迫得喘不過氣，可是她並未移開視線，她要親眼見證蘇梓我與郭漢的死鬥。

「去死吧！」

蘇梓我召喚大鐮劃出半月，郭漢的蛇杖變成蛇矛「鏘」聲擋下。

「蘇梓我，你還是投降吧。如今你不但是正教的敵人，還是聖教的眼中釘，天下再無你容身之所，教會早晚也會把你趕盡殺絕的。」

「就算如此，你也沒有命見到我被趕盡殺絕的一天——」

蘇梓我左手放出黑霧，右手大鐮從暗角冒出橫劈向郭漢脖子！這次郭漢手中的蛇杖化作巨盾硬擋，緊接一陣磷光，盾牌已幻化成紅纓槍，反刺蘇梓我的左胸——

只見蘇梓我雙瞳燃起蒼焰，在預視術下，郭漢的一舉一動都無所遁形，他攔鐮擊落槍頭，後發先至砍到郭漢面前，可惜在半吋距離掠過被對方勉強避開。

郭漢狼狽踏後數步，抹掉鼻血，眼神非常不甘。論氣勢論實力，是蘇梓我贏了，可是——

「結束了！」

蘇梓我將四柱魔神的全部力量貫注鐮刃，刃尖發出彷若虎嘯的嘯音，巨大魔力猛然撲向郭漢頭頂！然而鐮刀才揮落一半，蘇梓我與魔神的連結忽然斷掉，他像斷弦木偶般失去力氣，重心不穩地倒地。

「蘇同學！」

郭漢見狀冷笑，便拉弓將蛇杖變成砍刀，劃過地面往上劈向蘇梓我——

突然，看不清二人究竟發生何事，蘇梓我與郭漢竟雙雙倒地；砍刀掉到一旁，但蘇梓我沒有放開鐮柄，趴在郭漢身上最終了結對方。

利雅言雙手合十，喃喃道：「摩西之杖是最高級別的神器，沒想到郭漢樞機比蘇同學更先耗盡魔力，真是幸運之神眷顧……」

然而另一邊的戰場還沒結束，勝利眷顧何方仍有變數。

25

「決鬥已經結束了，神魔始終敵不過人類。」

安東尼停在娜瑪面前，正準備提劍砍下；生死關頭之際，娜瑪拚上最後一口氣喚出黑霧硬擋劍刃，卻擋不過安東尼的劍勢，砰聲巨響後，娜瑪翻滾數圈被直轟到護欄上。

——噠、噠、撲通。

娜瑪身上的東西越過護欄掉進海裡，好像是個盒子。

「天使櫃？」

盒子墜海的一瞬並未逃過安東尼的雙眼，他冷靜道：「這樣也好，既然天使櫃不在妳手上，妳再也沒有任何價值了。」

「欸……」娜瑪坐在甲板上不斷往後掙扎移動，但背部碰到船邊護欄，已沒有退路。難道自己就要死在這裡嗎？明明是一個夢魔，沒有任何異性經驗就死去的話，簡直是夢魔族的恥辱……

娜瑪在死前一刻閉眼想著此刻最想見到的人，無奈地腦海中卻浮現那個很討厭的男人。娜瑪心道：這樣子還是死了比較好，我的人生真是一場悲劇……不，我還不想死！

但安東尼單憑殺氣就已震懾住船上所有人，沒人能拯救娜瑪，至少她以為是這樣——

突然海面波濤洶湧，幽靈船劇烈搖晃，斷桅搖搖欲墜。安東尼望向海上，居然有個數百尺的黑影緩緩站起，甚至高得遮蔽了月光；其身影投射到海洋上，足以覆蓋整個聖教艦隊，那是一個巨大少女。

海上萬人都無法看清她的臉，因為她站起來後高聳入雲，如活生生一棟會走路的摩天大樓，就算全身赤裸也很難在雲霧中看清她的全貌。

「教會、確認敵人……人類、確認敵人……惡魔、確認敵人……開始掃蕩。」

巨大少女冰冷地向海上所有生命宣戰，背上展開一對純白翅膀！她的羽翼比起三艘軍艦列隊長度還長，在漫天羽毛之下，娜瑪終於驚覺對方的身分。

安東尼也驚覺過來，口中喃喃道：「守護香港的聖德芬天使長……為什麼偏偏在這時候覺醒了？」

他馬上回頭打算指揮艦隊，但為時已晚，聖德芬已用手撈起一艘軍艦，五隻手指用力抓握成拳，軍艦就這樣被硬生生掐成一團垃圾爆炸。

在其他人的眼中，特別是杜晞陽，他還以為自己正在看日本的超人特攝影集，或巨大怪獸襲擊地球之類的災難電影。但這就是聖德芬的力量，她在所有天使中體型最龐大，假如站在陸地之上，甚至能頭頂第三重天。

聖教艦隊在毫無準備之下，在聖德芬面前只不過是浴缸中的玩具小鴨一樣，只見聖德芬用手輕撥海水，巨浪撲向艦隊行列中間，頓時就把幾艘軍艦弄翻。

安東尼暗忖：這次編制的艦隊沒有反天使的武器，而且在海上作戰也不利於我軍……

但說時遲那時快，聖德芬已把指揮艦捉到高空，將它翻轉搖晃，船上的聖殿騎士全被倒進海裡，輕而易舉就溺斃了數百人。接著她將空船大力擲向數百尺外正在逃走的軍艦，兩船相撞猛烈爆炸，又是幾百人被炸死。

「已經注定全軍覆沒了嗎……」安東尼心道：既然如此，我唯一能做的就是殺死蘇梓我的同伴，完成最後使命——

但已經太遲了。娜瑪也有此意，在六芒封印結界破陣後的一瞬間，雷霆萬鈞的閃電火已淹沒了安東尼的視線。

「瑪格麗特，抱歉……」安東尼放下銀劍，雙手舉盾擋住娜瑪的閃電火——但畢竟是七把原初神器之一，強行接招之下，安東尼如斷線風箏般被轟飛數十尺外，消失於漆黑海洋中。

最強的安東尼將軍被擊敗了，遠征艦隊的旗艦也被炸燬，接下來聖德芬冷酷無情地逐一摧毀海上戰艦，不消數分鐘海面上布滿船隻殘骸、浮屍，只剩下娜瑪所在的幽靈船不知該如何處置……

「惡魔、人類、都是敵人……」

聖德芬伸出巨手想捉住幽靈船，卻在途中停下動作。她盯著娜瑪，內心掙扎了數秒，最後還是放棄攻擊——

一陣狂風拂面，只見聖德芬拍動天使翅膀，飛往天上、消失於月光中。

這是相隔三千年之後，天使族再次現身的一夜。

26

——叩叩。

「教宗閣下，國務樞機卿多瑪斯主教在客廳求見。」

「這個時間嗎……原來如此。」庇護十三世似乎有所覺悟，便吩咐下人領多瑪斯到書房會面。

五分鐘後，書房內庇護十三世和多瑪斯二人相望而坐；相較於身心俱疲的庇護十三世，多瑪斯這胖子面色紅潤，心情輕鬆。他跟教宗寒暄數句後便說明來意：「兩邊的戰場都有結果了，你想先聽哪一邊？」

見庇護十三世心事重重未答，多瑪斯便微笑逕自地說：「暗中在香港安排眼線的並非只有閣下，本人在香港也有個好幫手，他還是蘇梓我的熟人，所以香港發生什麼事我都一清二楚。」

庇護十三世冷靜回答：「我早該料到，單憑那蘇梓我絕不可能將正教玩弄於股掌中，連郭漢那老狐狸都沒法子對付他，原來是背後有多瑪斯卿相助。」

「十分抱歉，我聽不懂教宗閣下的意思。」多瑪斯笑道：「我只是擔憂聖教的將來，畢竟我們在香港聖戰一敗塗地，又出了一個叛教的蘇主祭，這些全都是教宗閣下責任。為了聖座名聲著想，也許閣下是時候退位讓賢了。」

庇護十三世冷嘲：「多瑪斯卿真是一位虔誠的僕人，假如他日我退位讓賢，想必閣下就是繼任教宗的熱門人選吧。」

「呵呵，教宗閣下言重。不過現時聖教確實過於迂腐，居然淪落到要與異教協議交換利益，實在說不過去。若聖教在我領導之下，肯定能在十年內統一歐亞，把聖父奪回手中。」

庇護十三世十分訝異。「想不到你有如此野心，我居然之前都未察覺。」

「教宗閣下的眼光確實有問題，這也是你香港聖戰失敗的主因。」

多瑪斯冷笑數聲，話說完後便站起來跟庇護十三世道別、離開宗座宮，順便切斷了與李訥仁的連線。

原來李訥仁之所以行為古怪，是因為多瑪斯在惡魔的協助下佔據了他的腦袋，好讓多瑪斯能用念動術直接把聲音傳到李訥仁腦中。

李訥仁聽見後一片混亂，以為自己在跟神對話便唯命是從。所以打從蘇梓我回到香港碰上李訥仁開始，全都是依照多瑪斯的劇本進行；換句話說，多瑪斯借李訥仁的手來化解聖教陷害蘇梓我的危機，並一舉消滅郭漢及庇護十三世。

一切本應如此，不過後來很快便發現，蘇梓我根本不需要我的協助。多瑪斯喃喃道：「庇護十三世說過單憑那小子絕不可能拯救整個香港教區，其實小看那小子才是聖座失敗的原因啊……」

第四章

教宗選舉（上篇）

1

宗教戰爭似乎從沒間斷，就算偶爾沉寂也不過是中場休息。那一夜，香港再次成為全球宗教衝突的最核心，本以為是兩教的戰場，卻因惡魔與鬼族出現而戲劇性地落幕。

郭漢遭異教徒殺害，回收原初神器的主要推動者消失，正教不再有留下的理由，便暫時從香港撤退。另一邊廂，安東尼將軍下落不明，遠征艦隊全軍覆沒，聖教亦被迫終止收復香港教區的計畫，教宗庇護十三世引咎請辭。

不過聖教和正教依然各自對外宣稱擁有香港教區的主權，只是如今鬼族橫行，幾萬隻奇怪生物移居香港，再加上經歷兩次聖戰後，堂區居民對兩教都失去信心，香港這位處紛爭中心的彈丸之地就變成沒有信仰的地方；或者居民的信仰變成更加實際、更加貼近自身，相信能夠親眼看見的事物。

烈日當空，在香港島太平山上，一條奪目巨蟒環繞山頂反射虹色鱗光，猶如巨型鑽石在山上閃閃生輝。

藍天白雲，這是多久未見的事了？

相傳大禹走遍天下九州治理洪水，而在正教敗軍全面撤離香港後，蘇梓我每天騎乘巨蟒遊遍全港十八區疏導黃泉水脈，大收宣傳之效。持續了整個星期，香港治安總算穩定下來，宵禁亦解除，夜晚燈火通明。

◇

這一晚，幽靈船遠渡萬里來港靠岸。

「可惡，蘇梓我沒有來接本小姐的船！」

見娜瑪在發脾氣，杜夕嵐安撫她：「不是比預定時間早了半天嗎？這個時間蘇梓我可能還在睡覺吧。」

「聽說蘇老大在聖火山當上山寨王呢。」

但比夫龍不感興趣，鞠躬告辭：「請代在下向蘇大人問好。」

娜瑪向他點頭回禮。「感謝你送我們回來，下次再見了。」

「阿斯摩太閣下不用言謝……」

夏思思目送比夫龍在夜空消失，笑道：「小娜娜真是殘忍呢。」

「嗯？妳又在說什麼啊。」

「沒事，我們去找蘇哥哥吧。」

一行六人來到聖火山下時已凌晨一點，可是街道仍是五光十色熱鬧不已，不僅掛滿聖誕彩飾，更洋溢著節日氣氛——雖然跟眼前所見格格不入。

「嗨！新鮮出爐的餓鬼串燒，沒吃過別說自己是香港人！」

夜市有架小販車，車前每個人都咬著香噴噴的燒肉，吃得津津有味。娜瑪驚嘆自己只是離開香港一個月，竟然變得如此不同，連忙走到小販車問個明白。

「一切都是托蘇大人的福啊！」串燒老闆興高采烈地說：「幾日前黃泉氾濫成災，市區差點被黃泉淹沒，引來眾多水棲性的餓鬼走到街上吃人。偏偏正教會選擇撤離堂區，見死不救，糟透了！最好別讓我在街上見到那些烏龜王八蛋！」

「後來怎樣了？我看現在大家都不害怕黃泉水患？」

「當時我們都打算撤離家園了，幸好蘇大人從天而降，用神力開鑿河道，把山上黃泉引到附近一個天然水庫中；又圈養黃泉餓鬼以供食用，順便解決了我們的糧食問題。」

「你們的適應力也太強了吧……」但惡魔本性使然，娜瑪看著餓鬼肉串燒，不禁流下口水。

「小姐妳從附近堂區避難來的嗎？真是辛苦了。來，我請妳吃一串。」

娜瑪爽快地接過串燒，又問：「你們口中的蘇大人難道是蘇梓我？」

「怎能如此無禮直呼蘇大人的名字呢。大人為聖火堂區的居民貢獻良多，可是我們的大英雄。就連我家父母也是蘇大人從黃泉口中救回來的。」

娜瑪心道：那笨蛋真的變成英雄了，明天太陽就算由西邊升起也不再奇怪了吧……反正原本紀念聖子誕生的節慶現在也變成人鬼同樂日。

望向繁華夜市，有頭頂長角的一家大小坐在人類旁邊吃宵夜。真不知哪來的這麼多鬼族，似乎來香港旅行變成鬼界最流行的事。而且也不用擔心鬼族沒有人類貨幣，另一小巷正有一名醉漢把一張張鈔票塞到狐女的胸前，人鬼間的雙邊貿易隨時在聖火堂區上演。

「很像蘇哥哥的做法呢。」夏思思笑道：「既然黃泉注定氾濫，鬼門關大開，與其花力氣討伐妖鬼倒不如和平共處。反正鬼族大多都是單細胞生物。」

娜瑪嘆道：「那如果有鬼族作亂怎麼辦？」

語音未落就有小鬼張牙舞爪在恐嚇行人，但立刻就被街上巡邏的役鬼擒下。

役鬼見娜瑪等人身上發出特異氣息，好奇上前問道：「你們不是人類，還有惡魔族在其中，還請不要在人鬼特區鬧事，多謝合作。」

「啊？」娜瑪雙瞳變成赤色，釋出子爵魔力威嚇道：「本小姐是蘇梓我的使魔，你們卻把我當成惹麻煩的惡魔嗎？」

「原來是娜瑪大人！」役鬼笑臉恭迎，接著背後一陣腳鐐鈴鐺聲響，其他役鬼紛紛上前向娜瑪鞠躬行禮。

雖然娜瑪臉上不悅，但心裡卻是沾沾自喜。「總之你們帶本小姐去見蘇梓我吧。」

夏思思在背後低聲說：「假如小娜娜露出惡魔尾巴的話，這時候肯定是開心地搖擺呢，真是單純至極。」

就這樣，一行人隨役鬼上山，聖火堂裡有個人已在等候著。

◇

「娜瑪！妳這沒用的女僕終於知道要回家了。」

正殿上，蘇梓我抱著娜瑪拍打她的頭，娜瑪掙扎：「笨蛋你在幹什麼，我也是差點被正教殺死，好不容易才回來的。」

「嘿嘿，那今晚本大爺就替妳全身檢查，看看有沒有哪裡受傷。」

夏思思在二人身後舉手發問：「蘇哥哥是不是忘記思思呢？」

「這裡沒小孩子的事，妳早點睡覺休息吧。」

夏思思嬌嗔：「真過分，蘇哥哥真偏心。」

杜夕嵐亦問：「那我呢？這麼久沒見，你沒有掛念我嗎？」

蘇梓我稍微推開了娜瑪，回答她：「這麼久沒見的不只是我吧，還有其他人想見妳和杜小弟。」

隨蘇梓我的視線望去，教堂長椅坐著一位熟悉的婦人。

「夕嵐、晞陽，你們回來啦。」杜母微笑，三人抱在一起，娜瑪看得亦眼泛淚光，場面溫馨。

「哇哈哈哈，所以今晚我們也要重聚了！」

「啊！我不要，救命啊！」

但沒理會娜瑪反抗，蘇梓我便放聲大笑把她抱到內殿敘舊了。

2

在世人眼中，蘇梓我使役惡魔殺死安東尼樞機、籠絡妖鬼佔據香港教區，是個十惡不赦的叛徒。但在香港信徒心目中卻恰恰相反；蘇梓我解放百姓、馴服鬼族、治理黃泉，是名副其實的救世主。

然而三大宗教裡沒有蘇梓我的容身之所，這樣的話自己創造一個好了。

蘇梓我宣稱自己是聖主派遣到人類的最後使者，目的是整頓腐化的三大宗教派別；又得聖火六約等鄉紳支持，成功說服一眾舊聖徒追隨自己，形成了全新的宗教教派，情況如同歐洲史上的宗教分裂和美國的大叛教。

然而《耶路撒冷公約》的第一條開宗明義規定地球上只能容許聖教、正教，以及新教這三個宗教，新興宗教意味著正式與傳統教會分道揚鑣，三大宗教出兵討伐蘇梓我也是早晚的事。

◇

「幸好娜瑪大人的主子在香港擁有奇怪的人氣，短時間內都不必擔心在聖火堂區的地位。」

翌日，蘇梓我與一眾魔神和同伴在聖火堂商討國際情勢，席上雅典娜對娜瑪分析如今香港的狀況。

娜瑪嘆氣說：「可是啊……雅典娜妳有什麼想說就直接告訴那笨蛋啦，別找我當中間人。」

雅典娜對娜瑪耳語：「不，娜瑪大人才是我的主子，而且那個男人有點……荒淫，看見他又會想起他這個那個的。」

「我是可以理解啦，但妳看看阿提蜜絲，她不也跟其他男生玩得挺高興的嗎？」

「阿提蜜絲身為月亮女神性格陰柔，潛在性格本就喜歡追求愛情，只不過沒料到她會被那男孩哄得那麼高興。」

只見教堂長椅坐著杜晞陽和阿提蜜絲，杜晞陽不斷向她撒嬌，一副姊弟模樣，互動親暱。

「夠了，妳們別在下面竊竊私語。」蘇梓我站在祭壇台上高聲說：「還有雅典娜，看妳是智慧女神的份上，我才把分析情報的工作交給妳。就算我答應過妳們要揭穿教會黑幕，要是妳不肯合作我也幫不上忙。」

雅典娜嘆了口氣，對娜瑪耳語，接著娜瑪又重覆一遍：「根據最新消息，庇護十三世今早宣布引咎辭退教宗職務，現由國務樞機卿多瑪斯主教暫代職務——咦？咦咦！」

娜瑪連忙轉頭質問雅典娜：「教宗突然退位了？」

雅典娜對她耳語：「基於一連串軍事行動失敗，教廷其他勢力馬上向庇護十三世施壓；尤其聖殿騎士第一統帥安東尼將軍的死，使庇護十三世孤立無援，事情最終就演變成這樣。」

蘇梓我搭話：「所以是我家的蠢女僕害的。」

「或者他還沒有死啦，只是掉進大海而已。」

「又不是小說情節，一般來說穩死的吧。」

娜瑪自言自語：「這樣的話，由誰來當羅馬教宗呢？」

雅典娜答：「依據聖教憲章，梵蒂岡必須召集各地樞機舉行教宗選舉決定新任教宗，不過幾乎肯定會是多瑪斯樞機卿當選，畢竟另一位候選人沒有太大威脅力。」

「另一位候選人？」

「其實教宗選舉原則上沒有固定人選，每位教徒都有相同機會接受推舉；但現時教廷只剩下多瑪斯主教一派，據說他們會推薦另一位候選人出來做陪襯，安東尼將軍的女兒瑪格麗特．安東尼小姐。」

「欸！是那個白痴的金毛大小姐嗎？」娜瑪嘆道：「教廷沒有其他人才了嗎。」

「安東尼家世顯赫，加上安東尼將軍光榮戰死，現在要找到另一位能跟瑪格麗特小姐相比的……確實沒有。」

雅典娜總結：「多瑪斯樞機卿接任教宗只是時間問題，這樣看來他才是此次內亂的最大得益者，說不定也是主謀。」

蘇梓我不爽道：「我早就覺得那個胖老頭很醜，果然有古怪。」

利雅言更正他：「前後兩句沒有因果關係啊。」

「啊，本英雄想到個好主意！既然那胖子想當教宗，我們就不能讓他得逞。」

娜瑪問：「你是要幫金毛大小姐當選新教宗？」

「沒錯，妳跟我到羅馬走一趟，現在就去。」

「為什麼這麼急？」但娜瑪忽然記起，利家女祭司的弟弟還遭聖教囚禁，如今他們與教會決裂，也許是順道打探他的消息吧。無論怎樣，這也證明蘇梓我沒有自己不行，所以才指定要她陪同。

「妳在傻笑什麼？」蘇梓我拿著麻繩說：「別忘記妳是那大小姐的殺父仇人，我兩手空空地去於理不合，所以要……」

「咦？」娜瑪這才察覺不妙，想要逃走但為時已晚。

3

羅馬現在是早上八點，安東尼官邸外有一家四口登門造訪，他們是亞倫．安東尼的胞妹及其親族。

「史黛拉女士，許久不見了。」老管家開門恭敬地迎接。

「我已經不是以前被你照顧的大小姐了，叫我里奇夫人就好。」安東尼將軍的胞妹史黛拉．里奇又說：「管家真是念舊呢，這麼多年仍在服侍兄長一家。不過兄長都已離開人世，你也差不多要另謀高就吧。」

老管家躬身回答：「能侍奉安東尼家是本人的榮幸，老爺離開後，照顧瑪格麗特小姐的責任就由我來承擔。」

「瑪格麗特都快十八歲，不需要其他人照顧了吧。」史黛拉收起洋傘說：「反倒是你當了這麼多年下人，還不懂得接待賓客請我們進去嗎？」

「老爺才剛離開，瑪格麗特小姐暫時不想見任何人——」

「但這是命令啊，是羅馬教廷的命令！對吧？老公。」史黛拉對丈夫的阿佐．里奇使了個眼色，於是阿佐連忙說：

「沒、沒錯，我們奉多瑪斯大人之命，有要事必須跟瑪格麗特商量。」

阿佐身材高大，肢體動作卻顯得膽小，抱著一個裝養飛蛾的玻璃瓶，附和妻子的話。據聞他沒什麼本事，不過依靠史黛拉的人脈關係在梵蒂岡內混了個武職，替多瑪斯主教辦事。

他拿出多瑪斯親筆簽署的文件對老管家說：「你侍奉安東尼家族多年，多少也知道教廷正在發生什麼事吧？按照慣例，在教宗辭退職務後的第十五天，會舉行祕密會議選出繼任教宗，我們這趟來就是跟教宗選舉有關。」

其實老管家早聽聞樞機團指定瑪格麗特作為下任教宗的其中一名候選人。「但里奇先生你帶著兩位千金前來，又是有何用意？」

然而史黛拉一手便推開老管家，呼叫兩位女兒入屋，哇啦啦地在安東尼大宅喧嘩吵鬧。

「是父親大人回來了嗎！」聽見客廳如此熱鬧，瑪格麗特興高采烈地跑下來卻只看見史黛拉等人。「咦，怎麼會是姑母一家，父親大人沒有跟隨各位回來嗎？」

「真是愚蠢，妳父親在日前已戰死海上，連屍骸都找不回來了。」

「不可能！怎麼連妳也詛咒父親大人。」

史黛拉懶得理會瑪格麗特，而是繼續檢視整個客廳。她看見茶几上有一盤餅乾和一杯紅茶，不知放了多久，覺得很不衛生又感到厭惡。

「請別碰桌上的茶點，那是我每天都會準備給父親大人回家時享用的。他在出門前說過這次遠行時間會比較久，肯定是十分辛苦的工作，所以一定要準備甜點慰勞父親大人。」

「妳是笨蛋嗎？」史黛拉拿起盤子，在瑪格麗特面前把所有餅乾都倒到地毯上，並用高跟鞋踩碎。

「姑母妳這是在做什麼！」瑪格麗特睜大雙眼盯著史黛拉，卻得到對方尖酸的回答：

「現在這個家由我代為管理，這是羅馬樞機團的指令。妳應該感到榮幸吧？身為這次教宗選舉兩位候選人之一，能夠跟多瑪斯主教平起平坐。可是妳這麼愚笨，教廷只好委派我來照顧妳這位姪女囉。」

「母親，這客廳的布置真土氣，不如全部換掉好嗎？」

「對啊，真讓人懷疑這間屋主的品味，還是是為了遷就幼稚的表妹嗎？」

史黛拉的兩位女兒分別比瑪格麗特年長一歲、兩歲，論輩分就是她的表姊。

「呵呵，我的好女兒別跟妳們沒出息的表妹太過計較。這棟房子的裝潢我之後會命人重新裝修的。」

「姊姊，不如我們上去看看主人房和表妹的房間長怎樣吧！」兩位少女就這樣跑上二樓，瑪格麗特正想阻止，反被史黛拉狠狠摑到地上，罵道：

「她們是妳的表姊，我是妳的姑母，妳不懂輩分嗎？真沒家教。不過也對，妳母親死得早，連父親也被妳給氣死。」

「里奇夫人請息怒。」老管家扶起雙眼紅腫的瑪格麗特，低頭向史黛拉道歉。

「算了，總之這十五天你們最好給我安分點，活動範圍就只能在一樓，晚上就回雜物間睡覺，房間要讓給安娜和艾瑪。」

說畢，史黛拉立即換上笑臉與丈夫一同走上二樓，與兩位女兒到處參觀。

4

「唉，想不到這世界還有比我更加悲慘的女生，我還以為自己在看《灰姑娘》呢。」

「那老女人居然出手打人，也不照鏡子看看自己什麼樣子。」

此時蘇梓我用轉移術將娜瑪牽到屋外庭園，潛伏在草叢偷看。身為牛郎的伴侶，娜瑪不是織女而是被五花大綁的使魔，她與蘇梓我共用視覺，目睹了史黛拉一家大吵大鬧。

娜瑪回應：「可是思思的預視術只有畫面沒有聲音，我們也不曉得那些人在吵什麼。」

「反正那老女人一看就知道是壞蛋吧。都怪妳殺死了金毛大小姐的父親，害得她被巫婆欺負。」

「我沒有選擇啊……我也差點送命了。」

不過蘇梓我已動身走出草叢，娜瑪清楚他的性格一定不會袖手旁觀，只好追了出去，推開窗子爬入雜物間。

雖然是豪華大宅，雜物間意外地相當髒亂；只待了半天便已全身灰塵的瑪格麗特，驚見有人從窗而入，而且覺得對方似乎有點面熟。「你不是父親大人的朋友嗎？」

「同時也是涉嫌叛教，目前正遭通緝的蘇梓我前主祭。」老管家神色慌張，立即跑到窗前想關窗，卻被蘇梓我阻止。因為窗外還有一個惡魔沒進來。

「哎呀！」娜瑪雙手被綁，抬起腳卻被窗框絆倒，砰一聲就栽到房間地上，弄得滿面灰塵。

「可惡，你這笨蛋打算把我綁到什麼時候！」

老管家連忙鎖上門，低聲說：「兩位請安靜點，免得被別人誤會我們與教會通緝犯有關係。」

蘇梓我上下打量老管家。「你知道我的身分卻不感到害怕呢。」

「近日閣下的事已傳遍天下。不但背叛聖教，還推翻正教在香港教區的統治，引入鬼族和惡魔自成一國，使香港教區成為無法之地。」老管家說：「另一方面，遠征香港的兩萬名騎士被擊沉於南太平洋之上，你們……」

「是殺死安東尼將軍的凶手，你是想這麼說吧？」蘇梓我打斷老管家的話。

「怎麼會……你不是父親大人的副手嗎？」瑪格麗特對教會事務一無所知，只知道蘇梓我之前曾跟父親共事。

蘇梓我解釋：「妳父親是位很了不起的將軍，他在梵蒂岡正式的官職為聖殿騎士團第一統帥，也是原本收復香港聖戰的最高指揮官。但是天意弄人，我們被迫兵戎相見，結果這個笨女僕就把妳父親轟到海裡去了。」

蘇梓我扯著麻繩把娜瑪拉到瑪格麗特面前，娜瑪因為同情瑪格麗特便低頭道歉：「對不起，但戰場上刀劍無情，身為戰士我們都是身不由己……」

「妳胡說，父親大人怎麼會死在妳這下人手上？我才不相信！」

「哇哈哈！妳說得沒錯，我相信安東尼將軍也不是就容易掛掉的男人。不過掉到海裡而已，搞不好安東尼將軍大難不死漂流到荒島，現在跟爛排球一同生活啦。①」

---

① 取自知名電影《浩劫重生》（*Cast Away*）的劇情。主角因飛機失事落海，意外漂流到一座無人島；為排遣寂寞，他在一顆排球上畫上臉譜與它對話，還將其取名為「威爾森」。

「笨蛋，別說一些不負責任的話──」

但瑪格麗特隨即附和：「一定是這樣！父親大人絕對不會一言不發就離開我。」

然而蘇梓我話鋒一轉，開始說教起來：「安東尼將軍英明神武，假如他回家看見自己女兒被欺負了也不懂還擊，肯定會非常失望，對吧？所以妳不能屈服於那些壞人，包括多瑪斯主教也是壞人！妳要記住，這個世界只有本英雄才是妳可以信任的人。」

一旁的娜瑪喃喃道：「又在哄騙無知少女了……」

「別礙事，妳去幫安東尼的千金打掃雜物間啦。」蘇梓我不耐地將娜瑪鬆綁。

瑪格麗特虛心請教蘇梓我：「可是姑母有教廷撐腰，我應該怎麼辦？」

「那老女人只是妳的親戚，為何她能如此目中無人？」

老管家代答：「安東尼老爺還沒有死亡證明，再加上小姐還差幾個月成年，還不能繼承安東尼家族的權力和家產，教義上只能由血緣最親的史黛拉．里奇代為接管。」

另一個原因則與教宗選舉有關，縱使那是教廷機密，但老管家仍把自己所知之事全數告訴蘇梓我。

最後老管家總結：「蘇先生，我一生侍奉安東尼家族，本來不想理會教廷內部鬥爭，但如今瑪格麗特小姐被欺壓，我也不能袖手旁觀。」

這是老管家願意幫助蘇梓我的原因，敵人的敵人就是朋友，而且是靠蘇梓我的一番開導，瑪格麗特這才振作起來的。

蘇梓我拍胸口道：「放心吧，我來就是要幫助瑪格麗特打敗多瑪斯，成為新任女教宗。」

聽見蘇梓我這番話，瑪格麗特和老管家皆十分驚訝。

老管家不禁疑惑地問：「具體來說你打算怎麼做？」

「這個當然……有辦法，但不告訴你。」蘇梓我反問：「不如你先說說教宗選舉制度是如何進行的吧。」

老管家答：「通常在教宗辭退職務後的第十五天，全球數百位樞機主教就會齊聚梵蒂岡，並於西斯汀禮拜堂內進行祕密會議，三天內以絕對多數制選出新任教宗。」

此外，祕密會議進行期間必須與外界隔絕，不受任何外在干擾。因此若要說服其他樞機主教投票給瑪格麗特，這十五天就是最後期限。

蘇梓我心想：瑪格麗特沒有本英雄的魅力，要在十五天內使樞機團改變主意確實有點棘手。

不過這世上有方法可以輕易讓個人魅力倍增，而且那個關鍵人物現正橫渡太平洋，隻身游到香港外海準備找蘇梓我報仇。

5

回到香港已是夜晚，聖火教堂外卻有大批信徒靜坐；蘇梓我繞過他們走進聖火堂，見利雅言等人神色凝重，圍坐一圈正在商量些什麼。

「雅言、夕嵐，妳們怎麼了？是我帶走娜瑪所以沒人煮晚飯給大家吃嗎？」

「蘇同學回來得正好。」利雅言無視他的閒話，繼續說：「在你離開香港期間，維多利亞海上一片混亂，魔法亂飛，不少船隻被擊沉了。」

「怎麼搞的，我不是叫萬鬼之母別亂放惡鬼來港嗎？」

「鬧事的不是鬼族，而是惡魔族。」利雅言又嘆氣。「但無論如何，香港政府都不打算插手妖邪問題，又把所有責任推到我們身上。如今聖火堂外聚集了大批信眾靜坐請願，要求我們展現神蹟解決問題。」

惡魔擾亂治安，這不僅關乎蘇梓我教會的名聲，更影響教會蒐集信仰的能力。利雅言經常將信仰力掛在嘴邊，因為信仰力是聖魔法與魔魔法的根源，蘇梓我體內魔力日漸增長也是因為有越來越多的民眾追隨的關係。

「好啦好啦。那惡魔真是不識好歹，偏偏在海上跟我作對。」蘇梓我吩咐娜瑪：「把定海神針拿過來，看我如何收拾那惡魔。」

「欸？你有把定海神針交給我保管嗎？」娜瑪有點記不起來。

「當然啦。那鐵棒又長又重，難道要主人隨身攜帶？」

「這麼說來，今天出門前因為外面下著毛毛雨，所以好像拿它在室內晾衣服——哎呀，又打頭了！」

蘇梓我罵道：「誰准妳亂用神器！」

結果二人一如往常吵了起來，鬧了半小時後才與利雅言等人一同乘車前往維多利亞港的碼頭。

◇

雖是夜深，但岸邊人潮洶湧，滿月下幾百人向大海禱告，猶如神祕儀式集會。

利雅言說：「稍早前，有惡魔劫持了十數艘漁船與渡輪，而且船上乘客均對該惡魔唯命是從，研判應該是中了魅惑魔法。那些受害者家屬感到十分無助，於是來碼頭禱告祈求家人能平安回家。」

「又是大規模的迷惑魔法嗎？」蘇梓我喝令娜瑪：「妳也是擅長迷惑術的惡魔，快去給那些人解咒吧。」

娜瑪搖頭說：「的確感受到很強的迷惑氣息，是A級的迷惑術，就連本小姐也不能隨便解咒。」

而且娜瑪的迷惑術專攻男性，面對等級相同的迷惑術她也無法抵銷。

「真沒用，連一頭惡魔都收拾不了。」

利雅言則替娜瑪解圍：「現場信眾都是蘇同學的追隨者，假如你能在眾人面前收拾惡魔，肯定會增強大家對蘇同學的信仰力。」

「說得有道理，不愧是雅言。就待本英雄用行動證明誰是救世主吧，哇哈哈哈！」

蘇梓我被哄幾句後就展開黑翼飛往海中心，飛懸在被劫船隊的上空高聲叫陣：「什麼惡魔企圖破壞本英雄名聲，還不速速現身！」

「該死的淫賊！終於等到今天能手刃仇人了。」

突然鋒利魔力從背後襲來，蘇梓我橫身一閃，但魔力黑翼卻被怪蛇咬了兩個小洞。

「嘖，打不中嗎。」水色長髮少女同樣浮在半空，雙手緊握蛇杖抱怨。

夜空中的少女手持蛇杖，水色長髮與海面銀河互相輝映。蘇梓我盯著少女沾濕了的胸部，喃喃自語：「這鬧事的惡魔好像哪裡見過……」

「你難道忘了我是誰？」少女在空中暴跳如雷。「我是忒爾克西厄珀亞女王，今晚就是來找你算帳的！」

「哦，是那名字很長的海妖，那就沒什麼好擔心啦。」

蘇梓我以定海神針捲起海水形成魔法巨手，打算把忒爾女王一手擒住——卻見巨手分成兩半，如同瀑布左右落下濺起浪花排空，背後忒爾女王高舉蛇杖，顯得春風得意。

「妳手上拿的不就是正教那混蛋的蛇杖？」蘇梓我大驚，亦覺得奇怪，就連郭漢揮舞摩西之杖都力不從心，區區海妖怎能駕馭自如？

但不容蘇梓我思索，一襲純白輕紗掠過月光，眨眼間忒爾女王已繞到他身後大喊：「你這淫賊三番四次凌辱本王，今天我要十倍奉還，受死吧！」

蛇杖化成十尺毒蛇迎面撲去，蘇梓我隨即丟出魔球還擊，擊落毒蛇，同時亦恍然大悟。

「原來妳把金腰帶、插翼長靴、摩西之杖都據為己有了。但妳這無知海妖，妳不知道偷來的所有神器，它們主人全是本英雄的手下敗將嗎？」蘇梓我大笑道：「換言之妳只不過是個手下敗將的集合體，今晚注定又要被我調教啦！」

忒爾女王斥罵：「只有本王配得上擁有王國，不可以讓你這個淫賊成為首領！我要破壞你的邪教組織！」

岸上觀戰的娜瑪相當同意，內心反而有點想支持忒爾女王。

忒爾女王此時用摩西之杖撥打海浪，疊起十尺巨浪衝向蘇梓我，蘇梓我卻神色輕鬆，以定海神針反方向一推，巨浪竟如倒帶般回撲——

只聞一聲悲鳴，巨浪吞下忒爾女王，把罪魁禍首捲到海底，看得圍觀民眾歡呼鼓掌。

忒爾女王浮出水面，她全身濕透像小狗般左右搖頭甩水，罵道：「不公平！為什麼你這淫賊的神器都比我厲害。」

「妳的神器本就都是我的，妳還好意思罵我？」

蘇梓我拍翼飛往海面打算捉拿海妖，但忒爾女王兩腳一踏便是數十尺遠，荷米斯的插翼長靴使她行動快若流星。

「我不玩了！反正你只是個倚仗奇怪神器的沒用鬼！就連床事都只是依靠阿斯摩太指環的短小男！」忒爾女王快速丟下幾句後便立即遁逃。

「可惡，居然辱罵本英雄！」

蘇梓我趕緊追上，但海面船隻忽然擋住去路，他眼睜睜看著海妖在船隻間穿梭，金腰帶更迷惑一眾船客漁民向他投擲雜物——塑膠瓶、便當盒、舊報紙，無奇不有。

蘇梓我大怒。「快回來給我道歉！」接著他雙眸逐漸變得深紅，以預視術看穿大海，卻找不到忒爾女王的身影。就連預視術的波長也不能有效穿透深海，蘇梓我一時無計可施。

「妳給我記著，下次不會再讓妳逃掉！」蘇梓我對著大海叫囂，最後只能忿忿地離開。娜瑪等人則收拾殘局，替無辜市民解除迷惑魔法。

6

本以為忒爾女王只是貪玩，惡作劇應該暫告一段落，但在蘇梓我等人回到聖火教堂不久，又接到報告說忒爾女王在其他海域劫持船隻，當教會職員趕到現場後又逃遁海中消失。

接著過了一個小時，換成住在海邊的居民投訴有人在深夜用擴音器唱歌，使居民失眠抓狂。當然，在警察接獲報案、抵達現場後，忒爾女王同樣逃去無蹤。

類似的快閃惡作劇不止於此。忒爾女王於清晨又用金腰帶迷倒水棲鬼族，並使役他們爬到街上翻倒垃圾箱，弄得市區雞犬不寧，交通壅塞。

結果到了翌日，聖火教堂收到大量投訴，全部都是要求蘇梓我盡早解決那個麻煩的海妖。

◇

「蘇同學，我明白你需要處理羅馬教宗選舉的事，但香港有海妖作亂亦不能置身事外。歸根究柢，都是你招惹的禍端。」

一大清早，利雅言先逼供娜瑪說出事情始末，再把蘇梓我叫喚到教堂內訓話。她認為忒爾女王雖有錯在先，但蘇梓我多番欺負她亦有不對，應該向對方道歉，化干戈為玉帛。

蘇梓我交叉雙臂苦惱著，利雅言則繼續訓話：「現在你是聖火堂的領袖，所以我會對你比較嚴格，這樣信眾才會追隨我們，我們才可以整頓世界宗教，兌現與希臘眾神的承諾。」

事實上利雅言依然心繫聖教。於公，她希望整頓聖教內部腐敗的勢力；於私，她也想救回被聖教囚禁的胞弟。

「但惡魔之間不能用言語解決問題。」蘇梓我轉為吩咐娜瑪：「當務之急還是要制止那頭海妖作亂，妳快給我想辦法捉住她。」

娜瑪放下掃帚嘆氣：「方法是有，所羅門七十二柱魔神裡，有一位特別擅長海中作戰，而且不像你這笨蛋只懂蠻力，她在海上的魔法高端，要捉海妖大概只有她能辦到。」

「啊？那妳幹嘛不早點告訴我！」

「我只是想保護無辜的惡魔，免得落入你的魔掌。」

「難道是位美女？」蘇梓我雙眼發光，嘴角流口水。

「這我不清楚欸，惡魔之間本來就很少交流，除了我跟夏思思是死敵之外，其餘惡魔我都沒怎麼見過。」娜瑪續道：「但所羅門七十二柱魔神當中有一個不成文規定，就是只有兩個名號是女性惡魔專屬的，而她就是其中一個。」

事實上，阿斯摩太就不是女性惡魔專屬的名號，而現世魔法書對大多數惡魔性別的描述都比較隱晦，在魔法書上記載是女性惡魔的更少之又少。

夏思思接過娜瑪的話，笑道：「原來如此，是人魚族的魔海女王賽沛閣下呢。」

賽沛——所羅門七十二柱魔神排名第四十二位，擁有半魚身軀，世界各地美人魚的傳說大多都與她有關。她的能力是「御海術」，跟支配水元素的定海神針不同，賽沛所支配的是關於海的一切，包括海上海下整個空間的所有活動。

「不會又是個自稱女王的怪傢伙吧？」

「賽沛女王是真女王啊。」娜瑪反問：「你大概忘記魔界的權力架構吧？魔界由三大公、二十一王侯共治；賽沛女王位列侯爵，被分封魔海為領地，所以別稱『魔海女王』。」

夏思思亦道：「相較於三大公統治的繁華城市，二十一王侯的領地大多是偏遠戰區，是魔界境內最惡劣的地方。其中魔海是魔界邊境，與不毛之地接壤，經常跟『奇異生物』發生衝突，葬在魔海的生命不計其數。所以魔海又稱死海，除了人魚族，其他種族都無法在那裡生存。」

「原來如此。」蘇梓我說：「那事情就好辦，妳們兩個跟我去魔海一趟，讓我跟賽沛訂下惡魔契約吧。」

「蘇哥哥似乎充滿信心呢？」

「嘿，任何女性都不會拒絕本英雄的要求。」

娜瑪嘆氣說：「反正早就料到有此一日，要去就去吧。」

7

吃過早餐後，蘇梓我帶著娜瑪和夏思思來到魔界撒馬利亞城外。此地依舊是永夜，但最近周遊列國也習慣了日夜顛倒，魔界的空氣反而更讓他心曠神怡。

蘇梓我問兩位使魔：「妳們所說的魔海在哪？」

夏思思答：「跟現世地形相似，死海就在撒馬利亞的南方，用走的話大概要花上一整天喔。」

娜瑪補充：「從耶路撒冷走比較近。現在魔界交通發達，直飛耶路撒冷很快就能到魔海。」

此時她已召來四輪白篷車停在空地，拉車的半人馬望見他們，便告訴娜瑪：「不靠站前往耶路撒冷，單程收費每位二十五克靈魂。」

「欸！又加價了嗎？半年前才二十克靈魂耶！我們這裡有三個人就算便宜一點嘛。」

「最近魔界通貨膨脹，我們做生意的也是無可奈何啊。」

魔界的通貨膨脹即是靈魂流通量增加導致貨幣貶值，夏思思說：「這對蘇哥哥來說絕不是好事喔，畢竟靈魂的來源主要就是人類。」

「可是以往我替教會工作，也試過用魂水杓和魂水盂蒐集惡魔的血魂。」

「惡魔的靈魂不夠精純不值錢啦。更何況如果惡魔的靈魂能作為貨幣，魔界不就大亂了。」

夏思思續道：「用人類的靈魂交易，亂的就只會是人間。一個正常人類有二十一克靈魂，要在半年間膨脹二十多個百分點，看來魔界也收割了很多人類呢，大概為了招兵買馬準備戰爭吧。」

「魔界也在蠢蠢欲動啊。」

「順便一提，越接近天神或惡魔的人，他的靈魂就越值錢，所以蘇哥哥的靈魂已經升值幾百倍了喔。」

蘇梓我問：「二十一克的幾百倍不就是好幾斤靈魂？」

夏思思露出奸笑：「人體還是無法儲存太多靈魂啦，所以蘇哥哥多出的靈魂要透過體液排出體外，小娜娜肯定從蘇哥哥身上榨取了不少。」

「兩個笨蛋在胡扯什麼！」娜瑪此時終於說服半人馬減價，回頭喝令二人登上篷車。車內意外地寬敞，大概可以擠到八人左右。

「幾位客人坐穩了——」話未畢，車外馬蹄連環踏地，馬車便如雲霄飛車急速爬升，轉眼已穿梭魔瘴間。

◇

蘇梓我掀起白色帆布，從縫隙望向外面，華麗的撒馬利亞城堡漸漸遠去，取而代之的，是無盡的荒原地帶，偶爾會有禿枝樹林和零星部落，但更多是從地底深淵升往天空的黑色鬼柱，那些地方附近沒有半點生命跡象。

夏思思說：「耶路撒冷的城主是擁有『毀滅者』之稱的亞巴頓大公，是魔界三公中最激烈的主戰派，坐擁最多兵力，附近惡魔全被他招攬成為雇傭兵了，所以越接近耶路撒冷，城外村落就越稀少。」

「是嗎，」蘇梓我顯然不感興趣，只問：「魔界三公都是男人？」

「都是男人喔，但蘇哥哥有思思就足夠啦。」夏思思像發情小貓伏在蘇梓我懷中，引來娜瑪十分緊張，禁止二人在車上做壞事。

就這樣經過大約一小時，半人馬車掠過耶路撒冷上空，陸地景色令蘇梓我嘆為觀止——

「魔界最大的城市，比香港還要繁華啊。」

蘇梓我在半空探頭往車外看，耶路撒冷以巨型城堡為圓心，密密麻麻的建築物圍繞城堡一直向外伸延；幾百座市集、幾千支煙囪，到處魔聲鼎沸，生機勃勃，規模比撒馬利亞有過之而無不及。如果說撒馬利亞是以華麗作主調，耶路撒冷則是純粹地宏偉、壯觀異常。

縱然魔界科技比不上人類先進，蘇梓我卻被這座千年古城吸引，就連半人馬車已降落地面也沒察覺。

在數十尺高的大理石城牆外停滿幾千座篷車，這裡是耶路撒冷的馬車轉乘區，就像現世的公車總站，站內車水馬龍，行人絡繹不絕。大街兩旁有眾多小販叫賣，身穿戰甲的狼人戰士和哥布林商人有說有笑，好不熱鬧。

「各位客人，已經抵達耶路撒冷囉。不知你們是否預約旅館了？我有老朋友可以用最低價錢訂房喔。」半人馬禮貌地打開帆布迎接三人下車，順便兜售生意。

「不用，謝謝。我們只是途經耶路撒冷而已。」娜瑪又指著東邊天空說：「請問死海是往這方向走嗎？」

半人馬聽完後頓時額冒冷汗，反問：「客人要前往死海？難道幾位不知道現在是人魚族的繁殖季節？」

「哦？原來是第十三年。」娜瑪回頭向蘇梓我解釋：「人魚族本來只有女性，死海又沒有其他種族，所以每隔十三年，人魚族都會傾巢而出拐帶男性回巢繁殖……」娜瑪見蘇梓我已經飄飄然起來，嘆道：「算了，對你來說這是難得的機會，反正我也管不了。」

「總之客人們好自為之吧，我們這幾個月也不敢接近死海。」半人馬說畢便回到馬車站排隊，等待下一輪生意。

至於蘇梓我則暗自歡喜，卻不知大禍即將臨頭。

8

與半人馬道別後，蘇梓我等人往東方海岸走。海洋氣味漸近，喧囂人聲漸遠；郊外陰森漆黑，半個小時的路上竟不見半個人影，死海果真名副其實是生人勿近。

「咦？」但蘇梓我豎起耳朵。「妳們有聽見少女的歌聲嗎？還有嬉水聲、笑聲……呵呵，龍宮我來了！」

蘇梓我忽然蹦跳地興奮前進，娜瑪邊跑邊抱怨：「笨蛋就是笨蛋，你的腦袋直接當美女雷達還比較有用。」

「蘇哥哥要當心繁殖季節的人魚族啊。」

兩位使魔追隨蘇梓我跑到來石灘，終於望見紫色海面波濤洶湧，巨大氣泡接連冒出水面，釋出濃郁的白色煙霧，加上黏稠的水質，簡直是巫婆煉製的藥湯，地獄之海不愧如此。

「但最重要的美人魚在哪裡？」蘇梓我東張西望，又到處翻弄石堆尋找。

「又不是在抓螃蟹……」娜瑪說：「死海一直處於交戰狀態，終年跟『奇異生物』對戰，肯定有『迷彩結界』。」

夏思思雙瞳閃過紺青光芒，點頭道：「確實有結界，換言之我們沒找錯地方。」

蘇梓我緊張追問：「但說好的捉男人來繁殖呢？」

娜瑪遞上定海神針，指向海平線。「看見海上遠處有座白色城堡嗎？那是魔海女王的珍珠堡，築在堡礁之上，是個半浮半沉的海上要塞。你有本事就直接飛過去……還真的給我飛過去了！」

蘇梓我還沒聽完便滑翔魔海上，劃破浪花，水點化成霧氣。他的身影漸漸消失於朦朧中——

此時水霧浮現閃閃光點似是繁星，竟是如雨般落下的箭矢，海面頓時激起無數水花。

同時無數氣泡浮起，每個氣泡內都冒出全身赤裸的人魚弓箭手準備第二輪箭陣，卻找不到蘇梓我的身影。

「幸好有美女雷達，早就看穿有人魚伏兵。」

蘇梓我的聲音從上空傳來，他已瞬移到人魚群上方，隨機抱起一名紅髮人魚飛回天空。

「哦，這就是繁殖季節的人魚嗎！」蘇梓我仔細觀察，人魚下半身好像少女半褪長裙露出部分臀部，十分誘人。

人魚生氣地奮力掙脫，一下就滑出他的雙手，鑽回海上與同伴會合。

同時娜瑪和夏思思亦趕到戰場，夏思思代為宣告：「這邊是繼承所羅門印戒的王，希望能拜訪排名第四十二位魔神的賽沛女王，請諸位通傳。」

紅髮人魚回話：「賽沛女王有令，這段日子不會接見任何客人，擅闖死海者格殺勿論！」

語畢，海上迷霧變得更濃，蘇梓我只能靠預視術感應四周，驚覺已是十面埋伏。

千百隻人魚重重包圍，外圈人魚手牽手圍成結界來封印瞬移之術，內圈的則手持三叉戟交叉列陣，逐漸收緊蘇梓我三人行動的空間。

「哼，雖然妳們在海上有優勢，但本英雄也特意帶來定海神針！」

蘇梓我大力揮舞手上能操縱任何水元素的原初神器，先是大喝一聲震退霧水，再把懸浮空中的水滴織成繩網，將眾人魚一網打盡——原本計畫是這樣。

「沒有效？」蘇梓我揮了一次又一次，霧氣居然不聽使喚，而人魚的三叉戟已刺到眼前——

鏘！電光石火間，夏思思召喚蛇寵擋住一波，娜瑪則放魔箭轟向人魚群，暫時擊散人魚的布陣。

「沒用的笨蛋！」娜瑪說：「這些霧氣不是水氣啊。大概是魔法金屬的汽化狀態，所以我才不敢用閃電火。就連海水也不一定是水屬，你的定海神針還是用來曬衣服算了。」

「怎麼這麼麻煩！這樣我得用盡全力給妳們看看。」

蘇梓我青筋暴現，在半空怒吼同時，右手上印戒發光——雖然離海面十數尺，死海水面果真泛起漣漪，與蘇梓我身上魔力共鳴。

「蘇哥哥將所有使魔的魔力匯聚體內，看來要是動真格。」

「不只這樣。」娜瑪驚道：「被一眾裸女包圍使那笨蛋的性慾上升，甚至解放了色慾獸印的力量，是硬繃繃的色狼狀態！」

只見蘇梓我纏身魔力隆隆作響，全身甚至有電光包圍，黑色羽毛漫天飛舞——

「所有人住手。」

這道聲音直刺進蘇梓我腦內，使他全身痠軟，瞬間打回原狀。顯見聲音主人的魔力凌駕在蘇梓我之上，至少在她的地盤上是這樣。

千呼萬喚始出來，絕色的人魚女王橫臥在鑲滿珍珠的八人大轎之上，在眾人魚簇擁下現身蘇梓我面前。

「賽、賽沛女王！」娜瑪顯得戰戰兢兢，畢竟對方爵位比自己高。

烏黑長直髮配上黃金王冠，賽沛女王身披海藍色絲質長裙，一邊伸手給下人塗指甲，一邊優雅說道：「蘇大人喜歡本王的布陣嗎，是否要繼續再戰？」

海面陸續有人魚乘著氣泡增援，數量眾多，迫使蘇梓我不得不放下對戰的心思。但他依然滿是信心地與賽沛女王對質。

「在死海或許我奈何不了妳，但離開此地妳就不是我的對手。一直待在這裡浪費青春好嗎？本英雄可以給妳機會追隨，甚至讓妳在現世成為真正的女王，妳說怎麼樣？」

「的確很誘人。」賽沛咬一下嘴唇，笑道：「我說的是你的身體。」

「啊？哈哈，妳的眼光倒是不錯！」

「其實本王早就知道你來的目的，這也是身為所羅門魔神的宿命。可惜蘇大人的靈魂已賣了給阿斯摩太，你還想用什麼來跟我交換盟約？」

娜瑪小聲跟蘇梓我說：「這是千載難逢的機會啊，魔海女王真的是很厲害的人物，無論如何你都要得到她的協助。」

「小娜娜說得沒錯，魔界裡誰都不敢輕視魔海女王，蘇哥哥十分需要她。」

蘇梓我聽取兩個使魔的意見後，便問賽沛：「好吧，妳想要什麼儘管告訴我，我盡量滿足妳就是。」

賽沛掩嘴淺笑。「本王的要求只有兩個：你手上的原初神器，以及一萬兵馬。」

9

「身為人魚族的統帥，本王最高使命就是守護魔海，因此剛才逼不得已要向蘇大人來個下馬威；若他日成為蘇大人的使魔，難免需要離開崗位，屆時魔海的防守就會大為削弱，沒有定海神針與一萬兵馬，本王實在不放心。」

蘇梓我答：「可是我費盡千辛萬苦才把這東西搶到手啊，世界僅只七件的原初神器，妳的胃口可不小呢。」

「呵呵，越是漂亮的女人就越花錢嘛。」賽沛嫣然笑道：「而且我也快將是蘇大人的女人，蘇大人想要一根棒子還是要美女？」

「……真是一語驚醒夢中人啊。反正我也嫌這東西笨重，送給妳也可以，只要妳向我效忠便行。」蘇梓我問：「可是一萬兵馬該怎麼辦？本英雄素來一騎當千，麾下可沒養這麼多人手。」

賽沛女王搖頭，烏亮秀髮隨之甩動。「一萬士兵，本王買的不是現貨，是期貨喔。剛才交戰之時，本王仔細觀察了蘇大人的身手，果然名不虛傳，控制魔力爐火純青，潛力更是深不見底……是隻很好的種馬。」

賽沛最後一句特別小聲，但這也是她看上蘇梓我的原因。賽沛女王需要強大的軍隊替自己守衛領地，這是她身為侯爵的職責，亦是賽沛此名號得以永久昌盛的義務。難得蘇梓我精力旺盛，魔力強大，碰上人魚族的繁殖期，他絕對是配種的最佳人選。

賽沛調整姿勢正座於轎上，不經意地露出豐滿乳溝，又舔唇輕問：「蘇大人你覺得如何？我們人魚族是魔界裡最愛美的種族，會根據外表打分數，低分的同伴都會被送往前線讓她們戰死，因此能活下來的人魚都是最美麗的，親衛隊更是萬中挑一的美女呢。」

這算是根據外貌的優生學，但大自然本就如此，人魚外表越吸引人就代表魔力越高。換句話說，讓最美的人魚活下來交配，這正是二千年來戰無不勝的魔海兵團的祕密。

當然，蘇梓我只是個簡單的男人，看見美女就爽快答應。

「嘿嘿，就等本英雄賞妳們一萬兵力——咦，一萬？」

「對，只要蘇大人答應給本王配種一萬兵力的話，我賽沛就起誓效忠大人，成為真正的所羅門魔神。」賽沛反問：「還是蘇大人對自己那方面的能力沒信心嗎？」

此時娜瑪乘機嘲笑：「那笨蛋只是嘴上厲害，每次在我面前都是早——嗚哇啊啊！」

蘇梓我強行掩住娜瑪的口，滿額大汗地回答：「當、當然沒有問題！只是不眠不休把性愛當成工作，有違我的原則。」

「呵，我不會叫蘇大人一天內辦妥的。」賽沛說：「我們人魚族每次產卵都是數十以上。蘇大人只需每晚來陪本王的親衛隊睡一睡，大概一個月左右就能達成一萬之數。」

蘇梓我鬆了口氣。「但一個月啊，我可是急需借助妳的力量來教訓香港某隻海妖，不能拖太久。」

娜瑪又在旁吐槽：「你當然無法持久，因為你是早——嗚嗚！」

賽沛優雅笑道：「大人跟使魔的感情真好，本王也安心多了。這樣我們只需將互相的承諾寫在莎草紙上，惡魔契約就生效。」

「好，一言為定。」蘇梓我一邊制伏娜瑪，一邊對賽沛說：「我願意送妳定海神針及一萬兵馬，以換取妳效忠成為本英雄的第五名使魔。」

說畢，一張莎草紙從死海浮出，紙上已用鮮血寫成契約，只差蘇梓我和賽沛的簽署。

「從今天起我就是蘇大人的使役魔神，請多多指教。」賽沛的修長手指掠過莎草紙前，一陣閃光，她的惡魔真名便刻在契約底下。

蘇梓我見狀也咬了下手指用鮮血簽署，並交出定海神針；契約儀式大功告成，剩下就是蘇梓我履行他播種的承諾。

賽沛妖艷笑道：「蘇大人有聽過魔界的流傳嗎？天上夢魔，海上人魚。潛水性愛還是頭一次吧？本王一定讓你畢生難忘。」

此時，包圍魔海的人魚放下武器，高聲合唱，唱出催情樂曲。

蘇梓我亦淫笑起來，來到賽沛身邊。「就讓妳們見識一下本王真正的定海神針吧，哇哈哈哈！」

「真令人期待。」賽沛忽然大笑，並在海中翻身，直接把蘇梓我壓在底下。她風情萬種地笑道：「人魚族累積了十三年的慾火終於得到發洩了！」

這是蘇梓我尚有意識時，聽見的最後一句話。只見賽沛女王不停拍打魚尾，蘇梓我沉沒於魔海之中；偶爾見海面有氣泡浮上，夏思思打趣笑說：「人間不是有種叫窒息式性愛嗎？蘇哥哥在海底不停吐泡，大概十分享受。」

「那個笨蛋……」

娜瑪搖頭嘆息，良久，一個裸男呈大字形浮上水面，起初娜瑪還以為那是一具浮屍。

只見他身邊有一美人魚躍出，賽沛女王顯得容光煥發，呵呵大笑：「不愧是我的主人，品質真是好。」

之前被蘇梓我羞辱的紅髮人魚便接力坐在他身上，喊道：「這回輪到我了！」

說時遲那時快，二人身影已再度潛到海中消失，取而代之又是一堆氣泡冒出，蘇梓我連反抗的機會都沒有。

「原來如此，蘇哥哥連定海神針都交出了，他在海底下只能任人魚肉呢。」

娜瑪冷眼回應：「還是先回家吧，我看沒有半天以上，魔海女王不會放過那笨蛋的。」

「所以思思才說人魚族繁殖季節十分危險嘛。蘇哥哥請安息，不對，是加油了。」

兩位使魔低頭向死海合手默禱，默默離開。

10

「好無聊啊！」

夜深，本應是所有人都在熟睡的時間，但另一位女王忒爾克西厄珀亞卻在漁船上伸著懶腰喊悶。這次她又在公海劫持一艘大型漁船，並正駛回維多利亞港打算製造麻煩。

「結果那淫賊一整天都沒出現來阻止我呢，真沒趣。」忒爾女王搶走船上漁獲，大口咬著生魚沾沾自喜。「嘿嘿，大概他終於明白本王在海上是無敵的吧！不過就算那淫賊跪地抱住我的大腿求饒，我也絕不放過他，一定要當眾凌辱他以洩本王心頭之恨。」

她越想越生氣，於是命令那些被催眠的漁民一同舉起揚聲器，又拉開橫幅海報在甲板咒罵蘇梓我：

「蘇梓我是個大淫賊！」

「蘇梓我專門誘騙少女初夜！」

「蘇梓我有性病！」

不久，海上有魔力徐徐飄來，忒爾女王暗喜道：「那淫賊終於現身了吧。」她飛出船外，卻看見陌生的魔神。

「呵呵，妳就是自稱女王的小海妖嗎？」賽沛女王赤腳踏在海上走近，這不是童話故事，以她的力量根本無須用聲音來交換雙腿，每步散發的侯爵氣息亦是一眼便認得出來。

忒爾女王驚問：「該、該不會是賽沛女王！我只是找姓蘇的淫賊，跟人魚女王無關……」

「那位姓蘇的淫賊現在是我的主子，本王可不能容許妳妖言惑眾呢。」

忒爾女王慌張起來。「既、既然如此……小的先告退了！」

小海妖立刻跳往海裡逃生，殊不知海底之下有個身長過百尺的巨型人魚從海底盯著自己！忒爾女王嚇得驚呼尖叫，狼狽地浮出水面。

「嗚哇！怎麼會這樣！」忒爾女王不知道剛才所見只是賽沛在海中製造的幻覺，她連忙踏著插翼長靴試圖從空中逃走，快得在星空下如一顆流星——

「哪裡都逃不了喔。」

賽沛女王把定海神針垂直插在海面，見海妖一步百里，她便在二百里的海上築起巨浪圍牆，擋住對方去路。

忒爾女王見四方水牆重重圍困，便索性一直線朝上空月亮飛去——可是水柱如蛟龍般直衝雲霄與海妖追逐，貫穿雲層，從百尺高空把她打回海面。

同時海水變得清澈見底，只見賽沛女王站在海中央，漣漪水波一閃一閃隨浪擴散；魔海女王已與整片維多利亞海港連成一體，無窮無盡的海水都是她的力量。

反觀海妖忒爾女王趴在海上，嚇得動彈不得，深深明白自己最引以為傲的大海已不再由自己支配……

「我認輸了，我不會在香港搗亂了，請人魚女王大人有大量，放小女子一條生路！」

忒爾女王跪下來抓著賽沛的雙腿求饒。賽沛微笑回答：「妳好可愛，以後追隨本王好了。」

「但女王妳不是蘇梓我的使魔嗎？」忒爾女王猶豫道：「那個淫賊會不會又凌辱小女子？」

賽沛掩嘴大笑。「假如蘇大人還有精力的話。」

◇

當日凌晨，賽沛女王帶了兩份伴手禮來到聖火堂。

「送到這裡就好。」

幾位烏黑長髮的美少女抬著蘇梓我，將他平放在教堂長椅上，身穿祭司長袍的利雅言見他面色蒼白，同情問道：「蘇主祭他沒事吧？」

娜瑪代為回答：「不用擔心，那笨蛋休息一晚就好。」

娜瑪畢竟是最親近蘇梓我的人，利雅言相信她便不再追問，接著望向另一位戴上頸圈的可憐海妖，大概猜到賽沛女王已完成任務。

「還有，這是忒爾『女王』的三件法寶。」賽沛女王隔空將摩西之杖、金腰帶、插翼長靴放到利雅言面前。「這樣本王就回去休息囉。至於蘇大人嘛，我想既然香港有鬼族交流，我放些可愛的部下過來應該並無不妥？這樣也方便蘇大人執行契約，呵呵。」

利雅言嘆氣。「我會代為轉告蘇主祭的。」

娜瑪也嘆氣，沒想到蘇梓我也有今日這樣的下場。

11

一天後，蘇梓我總算恢復生氣，轉移到羅馬安東尼宅內的雜物間與瑪格麗特見面。

「怎麼妳手上又多了瘀傷啦？」

「只是表姊她們不講道理而已。為了等待父親大人回來，這點小傷我能忍耐的。」瑪格麗特問：「反倒蘇先生怎麼昨天沒出現呢？我還以為發生什麼變卦。」

「是發生一點事啦。」蘇梓我語重心長，眼神就像飽經風霜的老者般對瑪格麗特說教：「世途險惡，人間正道滄桑。妳千萬要懂得保護自己，若被人欺負要懂得說不，否則就淪為魚肉任人宰割……」

提起「魚」字蘇梓我就雞皮疙瘩，立即深呼吸冷靜下來，再把三件神器放在瑪格麗特面前。

「這是摩西之杖，就是那個叫摩西的人用來分隔紅海的，據說還行過不少神蹟，包括用『銅蛇』治療以色列人被火蛇所咬的傷，又在埃及法老王面前把其他巫師的蛇吞掉。」

瑪格麗特雙眼發光。「這樣厲害的東西交給我可以嗎？」

「當然了，生死關頭永遠得靠自己保護自己。」蘇梓我指著另一件神器說：「這是日行千里、飛天遁地的神靴。有時候不要逞強，能逃就逃，不然只會害到自己。」

瑪格麗特乖巧點頭，蘇梓我繼續解說：「撤退只是戰略性的選擇，並非逃避，而是要為反擊做好準備。這希臘愛神的金腰帶能使個人魅力增幅百倍，對妳日後必有幫助。」

瑪格麗特燦爛笑道：「除了父親大人，蘇先生就是對我最好的人。我一定不會辜負期望，不丟安東尼家的名聲！」

此時門後有人聲靠近，蘇梓我便叮囑瑪格麗特：「不要再被人欺負啦，這是一件很悲慘的事。」接著便憔悴著張臉離開。

◇

另一邊廂，多瑪斯正在國務樞機卿的官邸，接待幾位遠道而來的樞機主教。這些樞機主教來自不同國家，但都有個共通點，就是都有份參與十三天後的教宗選舉。

席上多瑪斯訓示：「聖教會經歷了香港災難，二千年的基石受到動搖，再加上莫斯科正教會在背後蠢蠢欲動……我們急需有才之士領導聖座，才能解決今次危機。」

客座樞機齊聲回應：「多瑪斯大人，為了聖教的未來，我們都知道該如何選擇。」

「沒錯，為了聖教的未來。」

宴會很快就結束，除了多瑪斯不想惹人閒話，他還有別的原因急需打發其他人離開。今天有另一位重要的客人心血來潮地突然造訪。

——叩叩。

官邸祭室的門外響起敲門聲，諷刺的是，敲門的人卻是多瑪斯自己。

「進來吧。」

多瑪斯推門進房，裡面坐著一位黝黑皮膚的獠牙大漢在狂飲紅酒，怎麼看都不是人類。

多瑪斯笑問：「教會的紅酒適合閣下口味嗎？」

獠牙大漢睜大蛇眼，盯著多瑪斯。「比魔界的差太遠。」

「真是失禮了。可惜本人很少喝酒，沒有其他好東西招呼公爵閣下。」

「算了，本王要喝酒也得找女人陪。」獠牙漢隨手摔破酒瓶。「繼續下一步計畫吧，多瑪斯主教。」

「當然沒問題，亞巴頓大公。」

「毀滅者」亞巴頓七世，是現今魔界最殘忍的惡魔，也是最強大的公爵惡魔，實力僅次於下落不明的撒旦。雖然同為魔界三大公，但亞巴頓這名號統頓魔界耶路撒冷超過二千年，地位比其他兩位公爵都要高。

此外，從名號亞巴頓七世也能看出他的強大。話說天魔戰爭後經歷了三千年，亞巴頓卻只更換了七個世代；換言之，每個世代的亞巴頓都活了超過四百年，壽命比其他惡魔都要長。世代數越少，同樣代表越接近原初古神，這就是他比起阿斯摩太十二世、阿斯塔特十世、彼列九世等都要接近撒旦的原因。

如此魔界的大人物，就連多瑪斯樞機卿也只不過是他的僕人。只見多瑪斯卑躬屈膝，為亞巴頓換來另一瓶新酒，並恭敬匯報：「下個里程碑就是十三日後。待本人成為羅馬教宗，便能向正教全面宣戰，為人類世界帶來無窮戰亂。屆時亞巴頓大公征服現世的願望便指日可待。」

「當真如此簡單？」獸人族的亞巴頓猛地又豪飲完一瓶烈酒，以嘶啞的聲音反問多瑪斯：「聖教雖然分裂過兩次，但根基仍是三大教會中最穩固的。你有信心能控制世界各地的聖教會嗎？」

「請閣下放心，剛才便有歐洲、非洲、亞洲的各國聖教代表向我宣誓效忠；唯獨大洋洲的最近不常出現，但不要緊，那裡都是以澳洲幾個教省為首的附庸，最終也會歸順我們。」

亞巴頓追問：「蘇梓我呢？他是彼列公爵的棋子，不久前被我們利用來踢走庇護十三世，我想彼列他已洞悉到本王的野心了。那娘娘腔是本王在魔界內的最大敵人，我看他肯定會借助蘇梓我來攪亂教宗選舉。」

「在下當然不會無視蘇梓我這個危險因素。那個人的弱點就是女人，我知道他認識瑪格麗特．安東尼，所以才讓她成為教宗選舉的對手。」多瑪斯續道：「只要察覺任何異樣，瑪格麗特的親戚自然會向我報告，就等著看蘇梓我束手就擒吧。」

12

「老公，雜物間好像有什麼聲音，你去看看瑪格麗特那丫頭在做什麼。」

回到安東尼宅內，一向沒有主見的阿佐聽從史黛拉的吩咐，走去雜物間打開門確認；這時蘇梓我和娜瑪前腳剛離開，只見瑪格麗特鬼鬼祟祟的，雙手負後站在窗邊。

「妳不會是想逃走吧？看來要把窗戶鎖起來了。」

瑪格麗特挺起胸膛回應：「本小姐是安東尼家的長女，沒有理由要離開安東尼家的宅所。」

此時阿佐感到一陣異樣，他眼中的瑪格麗特忽然魅力倍增，甚至超越了親戚的界線，他忍不住盯著少女的胸部喃喃道：「瑪格麗特妳真漂亮，已經長得亭亭玉立了啊。」

「怎麼了嗎？」瑪格麗特自信笑道：「我的父母也是郎才女貌的天作之合，本小姐長得漂亮也是理所當然。」

然而她不知道阿佐已中了她身上金腰帶的迷惑術，什麼都聽不進去，只是默默回頭鎖上雜物間的門。

瑪麗格特覺得奇怪，問：「管家先生去哪了？我有事情想找他。」

「管家他去忙了，沒空照顧妳。但妳有需要可以依靠我。」

阿佐色迷迷地走近瑪麗格特，捉住她的手用手指撩她掌心，嚇得瑪麗格特像觸電般抖了一下。

「你、你想做什麼？」

「別吵。」阿佐貼近瑪格麗特說：「史黛拉對妳不好，但我可以好好疼妳喔。妳住在這裡不是太過委屈了嗎？」

瑪格麗特已慌得腦袋一片空白，完全無法思考，雙腿好像被釘在地上不聽使喚，任由阿佐靠過來，連反抗的話都無法開口。畢竟她之前一直活在溫室裡被保護得好好的，從沒遇過這種情況。

「再說，」阿佐續道：「如果妳吵得所有人都知道，這樣只會敗壞安東尼家的名聲，所以乖乖地給我親一下吧。」

「安東尼家的名聲……」

——妳千萬要懂得保護自己，若被人欺負要懂得說不，否則就淪為魚肉任人宰割。

「不行！」瑪格麗特手上忽有蛇杖現形，綻放魔力白光「轟隆」一聲竟將阿佐轟出房外，房門連同牆壁一起穿了個大洞。

◇

另一邊廂，利雅言安坐書房正在翻閱聖教歷史。

「安提約基雅的聖瑪格麗特……」利雅言自言自語：「當時第一眼看見瑪格麗特小姐就覺得她非普通人，有聖人氣息，不禁令人聯想到那位公元三世紀的烈女呢。」

當時聖教徒仍飽受羅馬帝國欺壓，安提約基雅的瑪格麗特亦不能倖免。但在受苦期間她展現了眾多神蹟，包括從高塔躍下毫髮未傷，還有被惡龍吞掉後，拿著一個十字架安然無恙地從惡龍肚內走出。在一些支派眼中，她更是以十字架屠龍的聖女，而龍是惡魔撒旦的化身。

事實上，英法百年戰爭的英雄聖女貞德，受宗教裁判時亦堅稱自己每天都跟聖瑪格麗特對談，並得到其協助，把英格蘭人逐出法國。

而聖瑪格麗特之所以被稱為烈女，正是她把自己的貞潔奉獻給主，一生守貞直至殉教那一刻。任何人企圖侵犯烈女都是極大的罪名。

「之後聖教會成為國教，聖瑪格麗特獲封為十四救難聖人之一，其形象為海洋的烈女，並吸收了原本信奉愛神阿芙蘿黛蒂的信徒。」利雅言不禁感嘆：「雖然只是名字相同，但蘇主祭將愛神的金腰帶送給她也是一種緣分，不知會產生什麼共鳴呢。」

◇

利雅言的預感一向準確，此時瑪格麗特以蛇杖擊退阿佐，驚動了宅所內所有人，史黛拉母女和老管家亦趕緊跑來查看。

史黛拉扶起丈夫問：「你沒事吧，究竟發生什麼事？」

阿佐頭昏眼花，額頭流血，一陣左搖右擺後恢復神智爬起來。「是瑪格麗特，她突然用魔法想殺死我！」

老管家大驚。「小姐她根本不懂什麼魔法，一定是誤會。」

此時瑪格麗特從雜物間走出來，而她手上確實握著一根模樣奇怪的權杖——老管家認出了那權杖，史黛拉也是。

「摩西的蛇杖！」史黛拉指道：「蛇杖原交由正教保管，最後一次出現在香港教區，為何妳手上會有摩西之杖？」

阿佐說：「一定是蘇梓我！快通知多瑪斯主教，我們找到瑪格麗特勾結叛教徒的罪證了。」

瑪格麗特反駁：「你們胡說！蘇先生才不是叛徒，他是好人。」

史黛拉大叫：「看吧，這孩子真的與蘇梓我勾結了。快把她的蛇杖搶回來！」

「別靠近我，你們都是敵人！」瑪格麗特一時氣上心頭，決心反抗，不再受別人欺負，便揮舞蛇杖劃出重重聖光。

就算她尚未懂得控制聖力，但廳內頓時響起神聖頌聲，里奇一家都被嚇得六神無主，以為自己出現幻聽。

「老、老公，多瑪斯主教不是把『那個』給了你嗎？」

「對！」阿佐連忙跑向客廳桌旁的玻璃瓶，正是那個裝養飛蛾的透明瓶子。他猛力摔破玻璃瓶，裡面飛蛾竟緩緩變大、長出了四肢，全身毛茸茸模樣噁心，又有飛蛾翅膀，是個蟲族惡魔。蟲魔臉上觸鬚晃動，偵測到摩西之杖，發出刺耳聲音：「居然是最高級的神器，真是個大收穫。」

語畢，室內聖光被魔瘴取代，這蟲魔絕對來頭不小，飛向瑪格麗特準備伸出魔爪——卻在瞬間被砍斷了蟲手。

一道人影擋在瑪格麗特面前，瑪格麗特笑逐顏開地喊道：「蘇先生！」

蘇梓我逆光而站，背著她說：「辛苦了。本想早點來救妳的，是我家女僕捉住我不放。」

「這是雅典娜的計畫啊，如果我們太早出現就不能讓阿佐他們露出馬腳。」娜瑪追上來說：「這蛾魔叫蛾摩拉，與所多瑪都是亞巴頓大公的部下。」

「換言之這些教會敗類居然與魔界勾結，卻反過來控訴我叛教嗎？真可惡！娜瑪妳剛才有錄到他們的罪行吧？」

「錄下了，但先刪除了你之前偷拍我的影片才有容量錄製。」

「什麼？那可是我的珍藏！」蘇梓我怒目緊盯蛾摩拉。「都是你這醜妖怪的錯，納命來！」

「蘇梓我，亞巴頓大公的敵人，殺無赦。」

蛾摩拉的蟲手長出鐮刀，猛地撲向蘇梓我——但蟲影馬上攔腰被大蛇咬成兩半。夏思思回收蛇寵，蘇梓我則踏著蛾摩拉的屍體吐口水：

「誰說我們只有兩個人呢。以多欺少一向是本英雄的戰法。」

「是惡魔才對……啊，別打頭！」

喜怒無常連同伴都打的蘇梓我比蛾摩拉更可怕，加上夏思思抱著蛇寵笑嘻嘻地看著阿佐與史黛拉等人，而笑容後卻散發著邪氣，不禁嚇得里奇一家一同跪下。

瑪格麗特高興地飛撲向蘇梓我道謝，娜瑪嚇得心想這世界居然有羔羊自投虎口；蘇梓我一想起明天又要跟人魚繁殖便立即精神全消，只輕拍著瑪格麗特的肩說：「辛苦妳了。」

這樣不但意外地回避了童貞烈女的詛咒，更加深他在瑪格麗特心中的英雄形象。

13

臨近教宗選舉，教廷不容許有任何醜聞傳開，於是里奇一家很快就從人間蒸發，音訊全無。阿佐．里奇是梵蒂岡的聖職員，需要送交教廷信理部進行內部審判，然而審判過程無人知曉，總之以後再也沒有人見過里奇一家就是。

瑪格麗特恢復了昔日光采，與老管家在羅馬舊城區閒逛。忽然，路上有個男子暈倒抽搐，行人見狀紛紛散開，其中有位女人大叫：「是癲癇病發了！有沒有人懂得急救？」

瑪格麗特走近男子，舉起蛇杖誦經；她的聲音是蜂蜜般地甜香，微風精靈把聖語送到病人耳邊，他便鎮靜下來，緩緩站起向少女道謝。

——搶劫啊！

相隔一條馬路，對面大街有個衣衫襤褸的中年漢子拔足奔跑。瑪格麗特見狀，展開雙手竟緩緩升上空中！雪紡長裙掠過地面，絢爛晨光下就像天使降臨，乘風飛往正在逃跑的小偷、落在他面前，並以蛇杖劃出十字架——

小偷驚惶失色，以為少女要用什麼魔法教訓自己之際，少女的櫻唇小嘴卻道出大愛的話語：

「在主的十字架下懺悔吧！」

小偷突然受到感召，扔下剛剛偷的錢包，當場跪地請求寬恕。同時圍觀群眾議論紛紛：

「她是天使嗎？」

「還是聖女？」

金髮少女全身發光，撐腰神氣地宣告：「我是聖瑪格麗特，是聖主派遣凡間的使者，是安東尼家族的長女！庶民啊，你們以後就追隨本小姐吧，哇哈哈哈！」

縱使她獲得神力，思想卻越來越貼近某人，不過無妨，憑藉金腰帶她就輕易迷倒眾生。於是有股難以理解的偶像崇拜便漸漸在羅馬市中心蔓延。

這是距離教宗選舉的十二日前。

◇

這邊廂，羅馬再次興起自中世紀以來的聖瑪格麗特崇拜；那邊廂，香港境內亦出現民眾對新神的崇拜，那位新神正是人魚女王賽沛。

雖然三大宗教壟斷全世界的信仰，但有些傳統信仰始終難以取代，好比聖火六約的圍村村民，便是從不接受聖教教義。另外像靠著出海捕魚謀生的漁民，他們習慣拜天后，而聖教也沒有水神能保佑他們出海平安，所以天后崇拜一直流傳至今。

然而，就連聖教也無法動搖的天后古廟，現在竟紛紛換上了新的牌匾，轉為禮拜人魚女王。畢竟賽沛是活生生、可以碰觸的海神，她從蘇梓我那邊獲得封地後，便帶一大群姊妹前來維持海上秩序，建立起新的王國。

人魚族比之前移民來香港的鬼族漂亮多了，人魚信仰甚至有蔓延到東南亞的趨勢；隨著沿海地區越來越多人魚廟堂，香港漸漸變成一個多神信仰的城市，這也是蘇梓我最初的打算。

一神論太過獨裁，比起至高無上的神，蘇梓我對成為一眾古靈精怪種族的首領更有興趣，又或者是天神惡魔的盟主，當然還要建立跨種族的後宮——雖然這位大英雄剛剛才被人魚勞役完釋放回家。

「蘇主祭的面色蒼白，身體還可以吧？」

聖火堂上，利雅言關懷問候，但蘇梓我只是答謝她的好意，並示意繼續商討接下來的行動。

席間一共六人，包括蘇梓我與兩位使魔，同時賽沛牽著她的隨從，外加一位聖火聖女。這陣容是蘇梓我的顧問團，也是他最信任的人們。當然他也相信孔穎君和杜夕嵐，但蘇梓我怕她們有危險便將兩位趕回學校；如今孔穎君應該在家中備課，杜夕嵐也許在做作業吧。

假如連自己的女人都不能給她們安穩，他哪還有資格自稱英雄？

另外兩位希臘女神則受宙斯之命聽任於娜瑪，是娜瑪的手下，所以回家幫忙做家務。剩下的，好像還有一個追隨蘇梓我的小學生？算了，由他自生自滅吧，蘇梓我根本不在意男生。

「呵呵呵。」高傲的笑聲來自賽沛女王，她用繩索綁在忒爾的頸圈上，把小海妖拉回身旁，笑道：「說來也得多謝蘇大人，把這麼有趣的下人賞賜給我。」

蘇梓我見昔日的忒爾女王被馴服得安分守己，馬上想如法炮製，叫人把頸圈套在娜瑪身上。

「笨蛋，別在這無謂的地方浪費時間！」娜瑪嘆口氣，站起來報告並切入正題：「之前蘇梓我你不是殺死了蛾摩拉嗎？蛾摩拉與所多瑪在《希伯來聖經》中同為罪惡的代名詞，基本上都是形影不離、一同出現……」

蘇梓我問：「所以那個叫所多瑪的惡魔也潛伏在教會內？」

「想想里奇一家正是多瑪斯的傀儡，當日那個養蛾瓶也是多瑪斯給予他們的，可見蛾摩拉與多瑪斯淵源甚深……」

利雅言不敢相信。「莫非妳是指，多瑪斯樞機卿就是惡魔所多瑪，而且是大惡魔亞巴頓的僕人？」

「很有可能。那胖子的臉是惡魔的臉，雖然只有身為惡魔的我們才能微妙察覺到。」

蘇梓我插話：「這就好辦啦，反正蛾摩拉那麼弱，所多瑪肯定也不是我的對手，找個機會殺死他不就好了？」

「這樣就變得死無對證，只會使教宗選舉更加混亂。」利雅言解釋：「惡魔之所以要安排奸細潛入教會，目的就是要使世界大亂。因此我們不但要阻止多瑪斯成為下任教宗，更重要的是，得盡快平息因教宗空缺所產生的動盪，防止主戰派的惡魔族乘機侵略。」

蘇梓我抓著頭髮。「開始搞不清楚我們到底是教會還是惡魔一方了。」

「兩邊都不是，我們是站在人類的一方。」利雅言說：「只要能更正教會所犯的錯，除去教會內部的害群之馬，這便是造福世人。至於惡魔，終有一天或許我們能互相理解，但在此之前不能讓他們作惡人間。」

「罪魁禍首不就是那個叫亞巴頓的大魔頭？直接殺死他就好了，也不會為人間帶來混亂。」

「呵呵。」賽沛搭話：「恕我直言，蘇大人你在發言之前要先了解自己的實力啊。大人跟亞巴頓公爵相比，無論在兵力抑或魔力上都是天差地遠呢。」

終於來了個比夏思思說話更惡毒的使魔，而蘇梓我生理上對她有恐懼，便鬧脾氣地說：「好啦好啦，我不跟什麼公爵打，就先讓瑪格麗特勝出教宗選舉吧。」

利雅言回應：「以庇護十三世退任那一刻為基準，撇除在那之後八十歲以上的樞機，一共有三百零三人。換言之，多瑪斯只要籠絡到當中一百五十二人便能穩佔大多數選票，對現在的他來說簡直易如反掌，瑪格麗特小姐依舊沒有勝算。」

「除非我們能迫使其他樞機放棄支持那個又醜又胖的傢伙。」蘇梓我說完盯著娜瑪，期待她有什麼法子。

「……有個黃金獅子喔。」娜瑪翻閱腦中資料。「他的惡魔名叫巴巴斯，獅王族惡魔，也是所羅門魔神之一。」

「又、又是所羅門惡魔嗎？」蘇梓我不久前才被賽沛狠狠削了一頓，仍是猶有餘悸。

「笨蛋放心吧，他真的完完全全是頭獅子，而且是雄性的。」

「雄性獅子，」蘇梓我不禁按著屁股。「更糟糕不是嗎！」

「才不是那回事！」娜瑪嘆道：「總之巴巴斯擅長破幻術，排列第五位，別號黃金獅子，所有幻術在他的黃金雙眼前都無所遁形。如果多瑪斯真是所多瑪的化身，只要使他在眾人面前現形，其他樞機就沒有支持他的理由了。」

夏思思補充：「不過巴巴斯在之前因反叛罪被亞巴頓大公褫奪爵位，流放到巴別城囚禁呢。」

「又是那個惡魔大公，也太巧合了吧。一定是他為了阻止本英雄才這麼做的。」

「所以蘇哥哥要去收服巴巴斯嗎？我聽說巴巴斯性格單純，跟烏洛波羅斯一樣和善，很適合當座騎呢。打電玩的話，以蘇哥哥的等級來說，是時候要收服一隻騎寵了嘛。」

蘇梓我笑道：「好！這個教堂就是勇者的旅館，現在編成隊伍，有誰要跟我這位大英雄一同出發冒險？」

利雅言首先愧疚地說：「我必須管理教區事務，且礙於聖職身分，無法陪蘇主祭前往魔界。」

賽沛女王則牽著忒爾說：「我要調教部下和管理魔海，無法抽空陪伴蘇大人，真是抱歉。」

娜瑪乘機答道：「我也有很多家務要處理，如果我去劫獄的話，誰要打掃房間？」

最後夏思思微笑地說：「沒有原因，只是好想拒絕蘇哥哥喔。」

「妳們還算是我的使魔嗎？居然要主人獨自冒險，妳們是要造反把我當雜工了是吧。」

夏思思抱著蘇梓我安撫他說：「不會啦，蘇哥哥很偉大的，是親力親為去蒐集使魔的王者。」

「真的？」

「當然了，嘻嘻。」

蘇梓我馬上恢復心情，又伸展了下筋骨。「真拿妳們沒辦法。給我一天時間，我去巴別城收服黃金獅子回來給妳們看！」

14

巴別城位於魔界極東之地，從耶路撒冷出發必須繞過魔海，再穿越連綿數十里的西訂谷方能抵達。

西訂谷是聖經內四王與五王之戰的古戰場，在魔界則是一個極其險峻的千仞峽谷。此處空氣異常沉重，谷中飛行只會疲倦不堪，同時山勢縱橫交錯，瘴氣吞天，使人墜於五里霧中，活生生餓死谷中者無數。

如此天然屏障正好被亞巴頓用來隔離罪犯，流放他們到西訂谷外使役、修築永無止境的巴別塔。

「可惡，果然被思思騙了。還以為巴別城距離很近，結果走半天都沒看到！」

永夜麻痺了時間感，蘇梓我獨自走在黃沙瘴氣中，幸好預視術的雙眼使他能追蹤地上車軌，在痕跡的盡頭發現幾把火炬，還有一架人馬篷車正停在路上休息。

他隱身霧裡爬上篷車後座，突如其來的現身嚇得車內罪犯不知所措，蘇梓我則壓低聲音警告他們：「別驚動到拉車的，就當作沒見到我，懂嗎？」

同時蘇梓我雙目殺氣騰騰，纏於右手的純黑魔力如一把殺人不眨眼的尖刀。車內有一個赤黃惡魔本身魔力不俗，正因如此，他才清楚蘇梓我的力量，便對其他囚犯說：

「這個人我們惹不起，反正囚車是前往巴別，自願去那鬼地方都不是正常人，我們就別多管閒事。」

「嘿嘿，你們識趣就好。」蘇梓我便逕自躺到車廂中間，閉目命令：「到了目的地再叫醒本大爺。」接著就打著鼻鼾睡著了。

赤黃惡魔盯著蘇梓我，心道：巴別塔的副獄長平生最仇恨擁有強大魔力的罪犯，聽說最近巴巴斯就被釘下十二根粗銀釘，以這個人的魔力至少要二十四根釘吧。

而蘇梓我因為這個月的體力勞動實在太大量，一睡就睡了半天，直至車外的黑色魔空被巨大通天塔遮蓋時仍在呼呼大睡。

那就是大名鼎鼎的巴別塔，歷代亞巴頓為了反攻現世，花了二千年使役奴隸建塔通天，希望能直達地面運兵送上人間。可是柱狀建築容易倒塌，所以巴別塔並非一柱擎天，而是呈圓錐狀的金字巨塔；雖然更加穩固，但缺點也是顯而易見——完成的金字塔若想增加高度，就必得從最底層的城區開始擴建，逐級而上，相當費時耗力。

而且由於沒人知道魔界的天空有多高，所以負責建造巴別塔的監獄長根本不可能事先計算好基層的寬度；越來越多囚犯被送來建塔，基層越來越廣，索性就變成居住的城區，因此巴別塔的最底部便演變成巴別城，城塔早已不可分離。

最初巴別城區直徑十公里，塔亦高十公里，比起人間最高峰的聖母峰還要高出一點，卻仍完全碰不到魔界的天空頂端。千年以來，經歷數十次的增築，如今巴別城直徑已超過五十公里，高度也是五十公里；城區比起香港的陸地面積還要大，高度換算人類世界的話，更是剛好穿越了臭氧層。

但巴別塔依舊沒有碰到天空，只好繼續徵召罪犯擴建，希望如聖經所說能通往天上人間。

而魔界的巴別塔，與聖經的巴別塔還有許多相似之處。

巴別塔本就是對抗天神的象徵，卻被聖主摧毀了。該地後來孕育出一支非常仇恨聖主的民族，他們在巴別塔的遺址建立了新巴比倫王國，並出兵入侵所羅門王死後分裂出來的猶大王國、佔領耶路撒冷、破壞第一聖殿，以報仇聖主摧毀巴別塔之仇。

不僅如此，新巴比倫王國更將數以萬計的猶大人擄往巴比倫，並囚禁於巴比倫城；好比現在魔界的巴別城，此地無時無刻都是失去自由及充滿仇恨的地方。

「城主大人，等等又有新的囚犯送來，據報當中還有一位魔力異常強大的。」

一隻四足七頭十角的凶猛巨獸坐在殿上向巴別城的城主匯報：「我想城主大人也很清楚巴別塔的做法，請以監獄長的身分下令，對那囚犯施以至少三十根的『釘刑』，以抑制那罪人體內的魔力。」

那怪物沒等城主回應又繼續說：「還有據聞巴巴斯恃著個人魅力，在塔內成群結黨，請城主防患於未然，下令處死巴巴斯的胞妹以示懲戒。」

「嗯，一切就照緋獸你的意思去辦。」

一位戴眼鏡的文學少女，此刻只戰戰兢兢地埋頭閱讀小說，不敢對緋獸正視——即使少女是繼承「大巴比倫」的惡魔，眼前的七頭十角緋獸名義上則是她的坐騎。

「大巴比倫」在聖經裡還有另一個別稱，喚作「巴比倫大淫婦」。顧名思義，巴比倫大淫婦迷惑列王與她行淫、聽她擺布，累積了極大的權力及財富。

然而，巴比倫大淫婦最終也敵不過天神族。天使下凡遊說列王對抗大淫婦，結果大淫婦戰敗，最後關頭更被緋紅十角獸奪去身上的珠寶首飾，使她赤裸身軀、失去一切。

因此，巴比倫大淫婦的力量早已衰落，如今只是名義上管理魔界的巴別城，縱使她只是一位軟弱無力的少女。

少女推了推圓框眼鏡，一頭棕色及肩的蓬鬆秀髮，外表看來像是個不問世事、只顧沉迷閱讀的宅女孩。這形象跟巴比倫大淫婦可謂格格不入，但反正她也討厭這個名號，可以的話，她還是想保有自己的魔名伊西斯。

伊西斯在巴別城內唯一的興趣就只有看書，尤其喜愛閱讀故事，總是書不離手。她看的書沒有收錄在世界圖書館內，而是命令巴別塔的囚犯把所見所聞集結成書；這些有血有肉的冒險故事更合伊西斯的口味，讓她讀得津津有味。

而她對巴別城的事愛理不理的態度更合緋紅十角獸的心意，這也是牠選擇伊西斯繼承巴比倫大淫婦的原因。

「城主大人，妳繼續留在這裡看書吧，我要去巴別城的萬魔廣場檢收今天的囚犯。」

緋紅十角獸擁有七顆頭，每顆頭的額上都刻有大罪之名；額下雙眼凸起反白，嘴巴撕裂，皮膚粗糙，外貌甚為恐怖。就連亞巴頓也不願見到牠，而將牠流放此地。可想而知伊西斯亦不想跟牠打交道，只是支吾對牠道別後又再度埋首於書中世界。

15

緋紅十角獸以副監獄長的身分來到巴別城正門前，當一道厚重鋼門緩緩打開，這是整座巴別城唯一能窺看魔空的時刻，而現在則有一架人馬篷車正從地平線駛來。

篷車最後停在萬魔廣場，拉車的半人馬才發現今天圍觀的罪犯比起平日多出一倍。半人馬知道他們不過是被緋紅十角獸強行徵召過來，個個都被嚇得噤若寒蟬，幾千個惡魔只是肅然站著。

「為何比原定時間晚了？」

緋紅十角獸的七顆頭像七條在半空分開擺動的毒蛇，是名副其實的大怪獸，站起來有六尺高，就連人馬篷車停在牠面前也顯得渺小。

半人馬小心翼翼回答：「報告大人，今天西訂谷的瘴氣特別重，我們被迫停在路上休息，懇請大人原諒。」

「算了。」緋紅十角獸瞇眼瞄看篷車。「聽說有個罪犯特別囂張？」

牠伸出利爪撕破篷車帆布，只見有個男子躺在車上無視自己，便發怒命令：「把他抓起來施以釘刑，以儆效尤！」

幾個獄卒立即抓住男子，好讓十角獸親自下手。這次是三十二顆釘，而且要用最粗的銀釘行刑，得避過內臟統統釘在背上，雖然殘酷但早已非常熟練——

一顆、兩顆，十角獸先用利爪在男子背部翻開皮肉作為標記，然後釘下銀釘。男子背部已是血肉模糊，但他沒有反抗，只是默默地捱過釘刑，最後被送到巴別塔接受刑罰。

如此駭人的一幕歷時十分鐘，在十角獸下過馬威後，圍觀的囚犯漸漸散去，只留下一灘血水及濃烈的血腥味，再混入奴隸惡魔的汗臭味，刺鼻異常，總算把在車上一角熟睡的蘇梓我喚醒。

「喂！」一個牛頭獄卒走了過來，用長棍毆打蘇梓我把他趕下車。「好大的膽子，竟敢在我們面前偷懶，看來需要再教育一下。」

蘇梓我卻先發脾氣。「你們以為大爺我是誰？我才要好好教訓你們！」

接著他拉弓扔出黑色魔法球，但魔球卻如肥皂泡沫般慢慢飄浮、破掉、消失。

「哈哈，還以為你有什麼本事呢。」

「咦？怎麼我的魔力不聽使喚？」蘇梓我伸出手指，赫見手上印戒不翼而飛——

砰！

「趕快給我走！其他囚犯都走到崗位了，就只差你！」獄卒用鐵棍毆打蘇梓我雙腿，又把他拖到車下拳打腳踢發洩。

蘇梓我趴到地上在周圍找著，卻始終找不到印戒，緊張地問：「等、等等！其他同車的囚犯去哪裡了？他們之間有小偷偷了我的東西！」

但獄卒們已懶得繼續與他糾纏，合力把蘇梓我拖走了。

◇

這邊廂蘇梓我面臨危機，那邊廂黃金獅子巴巴斯亦收到了十角獸無情的判決。

「為何如此趕盡殺絕？」

巴巴斯一身黃金鬃毛，縱使背上插有銀釘仍不減威風，這才是十角獸最討厭他的地方。

十角獸漠不關心地回答：「巴巴斯你誤會了吧，這是大巴比倫閣下的決定，而且她有此遭遇全都是你的錯啊。自從你得罪了亞巴頓大公那一刻開始，你們就注定不得好死。」

「究竟我犯何事得罪了亞巴頓大公？」

但十角獸只是七張嘴巴一起詭異冷笑。「來人，把巴巴斯的胞妹押下去，聽候處決。」

「慢著。」巴巴斯四腳跪下，一頭威風凜凜的雄獅竟無奈地臣服在邪惡的十角獸之下，而且是地方古神對魔獸下跪，看得十角獸內心捧腹大笑。

巴巴斯忍辱續道：「請你給我的妹妹一天時間吧，明天就是她的生日，我想陪伴她最後一晚。」

芭芭拉跟哥哥長得挺相似，是頭金色短毛獅子，但比巴巴斯柔弱多了。她全身發抖，不想死而渴望生存，不明白為什麼命運如此殘酷。十角獸看見她，雖然並非出於同情，卻心想無妨，還是答應了巴巴斯的要求。

「好，就讓你們享用最後的晚餐。」

16

「我們搜這邊！」

沉重的鐵甲步伐於走廊迴響，幾個獄卒在路上追捕逃犯。

話說巴別塔完全密封，囚犯本應插翼難飛；但是不規則的增建使塔內宛如巨型迷宮，於是蘇梓我在羊腸小道左穿右繞，幾下就避開了圍捕，躲藏在巴別城內尋找線索。

最後他返回萬魔廣場，此地已無半個人影，其他惡魔獄卒不是在巴別塔值夜班就是回宿舍睡覺。運載他過來的篷車倒是停靠在廣場一側，蘇梓我爬到車上木架，搜尋後仍是未果。

「到底是哪個混蛋偷走我的印戒啊！」蘇梓我一時氣上心頭，大力踢著車輪洩憤——

「誰在那裡？」

一位戴眼鏡的少女抱著書籍好奇走來，她外表像是十六、七歲，身穿寬鬆睡衣，最重要的胸部被大疊書本擋住，蘇梓我無法評斷她的魅力。

「安靜點，我可是在逃亡中呢。」

蘇梓我揚手打發少女，但少女反而走近說：「我在尋找有趣的冒險故事。」

「我也在找東西啊，沒時間說故事哄妳睡覺。」

「那你究竟是在逃亡還是找東西？」

蘇梓我沒好氣地說：「我在找一枚雙色的戒指，戒指上還有印章，蘊藏深邃魔力。妳沒見過的話就別妨礙我啦。」

少女眉頭一皺。「如果你知道我是誰，就一定不會拒絕我的要求。」

「啊？這句話原封不動還給妳。如果妳知道我是誰，妳才不會纏著我。」

「你是誰？」伊西斯歪頭問。

「我可是大色狼，專門奪走少女初夜的大色狼，尤其是夢遊不願歸家的。」

但伊西斯雙眼閃閃發光。「好像是很有趣的故事，請務必跟我分享。」接著就抱著書本坐了下來。

——找到了！

幾個獄卒跑來用長矛指向蘇梓我大喝：「為了找你害我們沒時間休息，我一定要吃你的肉喝你的血來補償！」

「嘖，都被妳壞了好事。」蘇梓我拔腿逃跑，卻出現幾十個惡魔增援把他重重包圍。

「各位先退下。」伊西斯站起來對獄卒下令：「這位先生正在說故事給我聽，你們安靜一點先離開。」

「監、監獄長大人！」巴別城內十角獸令人聞風喪膽，對十角獸的女主人更是恐懼——就算她只是個不管世事的女孩，獄卒們亦連忙向伊西斯敬禮道別：「請大人早點休息，我們先行退下。」

於是眾魔散去，廣場只剩下她和蘇梓我二人。

「原來妳是這裡的頭目？」

但伊西斯只是嚷道：「快點說故事給我聽。」

「妳幫我找回戒指的話，要我說一千零一個故事也可以。既然妳是這裡的監獄長，此事應該難不倒妳吧？」

「可惜緋紅十角獸一定不容許我這樣做。牠很討厭魔力比自己強大的東西，大概包括你所說的戒指。」

蘇梓我問：「那又是什麼東西？」

「牠才是這裡真正的主事人，我只不過是個裝飾。」伊西斯抱著圖書低頭，一副想哭的樣子，看得蘇梓我不忍心，只好坐下陪她聊天。

「妳叫什麼名字？」

「伊西斯。」

「好像是埃及女神的神名？」

伊西斯點點頭。「但墮魔之後，說是魔名比較正確。」

蘇梓我不解。「伊西斯不是很厲害的女神嗎？怎麼會被一頭魔獸控制，我家思思也不會被大蛇反咬啊。」

「因為從我出世開始，我的真名就被掌管在緋獸手上了。」

伊西斯解釋，埃及所有生命的靈魂都由五個部分組成：巴、卡、仁、依比、舒特。它們分別代表個性、精神、真名、心臟、影子。

「埃及文明相信，只要真名一直被歌頌，那個生命就不會消逝。所以你看埃及神殿壁上若刻有法老王的名字，都必須同樣刻上魔法繩環保護真名；書籍也一樣，名字需要畫上魔法繩環保護。」

記得利雅言曾解釋過記憶抹殺之刑，就是把所有名字從記載中刪去，徹底刪除此人。或許喜歡聽故事的人也喜歡說故事吧？蘇梓我看著伊西斯的側臉，心想她和娜瑪應該會挺投緣的，但實在希望她們能長話短說。

伊西斯續道：「後來古埃及出現了一位很厲害的女巫，她就是真正的『伊西斯』，比起現在的我厲害得多呢。雖然我被緋獸控制也是拜她所賜。」

據埃及神史記載，伊西斯是位天才女巫，更發明了用真名來操縱靈魂的魔法。她不斷蒐集眾神的真名，竊取他們的法力，使自己躍身成為一人之下萬人之上的女神。

但伊西斯並不滿足，她不甘心自己位居主神拉之下，最終用毒蛇逼迫拉神說出真名，成為諸神當中法力最強大的女神。

「自此以後，古埃及所有的魔法體系都是沿用伊西斯的魔法，她可說是埃及的魔法之母。只不過真名的漏洞很容易被別人利用，埃及文明後來陷入混亂，或多或少也是因為伊西斯的造反所致。」

蘇梓我抬著下巴，斜看伊西斯寬鬆的睡衣衣襟，原來沒有穿胸罩。古神崇尚自然是一種美德。

「蘇大哥你有在聽嗎？」伊西斯一雙大眼睛盯著蘇梓我問。

「咦？妳怎麼會知道我的姓氏？」

「我是伊西斯嘛，所有靈魂的真名都逃不過我的雙眼。」

「那妳幹嘛不用十角獸的真名去對付牠？」

伊西斯搖頭回答：「緋獸並非埃及體系的生物，真名魔法對牠沒有效。」

緋紅十角獸是聖經裡的敵基督①，是巴比倫大淫婦的坐騎。蘇梓我聽完後又問：「那為何妳身為埃及古神，又能繼承大巴比倫的名號？」

「凡異教女神都是大巴比倫，包括莉莉斯、阿斯塔特等等。畢竟聖主跟其他的世界神水火不容，巴比倫大淫婦只是聖主用來抹黑對手的蔑稱。」

伊西斯說到一半，驚覺都是自己說在故事，便問：「蘇大哥你的故事又是什麼？為什麼你會來巴別城？」

「對了，我是來找黃金獅子的啊！妳知道黃金獅子在哪嗎？」

①即「假基督」，假冒基督徒身分進行敵對或取締真基督的人物。

17

昏暗的鐵籠內，污水從天花板沿著生鏽鐵杆流到石板地上，鐵籠裡正囚禁著黃金獅子巴巴斯及其妹芭芭拉。

「哥哥，我真的不想死……」

「放心，我已有全盤計畫不會讓那隻賤獸殺死妳。」巴巴斯與芭芭拉耳語：「我買通了一名守衛，待會兒過了午夜十二點後的一小時，我就拆掉這個鐵籠，我們一起逃出巴別。」

接著巴巴斯叼來兩張莎草紙，一張畫有該樓層的平面圖和獄卒巡邏路線，另一張則詳細記錄了這星期上下數層的獄卒巡邏時間。

芭芭拉問：「這是哥哥你從獄卒那買來的情報？可以相信嗎？」

「那位獄卒我在外面已經相識，他不會騙我。」巴巴斯繼續解釋他的計畫：「妳看這裡，凌晨一點獄卒剛好換班，那時守備最為薄弱，我們可以避開巡邏路線逃到上層十三樓。這幾天我在該層修築外牆時故意留下缺口，為的就是今晚讓我們從外牆逃脫。離開巴別塔後，我們就往西訂谷走，在陸地時他們腳程不及我們，只要我們能穿越西訂谷就可以重獲自由。」

「哥哥你的確腳程快，可是我……」

「妳要對自己有信心，我們獅王族在任何時候都不能認輸。妳現在先好好休息吧，待時間一到我再喚醒妳做準備。」

◇

同一時間，巴別塔十二層樓的輪值室內卻是充滿血腥。只見十角獸滿口鮮血，一顆蛇頭正垂下吃著活屍，另一顆則奸笑道：「愚蠢的惡魔居然懂道義，還想不顧性命幫巴巴斯逃獄，現在求仁得仁，實在可喜可賀。」

「副獄長所言甚是！」

身後有十幾隻牛頭人全身發抖，異口同聲地跪拜十角獸；而這裡不過是今晚動員兵力的其中一小部分，其他士兵早已埋伏在巴巴斯以為安全無虞之處。

「哈哈哈，那黃金獅子我早就看不順眼。」十角獸用腳踩碎洩密者的頭蓋骨，腦漿四濺，牠嘲諷道：「還有一個小時，我們準備迎接巴巴斯絕望的表情吧。」

◇

——滴答、滴答。

鐵籠上的污水一滴滴落到地上，巴巴斯默默數著，數到第八千二百次水滴聲後終於睜開眼睛。

「芭芭拉，差不多時間了。」巴巴斯用前足推了一下妹妹，芭芭拉也站了起來——雖然她根本沒有睡著就是。

「要走了嗎？」

「不，妳先整理一下心情，我去看看走廊狀況。」

巴巴斯放輕腳步，慢慢走近牢籠入口一方，探頭到鐵欄間觀察門外，果然這時間沒有獄卒巡邏——不對，好像聽到有腳步聲靠近？

「芭芭拉，快趴下假裝睡覺！」說著同時，巴巴斯亦伏在籠中，靜待獄卒離開。然而事情往往不盡人意。腳步聲越走越近，直至走到巴巴斯的鐵籠前停下——莫非是出意外了？巴巴斯抬頭瞄看人影，居然是個男性人類。

「可惡，居然睡著了。」

那男人不斷敲打鐵籠叫嚷，嚇得巴巴斯連忙爬起警告：「人類你在這裡做什麼！趕快在我面前消失，否則我就用你的肉來當晚餐。」

「啊？我才不走，我來是要找你的，你是巴巴斯對吧？」

巴巴斯露出一排獠牙恐嚇：「我沒有事要找你，你快走。」

「哥哥……這個人類是誰？」

芭芭拉從昏暗鐵籠內走出來，她的金色短毛色澤光亮，在微弱燈火下閃閃發光。

「原來還有一隻漂亮的女獅嗎？呵呵，妳喜歡的話也可以跟來。」

「咦？謝謝讚賞……」芭芭拉雖然是獅王族，但被稱讚也會感到不好意思。

這時這人類男子居然掏出了一把鑰匙，「咔嚓」一聲便打開了鐵門，並自我介紹：「我是蘇梓我，繼承所羅門力量的英雄，而你碰巧又是排名第五位的所羅門魔神巴巴斯，你來當我的手下再合理不過吧？」

巴巴斯沉思半晌，答：「人類，要我跟你離開也可以，但你一定要聽從我的指令行事。」

蘇梓我問：「這樣是你跟我走，還是我跟你走？」

但兩頭獅子已繞過他離開鐵籠，芭芭拉回頭溫柔地跟蘇梓我說：「我是芭芭拉，蘇大人請多多指教。」

「芭芭拉，不要浪費時間，我們走吧。」

於是兩頭獅子八條腿在走廊上跑，如同兩道金色軌跡快速遠離，蘇梓我見狀也連忙跟上。從抵達巴別開始，所有事情蘇梓我都是稀里糊塗的：不久前遇到的古怪埃及少女，現在又跟著兩頭獅子展開奇幻旅程。

幸好巴巴斯的計畫暫時順利，避開獄卒後轉眼已來到登上十三樓的樓梯，此時巴巴斯告訴蘇梓我：「我們現在兵分兩路行動，人類你往西邊樓梯登上十三樓的東門，半小時後我們在那裡集合。」

蘇梓我雖不習慣被人指使，但為了騙對方當自己的使魔只好唯命是從。「你們別扯本英雄後腿，萬一要我回頭救你們可是很難看喔。」

「用不著你這人類擔心。」

又是一道金色旋風，兩頭獅子好比跑車般風馳電掣；芭芭拉雖然有點內疚，但礙於兄長權威不敢當場說出口，待走到半路時才忍不住質問。

「你剛才指示蘇大人前往東門，正好是反方向，而且正是獄卒的巡邏路線……」

「那個人類來歷不明，我們不能冒險帶他上路。」

巴巴斯的回答簡潔有力，芭芭拉也知道兄長的決定沒錯，但始終於心有愧。

巴巴斯安撫芭芭拉：「就算那人類遇上埋伏，他也能替我們引開獄卒注意，所以他的犧牲不會白費。當務之急我們得先成功逃脫，之後再好好感謝那個陌生人吧。」

「這樣也太可憐了……」但芭芭拉只能無奈地繼續向前跑，逃亡之路分秒必爭，絕不容許回頭停下。

18

轉眼間，黃金獅子兄妹已跑了一公里的路。他們穿過陰森走廊、繞過正在施工的地區；因腳下肉球的關係，他們奔跑無聲，最終順利跑到十三樓的西門，目的地近在咫尺！

巴巴斯率先推開大門，門後豁然開朗，是個非常寬敞的宴會廳，四十尺高的天花板，在微弱燈光下更是看不到盡頭。聽說昨晚舉辦過表演，找來一班美人魚歌舞助興，而現在則是空無一人。

「來到此地應該安全了。」巴巴斯告訴妹妹：「這裡是只有獄卒才能進入的區域，沒有巡邏，我是拜託了朋友才能進來。」

——但恐怕你的朋友早已屍骨無存了呢。

廳內瞬間燈火通明，牆上大型照明燈更集中照在兩頭獅子身上。巴巴斯兄妹腳下的地板升高二尺，這是一個正十二角形的升降台，周圍有十二位惡魔術士念起咒語，以結界包圍著巴巴斯與芭芭拉。

「這是我給你準備的擂台，巴巴斯，你覺得如何？」

另一盞燈照向擂台下的十角獸，頓時人聲鼎沸，無數惡魔不見其影，卻聽到他們都在高呼十角獸的威名。那些喊聲是從宴會廳隔壁傳來，同時場地的四面牆緩緩升高，牆後原來坐了近萬名獄卒在觀眾席上看好戲。

整個空間變成了圓環狀鬥獸場，四周叫囂聲震天，所有惡魔都渴望見證十角獸如何在擂台上殺死黃金獅子；除了伊西斯，她只想安靜看書。

巴巴斯抑壓內心仇限，即使雙眼血絲暴現，卻仍低聲懇求十角獸：「這是我們的擂台，放走我的家人，我就跟你堂堂正正地決鬥。」

十角獸緩緩踏上擂台，七顆蛇頭交錯擺動並笑道：「你以為這樣對我示弱，我就會放過你的妹妹嗎？」

「你誤會了。就算我背上被銀釘封印魔力，我也會在擂台上親手撕開你的肉，取出你的骨，再吃掉你的內臟。你害怕跟我在擂台上單挑？」

「哈哈哈！真是天大的笑話！」見觀眾席上起鬨，十角獸亦揚聲說：「女人給我下台，待我好好收拾傳說中的黃金獅子！」

芭芭拉依然驚魂未定，被十角獸的斥喝嚇得身形不穩、跌下擂台，抬頭望向兄長，卻不知自己能幫什麼忙。

——快開戰吧！

——副獄長要出手啦！

觀眾席上都是支持十角獸的吆喝聲，有些是假意奉承，也有些是害怕不這麼做會被秋後算帳。總之鬥獸場內一面倒都是要求殺死黃金獅子的聲音，正好襯托出巴巴斯悲壯的背影。

「巴巴斯，終於能名正言順地殺死你，實在令人興奮！」

十角獸身長六尺，站起來比起巴巴斯還要龐大數倍，氣勢完全聖過巴巴斯。

——吼吼吼吼！

但見巴巴斯四足刨抓擂台，從丹田運聲咆哮，竟連數十尺外的觀眾都被嚇得目瞪口呆。若非他被銀釘封印部分魔力，弱小的惡魔早被獅吼當場嚇破膽了。

擂台上兩隻窮凶惡極的猛獸繞圈踏步、互相對峙。原本十角獸胸有成竹，但剛才見陷於絕境的巴巴斯放聲咆哮，內心又膽怯起來。

只不過越是害怕，十角獸就變得越發殘暴，這是弱小生物無法改變的天性。十角獸再也忍受不了擂台上莫名的壓迫感，便張口把肚裡的悶氣化成毒液，連環噴灑向巴巴斯——

毒液一碰到擂台地板便腐蝕冒煙，但巴巴斯以靈活的身手巧妙避開。

「雕蟲小技！」巴巴斯利用對方身軀遲鈍的缺點，眨眼間便來到十角獸下腹，揮舞利爪——

但巴巴斯竟被硬生生彈開，連獅爪也斷了一截。

「沒有魔力的惡魔，果然只是在虛張聲勢！」

十角獸稍微放鬆下來，將體內魔力籠罩整個擂台。牠一顆蛇頭突然伸長、噬咬巴巴斯後腿，另一顆又吐出黑色魔球轟了過去；砰聲巨響，巴巴斯應聲被轟飛到擂台邊緣，觸動十二惡魔術士發動的結界，瞬間遭灼熱電流痛擊身軀。

巴巴斯全身抽搐，奮力掙扎彈回擂台上——但十角獸的黑影已直逼眼前，不讓巴巴斯有喘息的機會。

「哪裡都逃不了，受死吧！」

十角獸難掩興奮心情，用巨大獸爪箍住巴巴斯的頭，將黃金獅子舉起，狠壓在擂台邊緣的結界，直把他當成肉排在鐵板上烤。

「啊啊啊！」巴巴斯沒有魔力保護，加上銀釘直入心肺，這次想掙扎也掙脫不了，黃金鬃毛更燒焦起火——

「哥哥！」芭芭拉立即衝往十二個結界術士，卻被獄卒攔下，遭到一陣拳打腳踢。

——本英雄命令你們全部住手！

突然在擂台遠方的大門上，一個不知天高地厚的小子逆光而立；當所有人的視線都集中在少年身上同時，擂台卻傳來另一道慘叫聲。

只見其中一名結界術士頭頂插著鐮刀，結界頓時消失，巴巴斯立刻掉到擂台之下。

蘇梓我拋著手中的乾坤球說：「我不是說過，要我回頭救你們會很難看嗎？」

雖然蘇梓我此刻魔力不足以用系爾的法寶為所欲為，但要把鐮刀轉移到十尺天花板高再掉下插死一、兩個惡魔，倒是難不倒他。

19

「是誰搗亂我和巴巴斯的擂台！」十角獸七竅生煙地咒罵蘇梓我。「竟然只是個不自量力的人類。」

十角獸猛力踩碎石頭地板，隨即向蘇梓我踢起巨石，但他連忙取回鐮刀一砍，削鐵如泥，就算沒有魔力加持仍把岩石一斬為二。

「想不到區區人類竟有兩件寶器在手。」十角獸活了千年，雖不知蘇梓我手上的是什麼法寶，但至少知道他的魔法鐮刀與琉璃球並不簡單。

蘇梓我挑釁道：「大怪獸，你最好在惹火我之前收手，本英雄手上的法寶還多得很。」

「那就給我見識下你這人類的實力吧。」

語音未落，十角獸中間的蛇頭忽然伸長變成巨大鐵鞭，迎面劈向蘇梓我！蘇梓我架起鐮刀硬接，卻沒料到這下衝擊力近乎百斤，他就像棒球般被轟飛到數十尺外——

然而一陣軟綿綿的觸感，蘇梓我在半空中被接住了。

「蘇大人你沒事吧？」

原來是女獅芭芭拉挺身相救。芭芭拉問兄長：「這次我們跟蘇大人一起戰鬥吧？」

這是她第一次主動提出戰鬥，巴巴斯豪邁笑道：「當然，這人類現在就是我們的戰友！」

一人二獅忽然連成一氣，將現場氣氛推到最高峰！觀眾席上興奮雀躍，至於看書的少女則對部下說：「我承諾替那個人類尋回失物，你可以上場了。」

同一時間，台下兩頭黃金獅子分散直衝十角獸的兩腿，同時蘇梓我提刀飛向十角獸狠劈！縱使沒有印戒支援，蘇梓我自身魔力已提升不少；轟隆一聲，整個鬥獸場彷如雷電交加，天花板被震得掉下無數碎石。十角獸見狀，膽小的本性又再次發作。

「可恨的人類，我要將你們全部殺死！」

忽見十角獸的七顆蛇頭竟互相噬咬，咬住隔壁蛇頸；七蛇頭纏成一團，再度放開時已是個個滿牙鮮血，驚悚萬分，就是一隻正在自殘的大怪獸——

「嗚啊啊！」

伴隨雷鳴般的悲慟，自殘的大怪獸竟不斷膨脹，蛇頭更一直延伸到鬥獸場的天花板，變成一頭超級大怪獸！龐然身軀有如巨神一般，身高超過數十尺，張口一咬就把整個天花板扯了下來。

天花板墜落，只見十角獸發了瘋似地在拆毀鬥獸場，觀眾席上正慌亂逃跑的無數獄卒，更是踩著彼此拚命求生；一片喧嘩聲中，蘇梓我與兩獅本來也打算從正門逃離現場，卻被一大塊瓦礫從天而降擋在門前，把出口完全堵住了。

「誰都不准給我逃！」

巨型十角獸每踏一步都是地動山搖，地板眼看快要下陷，就連巴巴斯有四條腿也幾乎站不穩，蘇梓我也不知該怎麼辦。

——只好把牠殺死了，不是嗎？

突然一個全身赤黃、上身赤裸的筋肉惡魔走到蘇梓我面前，躬身自我介紹：「初次見面，我是佛拉斯。久仰大名了，所羅門的繼承者。」

蘇梓我皺眉盯著惡魔。「我也變有名了嗎？但我不接受男人合照啊。」

佛拉斯伸出拳頭說：「我是排名第三十一位的所羅門魔神，能力是尋回失物。」接著他打開拳頭，裡面居然是所羅門印戒！

此時蘇梓我才驚覺，對方就是之前跟自己一起坐篷車到巴別的惡魔，他連忙搶回印戒。「原來是你偷了本英雄的聖物！還敢說什麼尋回失物。」

「不過是暫代保管而已，閣下毫無防備就闖進巴別塔可是非常危險的。」

——嘎吼吼！

擂台旁的十角獸見到赤黃惡魔，馬上怒火中燒。對了，那頭惡魔就是昨天在廣場上自願釘下三十二顆銀釘的大惡魔，跟巴巴斯一樣難纏，索性在此全部消滅好了！

十角獸的巨大身影慢慢逼近，但此時蘇梓我取回印戒，根本不怕牠。

「哇哈哈哈！」

蘇梓我一邊大笑，一邊戴上印戒。就好像電器按下開關，全身亂竄無章的魔力重新在體內形成強大的魔力迴路；五道魔力弦線從所羅門印戒溢出，五個使魔的力量源源不絕地送往自身，那個不可一世的蘇梓我又再次復活了。

「閣下，」佛拉斯告訴蘇梓我：「請與本人還有黃金獅子簽下契約，替我們拔出銀釘，解放我們所羅門魔神的力量吧。」

經過這一切後，巴巴斯也不再猶豫，爽快向蘇梓我跪下。

於是蘇梓我對佛拉斯和巴巴斯展開五指大喝：「那本英雄就替你們釋放真正的力量吧，哇哈哈哈！」

蘇梓我的右手在頃刻間發出能把整個鬥獸場都照亮的強光，接著五指用力一抓，隔空抽出巴巴斯和佛拉斯背上的眾多銀釘，傷口也在瞬間癒合！這是蘇梓我與他們靈魂相連的結果，此等威風的蘇梓我，芭芭拉看在眼裡也是只有敬佩。

「為、為什麼此人魔力突然暴增？」十角獸本能地下停住腳步。「不可能、不可能原諒，我無法容許巴別塔內有人的魔力比我強！」

但此時蘇梓我的右手連結共七位所羅門惡魔，體內容下八倍魔力，而吸收黃金獅子力量後更釋放出金色鬥氣，這是他囂張的本錢。

20

「大怪獸，上半場本英雄讓了你幾手，現在可要動真格了！」

蘇梓我套上印戒後得意奸笑，右手緊握二尺大鐮，連同黑霧圍繞鋒刃打轉，一瞬間十角獸竟以為自己見到死神。

情急之下，牠迫出全身魔力對抗，中央蛇頭朝蘇梓我張口噴火，火柱劃破長空，恍如岩漿瀑布從天空垂直襲來；左邊兩顆蛇頭吹出閃電和暴風，右邊兩顆則口吐岩石和魔球，全都發瘋似地朝蘇梓我交互攻擊，水柱火柱連環齊發，頃刻間，十角獸朝向四面八方施放出色彩斑斕的各屬性魔法，活像是災厄的集合體。

然而蘇梓我以預視術看透魔力流動，以轉移術左閃右避，風雷之間找到一瞬破綻，便大喝一聲——

「蠢材，吃我一刀吧！」

剎那間，銀光在蛇頸劃出血痕，十角獸悲憤嚎叫，牠的其中一顆蛇頭幾乎快被蘇梓我砍斷。

「嘖，這怪獸的脖子也太粗了吧。」

「不可原諒！」

淌血的十角獸突然仰天咆哮，整個鬥獸場的照明燈都被其聲波震碎，現場頓時陷入一片昏暗。十角獸瘋狂噴出紫黑毒霧籠罩鬥獸場，要企圖奪去蘇梓我的視力，並封住他瞬間轉移的能力。

蘇梓我感到不妙。「想不到那怪獸能看穿我轉移之術的弱點。」對目的地沒有全盤掌握，蘇梓我便不能瞬移；反觀十角獸喜歡活在黑暗之中，眼睛的特殊構造使牠能清楚捕捉到蘇梓我的行蹤。牠朝蘇梓我迎面吐出混沌魔球，迅速漫過半個擂台直衝向蘇梓我。

「蘇大人！」

漆黑中一道金色光芒「之」字型地掠過，電光石火間芭芭拉飛奔過來載走蘇梓我，讓他騎在身上避開混沌魔球。

「蘇大人，就算在黑夜中，我也會為蘇大人照亮前路。請放心討伐十角獸！」芭芭拉充滿自信，此刻她兼具了兄長的英勇與力量，十分可靠。

「哇哈哈哈，那就上吧！」蘇梓我在女獅背上揮舞大鐮，同時芭芭拉往十角獸的頸項躍起——一人一獅合作得天衣無縫，蘇梓我在已受傷的蛇頸上補上數刀，十角獸頓時血如泉湧！同時牠左右兩側冒出赤黃鐵拳和金色身影，一直伺機而動的佛拉斯脹起滿身肌肉，猛力一拳搥在一顆蛇頭眉心；巴巴斯亦用力噬咬另一蛇頭脖子，瞬間幾近耗掉十角獸的生命力——

忽然鬥獸場的地板下陷數吋，塵土中十角獸又把全身魔力逼出體外，似是垂死掙扎，卻仍凶險異常。蘇梓我等人連忙退後觀察，但十角獸沒有追擊，反而在原地喃喃自語：

「我明白了，一切都是她的陰謀，妳背叛了我，是吧?伊西斯。」

七蛇頭一同瞧向觀眾席，見滿地屍骸間坐著一位眼鏡少女，她只冷冷回答：「伊西斯連拉神也敢造反，叛逆的基因早就刻在伊西斯的血液裡，你以為我會讓你恣意妄為，實在大錯特錯。」

「不知好歹，妳只是我的人偶罷了。」十角獸內心念出真名魔法，突現荊棘如箭刺穿伊西斯的四肢，將她懸吊至半空！十角獸喝道：「下僕的伊西斯，讓那些人瞧瞧埃及古神的力量吧！」

只見伊西斯面容扭曲，咬牙切齒大喊；埃及古神的巨大魔力入侵她身體，一時間魔力居然膨漲得足以和蘇梓我對抗！

「喂喂，這是怎麼了？」蘇梓我疑惑問道。

佛拉斯回答：「這才是伊西斯閣下的力量，但她的真名被十角獸掌握，這樣下去她會變成十角獸的殺戮機器。」

「但你是伊西斯召來的幫手吧？」蘇梓我終於明白佛拉斯的意圖。「這場謀反並非巧合，既然伊西斯召喚你前來相助，這不會是她想見到的結果。」

「閣下英明，這計畫能提前實行也是因為閣下的出現。而且，現在就是最關鍵的一步了。」佛拉斯認真解釋：「伊西斯認為你能凌駕十角獸、大巴比倫，甚至埃及古神，所以希望你協助她擺脫十角獸的操控。」

「伊西斯是因為真名暴露所以被十角獸控制，所以難道要……給她『重生』嗎？」

「沒錯。閣下願意收容會叛主的古神嗎？」佛拉斯以一副挑釁的眼神凝視蘇梓我，但蘇梓我只是一笑置之。

「哇哈哈哈！從沒有女人會背叛本英雄的！」

語畢，蘇梓我便展開一雙黑翼飛往半空，向伊西斯伸手釋出魔力，並與十角獸和埃及古神的魔力對抗，說道：「本英雄以大召喚師之名，賜予妳新的真名。歸順我吧！」

但纏著伊西斯的荊棘並沒有消失，反而變本加厲勒緊少女，使她劇痛尖叫——

十角獸的真名魔法毫不退讓，依然充斥伊西斯每一根骨頭內；而埃及伊西斯古神的力量亦在抵抗，不願意臣服於蘇梓我手下。於是幾道魔力在少女體力互相碰撞爆炸，衝擊波使得整個空間東歪西晃。

「莫非本英雄的力量還不足以收服伊西斯嗎？不，不可能！」蘇梓我壓低身體，又以左手掐住右手手腕，試圖把渾身氣力貫注掌上，將能壓過十角獸的魔力送到伊西斯體內——

然而古神神力不容小覷，就算蘇梓我拚盡全力，仍無法捕捉到伊西斯的靈魂。

「這是什麼？」蘇梓我猛然察覺手背的獸印有異，雖然他也不是頭一次向獸印借魔力，但圓形魔法陣的獸印竟呈現月缺狀？

不對，那是一輪新月。就好像初三的蛾眉月，圓形獸印之力開啟了十分之一，這是蘇梓我初次以自力解封獸印的一部分——

七十二柱魔神，蘇梓我收服了其中七位，獲得了所羅門王十分之一的力量，也釋放了獸印十分之一的魔力……

「來吧！伊西斯是屬於我的！」

蘇梓我奮力大喝，突然魔力猛地大增，突破了真名魔法的束縛；鋒利魔刃從四方八面襲去，切斷伊西斯身上的荊棘，並將少女吸到自己面前，抱在懷內。

十角獸面色蒼白，驚道：「居然連埃及古神的力量都能搶走——」

不能就這樣結束，被那人類搶走自己的玩偶！十角獸使出最後氣力大喊：「巴別所有惡魔給我殺死此人類，事成重重有賞！」

此時懷中的伊西斯冷靜地說：「蘇大哥，巴別上萬惡魔全部只聽令於緋獸，他們骨子裡都被刻了恐懼緋獸的基因，我們必須趁對方軍勢還未成形前趕快逃走……」

但為時已晚，室內已擠滿萬魔，囚犯個個手持破舊武器包圍蘇梓我等人。他們只要殺死蘇梓我就能重獲自由，在恐懼與希望的驅使下，紛紛發狂似地齊衝向蘇梓我——

「哇啊啊！」

鬥獸場的入口處，千百惡魔如骨牌倒下，其餘惡魔爭先恐後地紛紛竄逃。

「接下來是人魚樂團的加場表演喔。」

傲慢女聲率領千隻人魚亂箭射殺巴別眾魔，那些囚犯在人魚軍團面前不過是烏合之眾，連忙四散逃命。

虛弱的十角獸喃喃自語：「昨天的人魚……難道是早就安排好的伏兵？」

另一魔神用行動回答，一道紫雷將十角獸應聲擊倒，穿著圍裙的娜瑪回頭指罵蘇辛我：「笨蛋！說好今晚會回來吃飯的，結果飯都變涼了！」

「而且蘇先生今天還未跟本王的人魚軍隊繁殖，這樣令我很為難。」

蘇梓我大感意外。「妳們怎麼會在這裡，不對，怎麼等我打得零零落落妳們才出來搶走功勞啊！」

「蘇哥哥別生氣嘛。」就連夏思思也來湊熱鬧。「巴別守衛森嚴，又人多勢眾，全靠蘇哥哥在城內搗亂我們才能一舉佔領呢。蘇哥哥功勞最大，是思思與小娜娜加起來的一千倍功勞喔。」

一旁的十角獸見狀，惱羞成怒拚出最後一口氣爬起來，吐出腐蝕水柱衝向蘇梓我——

「真是冥頑不靈。」賽沛女王興高采烈揮舞新玩具定海神針，把水柱反灌進十角獸肚內，使牠內臟潰爛，痛不欲生地倒地掙扎。

夏思思微笑著放下烏洛波羅斯。「不知這長滿蛇頭的巨獸與我家吞下虹蛇的小蛇相比，誰較厲害呢？」

接下來就是弱肉強食的野生頻道，烏洛波羅斯化成巨蟒先把十角獸纏倒在地，勒緊對方七個脖子，接著張開血盆大口，活生生噬咬十角獸的鮮肉。

「永別了。」伊西斯原地默禱，為這頭支配了巴別城超過一千年的怪物送行。

21

十角獸的殘肢血肉模糊，城內再無敵反抗蘇梓我的惡魔，伊西斯得以重掌巴別，成為巴別真正的主人。

蘇梓我撐腰大笑，回望娜瑪等人說：「總算沒有白養妳們，懂得及時出現保護主人。」

娜瑪回答：「不是說了嗎？只不過你這麼晚還不回來，弄得我煮的飯菜都涼了，逼不得已才要捉你回家罷了。」

賽沛附和笑道：「而碰巧我的部下在巴別塔給那些獄卒表演歌舞，就順道帶上她們助陣，嚇一嚇那頭不識好歹的魔獸囉。」

娜瑪續道：「只是沒想到支配巴別塔的竟然不是大巴比倫，而是她的坐騎。」

「各位抱歉，還有十分感謝。」伊西斯向蘇梓我小聲道謝：「多虧蘇大哥的幫助，我才能擺脫十角獸的真名魔法操控。」

「嘿嘿，感謝用說的是不夠的，至少要有點行動來證明妳對我的忠誠——」蘇梓我說到一半卻被賽沛打斷。

「哎呀，不是有人說今天太累，所以想請假嗎？怎麼又想繁殖了？」

伊西斯盯著賽沛，推一推眼鏡，並從腦內的故事書中配對賽沛的女王形象。果然這人魚有點可怕呢。她告訴蘇梓我：「看來時機不對，但蘇大哥你之後隨時都可以來找我，我一定會好好報答的。只是話說在前頭，我隨時都可能像背叛十角獸一樣背叛蘇大哥，請不要太信任美少女。」

「哼，別拿我跟那頭沒腦的大怪獸相提並論。」蘇梓我話題一轉，問：「所以妳要回去了嗎？」

「嗯。畢竟我才是巴別城的城主，現在巴別塔非常混亂，正是最需要我的時刻。」

「可是妳一個女孩應付得來嗎？」

「她並不是一個人。」佛拉斯插話：「雖然我發誓效忠閣下，但我也是伊西斯的僕人。她有恩於我，我想留在巴別塔幫助她，請問能得到閣下的批准嗎？」

「啊？你想走就走，我才不會把你這種滿身肌肉的惡魔留在身邊。需要你的時候我會再召喚你的。」

「哈哈，果然如傳聞一樣爽快，感謝閣下。」

蘇梓我又問巴巴斯：「你們這些大貓的打算呢？要回去大草原生活之類嗎？」

「笨蛋！你忘記自己來巴別塔的目的嗎？」娜瑪氣得在後方跳上跳下。

「咳咳，我當然知道！來找黃金獅子幫忙的嘛。多瑪斯與亞巴頓暗中勾結，幾乎可以肯定多瑪斯就是蝗蟲惡魔所多瑪的化身，因此亞巴頓才先發制人，將巴巴斯一家囚禁在巴別塔內。」

巴巴斯聽完後恍然大悟。「難怪亞巴頓大公會突然把我視作眼中釘。」

「但就算你知道真相也來不及反悔了喔，你已經簽下契約，答應成為本英雄的使魔了，哇哈哈哈！」

「不，這不是你的錯，我的仇人始終都是亞巴頓大公。」然而巴巴斯面有難色。「只不過囚禁我的是亞巴頓大公的口諭，如果大人你出面收留我們，恐怕等於直接與耶路撒冷為敵。」

「又有什麼問題？從來只有其他人懼怕本英雄，本英雄才不會害怕與他人為敵。而且我現在住的地方滿街怪物，多收留兩頭獅子也沒有人察覺吧。」

「大人的好意我心領了。亞巴頓大公仍大權在握，我和芭芭拉逃獄只會變成通緝犯。雖然逃獄是我先提議的，但現在沒有十角獸在巴別塔內為所欲為，芭芭拉又不用被處死的話，我想還是先留在巴別塔韜光養晦比較保險。」

伊西斯點頭說：「我們現在都是同一陣線，擁有相同主人，在獄中我不會薄待你和你的家人。至於蘇大哥，你收服了巴巴斯，應該同樣習得了『破幻術』，任何惡魔的障眼法在你面前都將無所遁形。」

「所以我不用收留獅子也可以？」

「要是蘇大哥你想召喚巴別城內的使魔，只要用念動術事先告訴我就好。我用巴別城城主的身分向你保證，任何時候我們都站在蘇大哥這一方。」

見伊西斯如此坦承，蘇梓我便得意笑道：「那就先把我的部下們安置在巴別城吧。現在巴別城和魔海珍珠堡都已成為本英雄的領地，照這速度下去，就連魔界也要被我完全征服了吧，哈哈哈。」

此時芭芭拉知道要與蘇梓我分開後，有點依依不捨，卻又不敢開口表白。

「芭芭拉，辛苦妳了。」蘇梓我主動走來用雙手摸著芭芭拉的臉龐，就像跟小貓玩耍一樣。「坐在妳上面很舒服呢，下次我們再合作殺敵吧。」

「蘇大人，請不要忘記芭芭拉。」金毛女獅凝望著蘇梓我道別。盈盈一水間，脈脈不得語。

伊西斯在旁看著一人一獅，不難看出芭芭拉對蘇梓我的傾慕之心。可惜人獸有別，這樣的愛情故事只能在童話故事裡修成正果，雖然她確實有看過異獸戀的愛情故事，好像也挺有趣的。她爬到芭芭拉背上命令：「我累了，請妳載我回去巴別城睡覺。」

同時蘇梓我也爬到娜瑪背上說：「我累了，請妳載我回家睡覺。」

「自己走啊，笨蛋！」娜瑪立刻把蘇梓我甩到地上。

就這樣，巴別城的叛亂終告一段落；當蘇梓我一行人重回香港，那已經是距離教宗選舉還剩九天的清晨。

第五章

教宗選舉（下篇）

1

十二月六日的凌晨，梵蒂岡忽然下起雷雨，雨水拍打到窗上得啪答聲喚醒了床上的多瑪斯。他睜開雙眼伸手不見五指，卻感到臉頰是濕的；一道閃電亮起把窗前影子投射牆上，不知何時，窗戶已被人打開。

「睡得好嗎？所多瑪。」

閃電再現，一頭野獸剪影突現眼前。多瑪斯爬下床開燈，終於看清楚亞巴頓的臉，還有他說話時的神情。

「深夜被喚醒也很難說睡得好。」

亞巴頓口吐毒霧笑道：「還沒當上教宗，就已經忘記誰是你主子嗎？」

「萬萬不敢。」多瑪斯按下書架機關，從暗格酒櫃取出一瓶葡萄酒，放在亞巴頓面前。「就算當上了教宗，小人也永遠聽從大公閣下差遣。」

「但在此之前，你遇到了阻礙不是？那個叫蘇梓我的人類大鬧巴別，救出了黃金獅子，他下一個目標就是你。」

「破幻術是吧，又是所羅門的祕法。他大概打算在教宗選舉當日拆穿我的身分吧。」

「你倒是很冷靜。」

多瑪斯嘆道：「確實，最近本人設下的陷阱都被蘇梓我用蠻力破解，但一直處於被動也不是我的做法……這時金牛犢應該運到羅馬了吧。」

「金牛犢？那是對付蘇梓我的法寶？」

「不是對付他。」多瑪斯失笑道：「一直以來我被蘇梓我牽著鼻子走，原因就是認錯了敵人。我們真正的對手並非蘇梓我，而是所羅門才對。」

聖經裡曾出現三頭金牛犢，第一隻是《出埃及記》裡，在摩西登上西奈山領受《十誡》時，其兄長亞倫為安撫以色列人而製造的。

當時，出走的以色列人因遲遲未見摩西回來，開始對聖主失去信心，紛紛要求亞倫給他們製造神像。

亞倫便提議民眾獻上金飾，並用這些金子造了一個金牛犢，供以色列人拜祭，如同崇拜聖主那樣；民眾在金牛犢下載歌載舞，直至摩西回來才被揭發阻止。畢竟《十誡》其中一條就是不能敬拜聖主以外的神。

但仍有三千人不願悔改，聖主便擊殺了全數三千人，一個不留。

——轟隆！

窗外閃過一道雷，亞巴頓坐在椅上看多瑪斯翻閱聖經，不禁發笑。「惡魔閱讀聖經的畫面真是有趣。」

多瑪斯恭敬回答：「我們惡魔族最大的敵人就是教會。在我入教後，我確切領悟到認識敵人的重要性。」

「是嗎？那麼你繼續說吧，但最好盡快解釋一下金牛犢和所羅門的關係。」

「是的，聖經上第二次出現的金牛犢正是與所羅門有關。」多瑪斯拿出書架上的《列王紀上》，接著翻頁開始解說。

所羅門王在位時為了籠絡鄰國，於是迎娶各國公主及法老的女兒為妻，並誕下眾多子女。當然，有資格繼承以色列王的只有一個，那就是所羅門王與王后誕下的羅波安王子。

然而，所羅門王晚年背叛聖主，遭受到神的報復；聖主借預言家亞希雅之口，傳授祕術給以法蓮①支派的耶羅波安，並慫恿他造反，承諾把所羅門王一半的土地分給他。

所羅門王知道後立即下令通緝耶羅波安，但最後卻被他逃到埃及，這亦意味著所羅門王與聖主的正式決裂。

「三千年過去，現在沒有人知道所羅門與聖主為敵的真正原因；但從結果來看，所羅門是一敗塗地。他在背叛聖主後，與地方神結成同盟，並與聖主和天使展開天魔大戰，最終戰死沙場。」

多瑪斯望著窗外雷雨，繼續說：「正如亞希雅的預言，待所羅門死後，耶羅波安回到了以色列，並帶領北方十個支派脫離以色列王國的統治，獨立建國。歷史上，耶羅波安一世就是北國以色列的開國君主，與羅波安的南國猶大對立。」

不過猶大王國繁榮富庶，北國以色列亦有不少人眷戀所羅門王統治的盛世，因此前往耶路撒冷朝聖的人絡繹不絕。鑒於此，耶羅波安一世下令鑄造了兩頭金牛犢來取代所羅門王的信仰，並鼓勵人民崇拜金牛犢。

「那就是聖經出現的第二與第三頭金牛犢。」多瑪斯說：「但我認為，這對金牛犢不只是為了取代信仰，而是要蒐集所羅門王死後的靈魂，更封印他的魔力據為己用。」

金牛犢第一次出現於摩西分隔紅海之後，當時摩西從聖主得來的力量已消耗大半，所以他們必須強行吸收隨行民眾的靈魂和信仰，用以補給神力。

「得出如此結論是很自然的事。因為金牛犢的黃金都是從信眾身上蒐集得來，而黃金是容易附魂的物質，以黃金作觸媒的魔法，就跟東方用頭髮行邪術、下降頭的原理差不多。」

而公牛象徵生命，多瑪斯認為亞倫就是利用金牛犢強行奪取隨行信徒的信仰力，並導致三千人魂飛魄散而亡。至於摩西其後把金牛犢燒燬，大概就是把信仰力送還聖主吧。

亞巴頓聽見後說：「所以耶羅波安一世所鑄造的兩頭金牛犢，就是用來吸取所羅門的力量……可是，第一頭金牛犢只不過是外表包金就能奪去三千人的靈魂，但封印所羅門的金牛犢卻得用上純金實心鑄造，而且還需用上兩頭？」

「靈魂的重量得看其價值。兩頭金牛像的話，也許當時除了要封印所羅門，還有另一個人物，即是他的兒子羅波安。」多瑪斯笑說：「但這些都不重要，聖教已經尋回金牛犢，我也命人把它們安置到西斯汀禮拜堂內了。要是蘇梓我敢硬闖，他的所羅門力量馬上就會被金牛犢封印奪走。」

「原來如此。所羅門曾是惡魔族的盟友，因此我們從沒研究過對抗他的方法，這方面聖主和教會才是專家，安排你混進梵蒂岡總算有回報。」

說畢，亞巴頓伸手朝向多瑪斯；多瑪斯頓然感到一股前所未有的強大魔力源源不絕送到體內，非常亢奮。

「現在本王把一小部分魔力分給你，看見蘇梓我的話，絕不能留活口。」

---

① 以法蓮（Ephraim）為聖經人物，也代表由以法蓮衍生出的部族。

「必不負閣下所託。」多瑪斯心想：就算被那個人類得到黃金獅子又如何？他什麼也做不了。相同的話，同時出現在地球的另一端。

2

——就算那個人類得到黃金獅子，也無法對多瑪斯出手。

早上聖火教堂內的祭室，該處為配合蘇梓我的興趣而改建成為圓桌會議室。與會的雅典娜依然不願意直接跟蘇梓我對話，而是在娜瑪耳邊小聲說。

娜瑪嘆氣一聲，轉告蘇梓我：「多瑪斯知道你收服了黃金獅子，一定會在梵蒂岡設下陷阱對付你。加上現在整個地球的人類都認為你是大壞蛋，貿然送上門只會壞事。」

雅典娜耳語補充，娜瑪再度當傳聲筒：「即使你當面揭穿多瑪斯的真面目，其他人也只會以為是惡魔的障眼法，不會相信你。」

蘇梓我皺眉道：「難道世人都被眼前幻象迷惑，看不清我才是貨真價實的大英雄嗎？」

「是大淫魔！」

「呵呵，這有什麼值得苦惱的？」賽沛優雅笑著，身後有小海妖忒爾在按摩肩膀。「這些事交給下人做就好，找個不起眼的人接近多瑪斯、揭穿他的惡魔面目，誰都不會知道是我們做的。」

娜瑪搖頭說：「只有蘇梓我和黃金獅子能使用破幻術，退一步說，雖然使用巴巴斯的神器同樣有效，但那正是黃金獅子的眼睛，這樣蘇梓我得把巴巴斯的雙眼挖出來……」

「蠢女僕，想不到妳會說出這麼殘忍的話！」

蘇梓我拍打娜瑪的頭，娜瑪委屈回答：「我只是把實情說出來，又不是叫你要這樣做！」

利雅言問：「沒有其他方法將巴巴斯的力量借給別人？就像之前蘇同學把維斯塔女神的力量借給我那樣。」

夏思思代答：「還有『適合度』的考量喔，利姊姊妳跟維斯塔的女神相性99％，所以才能輕易接收維斯塔的力量呢。」

利雅言無奈道：「這樣不但要找到適合人選，又要那個人在選舉當日潛入西斯汀禮拜堂，果然太過困難了。」

蘇梓我問：「一定要在選舉當天行動嗎？」

「那是最好的時機。否則，就算我們成功揭發多瑪斯的惡行，教廷頂多是延後教宗選舉，到時梵蒂岡內部只會更加混亂。再說，現在教廷由多瑪斯派系把持，我怕延後選舉會他的黨羽勝算更高。」

利雅言提醒眾人，現在最應該做的並非消滅多瑪斯，而是阻止亞巴頓趁亂而入，甚至最壞的情況是，對方率領惡魔私兵反攻人間。魔界內，主戰主和的兩邊天秤微妙地掌握在蘇梓我身上。

蘇梓我說：「所以……我們要在閉門會議時揭穿多瑪斯，讓瑪格麗特順利接任羅馬教宗。」

「沒錯。根據聖教憲章，一但教宗選舉的閉門會議開始，三天內必定得選出新任教宗。而我認為，瑪格麗特小姐是重整聖教秩序的最佳人選。」

「結局還是得我親自出馬，潛入西斯汀禮拜堂嗎？」

——那個……

忽然有位陌生少女站在會議室門口，戰戰兢兢的模樣。

蘇梓我問：「妳是誰？這麼可愛的女生我不可能認不得。」

金髮金眼的少女答：「我、我是……」

「不好了。」雅典娜對平板電腦自言自語：「收到消息，剛剛有近百位的樞機主教已經抵達羅馬。」

娜瑪好奇問：「教宗選舉還有一個星期才舉行，他們這麼早來是為什麼？」

雅典娜：「當然為了提早舉行選舉。」

蘇梓我：「不然妳以為他們去梵蒂岡交換聖誕禮物嗎？」

「嗚……你們別一左一右說人家啦。」

娜瑪抱頭抱怨，夏思思則在旁解說：「最近瑪格麗特的聲望大幅提升，更被冠以聖瑪格麗特的稱號，多瑪斯可能怕再下去會產生變數，才運用權力把教宗選舉推前吧。」

蘇梓我說：「所以我們只能提早潛入梵蒂岡，但都還沒商量好計畫啊，怎麼辦？」

「蘇大人！」被晾在在門口的金髮少女再度出聲，鼓起勇氣說：「請讓我幫忙吧。」

3

之所以在教宗辭退職務後第十五天舉行教宗選舉，不過是為了讓世界各地的樞機有充足時間前來梵蒂岡投票。但交通發達的今日，要從世上任何一處前來梵蒂岡，三天時間便足矣。

就這樣過了三天，十二月八日早上，雷雨過後的清晨，羅馬依舊烏雲密布，氣溫低於攝氏九度。娜瑪坐在公園長椅上，忍不住摩擦雙手，感到有點寒冷。

「嗚啊！」

突然有人從後背後勒住她的脖子，她嚇得慘叫出聲，但冷靜下來後，發覺那只不過是蘇梓我的惡作劇罷了。

「戴上圍巾會暖一點。」

娜瑪突然不生氣了，還有點臉紅地跟蘇梓我說：「你也懂得關心別人嘛……謝謝。」

「別一邊害羞一邊感謝我，妳這個傲嬌笨蛋。」

「你、你才是笨蛋！哪裡是傲嬌了，這叫做禮貌。」

「喔喔，妳家的禮貌都是稱呼別人叫笨蛋喔。」

「是你先說——」

——噢噢噢！

突如其來的民眾歡呼聲，數百位市民擠滿公園外的大街，爭先搶後，為的就是要目睹駛過的巴士車隊。

「一、二、三……有八輛巴士。」蘇梓我約略計算。「是三百人的樞機團。」

「要開始了呢。」娜瑪問蘇梓我：「你還記得今天的流程嗎？」

「妳好煩喔。那些紅衣主教正要前往聖伯多祿大殿集合，先在早上舉行什麼聖餐禮，然後下午就閉關在西斯汀禮拜堂逐一宣誓、投票、點票。」

「總算昨晚有認真聽我講解。」娜瑪裹緊了下圍巾，說：「以往教宗選舉需要花上兩至三天的時間，但這次教廷為求速戰速決，候選人又只有兩位，換言之，今午第一輪投票就會有結果。」

簡單的數學題，全部三百零三位樞機投票，多瑪斯和瑪格麗特之間必有人會取得過半數選票。

「可是西斯汀禮拜堂守衛森嚴，幸好不是我負責潛入。」

娜瑪嘆道：「你這笨蛋真不知道為何能如此幸運，希望她可以平安無事完成任務吧。」

「她是我認可的女人，一定沒有問題。而且我們不也來梵蒂岡城外支援嗎？就算出問題，我也不會讓她有事。」

「是啦是啦，我們起身吧。今天會有很多信徒聚集在聖伯多祿廣場等待選舉結果，我們就混入裡面準備。」

這時，協和大道已被前來朝聖的信眾擠得水洩不通，蘇梓我從後方摟著娜瑪在人群內前進，邊走邊閒聊：「宗教真的很厲害，所有人情緒如此高漲，比任何派對還要瘋狂。」

「要不是教廷在昨夜突然宣布提前選舉，前來見證的至少會多一倍呢。現在世界各地的媒體都在凌晨趕來梵蒂岡採訪……喂，你別趁亂對我毛手毛腳！」

蘇梓我抱緊娜瑪笑道：「嘿嘿，妳剛才不是很冷嗎？我來給妳暖一下身體嘛。」

娜瑪沒好氣回答：「別太過分啊，待會兒巡警看到，以為有色狼就不知該如何解釋了。」

協和大道是直通聖伯多祿廣場的街道，五百尺長的路上卻有數千信眾魚貫而行，還有大量羅馬警察在旁指揮秩序。蘇梓我和娜瑪二人形影不離地隨人流前進，不知不覺間已進入梵蒂岡城內——突然，似乎全世界聲音被關掉半秒，接著又恢復喧鬧。

「娜瑪，妳沒有感到什麼不適吧？」

「為什麼這樣問？」

「大名鼎鼎的惡魔大駕光臨梵蒂岡嘛。」

「哦……剛才的確感受到些許結界的反應。」娜瑪回答：「反正我連戒指都交給你了，只要把魔力隱藏好，應該不會被結界攻擊。」

「這樣就好。」

蘇梓我繼續環抱娜瑪擠向朝聖信眾，看見聖伯多祿廣場上數百位樞機主教逐一下車，信眾送上熱烈歡呼，熱情驅散了所有寒意。

然而熱情只能停留在廣場上。基於保安理由，今天梵蒂岡甚至不准任何直升機、空拍機在上空拍攝；所有記者亦只能夠在教廷安排的位置上架起三角架，用長鏡頭即時轉播現場畫面。

而因為這個轉播，遠在香港的同伴便能夠清楚看到數百紅衣主教登場的實況。

◇

「三百零三位樞機主教悉數登場。」香港聖火堂的圓桌會議室內，雅典娜坐在平板電腦前盯著直播畫面，阿提蜜絲坐在旁邊一同觀看。

阿提蜜絲冷道：「白色長服、紅色外袍，還有紅色小瓜帽……聖教會果然任何時候都很惹人討厭。」

「服飾全都一樣的確有點噁心，不過數百人的膚色倒是各有不同。黑人、白人、黃人、紅人……幾乎清一色是男人，女性在教會的地位始終低了一截。」

坐在對面的利雅言聽著兩位希臘女神討論，雖然言語帶著仇恨，但利雅言亦無法否定對方的話。也許旁觀者清，外人會比較容易看到教會的缺點吧，尤其自己脫離聖教之後也有這種感覺。

「各位姊姊無須擠在一起盯著電腦螢幕嘛。」

這時夏思思站了起來，朝向白色牆壁舉手，用手臂順時針畫了個大圓圈，於是烏洛波羅斯便咬著尾巴，變成了一百吋的圓形投影屏幕。

利雅言問：「夏同學的透視魔法能穿過梵蒂岡的結界？」

「對喔，今早思思才發現的。也許是烏洛波羅斯吞了十角獸後力量又增強了，也或者是今天梵蒂岡的結界減弱了。」夏思思笑說：「反正這樣挺方便的嘛，比起電視台直播，思思更能隨意控制影像的角度和遠近，就像打電玩一樣。」

銜尾蛇內的直播影像緊隨樞機團，從廣場步入聖伯多祿大殿，在宏偉的金色穹頂下，三百多位樞機安靜就坐，準備聖體聖事儀式。一位年老主教在台上宣讀著什麼，不過夏思思的透視魔法沒有聲音，聽不到那位主教的說話內容。

「夏同學，不如我們看一下記者不能採訪的地方吧，例如西斯汀禮拜堂現時的狀況。」利雅言提議。

「當然沒問題。」

夏思思微笑答應後，銜尾蛇內的鏡頭如幽靈般穿越聖殿大理石壁，轉眼已來到西斯汀禮拜堂；穹頂是《創世紀》的壁畫，祭壇背後則是另一副壁畫《最後的審判》，兩者一個代表開始，一個代表終結，皆出自米開朗基羅之手，在天窗昏暗的晨光下瀰漫著莊嚴神祕的氛圍。

利雅言沒有被藝術品吸引走，她仔細觀察西斯汀禮拜堂內有沒有可疑的陷阱——

「那是什麼東西？」細心的利雅言馬上發現異樣，就在祭壇兩處角落，分別放著兩個神祕的物體；它們有兩個成年人的大小，但被白布遮蓋看不到裡面是什麼。

「很遺憾思思的預視術無法隔空取物、拿走白布喔。」

「也無法透視白布底下的東西嗎？」

夏思思搖頭笑道：「假如思思的預視術能隨意透視，那就便宜了蘇哥哥呢。」

利雅言苦笑回應：「那確實還是沒有得好。」

◇

眾人繼續監視梵蒂岡的現場。數小時後，一眾樞機離開聖伯多祿大殿，並在鄰接的保祿禮拜堂頌唱聖歌，為即將開始的祕密會議請求聖主來臨：

求造物主聖神降臨，
眷顧祢的信眾之心；
使祢所造的眾靈魂，
充滿上天聖寵甘霖——

數百人在禮拜堂的莊嚴合唱，即使頌唱完畢，歌聲彷彿依然繚繞在現場信眾耳邊，就連觀看電視直播的希臘女神亦不禁屏氣凝神，默默看著數百位紅衣主教列隊步入西斯汀禮拜堂。

禮拜堂是個長方形的空間，長寬高都是依照《列王紀上》所記述的所羅門神殿比例而建，兩邊牆壁預先安置了長桌長椅。在每位樞機主教都坐上指定位子後，一位文質彬彬的樞機代表便走上祭壇宣讀誓言：「如若當選，必定捍衛聖座自由，嚴守祕密，並在表決時絕不受世俗影響。」

利雅言指著螢幕解說：「那位先生是高汀主教，樞機團的副團長，他是代替失蹤的樞機團長前來主持儀式。」

她又望向畫面內安坐一角的瑪格麗特。今天她算是特別來賓，沒有樞機頭銜卻能出席選舉，但大家都沒有異議。

雖然能成為教宗候選人是非常光榮的事，但背後的壓力肯定也不小，尤其是自己父親仍下落未明……縱使從瑪格麗特的臉上不見任何擔憂，利雅言心想少女大概跟蘇梓我是同一類人，不輕易流露脆弱的情感。

「噢，到了最無聊的時刻呢。」

夏思思說的是接下來的儀式，每位有份參與投票的樞機都必須按照聖職次序，逐一走到祭壇前，碰著福音書重複相同的話：「本人謹此宣誓，祈求聖主幫助我及我手上的福音書。」

三百零三位的樞機逐一宣誓，大半個小時過去，終於輪到最後一位樞機走近祭壇——

「喔？是女樞機呢。」

夏思思看見她的背影，女樞機給人感覺非常年輕，同時又十分面熟。不過現場光線有點昏暗，加上她膚色偏麥色，夏思思一時看不清對方的臉孔。

終於，這位年輕的樞機宣誓完畢，教宗禮典長便走到西斯汀禮拜堂門口，以拉丁語大聲呼叫：「其他人出去！」所有不相關的人士便要離開禮拜堂，電視直播的畫面也就此結束。

大門一關上，萬里之外的銜尾蛇也旋即鬆開尾巴跌落在地，嚇了夏思思一跳。

「果然祕密會議的結界非比尋常。」

但利雅言卻不禁懷疑，既然教廷能隨意增強結界，那剛才夏思思用預視術所展示的一切，莫非是對方故意打開缺口讓她看的？

4

西斯汀禮拜堂是座三層樓高的小聖堂。執行典禮的主殿是在第二層樓，如今坐滿三百多人準備投票選舉；一樓是連接宗座宮的通道大堂。至於三樓，則是工作人員輪值的辦公室，可以從主殿的穹頂監視著儀式進行。

「大門關上了，選舉要開始了……」穿著女僕裝的金髮金眼少女呼吸加速，按住心口喃喃自語：「蘇大人說過聖堂關門後就跟外界隔絕，揭穿多瑪斯的真面目就只能現在行動。」

少女輕撫自己的朱唇，回想初吻就那樣被蘇梓我奪走。臨行前，蘇梓我說需要「特定儀式」才能把魔法分給自己，親吻已是最低限度的接觸。當時她腦袋一片空白，總之現在她繼承了蘇梓我和巴巴斯的祕法，能用雙眼識破惡魔真身。

「可是得與多瑪斯主教互相對望六秒，期間雙方視線還不能移開，這樣『破幻術』才算成功發動。」

於是少女連忙從員工休息室跑到二樓，在暗處探頭觀察選舉會場；只見會場神聖莊嚴，數百名樞機濟濟一堂，自己假扮侍女貿然走到多瑪斯面前，也太過惹人懷疑了吧？

事實上，只有極少數人被允許在選舉當日留在西斯汀禮拜堂內——除了主持儀式和有資格投票的樞機主教，還有他們的助手，又或者少數認可的醫護人員，最後就是教會的僕人了。

由於教宗選舉期間，所有人不得踏出西斯汀禮拜堂半步，以往參與選舉的樞機主教甚至得留下過夜，因此服侍的僕人是不可缺少的存在。

當然所有僕人都是經過嚴格挑選，行為紀錄良好，對教會忠誠。但教廷萬萬想不到，當中有位僕人擁有埃及血統，甚至被施法交換了身分，得以讓金髮少女潛入西斯汀禮拜堂。

所以她絕不能有任何閃失，一但失敗，就沒有第二次機會。

「怎麼辦，要假裝奉茶給多瑪斯主教嗎？」少女舉棋不定，「但儀式才剛開始，還沒有樞機傳召服務呢……如果有人可以拖延一下時間就好了。」

膽小的她只能在遠處偷看多瑪斯，至於多瑪斯本人，他也是東張西望、留心觀察著禮拜堂內的所有動靜。

多瑪斯摸著下巴，心想：沒有發現蘇梓我的氣息，也沒有人匯報他在附近出現，難道是我多疑了？

這時樞機團副團長高汀主教走到祭壇準備，雖然他曾是安東尼將軍的副手，但斯文的外表與軍人身分格格不入，比起戰場，在禮拜堂上主持儀式反而更適合他。

高汀禮貌地向台下三百零三位的樞機說：「請各位耐心在席上等候，我們將有聖職人員為大家派發投票用的卡片。至於投票流程，相信在座每位都十分清楚，但請容本人再說明一遍。」

大致流程就是，樞機需要在卡片寫上自己支持的候選人姓名，接著將其對摺；最後按照次序，逐一走到祭壇前，把投票放到聖碟上，留待審查員點選結果。

聽完高汀的解說，多瑪斯又暗自盤算：剛才逐一宣誓花了四十一分鐘，這次加上點票時間儀式，總共會超過一小時……還是不能掉以輕心。

多瑪斯提高警覺，而躲在牆角的少女變得更加忐忑不安——豈料，有道女聲突然打斷了儀式進行。

「等一下！我有話想在投票前跟大家說。」

喊話的人是瑪斯麗特，她今天穿上了純白長裙、配戴白色髮飾，那是教宗愛用的色調。

雖然高汀對瑪格麗特的行為感到困惑，然而多瑪斯需要讓所有人對自己心悅誠服，便告訴高汀不必在意，讓瑪格麗特盡情走到祭壇演說。

「感謝多瑪斯主教，也感謝各位樞機。」瑪格麗特充滿信心地說著：「我是瑪格麗特‧安東尼，除了是神的女兒，也是安東尼將軍之女，同樣是聖瑪格麗特的繼承者！」

在場一片嘩然，還在猜想少女打算怎樣遊說，豈料開門見山就在講台上冒充聖人了嗎？

但瑪格麗特未理會台下騷動，繼續揚手誇張演講：「我知道大家對父親的戰敗感到失望，期望有人能走出來領導聖教重新振作；但作為教宗，本小姐比起多瑪斯更為合適！

「我可以向各位保證，家父並沒有戰死，失去行蹤只是在執行祕密任務！本小姐也不會讓家聲受辱，身為安東尼家的長女，我絕對會為教廷帶來新的氣象！你們如果不相信我，絕對會後悔。」

然而台下竊竊私語的聲音越來越大，大家對瑪格麗特的演講都不感興趣，多瑪斯亦搖頭嘆息。「想不到瑪格麗特始終無法接受父親死訊，這位大小姐果然徒具名聲。」

不過無論如何，瑪格麗特總算替金髮少女爭取到一點時間，也讓她心情平復下來。要說原因的話，也許是她看見了一個女版的蘇梓我在台上囂張演說吧。

於是少女拿起托盤，放上幾盞紅茶，深呼吸一下便就走向樞機團……

她假裝舉止自然，小心翼翼地承著托盤，緩緩繞過其他樞機，沿著長桌走向多瑪斯主教。

少女終於站到多瑪斯面前跟他四目相交，睜大雙眼，並奉上紅茶——這是第一秒鐘的接觸。

但多瑪斯感到奇怪。「我沒有吩咐妳來。」

兩秒、三秒……

「是嗎？但大人一定口渴了，請享用這杯紅茶吧。」

四秒、五秒……

「給我立刻退下。」

多瑪斯別開了臉，無視少女的存在。少女頓時感到一頭冷水澆下，好像誤掉進萬丈深淵，待冷靜過後才發覺自己冒了一身冷汗。

這次失敗的話，下一次要用什麼藉口跟多瑪斯對望？不能就此退下——

「等一下，」多瑪斯抬頭盯著少女。「妳很可疑呢？」

「我只是聽從吩咐前來……」

——對不起，那是我要的茶。

一位女性樞機適時前來解圍，她代為道歉：「給多瑪斯主教造成不便，真是不好意思。」

「不要緊。」多瑪斯仔細打量了下女樞機，問道：「好像之前沒見過妳？不知該如何稱呼？」

「迦蘭，所羅門群島的樞機。」說畢，她便帶著金髮少女返回自己的座位。

「那個，」金髮少女充滿疑惑卻不敢發問。「這、這是紅茶，請慢用。」

「謝謝。」迦蘭接過紅茶，交了給助手。「艾因加納妳也累了吧，不如喝點茶稍微休息。」

「謝謝小姐。」艾因加納亦不忘向少女道謝：「辛苦妳了。」

「不客氣……」少女被眼前兩位女士的美貌吸引，情不自禁地駐足欣賞；一位是小麥膚色的金髮公主，另一位則是年輕卻沉穩的隨侍——縱然艾因加納的年紀比起在場任何人都要大得多。

「對了，」艾因加納突然喚住少女：「雖然我倆素未謀面，但我有事想拜託妳。」

「欸？」

「不用緊張，請妳跟我走一趟便可。」艾因加納倒是不讓少女拒絕，拉著她的手便遠離開席上人群。

5

「可以告訴我妳的名字嗎？」

艾因加納把少女帶到一角，確認周圍沒人後低聲問話。同一時間教宗選舉已經開始，見樞機團逐一離席投票，少女顯得十分焦急。

「我叫芭芭、芭芭拉，請問有什麼吩咐？」

「芭芭芭芭拉喔？」

「是芭芭拉！如果沒有其他事的話，我得回去忙了。」

「別緊張，我叫艾因加納。芭芭拉小姐妳好像很緊張呢？難道有什麼事情趕著去辦？」

「欸？才沒有……」芭芭拉否認同時又不斷望向祭壇。

「不用擔心那邊。選舉規定樞機不能投票給自己，大家都知道他不會離開座位的。」

「原來如此。」芭芭拉稍微鬆了口氣，卻被艾因加納取笑。

「妳這樣回答，不就代表是衝著多瑪斯主教而來的嗎。芭芭拉小姐，妳打算對多瑪斯主教做什麼？」

「我、我沒有啊！」

「妳先冷靜點，我們跟妳站在同一陣線。」艾因加納問：「我猜妳認識蘇梓我吧？」

「妳是蘇大人的朋友嗎？」

「我果然沒猜錯，難怪會在妳身上嗅到蘇梓我的氣味。」

「欸？」芭芭拉連忙嗅著自己身體。

「呵呵，我說的是靈魂的氣味。」艾因加納微笑問：「所以妳能告訴我妳在做什麼嗎？」

「不……我還是無法完全相信妳。」

艾因加納遙指向樞機團。「那位女士是我的主人，她叫做迦蘭。既然妳的金色眼睛如此迷人，應該能看到迦蘭小姐身上有什麼特別之處？」

「生命……不只一個，迦蘭小姐懷孕了呢。」

「對，一個月左右，還不明顯。」艾因加納又問：「不過妳的眼睛還可以看到其他東西吧，例如腹中的孩子有沒有親切的感覺？」

「咦……！那小孩有、有著蘇大人的魔力……是蘇大人的孩子？」

「就在一個多月前，蘇先生突然從大海上出現，打敗島上惡神後，便如童話故事般抱得美人歸。不過我家小姐是部落之長，他們習俗都是獨力照顧好女兒，所以也並非要來找孩子的爸爸。反正蘇先生英雄好色，妳應該也很清楚吧。」

「不、沒有啊，人家還沒有跟蘇大人那個！」

「是喔，真是純情，但可以維持多久呢？」艾因加納收起不懷好意的笑容。「說回正題吧。既然妳知道我們跟蘇先生的關係，這樣妳願意把計畫告訴我們嗎？」

「我明白了。」反正自己也是束手無策，芭芭拉只好坦白一切，包括她決心要成為蘇梓我的力量，以及當日獲得伊西斯傳授祕法變成人類一事。

◇

同一時間選舉繼續進行。一位德國藉樞機在投完票後，順道向多瑪斯點頭示好，亦是表明自己效忠多瑪斯，因此所謂不記名投票其實也變得毫無意義。

坐在多瑪斯鄰席的另一位義大利樞機說：「很順利呢，再過不久大人便能戴上教宗的白帽。」

多瑪斯暗笑道：「現在還言之尚早，你們繼續留意會場，姓蘇的理應不會這麼容易就放棄。」

——放開我！

「妳最好給我安靜點，別擾亂這個神聖的教宗選舉！」

殿上一角突然有兩位女士爭吵不休，引來一眾樞機和聖職員的目光。與此同時，迦蘭樞機亦急步走向多瑪斯，禮貌請示：

「閣下，我們發現有行跡可疑的侍女，就是剛才端茶上來的那位。大人要親自審問她嗎？」

「喔，那小子終於露出馬腳了嗎？」多瑪斯催促道：「快把那女人帶上來。」

「謹遵閣下吩咐。」迦蘭躬身行禮，接著命艾因加納把芭芭拉押到多瑪斯面前。

「嗚……不要殺我，我什麼都不知道。」

芭芭拉被艾因加納反扣雙手，變得像小貓般搖尾乞憐，淚目望向多瑪斯。

當然這樣更惹來多瑪斯的懷疑。「妳鬼鬼祟祟在做什麼？是誰命令妳來的？只要坦白招供，我便放妳一條生路。」

芭芭拉猛地搖頭，卻目不轉睛地盯著多瑪斯回答：「是一個年輕的男人……他俊朗不凡、而且體格強壯、文武雙全……」

「誰在關心他的外貌，說重點！是個亞洲人嗎？」

「嗯……我知道他的名字……」

「那還不快點說出來？」

芭芭拉搖頭拒絕。「因為時間夠了……」

「什麼時間——哇啊！」多瑪斯忽然「砰」聲從椅子上跌落，抱著頭大喊：「這是什麼妖術！我的頭好痛，來人快把這侍女關起來！」

芭芭拉一臉無辜。「多瑪斯大人，我什麼都沒有做啊？」

只見多斯痛苦地倒地掙扎，面容扭曲逐漸變得細長，雙眼污濁且突出半吋，十分嚇人。

迦蘭在旁煽風點火，指向多瑪斯說：「是惡魔！惡魔混進教會了！」

艾因加納高聲附和：「我的主啊！想不到原來多瑪斯是個惡魔！」

——發生什麼事？

——聽說有惡魔嗎？

在場三百多人議論紛紛，並都站起來探頭查看。有位樞機連忙走近想扶起多瑪斯，但那人走了幾步便打消了念頭。

此時多瑪斯全身發燙，血管膨脹，手腳扭曲變形，更有對詭異肢節從腰間兩側額外長出——「啪嚓」一聲，他的身體噴出白色汁液，一雙半透明的昆蟲羽翅便從他背脊展開；四隻多節手臂不受控地拍打地板，再加上一雙粗壯的腿……

「是六足惡魔！」迦蘭斥道：「多瑪斯主教的真身是蝗蟲惡魔！」

目睹多瑪斯變形，起初樞機們都不敢相信自己眼睛，接著嘩聲四起，最後所有人拋下選票，爭先恐後地四散逃出；會場桌椅都被推倒地上，超過五百年歷史的聖堂如今一片狼藉。

多瑪斯帶著半人半魔的臉孔大叫：「別這樣看著我！我是被這幾個女人害的！」

眾人的焦點集中在芭芭拉及迦蘭身上，同時多瑪斯的親信亦附和指責迦蘭等人：「我才覺得奇怪，這個年紀的少女怎麼能當上樞機？妳們才是惡魔派來陷害多瑪斯大人的吧！」

豈料馬上有好幾個人站出來替迦蘭護航：「別含血噴人！迦蘭樞機在我國德高望重，豈能被你侮辱？」

站在迦蘭一方的不只有幾位，而是有幾十位，當中不乏主教級別的。結果眨眼間，所謂團結一致的聖教樞機團立刻分成三派，有的支持多瑪斯、有的支持迦蘭，還有更多是不知所措的人。

「怎麼會這樣，什麼時候一個黃毛丫頭會在樞機團內擁有如此聲望？」人首蝗身的多瑪斯，發現迦蘭身後助陣的竟有一個熟悉面孔。「你不是布里斯本的總主教嗎？怎麼會投靠那個女人？」

對方苦笑回答：「非常抱歉，那位小姐資助我們不少啊……原本我還沒有決定要幫哪邊，但如今事實放在眼前，身為主的僕人，豈能支持惡魔一方。」

「可惡，你們居然背叛我！」

多瑪斯盛怒之下，把最後身為人類的臉皮撕下，只見他全身綠色硬殼，肢體更發出濃烈臭氣。這下絕對是一個如假包換的昆蟲惡魔。

——咻！

殘影掠過，多瑪斯躍至《最後的審判》的壁畫上，緊盯眾人，嘰嘰喳喳、口齒不清地說：「事到如今，唯有把所有見過本王的人殺死了。」

6

多瑪斯六足黏在牆上，腳踏聖子的臉；一雙突變複眼俯視眾人，然後視線停留於倒在祭壇動彈不得的老教士身上。

「你是否投票給那個賤丫頭？」

「我、我……哇，別過來──」

不容解釋，多瑪斯的利足已刺穿那老教士的心臟。作為昆蟲，他的跳躍能力幾乎肉眼無法捕捉，待拔出手臂時，昆蟲節的倒鉤已把那人的胸膛撕扯得血肉模糊，血漿濺在神聖的祭壇上，令人不敢直視。

「嘰嘰，接下來是哪個？」

多瑪斯站在老人屍骸上，一雙巨大複眼快速掃視聖堂；見一眾樞機慌忙湧到聖堂大門逃生，唯獨那可惡的女樞機依然處變不驚、凜然站在殿上凝視自己。那討厭的眼神好像在輕蔑自己，多瑪斯恨透那女人，於是一道綠色殘影撲向了迦蘭──

另一團金色身影攔截，芭芭拉咆哮一聲便以獅王之軀攔腰撲倒多瑪斯。金光綠光在半空碰撞爆炸，火花間，獅子與巨型蝗蟲扭成一團在地上纏鬥，壓毀了殿上的布置。

芭芭拉的體格佔有優勢，很快就把眼前蝗蟲壓倒地上，並施以利爪劃向多瑪斯的臉──但多瑪斯的多節手臂堅硬無比，輕易彈開利爪後，另一隻手已如利劍般刺向芭芭拉的獅腹。

芭芭拉灑下血水，幸好獅王族肌肉發達不過是皮外損傷，芭芭拉依然奮勇還擊；但見多瑪斯後腿猛地躍起，一個反身便將芭芭拉擒下。二人上下易位，多瑪斯騎在黃金獅子身上，四隻蟲臂正要瞄準喉嚨刺去——

「有本小姐在，豈容你這惡魔放肆！」瑪格麗特拋出摩西之杖，蛇杖立即化成毒蛇噬咬多瑪斯的小腿。

「又是妳這臭丫頭！」多瑪斯一腳踢開毒蛇卻顧不到芭芭拉的夾擊，黃金獅子猛力推開蝗蟲，再抓緊紅色地毯重整架勢。

混戰越演越亂，高汀便以樞機團副團長的身分命令眾人：「大家不能逃出外面！如今聖伯多祿廣場上聚集了數萬信眾朝聖，若被他們看見這些混亂場景，教廷只會淪為天下人的笑柄，聖座亦會名譽掃地！」

但有人反駁：「那我們要怎麼辦！我寧願被人恥笑也不想死在這裡！」

「對啊！放我們出去！」

一眾樞機衝向擋在門口的高汀將軍，卻反被高汀的近衛騎士舉劍喝停。高汀厲聲斥喝眾人：「我們都是聖教騎士團的將軍，消滅惡魔豈不是我們的職責嗎？」

可是樞機團的成員很多都年紀老邁，有些更要助手攙扶，還說什麼戰鬥？在場只有迦蘭有備而來，她帶來的助手都是經驗豐富的聖騎士，幾十人挺身而出列陣，向多瑪斯念頌聖魔法——圓形魔法陣浮現於穹頂《創世紀》之下，就在聖主與亞當的指頭間一道聖光猛地落在多瑪斯眼前，更把地上轟出一個坑洞！

但見多瑪斯閃躲無蹤，眨眼已衝向那群騎士，利爪帶著殺氣。

高汀大喊：「所有人立即遠離那頭惡魔，全部伏在牆下！」

下一秒是猛烈的砲火聲——會場三樓欄杆處排出百位聖殿騎士齊舉步槍，在高汀命令下瞄準多瑪斯連環開火。

然而白銀子彈對多瑪斯似乎沒有作用。

「愚蠢的人類，本王繼承了亞巴頓的大能，你們的槍不過是笑話！」

只見多瑪斯外皮的綠色硬殼擦起火花，在槍林彈雨間他已爬到上層，兩對利爪插穿面前騎士胸口，並交叉劃下將對方撕成四塊！

——不要怕，繼續射死那頭惡魔！

但就算騎士團再勇猛，他們仍一個接一個被多瑪斯劈死、掉到欄杆外、甚至丟出窗外——

◇

玻璃哐啷碎裂，一具焦黑物體被拋到禮堂外，直墜樓下空地發出砰聲巨響。廣場上過萬名的信徒都聽得一清二楚，並在議論紛紛：

「剛才你有見到嗎？那個從聖堂掉出來的東西好像是個人影？」

「你說得對。我用手機拍下畫面了，似乎是有人跳樓？」

「教宗選舉有樞機跳樓了啊！」

謠言滿天飛，大批信徒擠往西斯汀禮拜堂外，但在「跳樓」位置的前方已經站著全副武裝的瑞士近衛隊把守。他們部署防線阻擋信眾前進，卻阻擋不了激動的信眾；於是雙方互相推撞，場面混亂、一發不可收拾。

「哎呀！」擠擁的人群中，娜瑪被幾個青年撞開，蘇梓我一個不爽就舉起右手想把周圍信眾全部掃清——

「沒事啦，你冷靜點吧。」娜瑪按下蘇梓我的手。「剛才聖堂不是有人被拋到外面嗎？我想一定是裡面發生戰鬥了，這樣芭芭拉小姐會有危險。」

「該死的多瑪斯！」但見西斯汀禮拜堂外不斷有騎士增援，蘇梓我想了想，便指往相反方向大叫：「聖伯多祿大教堂也有人跳樓了！我們去看看！」

「哪裡哪裡？」娜瑪和附近的人都望了過去，卻沒有見到蘇梓我所說的東西——「啊！」蘇梓我踩了娜瑪一腳，她才誇張附和說：「真的耶，大殿門口好像還有惡魔的身影！」

娜瑪叫得很大聲，大聲得連附近正在採訪的媒體都聽見；於是十幾個記者爭相前往查看，其他信眾亦一窩蜂跑向聖伯多祿大教堂，總算把另一邊的道路空了出來。

娜瑪問：「所以你打算怎麼辦？」

「雖然無法直接轉移到西斯汀禮拜堂，但我可以從先從宗座宮的地道穿到禮拜堂一樓，畢竟我曾在宗座宮住過數天嘛。」

蘇梓我便牽著娜瑪的手，以瞬移術逐步逼近宗座宮，二人如同閃電在人群穿梭消失。

7

返回血腥熏天的西斯汀禮拜堂，當多瑪斯清理掉上層騎士之後，下一個目標就是主殿上那個討厭的女樞機，以及跟自己作對的瑪格麗特。

但不用多瑪斯親自找人，瑪格麗特不忍見滿地屍骸，便踏步上前打算制止對方——

「瑪格麗特小姐請冷靜點！」迦蘭捉住她的肩膀。「妳是安東尼家的長女，比起在此喪命，還有更重要的事等著妳去做啊！」

「別阻撓我，本小姐一定要親自教訓那頭惡魔！」瑪格麗特撥開迦蘭的手，向多瑪斯叫陣：「你不是要跟本小姐爭奪教宗寶座嗎？我們乾脆來場比試，看看誰有能勝任吧！」

「嘰嘰，不自量力的丫頭。」全身沾滿血的多瑪斯跨過欄杆跳至地面，一邊摩擦四隻觸手，一邊思考如何殺死這丫頭。「好吧，先把妳的手腳都切斷好了。」

粗壯雙腿一屈一伸，多瑪斯便如疾風掠過瑪格麗特，並提起尖刺劈向她的右肩！

普通人的話，大概已被切斷手臂了吧，然而瑪格麗特的長袍下有靈風飄逸，依靠蘇梓我送她的插翼長靴，以更快的速度往後避開了多瑪斯的攻擊——

再緊接摩西之杖，瑪格麗特變出毒蛇卻被多瑪斯拍打蟲翅、輕易閃躲。

「這種雕蟲小技，未免太小看本王及亞巴頓了吧？」

只見他高舉四隻多節手臂，在四手尖端凌空浮起了一團混沌之氣，深邃不可測，彷彿連接著另一空間似的——那是亞巴頓大公親自傳授的毀滅魔法。深淵盡頭撲出慟哭之聲，一隻骷髏之手從混沌穿來、直奔瑪格麗特！

瑪格麗特察覺大禍臨頭，在骷髏巨手前不慎踏空跌倒，命懸一線，同時一道鐮刃的光輝直把骷髏爪劈斷！

「抱歉啊，英雄登場總是晚一點。」

蘇梓我扶起瑪格麗特，並道：「幹得好，接下來就安坐一旁欣賞本英雄的英姿吧，哇哈哈哈！」

但對面的多瑪斯同樣暗喜。「蘇梓我，我等你很久了。」

「哼，果然你是所什麼的化身。我現在就送你上黃泉路，讓你跟蛾什麼一同下地獄吧！」

但見多瑪斯露出詭異笑容，伏身催動魔力，散落一地的木碎和血漿在他身邊緩緩升起；同時牆角有兩塊白布浮在半空，兩頭金牛犢被揭露於人前。真是諷刺，西斯汀禮拜堂同樣有一幅畫有金牛犢的壁畫，彷彿在嘲笑命運弄人似的。

「咦，今年是牛年嗎？」

蘇梓我不以為然，但艾因加納身為古神對舊友卻是記憶猶新——

「蘇先生，趕快離開那對金牛像！」

「已經太遲了！嘰嘰嘰！」

多瑪斯瘋狂大笑，看得蘇梓我雞皮疙瘩，而且噁心感直刺腦袋——

「哇啊啊啊！」突然蘇梓我的頭皮像被萬蟲噬咬，好比有人在他的腦袋插上萬根吸管吸吮他的魔力，使他痛不欲生倒地慘叫。

「發生什麼事了？」迦蘭問。艾因加納回答：「那是耶羅波安一世為了對付兩個偉大敵人而鑄造的金像，一個是用來封印蘇萊曼的魔力，另一個則是……」

「嗚啊啊！」娜瑪同樣按頭倒在蘇梓我身邊，只見她全身魔力被另一頭金牛犢不斷抽走，同樣只能跪在地上痛苦大喊。

艾因加納嘆道：「果然她也來了啊。」

「不是慨嘆的時候啊。艾因加納，妳有辦法救勇者大人嗎？」

「對不起，我也不知道該怎麼辦……」

「沒救了！」多瑪斯趾高氣昂笑道：「這是本王的勝利，我才是人類的王！」

「動啊！動啊啊！」蘇梓我反覆喊叫卻無法控制身體，彷彿被百頭公牛用鎖鏈緊拉自己，眼睜睜看著多瑪斯的利刃刺來——

下一秒鮮血淋漓，多瑪斯的昆蟲腳完全刺穿了眼前人的腹部，血液從蟲腳滴下，但受下那一擊的人卻不是蘇梓我。

「蘇梓我……笨蛋……」

娜瑪閉上眼睛，蘇梓我接著也閉上眼睛……是自己做錯了嗎？這是誰的錯？

牆角的金牛犢盯著自己，魔力一邊被它吸走，另一邊卻換來別的東西湧進腦內……

……

◇

「少年，你渴望得到什麼？」

「我渴望智慧。懇請主祢賜我智慧，可以判斷祢的民，能辨別是非，不然誰能判斷這眾多的人民呢？」

「因為你祈求智慧，而不為自己求壽、求富；也不求滅絕你仇敵的性命，而是祈求能洞察正義的智慧。我將賜予你所祈求的東西。」

「感謝主。」

少年蘇萊曼面前站著一位慈祥老人，雖然老人家頭頂耀眼無比的光環，任何人無法直視其貌，不過聽其聲音便使人安寧。蘇萊曼稱對方為聖主。

聖主對蘇萊曼說：「我不但要給你智慧，還要給你印戒。只要戴上印戒，你行使的旨意就如同我在地上行的旨意；你用它來收復魔神，然後借助魔神的力量在耶路撒冷建造一座聖殿來供奉我、崇拜我，並宣傳我的威名。」

「我明白了，一切就照我主的旨意而行。」

「凡是遵從我的旨意的人，他們必得到從天堂來得的獎賞。以色列以後就是神賜之國，我會保佑所有信奉神的子民得到永生。」

這樣的對話是第幾次了？少年的蘇萊曼已經記不清楚。但他身為王子，最大心願就是要使以色列王國強大，人民生活富足；聖主賜予他的力量使他有能力實現願望，因此蘇萊曼非常樂意成為主的僕人。

在接過印戒後，蘇萊曼最先收服的是一位少女魔神，她叫做阿斯摩太。

阿斯摩太很努力地幫助蘇萊曼興建了第一神殿，但是她的內心實在難以捉摸，在神殿竣工後，阿斯摩太不但用計奪走了聖主賜給蘇萊曼的印戒，更變成巨神一手就將他拋到二千公里之外。結果蘇萊曼步行了整整三年才回到耶路撒冷，並再次踏進皇宮與阿斯摩太對質。

「阿斯摩……太？」

在國王的書房內，阿斯摩太看見蘇萊曼回來便解開易容魔法，整個人解脫般地伏在桌上求饒：「蘇萊曼大人，請你原諒我吧，我也不想再假裝你每天上朝打理王國啦……嗚嗚……」

原來在蘇萊曼失蹤的三年間，把以色列王國打理得井然有序的竟是阿斯摩太。看見她回復少女模樣，淚目道歉，蘇萊曼又怎忍心處罰？

「好吧，這件事情我可以既往不咎，但是有一個條件。」

「嗚……是什麼條件？」

「妳留在我身邊輔助我打理王國吧。」

這是蘇萊曼與阿斯摩太重逢後的對話，他不知道自己早就對這位少女萌生愛意，而且在往後日子二人更是形影不離。名義上阿斯摩太是蘇萊曼的使魔兼女僕，一方面助他治國，另一方面又替他打理家務。當然，阿斯摩太亦毫不介意，因為她同樣也不自覺地喜歡上了蘇萊曼王。

8

有一晚，阿斯摩太在寢室內對蘇萊曼說：「有一個消息要跟陛下稟報。」

「怎麼了？看妳神色凝重的。」

阿斯摩太摸著小腹。「那個……之前我不是說過人類與魔神之間很難誕下子女嗎？但看來凡事總有例外呢……」

蘇萊曼大喜。「真的嗎？那太好了！」蘇萊曼撲向阿斯摩太說：「我可不能再把妳當作使魔什麼的，我一定要給妳一個名分！」

「可是，這樣不會激怒聖主嗎？」

「跟自己相愛的人結婚是天經地義的事啊。」蘇萊曼告訴阿斯摩太：「從今天起妳就是我的妻子，我要給妳人類的名字，還有我們孩子的名字！」

◇

所羅門的兒子羅波安為猶大王。他登基時年四十一歲，在耶路撒冷，就是神從以色列眾支派中所選擇立他名的城，為王十七年。羅波安的母親名叫拿瑪，是亞捫人。

——《列王紀上》（14：21）

事實上娜瑪並非什麼亞捫人，她是魔神阿斯摩太，而王子羅波安就是人類與魔神所誕下的兒子。沒錯，娜瑪是以色列的王后，是蘇萊曼最愛的人，所以蘇萊曼早就決定把王國傳給羅波安。

然而這段婚姻並不受到聖主祝福，甚至不惜從聖經上抹去蘇萊曼和娜瑪二人之名。

◇

一星期後，聖主便臨降在耶路撒冷的神殿審問蘇萊曼：「傳聞你決定要立阿斯摩太為以色列的王后，此事是否屬實？」

「是的，我主。阿斯摩太賢良淑德，她幫了我很多，就連我不在王國內時也是阿斯摩太把國家打理得井井有條。阿斯摩太當上王后肯定能夠為以色列人帶來幸福。」

聖主駁斥：「阿斯摩太原本是西頓人的異教神阿示瑪，假若你奉她為王后，即是崇拜異教、將異教帶入宮中，這是天理不容。」

「可是阿斯摩太已經歸順我主──」

「錯誤的事情就是錯誤！我讓你使役魔神不是要你跟她行淫，而你居然還打算把王位傳給那個孽種？以色列是這顆星球上唯一正統的王國，而你卻企圖把王國交託到異神手上。蘇萊曼，我對你太失望了。」

第一次見聖主如此動怒，而且說著超越了蘇萊曼理解的話。只是有個人他一定要維護：「阿斯摩太不是什麼魔神，她有了人類的名字，如今娜瑪只是我蘇萊曼的妻子而已。」

但聖主越說越嚴厲：「這可是關係到所有生命的存亡，你只需執行我的旨意就行！」

「我主的旨意是……？」

「殺死阿斯摩太。她已經不適合作為使魔了，必須當作異教神制裁，淨化其靈魂讓她永不超生。」

「這……請恕我辦不到。」

聖主冷冷說著：「就算你不把她殺死，我也會命令天使走到你的眼前處死阿斯摩太。崇拜異教是最大的罪，我會派遣使者奪去你的土地，收回你的智慧，封印你的力量；以色列王國將會因你而分裂、滅亡，而你的兒子亦將不會長命，你的後代會變得愚昧，以色列的子民亦不會再受祝福。」

蘇萊曼睜大眼慌道：「怎麼可以這樣？我和娜瑪花了很多心血才讓以色列富強起來，使百姓生活無憂。難道主祢單憑娜瑪的身分，就要否定我們一切的努力嗎？難道主祢就這樣背棄信奉祢的百姓嗎？」

「事情演變成這樣都是你的責任。殺死阿斯摩太，又或者要所有以色列人為她付出代價，一切都是你的選擇。蘇萊曼，回答我你的選擇！」

蘇萊曼跪在地上良久。「我選擇保留我的答覆。」

「我給你一個月的時間。」

蘇萊曼鄭重地向聖主道別，懷著沉重的心情離開神殿。

◇

「什麼？大人你居然當面反駁聖主的旨意？」

「當然了，不然要我聽從主的話將妳殺死嗎？」

返回寢宮後蘇萊曼把事情告知娜瑪，但娜瑪卻非常不滿。

「我一個人的死活沒有關係，但你這樣做是犧牲了整個國家的命運。讓百姓幸福不是你的夢想嗎？」

「我也希望妳幸福啊！」蘇萊曼反問：「為什麼妳認為自己的死活無關緊要？難道妳不想活下去嗎？」

娜瑪低頭說：「我當然不想死，不想跟大人你分開……但你完全不知道聖主的可怕啊。反抗祂不會有好下場的，就像我的同伴們那樣。」

「抱歉……」

身為聖主的使者，蘇萊曼在興建第一神殿之後便四處派兵宣傳神威，逼使鄰近部落改信主，並消滅異教信仰間接使異神衰亡。

「不。」娜瑪捉著蘇萊曼的手說：「你沒有把異教趕盡殺絕，又容許妃嬪在宮內敬拜自己的地方神，正是如此，地方信仰才得以保存下來。大人已經盡力了，沒有必要責備自己。」

蘇萊曼不同意。「以往我對聖主深信不疑，這才是最愚蠢的。我已決定要跟聖主分道揚鑣，就算遭到神譴也在所不惜。」

「千萬不可！聖主不是屬於『世界』的存在，祂是異常，祂是全知全能的神！就算只是天使，每位天使的力量都等同於地方的一等神，任何一位都足以摧毀一個文明，你又要如何與聖主對抗呢？」

「撒旦。我會跟撒旦商量，並召集其他的地方神與聖主一決勝負。我不是要消滅聖主，只是希望祂能夠冷靜下來聆聽我們的聲音。」

娜瑪十分訝異。「撒旦……就是東方的那條紅龍嗎？牠可是聖主的頭號敵對者，而且大人之前不是跟撒旦打過幾場仗？牠會願意幫助你嗎？」

「撒旦確實是我戰場上最大的敵人，但同時也是我最敬重的對手。我們雖然立場不同，但我並不討厭牠……希望牠也沒有討厭我。」蘇萊曼又說：「我知道牠正準備聯合其他地方神發動叛亂，這是我唯一能夠拉攏其他勢力與聖主對抗的機會，無論是我抑或是撒旦都不能錯過。」

「可是為什麼要這樣做呢？」娜瑪搖頭嘆息。「這樣肯定會演變成為一場眾神大戰，生靈塗炭……何必為了我而跟聖主作對？」

「因為妳是我最愛的女人。」蘇萊曼抱著娜瑪說：「我答應妳，無論發生什麼事，我都不會讓妳有事。」

「謝謝大人……」娜瑪害羞地親吻了蘇萊曼王，但她沒想過，這一吻將會是二人的最後一吻。

9

在以色列的東方，比巴比倫尼亞還再遠一點的山脈上，住了一條巨大紅龍。牠的呼吸是風暴，走路是地震，潛進海中是海嘯；如此一頭巨獸使當地人民非常敬畏，足以使牠成為聖主的最大敵人，更沒有人類敢接近牠。

然而，平日人跡罕至的山上來了一位稀客；他跟紅龍交手過無數次，可算是戰場上的老對手，但像這樣在戰場外相見倒是頭一次。

「撒旦，我今天親自前來是有一個提議。」

「假如是其他人，我可沒有興趣聽，但對手是蘇萊曼王呢……」

紅龍矗立在蘇萊曼面前幾乎遮住了整個天空，但蘇萊曼充滿自信，對牠開門見山地說：「我們結盟吧。」

「怎麼，聖主麾下最強的國王居然向敵人提出結盟？」

「聖主的力量太過強大，甚至破壞生命的平衡。這明顯已經偏離了『世界』的原意，這樣下去，『世界』只會步向滅亡。」

可是撒旦卻搖著龍首嘆氣。「聖主對地方神的迫害也不是今天才開始，所以冠冕堂皇的話就免了，告訴我真正原因吧。」

「我想保護娜瑪。」

「是愛嗎？」撒旦暢快大笑。「人性，真是太人性的抉擇！」

其實蘇萊曼與撒旦之間不需要太多言語，他們十分清楚對方性格，撒旦沒再考慮便答應結為同盟。交換契約後，二人分別代表以色列及一眾地方神，正式向聖主和天使宣戰，歷史稱之為天魔戰爭——天神與魔神的大戰，正式揭幕。

◇

採取正常手段不可能擊敗聖主。因此蘇萊曼王大膽地在自己國土破壞舊神像，換上異教偶像並鼓勵民眾崇拜，甚至在聖殿上提供廟妓。一切都是為了打擊聖主的信仰，間接削弱聖主的神力。

出兵鎮壓不同宗教本就是蘇萊曼王的拿手本領，於是在天魔戰爭的初期，蘇萊曼一方憑藉以色列強大的軍事力量，加上撒旦與地方眾神的協助，很快就在戰局上取得了優勢。那段時間，娜瑪亦為蘇萊曼誕下了王子，一切看起來都非常順利。

奇怪的是，聖主一方在戰爭初期始終沒有露面，任由信奉自己的城邦逐一被蘇萊曼征服。然而，這都是聖主的計謀。

蘇萊曼王打壓信仰反而造就了那些信奉聖主的民眾團結起來，暗地裡在以色列王國組織宗教團體，那就是聖主教的雛形。

聖主教的出現使聖主神力大增因而形勢逆轉，在接下來的數年間，聖主率領天使軍團虐殺了蘇萊曼的一半兵力，又殺死撒旦一半的手下，幾乎要顛覆以色列王國。

面對如此劣勢，蘇萊曼王被迫面臨艱難的選擇——他必須同樣屠殺國內信奉聖教的信徒，藉此壓制聖主的力量。於是，蘇萊曼王就由一個信主的明君，變成一個殘酷不仁的暴君，其他人都以為是受到撒旦的誘惑，但也許打從戰爭開始正義就不復存在了；比起正義，蘇萊曼更需要的是不擇手段的勝利，就跟聖主一樣。

殺戮、鮮血、死亡，就這樣天魔戰爭一直持續了十數年，以色列國力日漸衰落，與鄰國關係亦日趨緊張。一旦演變成長期戰的話只會對蘇萊曼一方不利，而且蘇萊曼也開始衰老，他必須要跟聖主背水一戰，主動挑起一場決定天下的戰爭，也就是日後聖經記載的最終決戰……

◇

哈米吉多頓一片頹垣敗瓦，屍體堆積如山。天使從高空降下，在號角聲中把蘇萊曼身邊的戰友逐一砍殺。

「啊，原來屍體的山就是利用他們堆積而成的。」

哈米吉多頓大戰，蘇萊曼因為中了天使長拉結爾的陷阱，印戒力量被羅剎天封印，結果在決戰第一天已兵敗如山倒。眼見一位黑布蒙眼的天使帶著劍飛向自己，他心想大概已經到此為止，連求生的意志也失去了。

啪嚓——

黑布蒙眼的天使完全刺穿了眼前人的腹部，血如泉湧，但那人卻不是蘇萊曼。

「蘇萊曼大人……」

魔神真是卑鄙，即使蘇萊曼的頭髮漸白，但娜瑪還是跟初識時一樣漂亮……

「感謝你愛過我……請原諒娜瑪不能再留在身邊服侍你了……」

不久，娜瑪已無任何反應，當蘇萊曼意識過來時，滿腔懊悔襲來。

「娜瑪妳不要死啊啊啊！」

蘇萊曼不顧性命跑上前抱起娜瑪的屍體，但這時天使的劍已經亮在蘇萊曼的項上——

砰！

一道緋紅影子把天使撞走，只見紅龍全身插滿銀箭，蘇萊曼分不清牠身上的顏色是紅鱗還是鮮血。但即使撒旦傷痕累累，牠依然沒有拋下這位戰友，及時趕來用巨龍尾巴擊退天使。

「蘇萊曼！現在不是感傷的時候，我們撤退吧！」

接著撒旦用爪把蘇萊曼與娜瑪捉到手上，拍著破爛的龍翼遠離哈米吉多頓。

◇

在逃離戰場的天空上，蘇萊曼抱緊冰冷的娜瑪，在撒旦背上道歉：「是我把你們連累了。」

紅龍飛過的土地盡是地方神的屍體，被天使殺死的神祇不止娜瑪一人。

撒旦回應：「勝負乃兵家常事，我認識的蘇萊曼可不是這樣容易認輸的人類。」

「那個蘇萊曼已經不存在了。」蘇萊曼自嘲說：「已經沒有希望，這一仗我們徹底輸了。」

「我命令其他地方神撤退迴避，只要我們還殘留最後一人，都不算絕望。」

「不，這個前提不會發生，聖主肯定會殺掉我們最後一人，包括你和我。」蘇萊曼說：「這是我的錯，我不應該集結所有眾神參戰，更加不應該在最重要的戰場上拖著大家的後腿。」

伴隨蘇萊曼征戰多年，撒旦意識到蘇萊曼已是風中殘燭，對死亡已有覺悟。牠不敢問蘇萊曼有什麼打算，但蘇萊曼卻搶先對撒旦說：

「娜瑪死了，戰爭對我來說已經毫無意義。接下來我只能夠贖罪。」

失去動力的蘇萊曼遙指前方說：「在那裡放下我們就好，三日後我會再來找你，請你務必要活下去。」

撒旦沒有懷疑過蘇萊曼的話，於是沒有繼續追問便放下蘇萊曼與娜瑪。他們再次見面確實是三日之後的事。

◇

「蘇萊曼，你居然以人體軀體隻身闖進鬼界，找萬鬼之母談判？」

「嗯，這是唯一能夠拯救眾神的方法。」

三日後，蘇萊曼比起之前更顯憔悴，不過撒旦身上的傷痕也是有增無減，可想而知牠為了活下來已經竭盡全力。

蘇萊曼一心想著拯救眾神，繼續解釋：「萬鬼之母是最接近『世界』的存在，她答應過會收留一眾魔神，劃分出魔界讓各位聚居。留在魔界少能夠避開聖主和天使的追殺，地方眾神也不用滅絕。

「而且萬鬼之母能干涉靈魂的循環，就算聖主施下詛咒使眾神永不超生，你們在魔界亦能透過萬鬼之母的協助，用鬼界的方法輪迴轉生，生命得以繁衍。

「只不過這樣會產生一個副作用。因為鬼界充滿罪孽及負面情緒，魔神每次轉生不但無法淨化靈魂，更會不斷累積樞罪；當魔神變成惡神，後世的人大概會以『惡魔』稱呼你們吧。」

撒旦回答：「就算要成為惡魔之皇，我也會保護我的同胞。終有一天，我們會奪回原本屬於地方神的土地。」

蘇萊曼笑道：「不愧是我的戰友，這樣我就放心將娜瑪交託給你了。」

「你不跟我們一起來嗎？」

「不，總要有人殿後阻止聖主和天使的追擊。」

「但你已經失去了印戒的力量，你要怎麼阻止聖主一方？」

於是蘇萊曼把他的計畫告訴了撒旦，撒旦聽見後無法想像。

「蘇萊曼……你這樣做等於『永遠的死亡』啊！」

「這是我贖罪的方式，只要能讓你們可以一直活下去，我就可以心滿意足地離開世界。」

見蘇萊曼一副無悔的表情，還有清澈的眼神，撒旦知道他心意已決，唯有報以同樣堅定的眼神向蘇萊曼保證：「我一定會讓娜瑪小姐永遠活下去的，再見了，我的戰友。」

「再見了，戰友。」

那是撒旦看見蘇萊曼的最後一個笑容。之後撒旦帶領眾神逃遁至魔界，因此天魔戰爭的終幕牠無法親眼見證；聽說蘇萊曼與聖主同歸於盡，聖主被蘇萊曼切斷成三個部分封印起來，而蘇萊曼自己則永遠消失於世上……只有部分記憶連同信仰被塵封在金牛犢內。

——親手掐住聖主脖子的觸感，還有第一次正面見到聖主的面貌；那副平日被聖光掩蓋、無法直視的臉，原來是如此醜陋。

10

「最後的審判」，彌賽亞降臨在人類之間，親自審判善惡，把惡者送下地獄——

「啊啊啊啊！」奇怪的記憶注入蘇梓我腦內使他莫名悲傷，在金牛犢的封印下只能痛苦慘叫。

至於多瑪斯，他甩一甩手，把浴血的娜瑪丟到地上後便原地大笑，在場所有樞機都不敢接近這頭惡魔。

「下一個就是你了，蘇梓我！」

但突然多瑪斯身後發出「噹噹」聲響……封印蘇梓我的金牛鎖鏈被切斷了？

瑪格麗特大叫：「多瑪斯你這賤民居然無視本小姐，我要你為此後悔！」

只見瑪格麗特雙手舉起摩西之杖，用物理攻擊猛地敲打其中一頭金牛犢，甚至把金牛犢的牛背敲到凹陷。

「怎麼可能會被妳這丫頭——給我住手！」

多瑪斯衝向瑪格麗特，卻被她身上放出的十字結界彈開。瑪格麗特拚盡渾身氣力大喊，純金的金牛犢居然就這樣被她敲破了！

在金牛犢破碎同時，那些被封印了三千年、原本屬於蘇萊曼的力量歸於印戒；一時間，無比龐大的魔力從蘇梓我的右手灌注他全身——蘇梓我整個人發出黑色磷光，在黑光之中緩緩站起來。

艾因加納喃喃道：「又出現了，像當日在火山洞內一樣，混雜了撒旦的魔力。」

迦蘭擔心地問：「勇者大人怎麼了？他好像在哭呢。」

「不，這次蘇先生有駕馭住力量了。」

在眾目睽睽下，蘇梓我背上赫然長出了三對漆黑羽翼，右手變成赤色龍爪，氣勢把現場一切都要壓倒。

「人類的身軀、天使的翅膀、撒旦的右爪……」艾因加納說：「但蘇先生現在的魔力都確實是來自撒旦，惡魔之皇。所多瑪已經沒戲了。」

——霍霍的拍翅聲，蘇梓我展開廣闊六翼橫跨聖殿，黑色羽毛飄滿西斯汀禮拜堂內，為神聖的教宗選舉染上惡魔的異色。

「發、發生什麼事了？」

眼見獸化又天使化的蘇梓我慢步走上前，多瑪斯逐步後退，直到蘇梓我走到另一頭金牛犢前為止。

「哼。」

蘇梓我嗤之以鼻，右爪一揮，便將囚禁娜瑪的金牛犢劈至粉碎，接著回頭走近娜瑪，背向多瑪斯，完全不把他放在眼內。

「有機會！」

多瑪斯知道機不可失便彎曲身子——卻忽然全身襲上寒意動彈不得……不對，那不是蘇梓我的魔法，而是多瑪斯的本能反應，使他無法接近沾有撒旦之血的靈魂，他的昆蟲身體正在顫抖。

蘇梓我溫柔抱起娜瑪。「妳是本英雄的使魔，不陪在我的身邊可不行。」

蘇梓我與娜瑪的靈魂被契約繫在一起，魔力流進娜瑪體內，讓她蒼白的容色漸漸變回粉紅；

就連小腹的傷口也瞬間癒合，猶如時間逆行，娜瑪的身軀回復到未受傷時的模樣。

「笨蛋……太晚了，你不知道人家很痛嗎？」

「真是諸多要求的使魔。」

蘇梓我安心下來，馬上召喚芭芭拉：「麻煩替我照顧一下那個麻煩又在自己一個人傻笑的惡魔吧。」

獅子芭芭拉答道：「放心包在我身上，我會用性命守護娜瑪小姐，不讓任何人傷害她！」接著揹著娜瑪退下。

「多瑪斯，終於可以殺死你這混蛋了。」

多瑪斯慌亂退後，驚道：「你既人非人、既魔非魔、既神非神……你究竟是什麼『東西』！」

「我是英雄，英雄蘇梓我。雖然我與惡魔無仇無怨，但既然你膽敢傷害我身邊的人，應該準備好遺言了吧？」

「你假藉撒旦大人的力量，亞巴頓大公一定不會放過你！」

多瑪斯猛地一躍爬到壁畫聖子臉上，同時蘇梓我的身影亦高速接近——

滿心以為自己昆蟲複眼的動態視力比人類厲害百倍，但蘇梓我的一舉一動在多瑪斯眼中卻仍無法一一看清；在那一剎那，蘇梓我的龍爪高舉頭上，下一彈指，龍爪已刺進多瑪斯的左肩，並挖出了綠色的肌肉纖維。

多瑪斯自知無法逃脫，只能提起沒有受傷的右肩，以昆蟲尖腳刺向蘇梓我——但蘇梓我旋即側身迴避，以龍爪強行捉住多瑪斯的蟲手，往關節的相反方向大力折下！

「啪」一聲，白色漿液從多瑪斯的右手斷肢噴出，左肩又被龍爪撕破見骨，只餘下兩手兩腳對抗蘇梓我。

「多瑪斯，剛才你傷害娜瑪的是哪一隻手？是這隻嗎？」

劈啪，另一斷肢丟到牆上，接著另一斷肢丟到地上。

區區一隻蟲竟妄想反抗龍？就如生物鏈上金字塔頂端的獵食者，把最底層的獵物壓在爪下把玩般，蘇梓我將多瑪斯的六隻昆蟲腳全數拔掉，並揮動背上六翼，繼續凝聚撒旦的魔力於自身周圍——

「哼，蘇梓我，你要殺便殺吧。你日後必定後悔。」

多瑪斯死頭臨頭仍毫不懼怕，蘇梓我問道：「所以你這是因為太過恐懼，所以請求我了結你的生命嗎？」

「你太高估自己的力量了。亞巴頓大公的手下從來都不懂得害怕，因為早已經見識過世上最恐怖的東西。」

蘇梓我聽得非常不爽。「既然這樣，你就準備接下我的怒火吧。」

頃刻間，蘇梓我的龍爪舉起了浩瀚魔力，漆黑得好像要把附近一切都要吞噬似的，令人無法直視；他用魔力一搥轟在多瑪斯身上，連同他背後的壁畫一同摧毀，甚至炸得整個聖堂搖搖欲墜。

西斯汀禮拜堂被打穿一個大洞，更傳出可怕的巨響。當聖伯多祿廣場上的民眾以為裡面發生恐怖襲擊，正考慮是否逃散之際，不可思議的畫面卻同時從天而降——

兩位純白天使降臨在梵蒂岡城，他們的巨軀頂天立地，猶如雙塔巍然聳立在數萬信徒眼前；現場所有人都嚇得不知如何反應，又或者立刻跪拜在地上。

「是天使！天使的審判，大災難來臨！」

西斯汀禮拜堂內有惡魔戰鬥，外面又有天使降臨，世界究竟發生了什麼事情？

11

兩位巨大天使，其中穿盔甲的男天使生氣地說：「醜陋的人類，居然把聖主的祭壇弄成如此污穢！教宗的選舉也不是給人類看熱鬧的戲劇，你們這些沒有受祝福的，給我懺悔吧！」

男天使舉起雙手，從雲間取出長劍和圓盾，便往梵蒂岡的土地旋劈一劍——長劍劃破大地擊起岩石，劍軌盡是爆炸火花，梵蒂岡地上頓時出現了一個橫越數百尺、新月形狀的大裂縫！

電視直播的影像就此結束。聖伯多祿廣場上數萬信眾只管逃往協和大道，踐踏在跌倒群眾上拚死逃跑。此時廣場上有個非常礙眼的東西，赫然點燃了男天使的怒火。

「居然留下異教的雕塑，都造反了！」

男天使說的是屹立在廣場正中間的方尖碑，那是異教太陽神的崇拜。天使大怒，便用腳將方尖碑大力踢倒，碑石碎片輕易就把數十人壓死擊傷，使現場一片恐慌。

「米迦勒、大人。」旁邊身穿薄長裙的女天使，溫婉地說：「不如、先救出、加百列大人……這些人類、不值理會。」

「聖德芬，如妳所說這些人類不值一盼。」米迦勒搖頭。「可是殿上沾污聖主的人類就不能放過，加百列交由妳一人救出應該沒問題吧？」

「沒有、問題。」

聖德芬羽翼未豐，語調與人類亦相距甚遠，那是天使的語言。她的行為也近似幼兒，先是蹲下來把宗座宮整座推倒，接著徒手挖著地面，就像在沙灘破壞沙雕般，找出被禁錮在梵蒂岡地底的加百列。

外面天翻地覆，西斯汀禮拜堂內亦不遑多讓；剛剛獸化又天使化的蘇梓我才把蝗蟲惡魔所多瑪殺死，幾乎拆掉整座聖堂，這場教宗選舉看來是無法繼續了。

如今看來，這真是個奢侈的煩惱，明明就不知道還有沒有明天。聖堂外不斷傳來爆炸巨響及慘叫呼救，外面幾個聖職員再也不顧封閉禁令，跑進聖殿向樞機團滙報。

「殿外出現兩位天使，其中穿上盔甲的更加擁有六個翅膀，是最高階的熾天使！」

「六翼天使？除了香港的天使，我們還漏了其他嗎？而且六翼天使不可能現在出現啊！」

天使分為二翼、四翼、六翼，另外天使翅膀的數目會因應他們的聖力與資歷增加；聖教會捕獵二翼天使有相當把握，四翼天使如果動用整個教省的力量也尚可應付，但六翼天使實在沒有經驗。

「只能孤注一擲了，」副團長高汀立刻下令：「緊急召集羅馬所有騎士前來梵蒂岡，這是擊退天使的第一指令！」

那是只有教廷高層知道的祕密，天使才是聖教會的敵人，聖教會更是天使的仇人，一旦相見，只有戰爭。

蘇梓我見眼前亂象，連忙走到娜瑪與芭芭拉身邊說：「此地不宜久留了，準備撤退吧。」

娜瑪擔心反問：「但其他人怎麼辦？」

「聖教的就由他們自己——」但說到一半，迦蘭便出現與蘇梓我相認。

「勇者大人。」

「妳是……迦蘭公主？」

「太好了，你沒有忘記我。」

「但是妳怎麼會在這裡？」

「還有我喔。」艾因加納也走過來了，都是所羅門群島上熟識的面孔。艾因加納續道：「雖然外面還有一位，蘇先生也是認識的，不過這些事還是留待日後解釋吧。現在小姐是樞機團成員之一，有十幾位樞機都是小姐的同伴，他們不能死在這裡。」

蘇梓我原本對教會沒有任何好感，但他知道艾因加納也是古神，她不會無緣無故幫助聖教會；而且迦蘭公主跟自己也是一夜夫妻，更無法置之不理。

——砰！

突然一把巨劍插穿《創世紀》的穹頂，把聖殿整個天花水平刨開。眾人抬頭，被天使長米迦勒的巨大身影愣住，他們對於米迦勒來說根本與玩具屋內的人偶無異，只是微不足道的存在……唯獨蘇梓我例外。

「為何會感到討厭的撒旦氣息出現在我主殿上？」

既然被親自點名，蘇梓我唯有拍打黑色翅膀飛到半空與米迦勒對峙。反正什麼神仙蘇梓我都見怪不怪了，再多一隻天使也沒有什麼好怕。

「我是人類的英雄蘇梓我，你這天使趕快報上名來！」

米迦勒上下打量蘇梓我，不屑道：「原來只是那個借助撒旦力量的叛教徒，居然敢擋在天使長米迦勒面前？」

說畢，米迦勒便向蘇梓我劈出一劍——天使的巨刃長三百尺，劍速隨長度加乘三百倍，劍尖劃出衝擊波彷彿能夠劈斷空間，伴隨「隆隆」巨響襲向蘇梓我！

就算眼睛追得上劍的軌跡，蘇梓我的身軀也追不上對方的劍速。最終蘇梓我勉強用撒旦的龍爪擋住巨劍——只見火花一閃，龍鱗散落滿地，足見二人實力差距甚遠。

艾因加納在地上喊道：「蘇先生小心，米迦勒是天魔戰爭中擊敗撒旦的大天使，守護聖主的三大天使之首！蘇先生千萬不要跟他硬拚！」

「想不到還有生物記得我的名號。」但米迦勒很快就對艾因加納失去興趣，也瞧不起蘇梓我。「你太弱了，就連撒旦一丁點的實力也未及，不配當我的對手。」

事實上，蘇梓我的獸印只解封了十分之一，然而眼前天使卻不是所多瑪那種泛泛之輩能夠比擬；蘇梓我懸在半空，深吸一口氣，心想米迦勒再來一劍的話，自己大概擋不住了……怎麼辦？

12

忽然梵蒂岡的土地升起結界，在穹蒼交織光網，猶如天文館的半圓形天體，把米迦勒封印在內。同一時間，高汀副將率領千人在梵蒂岡軍營前排成方陣，並發號施令開火——

霎時間，聖伯多祿廣場槍林彈雨，就算眼前信眾在槍口下逃亡，高汀亦只是吩咐騎士團保持仰角繼續掃射米迦勒，在天使身上打出煙硝砲火。

「又是什麼下等生物在阻撓我？」米迦勒任由子彈掃射，反正盔甲擋下的部位不痛不癢，就算露出的手臂被打中也沒有任何傷害。米迦勒環視周圍，用銳利雙眼偵測敵人：

「正南方二二四尺外，又有一些醜陋的聖騎士在布陣開火，是個千人方陣。另外左右兩方及身後剛好一百尺外，教會同樣部署千人方陣……恰好是東南西北四方位，是十字架的結界。」

十架封聖結界——結界的長寬比例與釘死聖子的十字架相同，從高空俯瞰的話，就能見到十字架正要把米迦勒釘在中間，這是聖教會專門對付神使的A級祕法。

高汀繼續在地上指揮紅衣騎士：「所有人集中精神繼續開火，留意『六翼』的一舉一動，別讓他偏離結界！」

然而十架封聖結界的建立過程極困難，四個分隊必須從四方位保持陣式才算有效——1:1.618的黃金比例，這是神的比例，只有這個比例的十字架結界才能捕捉得到天使。

「哼，幾千個垃圾聚在一起也還是垃圾！」

米迦勒巨劍一揮，如掃光螻蟻般清空聖伯多祿廣場，並殺氣騰騰逼近高汀領頭的千人小隊。

高汀見狀連忙指揮其餘西、北、東三端部隊調整位置，但臨時集結的聖殿騎士團顯然尚未磨合好，加上梵蒂岡地形複雜，結果陣型迅速瓦解，同時失去了火力牽制天使——

「懺悔吧！」米迦勒提劍插在高汀直屬部隊中間，使劍身燃起巨焰！一眾紅衣騎士走避不及，活生生就被火舌吞噬燒成焦炭。

「下一個要懺悔的又是誰？」米迦勒殺得興起，雙眼充滿血絲；現在的他，只想殺死更多教會的人，以報復他們囚禁天使的罪。

偏偏在這時候西斯汀禮拜堂的正門大開，百多位樞機拉高長袍逃跑，大概是看見天使大開殺戒所以不顧一切逃生吧。可是此舉同樣等於拆毀自己最後一道城牆——

「懺悔吧！」眼見禮拜堂完全沒有結界守護，米迦勒隨意召雷，便輕鬆將那百位樞機劈成灰燼，一陣涼風吹過連飛灰也不留，聖堂內其他生還的聖職員都嚇得不知所措。對米迦勒來說，所有教士都是仇人，他已經握著火球準備拋向聖堂。

——不想死的快過來本英雄身邊！蘇梓我立刻降落在西斯汀禮拜堂殿上大喊，並在原地展開半球型結界保護眾人，以自身力量擋過米迦勒的聖火球——

「啊啊啊！」

無情火球被擲到聖堂殿上，什麼百年壁畫、選舉銀碟、儀式祭壇等等都付之一炬；四周火光熊熊，高溫灼熱，瑪格麗特等人即使隔著結界仍感到燙痛，更何況首當其衝的蘇梓我？

結界阻隔的火焰全由蘇梓我一人承擔，眼見他全身發紅，娜瑪忍不住飛撲過去分擔那些火焰的痛楚。

迦蘭則在旁邊跪下，艾因加納知道她身懷六甲便緊張起來。「這樣下去，我們全部人都要被米迦勒的聖火活活燒死！」

「咦？」瑪格麗特突然站起來說：「這種感覺……一定是回來了！」

語音未落，米迦勒忽然收手離開禮拜堂，蘇梓我等人總算逃過一劫。但究竟發生什麼事了？另一個巨型天體結界再次包圍米迦勒，而且這次結界要比之前的強大百倍——

穿甲槍火砲轟在米迦勒身上，終見盔甲有凹陷小洞冒煙。

高汀從軍營瓦礫中爬出，見天使被砲轟著火，心道：能做到如此地步的，我只認識一人。

砲火聲震耳欲聾，雖然米迦勒依然毫髮未傷，但對於眼前這群蒼蠅確實感到煩厭。米迦勒雙目一瞪，馬上發現四百四十八尺外的正南方駐有一個大型編隊，人數接近六千；連同其餘三個方位亦各有六千人的大隊，是另一個封聖結界。

「人類的把戲對我沒用，統統懺悔吧！」米迦勒猛地拍打六翼颳起烈風，並迎著砲火飛往六千騎士大隊——在途中卻遇伏擊，一眾白衣騎士突然冒出，並瞄準米迦勒的眼睛連環開火！

副團長高汀在一旁目睹一切。「增援的白衣騎士竟然懂得架起二重、不對，是三重結界！」

除了增援的四個騎士隊，還有埋伏的另外四隊各自組成大小十字架拘束米迦勒，並配合著原本的小十字陣攻擊天使。果然只能夠是他吧。

——高汀將軍。高汀的耳機傳來訓示：「假如你還沒有死，就帶同生還戰力南退五十尺外，這是第一統帥的軍令。」

「安東尼將軍！我是高汀，清楚收到將軍指示！」高汀馬上對在場騎士宣布：「安東尼將軍前來增援了，我們還有反擊的機會！還能夠戰鬥的都跟我來！」

於是殿外騎士重整旗鼓，而另一邊廂，聖堂內的迦蘭亦向瑪格麗特說出安東尼的真相。

「你的父親安東尼將軍其實沒有戰死，他只不過在執行祕密任務。」

「果然跟本小姐說的一樣！」瑪格麗特反問迦蘭：「那麼外面前來增援的就是父親大人？」

「對，我拜託了澳洲各個教省，借出三萬騎士交由安東尼將軍指揮。原本只是為了防止多瑪斯叛變，豈料跟我們交手的居然是天使長。」迦蘭續說：「不過安東尼將軍能如此迅速應對，聖教第一統帥果然是名不虛傳。」

蘇梓我聽完後有很多疑問，卻不知從何問起——此時整個梵蒂岡天昏地暗，抬頭烏雲蓋頂，再也見不到太陽；除此之外還天降異象，天空雀鳥屍如雨降，砸在街道上內臟四濺一片血腥。

於是蘇梓我拍翼飛到半空察看，卻發現整個羅馬已經被黑暗籠罩……那不單是烏雲的暗影，連同所有樹木都頓時枯竭、花草凋萎，這不是似曾相識的畫面嗎？

死寂之中，唯獨一巨大少女天使手持白光緩緩站起——白衣的聖德芬終於奪走梵蒂岡的守護天使加百列，並回頭與米迦勒會合。

「米迦勒、大人、加百列、救出、已經。」

在地上指揮的安東尼馬上命令軍隊射殺仍是光球狀的加百列，米迦勒將加百列的光球搶來抱住，道：「蒼蠅太多，不能讓加百列被這些垃圾傷害。我們走！」

隆隆聲響，米迦勒拍打六翼離開，聖德芬亦展翅追隨，從黑雲間消失。眨眼間，大地只剩下頹垣敗瓦，教宗選舉以末日的開端告終。

《末日前，我把惡魔少女誘拐回家了！2完》

境外之城 095

末日前，我把惡魔少女誘拐回家了！2

作　　者／黑貓C
企畫選書人／張世國
責 任 編 輯／劉瑄
發 行 人／何飛鵬
副 總 編 輯／王雪莉
業 務 經 理／李振東
行 銷 企 劃／陳姿億
資深版權專員／許儀盈
版權行政暨數位業務專員／陳玉鈴
法 律 顧 問／元禾法律事務所　王子文律師
出版／奇幻基地出版
城邦文化事業股份有限公司
台北市 104 民生東路二段 141 號 8 樓
電話：(02)25007008　傳眞：(02)25027676
網址：www.ffoundation.com.tw
e-mail：ffoundation@cite.com.tw
發行／英屬蓋曼群島商家庭傳媒股份有限公司城邦分公司
台北市 104 民生東路二段 141 號11 樓
書虫客服服務專線：(02)25007718・(02)25007719
24 小時傳眞服務：(02)25170999・(02)25001991
服務時間：週一至週五09:30-12:00・13:30-17:00
郵撥帳號：19863813　戶名：書虫股份有限公司
讀者服務信箱 E-mail：service@readingclub.com.tw
歡迎光臨城邦讀書花園 網址：www.cite.com.tw
香港發行所／城邦（香港）出版集團有限公司
香港灣仔駱克道 193 號東超商業中心 1 樓
電話：(852) 2508-6231 傳眞：(852) 2578-9337
馬新發行所／城邦（馬新）出版集團
【Cite(M)Sdn. Bhd.(458372U)】
11, Jalan 30D/146, Desa Tasik,
Sungai Besi, 57000 Kuala Lumpur, Malaysia.
電話：(603) 90578822　傳眞：(603) 90576622

封面插圖／Fori
封面設計／李涵硯
排　　版／極翔企業有限公司
印　　刷／高典印刷有限公司
■2019 年（民 108）7月30日初版一刷

售價／330元

國家圖書館出版品預行編目資料

末日前，我把惡魔少女誘拐回家了！/ 黑貓C 著.--
初版.--台北市：奇幻基地，城邦文化發行；家
庭傳媒城邦分公司發行 2019.8（民108.8）
面：　公分. –（境外之城：95）
ISBN　978-986-97944-1-1（第二冊：平裝）

857.81　　108008653

ISBN　978-986-97944-1-1
Printed in Taiwan.

廣　告　回　函
北區郵政管理登記證
台北廣字第000791號
郵資已付，免貼郵票

104台北市民生東路二段141號11樓

英屬蓋曼群島商家庭傳媒股份有限公司城邦分公司 收

請沿虛線對摺，謝謝

奇幻基地

每個人都有一本奇幻文學的啓蒙書

奇幻基地官網：http://www.ffoundation.com.tw
奇幻基地粉絲團：http://www.facebook.com/ffoundation

書號：**1HO095**　　書名：末日前，我把惡魔少女誘拐回家了！2

請於此處用膠水黏貼

奇幻基地

讀者回函卡

謝謝您購買我們出版的書籍！請費心填寫此回函卡，我們將不定期寄上城邦集團最新的出版訊息。

姓名：＿＿＿＿＿＿＿＿＿＿＿＿＿＿＿＿＿＿＿＿ 性別：☐男 ☐女

生日：西元＿＿＿＿＿＿＿年＿＿＿＿＿＿＿＿月＿＿＿＿＿＿＿＿日

地址：＿＿＿＿＿＿＿＿＿＿＿＿＿＿＿＿＿＿＿＿＿＿＿＿＿＿＿＿＿＿

聯絡電話：＿＿＿＿＿＿＿＿＿＿＿＿＿傳真：＿＿＿＿＿＿＿＿＿＿＿＿＿

E-mail ：＿＿＿＿＿＿＿＿＿＿＿＿＿＿＿＿＿＿＿＿＿＿＿＿＿＿＿＿＿

學歷：☐1.小學 ☐2.國中 ☐3.高中 ☐4.大專 ☐5.研究所以上

職業：☐1.學生 ☐2.軍公教 ☐3.服務 ☐4.金融 ☐5.製造 ☐6.資訊

☐7.傳播 ☐8.自由業 ☐9.農漁牧 ☐10.家管 ☐11.退休

☐12.其他＿＿＿＿＿＿＿＿＿＿＿＿＿＿＿＿＿＿＿＿＿＿＿＿＿＿

您從何種方式得知本書消息？

☐1.書店 ☐2.網路 ☐3.報紙 ☐4.雜誌 ☐5.廣播 ☐6.電視

☐7.親友推薦 ☐8.其他＿＿＿＿＿＿＿＿＿＿＿＿＿＿＿＿＿＿＿＿

您通常以何種方式購書？

☐1.書店 ☐2.網路 ☐3.傳真訂購 ☐4.郵局劃撥 ☐5.其他

您購買本書的原因是（單選）

☐1.封面吸引人 ☐2.內容豐富 ☐3.價格合理

您喜歡以下哪一種類型的書籍？（可複選）

☐1.科幻 ☐2.魔法奇幻 ☐3.恐怖 ☐4.偵探推理

☐5.實用類型工具書籍

對我們的建議：＿＿＿＿＿＿＿＿＿＿＿＿＿＿＿＿＿＿＿＿＿＿＿＿＿

＿＿＿＿＿＿＿＿＿＿＿＿＿＿＿＿＿＿＿＿＿＿＿＿＿＿＿＿＿＿＿

＿＿＿＿＿＿＿＿＿＿＿＿＿＿＿＿＿＿＿＿＿＿＿＿＿＿＿＿＿＿＿

請於此處用膠水黏貼